文庫

32-796-2

緑の家

(下)

バルガス＝リョサ作
木村榮一訳

岩波書店

Mario Vargas Llosa

LA CASA VERDE

1966

目次

III
- 一章 ... 六
- 二章 ... 七一
- 三章 ... 一六六
- 四章 ... 一六八

　　　　七

IV
- 一章 ... 一九六
- 二章 ... 二三五
- 三章 ... 三二三

（上巻目次）

緑の家（下）

III

船が小さな白い光の点になるまで中尉《ちゅうい》は手を振っている。兵隊たちは荷物を肩にかつぐと、桟橋《さんばし》を登ってサンタ・マリーア・デ・ニエバ広場まで行く。軍曹《ぐんそう》が山のほうを指さして言う。木の茂った丘のあいだに、白い塀《へい》とトタン屋根が光って見えるでしょう、あれあそこが伝道所です、中尉。土がむき出しになったちょっと傾斜になったところ、あれを中央の建物と呼んでいるんですが、そこにシスターたちが住んでおられます。その左に見えるのは礼拝堂です。町の中をインディオたちの人影が歩き回っている。僧帽のような形をした藁葺《わらぶ》きの掘っ建て小屋。もの憂《う》げな目をした泥《どろ》色の女たちが、枝を払った木の幹の下で何かを突き潰《つぶ》している。一行はさらに先へ進んで行くが、中尉が急に軍曹のほうに向き直ると、シプリアーノ中尉とは話をする暇もなかったが、どうして中尉はこの土地のことを教えてくれなかったんだろうな？　あのランチを逃がすと、次のはひと月後になるんです。シプリアーノ中尉は帰りたくてうずうずしておられましたから、とても待っておれなかったんでしょう。ですが、何も心配なさることはありません、何かあればわたしがお助けしますから、と軍曹。〈金髪《ルビオ》〉はスーツケースを下におろすと、一軒の小屋を指さす。ここが執務室です、なにぶん、ペルーでもいちばん貧しい駐屯隊《ちゅうとんたい》なものですから。すると〈デブ《ベサード》〉が、正面に見えるのが中尉の家です。ついで〈チビ《チキート》〉が、間もなくアグアルナ族の女が二人、女中としてやって来ます。その言葉を受けて〈クロ《オスクーロ》〉が、この人里離れた土地にやってくるのは女中くらいのものですよ。通り際《ぎわ》に中尉が梁《はり》から吊《つ》るしてあった楯《たて》に触れると、カーンと金属的な音を立てた。小屋につけられた階段には手すりがなく、床板も不揃《ふぞろ》いでささくれ立っている。とっつきの部屋には、藁で編んだ椅子が数脚と書きもの机、色褪《いろあ》せた小旗が見える。突きあたりのドアは開け放ってあり、ハンモックが四つに、何挺かのライフル銃、ストーブ、屑籠《くずかご》。ひどいところだな！　中尉、ビールをお飲みになりますか？　朝から水を張ったバケツに入れてありますので、よく冷えていますよ。士官がうなずいたので、〈チビ〉と〈クロ〉が小屋から飛び出して行く――行政官はファビオ・クエスタという名前なのかね？　そうです。なかなか気のいいおやじさんですよ。ただ、今頃《いまごろ》は昼寝の最中ですから、挨拶《あいさつ》は後になさったほうがいいでしょう――あの二人が瓶《びん》とグラスを持って戻ってくる。一同がグラスを傾ける。軍曹が音頭《おんど》をとって、中尉の健康を祝してと言って乾杯する。治安警備隊員たちはリマのことをあれこれ尋ねる。一方、中尉のほうはサンタ・マリーア・デ・ニエバの住民のことや、誰それはどんな人間かと言ったこと、さらには、伝道所の修道尼《しゅうどうに》たちはいい人かどうか、インディオに悩まされているのではないかといったことを尋ねる。さてと、いつまでたってもきりがないから、この辺で切り上げて、中尉に少し休んでもらおう。中尉の到着を祝ってパレーデスに特別料理を注文してあります。酒場の担当は〈金髪〉ですが、彼がそちらの方を用意してくれています。そうそう、〈クロ〉は大工もやるんですよ、〈デブ〉はこう見えてもまじないで病気がなおせます、それとのちほど紹介するパレーデスという男ですが、これもなかなかいい人間です。治安警備隊員たちがスーツケースを正面に見える小屋まで運んで行く。中尉はあくびをしながらそのあとについて行き、小屋に入ると部屋の真中に置いてある大きなベッドに倒れこむ。眠そうな声で軍曹におやすみと言うと、寝ころがったまま軍帽と靴《くつ》を脱ぐ。部屋の中は埃《ほこり》と黒タバコの匂《にお》いがする。家具の数はあまり多くない。たんす、椅子が二脚、テーブル、天井から下がっているランプ。窓には金網が張ってあり、それを通して広場でらんとしていて、小さなドアがひとつついている。それを開けると、二メートルほど下何かを突き潰している女たちの姿が見えている。中尉は起き上がる。となりの部屋はがに下生えに覆《おお》われた地面が見え、密林がすぐ近くまで迫っている。中尉がズボンのボタンを外して用を足し、先程の部屋に戻ってみると、軍曹が待っている。せっかくお休みのところを申し訳ありません、中尉、フムというアグアルナ族の男が会いたいと言っています。そして通訳が、アグアルナ族の男、悪魔と言っています。兵隊、嘘《うそ》言っている、初等読本リマ、リマ政府、そう言っています。アレバロ・ベンサスが天を仰ぎ、両手で目を覆って言う。あの男は根っからのばかでもなさそうだな、ドン・フリオ。おかしなことを言って気が狂っていると思わせようとしているんだろう。それを聞いてドン・フリオは首を横に振る。そうじゃない、アレバロ、ずっと同じ文句をくり返しているんだ。きっと覚えこんでしまったんだろう。何かの拍子に初等読本がどうこうという文句が頭にこびりついてしまったんだ。ただ何を言いたいのか、その辺がよく分からんのだ。まっ赤な焼けつくような太陽がサンタ・マリーア・デ・ニエバの町を容赦なく照らしている。兵隊やインディオ、それに白人のゴム商人たちはカピローナの木のまわりに集まって目をしばたたき、汗をかき、なにごとかぼそぼそ話し合っている。マヌエル・アギラがうちわでふところに風を入れながら、くたびれたろう、ドン・フリオ。ウラクサでは相当手を焼かされたんじゃないのかね？　いや、それほどでもなかったよ。その話はまたあとでゆっくり。伝道所のほうにちょっと用事があるんで、失礼するよ。すぐに戻ってくる。一同はうなずく。我々は官舎のほうで待っているよ。キローガ大尉とエスカビーノがむこうで待っているんだ。通訳が、船頭、慌《あわ》てて逃げた、ウラクサ祖国、畜生！　政府旗、そう言っています。マヌエル・アギラはうちわな日にかざしているが、それでも目に涙が浮かんでいる。あまり強情を張るんじゃない、それもこれもみんなお前が悪いんだ、やったことの償いは自分でつけるんだな、通訳、そう伝えてくれ。中尉はゆっくりとズボンのボタンを止めている。軍曹はポケットに両手を突っ込んだまま部屋の中を歩き回っている。これからうるさいほどやって来ますよ。あまりしつこいんで、シプリアーノ中尉もひどく腹を立てて、怒鳴りつけられたことがあるんですが、それからというものぱったり姿を見せなくなりましたよ。あれでなかなか知恵が回るんですよ。いずれシプリアーノ中尉はサンタ・マリーア・デ・ニエバの町を出て行くだろう、あの男はそう考えていたんでしょう。だから、新しく中尉が赴任されたというのを聞いて、ご機嫌《きげん》うかがいに飛んで来たというわけです。士官は靴の紐《ひも》を結んで立ち上がる。扱いにくい男でもないんだろう？　軍曹は曖昧《あいまい》な表情を浮かべる。べつに悪いことをするわけでもないんですが、ロバも顔負けするくらい強情でしてね。いったんこうだと思い込んだら、手がつけられないんですよ。で、問題の事件があったのはいつ頃のことだ？　フリオ・レアテギ氏がこの町の行政官をつとめておられた頃ですから、ニエバに駐屯所のできる前の話です。中尉は小屋の扉《とびら》を荒々しく閉めると、なんてことだ、ここに着いて二時間もしないうちに仕事に駆り出されるとはな！　明日まで待たせておけないのか？　そして通訳が、エルガド伍長《ごちょう》悪魔！　アルテミオ大尉悪魔！　伍長！　しかし、それを聞いてロベルト・デルガド伍長は怒り出す代りに、兵隊たちと同じように笑う。インディオの中にも笑っているものがいる。おれと大尉に悪態をつきたいのか、せいぜいやるがいい。もっと続けろ！　だがな、最後に笑うのが誰だか、いずれ分かる時が来るぞ。通訳が、腹がへった、伍長、目が回る、畜生！　胃袋がぐうぐう鳴っている、伍長、喉《のど》かわいた、そう言っています。水をやりましょうか？　だめだ、それくらいならおれの血を吸わせてやる、そう言ったあと伍長は大きな声でさらに、この男に水や食べものをやる時は、必ずおれに言うんだ。通訳、サンタ・マリーア・デ・ニエバの異教徒どもにそう伝えろ。こいつら、ばかみたいな顔をしてへらへら笑っているが、腹の底じゃひどく腹を立てているにちがいないんだ。通訳が、お前の母親は娼婦《しょうふ》だ、伍長、エスカビーノ悪魔、そうののしっています。今度は兵隊たちも笑い声を立てず、にやにや笑いながらこっそり伍長のほうを窺《うかが》っている。伍長は、よし、もう一度おふくろのことを言ってみろ！　下に降ろした時はただでは済まさんからな。赤銅《しゃくどう》色の痩《や》せこけた男が、麦藁《むぎわら》帽子をとって二人に挨拶する。軍曹が紹介する。中尉、こちらはアドリアン・ニエベスです。アグアルナ族の言葉が話せるので、時々通訳の仕事をやってもらっています。このあたりではいちばんの船頭で、二ヵ月前からこの駐屯所に勤務しています。中尉とニエベスが握手する。〈クロ〉、〈チビ〉、〈デブ〉、それに〈金髪〉が机から離れる。中尉、こちらです、異教徒——こちらではインディオのことをみんなそう呼んでいるんですが——はここにおります。中尉がにやにや笑いながら言う。インディオというのは髪の毛を足首のあたりまで伸ばしているものだと思っていたが、禿頭《はげあたま》のインディオもいるんだな。フムの頭には縮れた毛がほんの少し生えており、その額の真中をバラ色の傷跡が一本走っている。背丈は中背でがっしりした体つき、腰には膝《ひざ》までのぼろぼろになったティーパクをつけている。毛の生えていない胸の上には、左右対称の三つの円が紫色の三角形で結ばれていて、両頰《りょうほお》には三本の平行線が走っている。また口の両側には、黒く小さい×印の入れ墨がしてある。表情は穏やかだが、その目つきは狂信的でいかにも頑《がん》固《こ》そうな感じがする。一度、頭を剃《そ》られたことがあるんですが、それ以来自分で頭を剃るようになりましてね、中尉。この男は頭の毛に触られるのをひどく嫌《いや》がるんですが、それ以外のことは何があってもべつに気にしていないようです。まったく変わった男ですよ。その辺のところは、船頭のニエベスに説明してもらったほうがいいでしょう、中尉。今も中尉が来られるまで話し合っていたんですが、要するにこの男の誇りに関《かか》わる問題なんです。軍曹が横から、ドン・アドリアンがいるおかげで異教徒と話がよく通じるようになりましたよ。以前は呪術師《じゅじゅつし》のパレーデスが通訳係だったのですが、全然話が通じませんでね。〈デブ〉が、あの酒保係はアグアルナ族の言葉が分かるような顔をしていましたが、ほんとは片言しかしゃべれなかったんですよ。ニエベスとフムは身振りをまじえながら唸《うな》り声をあげている。中尉、自分から奪い取ったものを返してくれるまではウラクサに戻れないと言っています。むこうに戻りたくて仕方ないのだが、そんな気持ちに負けてはいけないので髪を剃っているんだそうです。禿頭では、村に戻れませんからね。〈金髪〉が、まともじゃないですね、この男は！　そうだな。ともかく、何を返してもらいたいのか、その辺のところを訊《き》いてみてくれ。船頭のニエベスがアグアルナ族の男のそばに行き、士官のほうを指さしながら唸り、身振りをする。それをじっと聞いていたフムは、だしぬけにうなずくと、ぺっぺっと唾《つば》を吐く。おい、止《や》めろ！　ここは豚小屋じゃないんだ、唾を吐くのは止《よ》せ！　アドリアン・ニエベスが帽子をかぶりながら、自分の言葉が嘘でないことを中尉に分かってもらおうとして唾を吐いているんです。横から軍曹が、あれはインディオたちの習慣なんです、しゃべる時に唾を吐かないのは、その男が嘘をついている証拠なんですよ。中尉が、唾はもういい、あちこちにひっかけられてはかなわんからな。お前の言うことは信じるから、唾を吐くのは止めろ、そう言ってくれ、ニエベス。フムは腕を組む。胸の上の丸い輪が歪《ゆが》み、三角形に皺《しわ》が寄る。彼はほとんど息もつがずにしっかりした口調でしゃべりはじめ、自分のまわりにぺっぺっと唾を吐く。中尉は苛々《いらいら》した様子で足をこつこつやりながら、唾の飛んで行くほうを不快そうに眺《なが》めているが、フムはそんな中尉をじっと見つめている。フムは手を振り、力強い声でしゃべっている。そして通訳が、ウラクサゴム、女の子盗んだ、畜生！　兵隊レアテギ、そう言っています、伍長。あいつめ、のぼせ上がっているんだ！　ロベルト・デルガド伍長は縁なし帽を脱ぐと、まぶしいのでそれを額のところにかざす。せいぜい意地を張って、わめき立てるがいい、こっちは笑ってやる。おい、どこでそんな流暢《りゅうちょう》なスペイン語を覚えたんだ、そう訊いてくれ。通訳が、契約は契約、賢い、ボスのエスカビーノ、ずるがしこい、何でも分かる、降ろしてくれ、そう言っています、伍長。兵隊たちは服を脱ぎはじめている。中には川のほうへ駆け出して行くものもいる。しかし、デルガド伍長はカピローナの木の下から動こうとしない。降ろしてくれだと？　ばか、寝言を言うな。アルテミオ・キローガ大尉はいい方だ、そこにぶら下がってせいぜいあの方に感謝するんだな。ここにおられたら、お前はあの方のことを生涯《しょうがい》忘れられんようになるところだ。もう一度おれのおふくろのことを言ったらどうだ？　さあ、やってみろ。仲間が大勢見ているぞ、その前で男らしいところを見せてみろ。通訳が、よし、お前の母親は娼婦だ、そう言っています、伍長。もう一度だ、もう一度言ってみろ！　それを聞こうと思ってこうして待っているんだ、そして中尉は脚を組むと、頭をのけぞらせる。支離滅裂で訳が分からん、初等読本というのは何のことだ？　野蛮人に祖国愛を教えるために作られた絵入りの教科書のことです、中尉。ひどく虫に食われていますが、官舎にはまだ何冊か残っているはずです。ドン・ファビオに頼めば見せてくれるでしょう。中尉は問いかけるような目で治安警備隊員たちの顔を見回す。その間も、アグアルナ族の男とアドリアン・ニエベスは小声で話し合っている。士官が軍曹に向かって、女の子がどうこうしたというのは本当なのか？　それを聞いてフムが、女の子！と激しい口調で言う。畜生！〈デブ〉が、しーっ、中尉が話しておられるんだぞ。軍曹が、静かにしろ！　どうですかね。このあたりでは毎日のように女の子がさらわれますから、案外本当かも知れません。サンティアーゴにいる盗賊どもがハーレムを作っているという話をお聞きになりませんでしたか？　ですが、この異教徒は何もかもごっちゃにしているんですよ。返せ、返せと言っているゴムやあの女の子と初等読本とがどう結びついているのかちょっと見当がつきませんね。いずれにしても、この男の頭の中では何もかもごっちゃになっているんですよ。〈チビ〉が、われわれは治安警備隊員なんですから、この男の言うことに耳をかす必要はありませんよ。言いたいことがあれば、ボルハの守備隊へ行けばいいんですよ。あの二人が身振りをまじえて唸り声をあげる。船頭のニエベスが、二度ばかり行ったのに、誰も取り合ってくれなかったそうです、中尉。〈金髪〉が、これだけ時間がたってもまだ忘れないとは、この男も相当執念深いですね。二人が身振りをまじえて唸り声をあげ、ニエベスが、集落では何もかも彼のせいだと言われるそうです。ゴムと革、初等読本を持ち、女の子を連れてでないとみんなに申し開きが立たないんで、ウラクサには戻れないと言っています。フムが、今度は手を振り上げず、ゆっくりと話しはじめる。それにつれて口の両隅《りょうすみ》の小さな×印が動くが、その様子は完全に回り切らず、動いたり止まったりしている二枚のプロペラのようだった。何と言っているんだ、ドン・アドリアン？　船頭が答える。あの当時のことを思い返しています。それに自分を木に吊るした連中をののしっていますね。中尉が床をこつこついわせていた足を休めて、木に吊るされた？〈チビ〉が、サンタ・マリーア・デ・ニエバ広場のほうを指さしながら、あのカピローナの木に吊るされていたんですよ、中尉。あの時のことはパレーデスが詳しいですよ、現場を見ていますからね。パイチェという魚を干物にするでしょう、なんでもあんなふうに吊るされていたそうです。フムが突然せきを切ったように激しく唸りはじめるが、今度は唾をはかず狂ったように激しく体を動かしている。自分がカピローナの木に吊るされたのは、本当のことを言ったからだ、そう言っています、中尉。軍曹が、またいつものお題目だな！　中尉が、本当のことだと？　そして通訳が、ピルー人《ピルアーノス》め！　畜生、ピルー人《ピルアーノス》め！　そう言っています、伍長。それを聞いて伍長が、それくらいのことは訳さなくても分かる。こいつらの言葉は知らんが、聞けば分かるのもあるんだ。この男、おれをこけにしているんだな！　えい、畜生！　そう言って中尉が机をドンと叩《たた》く。まったく何てことだ！　話がちっとも進まんじゃないか！　ピルアーノスというのはペルー人《ペルアーノス》のことだろう？　本当の話というのはこのことなのか？　そして通訳が、血を流すより悪い、死ぬより悪い、そう言っています、伍長。ボニーノ・ペレスとテオフィロ・カーニャス、なんのことかよく分かりませんが、伍長。いや、おれには分かる、ウラクサを引っ掻《か》き回した二人組の名前だ、と伍長。あの連中はもういないんだ。勝手に嬉《うれ》しがって名前を口走っているんだろう。もしここへやって来たら、そいつらも同じように吊るしてやる。〈クロ〉は机の端に腰をかけ、ほかの兵隊たちは立っている。見せしめのために吊るしたという話ですよ、中尉。白人のゴム商人や兵隊たちがひどく腹を立ててこの男を袋叩きにしようとしたのを、当時行政官だったフリオ・レアテギ氏が止めたそうです。その二人組というのはいったい何者なんだ？　また舞い戻って来たのかね？　自分では教師だと言っていましたが、おおかた不穏分子かなにかでしょう。ウラクサのインディオたちは連中の口車に乗せられて、突然反抗的になり、それまでゴムを買い上げていた白人のボスにいっぱい食わせたんです、中尉《ちゅうい》。〈デブ〉が、ボスの名前はたしかエスカビーノといったはずです。それを聞いてフムが、エスカビーノ！　唸り声をあげる。畜生！　中尉が、うるさい！

ニエベス、この男に静かにしろと言ってくれ。その白人のゴム商人はいまどこにいるんだ？　話はできるかね？　むりですね、もう亡《な》くなりましたから。ただ、その男のことならドン・ファビオがよく知っていますから、彼と話されたらいかがです。ドン・ファビオなら当時のことに詳しいでしょうし、ドン・フリオ・レアテギとも親交がありますからね。その事件のあった当時、お前はこの町にいなかったのか、ニエベス？　はい、中尉。サンタ・マリーア・デ・ニエバに来てまだ二ヵ月にしかなりませんし、以前はここからずっと離れたウカヤリ川のあたりに住んでいました。〈クロ〉が、白人のボスをペテンにかけた上、ボルハ守備隊の例の伍長の件があったので、罪が重かったんですよ。そして通訳が、エルガド伍長、悪魔！　畜生！　デルガド伍長は両手の指を広げそれをつきつけるようにして言う。おふくろのことを十回言ったな。ちゃんと数えていたんだ。もっと言いたきゃ、言うがいい。ここにいて聞いていてやる！　そうなんです、ある伍長が休暇を取って水先案内人の船頭とポーターをつれてバグアに帰ったんですが、その途中ウラクサに立寄ったところを、アグアルナ族のものたちが突然襲いかかって、伍長とポーターを棒で殴りつけたんですよ。船頭はどさくさにまぎれて姿をくらましたんですが、殺されたとも、その隙《すき》にまんまと脱走したとも言われています。それがもとで、ボルハ守備隊の兵隊と当時の行政官とで遠征隊を編成し、むこうへ行ってこの男を連れて帰り、カピローナの木に吊《つ》るして見せしめにしたというわけです。だいたいそういうところなんだろう、ドン・アドリアン？　船頭がうなずきながら、わたしもそう聞いています、軍曹。ですが、むこうにいたわけじゃないので、直偽のほどはどうですか。ほう、なるほどな、そう言いながら中尉はフムの顔をじっと見つめる。フムはニエベスの顔をじっと見る。すると、この男も見かけほどの聖人君子でもなさそうだな。船頭が唸り声をあげると、ウラクサの男は唾を吐き、地団駄《じだんだ》を踏みながら大きなジェスチャーをまじえて耳ざわりな声で答え返す。この男の話は大分食い違っているようです、中尉。中尉が、そりゃそうだろう、で何と言っているんだ？　伍長がものを盗《と》ろうとしたので返すように言ったそうです。それに船頭は泳いで逃げたらしいですね。ゴムの件でペテンにかけたのは白人のボスのほうなので、自分たちは売らないことにしたと言っています。しかし、中尉は話を聞いていないらしく、いくぶん驚いたようなもの珍しそうな目つきであのアグアルナ族の男を頭のてっぺんから爪先《つまさき》までじろじろ見ている。どれくらい吊るされていたんだ、軍曹？　丸一日です。そのあと木から降ろして鞭《むち》をくらわせたと、呪術師のパレーデスが言っていました。〈クロ〉が、ボルハのあの伍長が自分で鞭を使ったそうですよ。ウラクサで異教徒たちにやられたお返しをしたんですよ、中尉、と〈金髪〉。フムは一歩進み出て士官の前に立つと、ぺっと唾を吐く。にこにこ笑ってはいるが、その黄色い目は意地悪そうにくるくる動き、人をばかにしたように口もとを歪めている。彼は額の傷跡にさわると、奇術師のようにゆっくりともったいぶって背を向け、背中を見せる。その肩口から腰にかけて、てらてら光るまっ直な筋が何本もアチオテで描《か》いてある。知らない人が来ると、いつもこうなんです、中尉。ああして背中に筋を描いて人に見せびらかしたがるんですよ。〈チビ〉が、こんなことをするのはこの男だけです、アグアルナ族の者たちはふつう背中には絵を描かないんですがね。横から〈金髪〉が、それがボーラ族になるとまた違うんですね、あの連中は背中といわず腹といわず、足から尻《しり》まで体じゅうに絵を描くんですよ。船頭のニエベスが、自分では鞭で打たれたことを忘れないためだと言っています。そして、アレバロ・ベンサスが涙を拭《ふ》きながら、並の人間だったらあんなところに吊るされていたら、脳味噌《のうみそ》が干からびてしまうだろうな。なんてわめいているんだね？　ピルアーノスと言っているんだよ、アレバロ、とカピローナの木にもたれたフリオ・レアテギが答える。ここへ連れてくるまでの間も、ずっとあの調子でピルアーノスって叫び続けていたんだ。ロベルト・デルガド伍長がうなずきながら、相手かまわずののしっているんです、大尉や行政官、それにこのわたしまでね。まったく傲慢《ごうまん》な男ですよ、あの根性は叩き殺してもなおらないでしょうね。フリオ・レアテギがちらっと上を見上げて、いや、直してみせる。彼がうつむくと、目に涙が浮かんでいる。もう少しの辛抱だ、伍長。それにしても強い陽差《ひざ》しだな、これじゃあ目を開けておれん。そして通訳が、髪の毛、初等読本、女の子と言っています。騙《だま》されたと言っています。マヌエル・アギラが、インディオは酔うとよく訳の分からんことをわめき散らすが、あの男も酔払っているようだな。みんなを待たせちゃ悪いから、そろそろ行くかね。おれにシスターたちのところまでついて来いだと。聞いちゃだめですよ、中尉。シスターたちは関係ないんです。あの頃《ころ》はまだこの町にいなかったんですから。しかし、呪術師のパレーデスの話だと、シスター・アンヘリカ、この人はシスター・アスンシオンが亡くなってからは伝道所でいちばんの長老なんですが、そのシスターが夜中に広場へ行って、この男を木から降ろしてやれと兵隊に掛け合ったそうですよ。きっとかわいそうに思ったんでしょうね。皺《しわ》だらけのお婆《ばあ》さんですが、気の強さでは伝道所一ですよ、あのシスターは。〈クロ〉が、最後に飛び上がるほど熱い卵をこの男の腋《わき》の下に押しつけたそうです。フムが、畜生！　ピルー人め！　中尉がふたたび苛立たしそうに靴《くつ》をかたかた鳴らす。ひどいな、それは！　中尉が机をどんと叩いて、それはいくらなんでも行きすぎだ！　だが、もう済んでしまったことだから、どうしようもないな。今何と言ったんだ？　自分から奪ったものを返してくれさえすればいいと言っています。そうしたらウラクサに帰るんだ、と。それを聞いて軍曹《ぐんそう》が、この男は頑固だと言ったでしょう。ゴムだの革だのといっても、今頃は靴底や紙入れ、スーツケースになっているでしょうし、女の子にしたところで今頃どこをほっつき歩いているか。耳にタコができるほど言ってやったんですがね。中尉は額に掌《てのひら》を押しあてて考え込む。リマに手紙を書いて、関係の省に返却を要求することもできるはずだぞ。ひょっとするとインディオ関係の局が弁済してくれるかも知れないな。ニエベス、そのことを言ってみてくれ。二人は唸り声をあげる。フムが何度もうなずいて、リマ政府！ それを聞いて治安警備隊員たちがにやにや笑うが、船頭のニエベスと中尉だけはにこりともしない。初等読本リマ！ 軍曹が組んでいた腕をほどく。この男は野蛮人なんですよ、中尉。いったいどこであんな言葉を覚えてきたんだろうな？ リマだの省だの言っても、この男には何のことか分かりませんよ。だが、アドリアン・ニエベスとフムはぺっぺっと唾を吐きながら身振りをまじえて話し合っている。アグアルナ族の男は口をつぐみ、目を閉じてしばらく考え込む。やがて、士官のほうを指さして用心深く言う。おれにいっしょに来いだと？ とんでもない。リマへ行けるのはありがたいが、とてもむりだ。今度は軍曹を指さす。だめ、だめ、中尉も軍曹も隊員もだめだ、ニエベス、われわれは何もしてやれない、そう言ってくれ。レアテギを探すか、ボルハでもどこでもいいから行ってくれ。治安警備隊の駐屯所《ちゅうとんじょ》は死んだ人間を掘り起こしたり、昔の事件を取り上げるところじゃない。ああ、くたびれた。軍曹、早く片付けて眠らせてくれないか、おれは一睡もしてないんだ。それに、この男を痛めつけたのは守備隊の兵隊なんだから、そういう問題をこの駐屯所のほうに持ち込まれても困るんだな。アドリアン・ニエベスが問いかけるように軍曹のほうを見て、そう伝えるんですか？　次に中尉のほうを振り向いて、なにもかも言うんですか？　士官は生あくびをすると、いかにも疲れたというようにだらしなく口を少し開ける。軍曹が彼のほうに身をかがめて、中尉、いっそのことここで、よし、分かったと言われたらどうです。ゴム、革、初等読本、女の子、お前の言うものは何でも返してやる、そうおっしゃれば？　〈デブ〉が、なんですって、軍曹？　エスカピーノは死んで、いないんですよ、誰が返すんです？　まさかおれたちの給料から差っ引くというんじゃないでしょうね、と〈チビ〉。軍曹が、この男を追い返すには、サインした書類を渡してやるのが一番です。シプリアーノ中尉がおられた時に一度やったことがあるんですが、効果てきめんでしたよ。できれば、その書類の真中に証紙を貼《は》って、よし、これを持ってレアテギ氏と悪魔エスカピーノのところへ行け。そうしたら何もかも片付く、そうおっしゃればいいんですよ。それを聞きとがめて、〈クロ〉が、嘘《うそ》も方便だというわけですか、軍曹？　しかし中尉は、おれにはそんなことはできん、昔の事件にまつわる書類にサインしろと言われても、困るよ。いや、新聞の切れ端かなんかにでたらめなサインをして渡してやるだけでいいんです、それをもらったら喜んで帰って行きますから、と軍曹。連中は頑固《がんこ》には違いありませんが、書類をひどく有難がりますから、それをもって何ヵ月、いや、うまく行けば何年かはエスカビーノとレアテギ氏を探し回ります、その間は静かなもんですよ。よし、もういいだろう。何か食べるものをやって、釈放してやれ。以後、この男には指一本触れるんじゃないぞ。大尉、みんなにこのことをもう一度徹底させておいてくれ。それを聞いて大尉が、はい、分かりました、ドン・フリオ。そして伍長《ごちょう》を呼びつける。分かったな？　懲罰はこれで終わりだ。これからはもう、指一本触れてもいかん。白人のボスを騙してはいかん。お前はウラクサへ帰るのだ。これからは兵隊を殴ったり、白人のボスを騙してはいかん。ウラクサの者たちが温和《おとな》しくしていれば、白人は手を出さない。だが、ウラクサの者たちが悪いことをすれば、白人も黙ってはいない、そう伝えてくれ。そして軍曹は童顔をほころばせておかしそうに笑う。だから言ったでしょう、中尉。この男を厄介《やっかい》払いできるのに、中尉にはそのやり方がお気に召さない。つまりは、この連中の扱いに慣れておられないんですよ。〈デブ〉が横から、密林ではリマのようなわけにゆきませんからね、中尉。ここでは万事、インディオを敵だと思ってやらなくてはいけないんですよ。中尉は立ち上がると、軍曹、ややっこしい話のおかげで頭がくらくらする。おれはもう休ませてもらうよ。世界がひっくり返っても起こさんでくれ。おやすみになる前に、ビールをいかがです？　いや、結構だ。水を持たせてやりましょうか？　あとでいい。中尉は手を上げて治安警備隊員たちに敬礼すると、部屋を出て行く。サンタ・マリーア・デ・ニエバ広場はインディオたちでごった返している。大勢の女たちが車座になって地面に坐《すわ》り、なにかを突き潰《つぶ》しているが、中にはその胸に乳飲み子を抱いている女もいる。中尉は道の真中で立ち止まり、手で目庇《まびさし》を作ってカピローナの木をちらっと眺める。高々とそびえた太く逞《たくま》しい木。野良犬《のらいぬ》が中尉のそばをすり抜けて行く。目でその人を追っていると、船頭のアドリアン・ニエベス の姿が目に入った。船頭は彼のほうに近付いてくると、手にもった黒い活字の並んでいる新聞の切れ端を見せる。あの男は、軍曹の言われるほどばかでもなさそうですね。今、そこでこれを拾ったんですが、細かくひき裂いて広場に棄《す》ててありました。

一章

「軍曹《ぐんそう》、取っておきの秘密情報があるんですがね、ほかの連中には知られたくないんですよ」と〈デブ〉が声をひそめて言った。

〈クロ〉と〈チビ〉、それに〈金髪〉はグラスにアニス酒を注《つ》いでいるパレーデスを相手になにか話し込んでいた。子供が泥《どろ》の小さな壺《つぼ》を三つもって酒場を出て行き、人気《ひとけ》のないサンタ・マリーア・デ・ニエバ広場を横切って駐屯所《ちゅうとんじょ》のほうに姿を消した。強い陽差《ひざ》しがカピローナの木や掘っ建て小屋の屋根、板張りの壁を金色に染めているが、その光も地表までは届かない。ニエバ川から湧《わ》き出した白い靄《もや》が大地をすっぽり覆《おお》い、陽差しを遮《さえぎ》っていたのだ。

「連中には聞こえやしないよ」と軍曹が言った。「で、その秘密というのは何だ?」

「ニエベスのところに若い娘がいたでしょう。」〈デブ〉はそう言いながらパパイヤの黒い種をぺっぺっと吐き、ハンカチで顔の汗を拭《ぬぐ》う。「先日の夜、壁ごしに話しかけてきたあの子です、あの子のことが分かったんですよ。」

「ほう、そうか」と軍曹が言った。「で、どういう子なんだ？」

「じつは、伝道所のゴミを運んでいた子なんですよ」と〈デブ〉は横目でカウンターのほうを見ながら囁《ささや》いた。「生徒たちが逃げる時に手を貸したとかで、伝道所から追い出された子がいたでしょう、あれがあの子なんですよ。」

軍曹はポケットをさぐるが、タバコはテーブルの上に置いてあった。一本に火をつけると、大きく喫《す》い込んで口から煙を吐き出す。蠅《はえ》が一匹煙にまかれて苦しそうに羽をばたつかせると、ブーンと飛んで行った。

「どうやって調べたんだ？」と軍曹が尋ねた。「ニエベス夫妻に紹介してもらったのか？」

からかわないで下さいよ、軍曹、と〈デブ〉。船頭の小屋のあたりをよく散歩するんですが、今朝がた、ニエベスの女房といっしょに畑仕事をしているのを見かけたんです。たしかあの子は、ボニファシアとかいう名前でしたね？　どうしてニエベスのところにいるのかなあ？　まだ半分尼僧《にそう》なんでしょう？　いや、伝道所を追い出されてからはもう尼僧とは関係ないんだ。そう言えば、僧服をつけていなかったですね。一目見て、あの子だと分かりましたよ、と〈デブ〉。体の線はまだ崩れていませんが、ちょっと太りましたね、軍曹。まだ若いはずですよ。ですが、このことはほかの連中には言わないで下さいよ。

「おれが喜んで言いふらすとでも思っているのか?」と軍曹が言った。「くだらないことを言うんじゃない。」

パレーデスがアニス酒のグラスを二つ持ってやって来た。軍曹と〈デブ〉が飲み終わるのを待って、ふきんでテーブルを拭《ふ》くとまたカウンターのほうへ戻った。〈クロ〉、〈金髪〉、〈チビ〉の三人は酒場から出て行こうとして戸口で立ち止まるが、その彼らの顔や髪の毛をバラ色の陽差しが火のように赤く染めていた。あたりには濃い靄が立ちこめ、その中を行く三人の姿は遠くから見ると、手足をもがれた人間か、逆巻き泡立《あわだ》つ川を渡るキリスト教徒のようだった。

「ニエベス夫妻はおれの友人だ。おかしな真似《まね》をして面倒を起こすんじゃないぞ」と軍曹が釘《くぎ》を差した。

なにも面倒を起こすなんて言ってませんよ。だけど、目の前に据《す》え膳《ぜん》があるのに食わない手はないでしょう、軍曹。他の連中は知らないんですから、友連れということでいかがです。手筈《てはず》はわたしのほうで整えますから、半々ということでどうです、と〈デブ〉。ねっ、いいでしょう? 軍曹は急に咳《せ》き込むと、お前と相乗りはごめんだな。そう言うと、口と鼻から濛々《もうもう》と煙を吐き出した。お前のお裾《すそ》分《わ》けを頂戴《ちょうだい》するというのは、ぞっとしないよ。

「ですが、最初に見つけたのはわたしなんですよ、軍曹」と〈デブ〉が反論した。「あの子の素姓を調べたのも、このわたしですしね。おや、中尉《ちゅうい》だ！　あんなところで何をしているんだろう?」

〈デブ〉が指さした広場のほうを見ると、上半身だけの中尉が近付いてくる。洗い立てのシャツを着た中尉は、強い陽差しの下でしきりに目をしばたたいていた。靄の中から抜け出した中尉のズボンの下半分とブーツがびっしょり濡《ぬ》れていた。

「軍曹、いっしょに来てくれ」と階段のところから言った。「ドン・ファビオに呼ばれているんだ。」

「今言ったことを忘れないで下さいよ、軍曹」と〈デブ〉が小声で言った。

中尉と軍曹の体は腰のあたりまで靄に包まれていた。船着き場やまわりの低い掘っ建て小屋をすっぽり包んでいる水蒸気の靄はいっそう勢いを増して、波うちながら小屋の屋根や手すりに襲いかかっていた。しかし、丘の上のほうは明るい澄明《ちょうめい》な光が差し、伝道所の建物がまぶしく輝いている。木々の幹も靄に包まれていたが、樹冠は青々と茂り、木の葉や枝、銀色のクモの巣が美しくきらめいていた。

「シスターたちのところへお出《い》でになったんですか、中尉?」と軍曹が尋ねた。「おチビさんたちはきっとお仕置きを受けたんでしょうね？」

「もうお許しが出たようだ」と中尉が答えた。「今朝は、水遊びに行っていたからな。院長さんの話では、病気だった子もすっかり良くなったそうだよ。」

行政官の官舎の階段の前で、二人は濡れたズボンをはたき、靴《くつ》の裏にこびりついた泥を踏み段でこすり落とした。ドアの前に張ってある金網がひどく小さいので、中の様子は分からなかった。裸足《はだし》のアグアルナ族の老婆《ろうば》がドアを開けてくれたので、中に入ると、部屋の中は涼しく野菜の匂《にお》いがした。窓を閉め立ててあるので部屋の中はうす暗く、壁にかかった弓や写真、吹き矢筒、矢の束などがぼんやり見えていた。チャンビラ織のじゅうたんの上には、花模様をあしらった揺り椅子が何脚か並べてある。ドン・ファビオが隣室に通じるドアのところに姿を現わした。やあ、来てくれたかね、そう言って愛想よく手を差し出した。禿頭《はげあたま》にこけた頰《ほお》。やっと命令が出たんだよ。そう言いながら士官の肩をぽんと叩《たた》くと、気のおけない態度で、どうだね、近頃《ちかごろ》は？　あの通達をどう思うね？　しかし、その前に何か冷たいものがいいだろう、ビールにするかね？　まったく狐《きつね》につままれたような話だ！　彼がアグアルナ族の言葉で何か言うと、老婆がビール瓶《びん》を二本持って来る。軍曹はグラスのビールを一気に飲み干すが、中尉はしきりにグラスを持ちかえ不安そうに回りを見まわしている。ドン・ファビオは小鳥のようにちびちびビールを舐《な》めていた。

「通達は無線でシスターたちに伝えられたんですか?」と中尉が尋ねた。

そうだ、今朝方命令が届いて、早速わたしのところに知らせて来たんだよ。ドン・フリオはつねづね前の大臣は自分の一番の政敵で、全然仕事をしないから、事態はなかなか変わらんだろうとこぼしておられたんだが、やはりその通りだった。大臣が変わったとたんに、こうして命令が出るんだからね。

「大分昔のことなので」と軍曹が言った。「あの盗賊たちのことはすっかり忘れていましたよ。」

ドン・ファビオ・クエスタはにこやかに笑いながら、出来るだけ早い時期にここを発《た》って、雨期がはじまるまでに戻ってきてもらいたいんだ。リンティアーゴで増水に会ったり、竜巻《たつまき》や流木で船がひっくり返るかも知れないんでね。これまでも、白人の犠牲者が大勢出ているんだ。

「この町には治安警備隊員が四人しかいませんが、これでは手が足りませんね」と中尉が言った。「それにこの駐屯所にもひとり残して行かなくてはいけませんし。」

ドン・ファビオは悪戯《いたずら》っぽく片目をつむると、新しい大臣はドン・フリオの友人なんだ。だから、いろいろと便宜をはかってくれて、今度もボルハ守備隊の兵隊たちが同行することになっている。むこうでももう命令を受け取っているはずだ、中尉。士官はビールを一口飲むと冴《さ》えない顔でうなずく。なるほど、そうですか。すると事情が少し変わってきますね。しかし、どうも納得が行かんですな、そう言いながら困り果てたように首を振る。今度のは生命《いのち》がけの大仕事ですからね。この国は万事この調子だよ、中尉。ほかに仕方がないんだ。前の大臣はドン・フリオを困らせてやろうとして、あんなふうに問題の解決を一日延ばしに引き延ばしてきたが、そのおかげでひどい目に会ったのは我々この地方に住んでいる人間だ。たしかに時期は悪いが、放《ほ》っておくわけにも行かんのだ。

「しかし、あの盗賊どもを捕まえてほしいという訴えは出てないんじゃないですか、ドン・ファビオ?」と中尉が尋ねた。「たしかこの前出たのは、わたしがサンタ・マリーア・デ・ニエバに赴任したばかりの頃ですよ。あれからもう大分経《た》ちますがね。」

それはまたべつ問題だよ、中尉。こちらに訴えが出ていなくても、よそには出ているはずだ。それに、あの無法者たちをいつまでものさばらせておくわけには行かんのだよ。ビールはどうだね? 軍曹が、これは、どうも、そう言ってグラスのビールを一気に飲みほす。問題はそのことじゃなくて、折角出かけて行ってもぬけの殻《から》じゃないかという気がするんですよ。あの連中がいつまでもあそこにいるとは考えられませんからね。

それに、もし雨期が早く来れば、われわれは密林の中に閉じ込められてしまいます。いやいや、その点は大丈夫だ、軍曹。四日以内にボルハ守備隊のほうへ出向いてくれ。あとのことは中尉が何もかもご存知だ。前々からドン・フリオは、この件だけは一日も早く片付けてしまいたいとおっしゃっておられたんだ。あの無法者どもには散々手こずってきたから、今度という今度はドン・フリオも一気に叩き潰《つぶ》してしまおうと考えておられる。中尉、あなたはたしか一日も早くこの町を出て行きたいと言っておられたね。だったら、ドン・フリオの機嫌《きげん》を損ねないほうがいい。これは自分の経験から言うんだが、今度の件がうまく片付けば、あの方はけっして放ってはおかないよ。

「これは一本やられました」と士官が笑いながら言った。「いちばん痛いところを突かれましたね、ドン・フリオ。」

「軍曹、その点ではあなたも同じですぞ」と行政官はにこやかに笑いながら肩をぽんと叩いて言う。「なにしろ、先程も言ったように、ドン・フリオと今度の大臣は友達なんだからね。」

分かりました、ドン・ファビオ、精一杯やってみましょう。今のお話で少々興奮したものですから、元気づけに一杯いただけますか。ビールがなくなってからも二人はいい香りのする涼しくてうす暗い部屋の中でしばらく談笑していたが、やがて行政官が立ち上がって二人を階段のところまで送って行くと、そこで別れを告げた。町全体を覆っている靄はヴェールのようにあたりを包んではまたふわふわ漂って行く。それにつれて、掘っ建て小屋や木々がはっきり見えたかと思うと、たちまち姿を消した。広場では人影が動きまわっており、遠くからか細くもの悲しい歌声が聞こえてきた。

「この前は逃げ出したおチビさんを追い回し、今度はこれですか」と軍曹がうんざりしたように言った。「この季節に、川をさかのぼってサンティアーゴへ行くというのはあまりぞっとしませんね。相当厳しい任務になりますよ、中尉。ところで、駐屯所には誰を残します?」

「〈デブ〉にしよう、あいつはやる気を失《な》くしているからな」と中尉が答えた。「ほんとうはお前が残りたいんじゃないのか?」

「しかし、〈デブ〉は経験もあるし、密林には詳しいんですがね」と軍曹が言った。「〈チビ〉はどうです、あまり体力もありませんし」

「いや、〈デブ〉にしよう」と中尉が言った。「そんな顔をするな。おれだってこんなことは言いたくないんだ。だが、行政官も言っていたように、今度の任務がうまく片付けば、とたんにつきが回ってきて、こんなところにはおさらばできるんだ。ニエベスを呼んできてくれ。ほかの隊員たちといっしょにこれからの計画を立てよう。」

軍曹は靄の中で、両手をポケットに突っ込んだまましばらく佇《たたず》んでいた。やがて、首をうなだれて広場を横切ると、濃くたちこめた水蒸気の中に沈み込んでいる船着き場の横を抜けて小道に入った。あたりは靄に包まれ、足もとが滑りやすくなっていた。カエルの鳴き声が聞こえ、空気中には電気が流れていた。船頭の小屋の前まで来ると、ぶつぶつひとりごとを言いながら軍帽とゲートルにしみ込んだ水を絞った。彼のズボンとシャツには泥のはねが飛んでいた。

「まあ、こんな時間にお出でになるなんて、珍しいですわね、軍曹!」手すりにもたれて髪を梳《す》いていたラリータがそう言った。彼女の顔や腕、服から水がしたたり落ちている。「さあ、どうぞ、お上がり下さい、軍曹!」

思うことがあるらしくためらっていたが、口の中でぶつぶつ言いながら軍曹は階段を登ると、テラスの上でラリータと握手した。彼がうしろを振り返ると、ボニファシアがすぐそばに立っていたが、彼女もずぶ濡れになっていた。生成《きな》りの服が体にぴったり貼《は》りつき、濡れた髪の毛は修道尼のずきんのように顔にまつわりついていた。彼女は気おくれした様子もなく、うれしそうにその緑色の目で軍曹をじっと見つめている。ラリータがスカートの裾を絞りながら、軍曹、うちの居候《いそうろう》さんに会いに来られたんですか?透きとおった水滴が足の上にしたたり落ちる。だったら、ここにいますよ。魚を獲《と》っていたら、この霧でしょう、二人とも川に落ちてしまったんですよ。何も見えなかったけど、水の中は暖かくて気持ちがいいですわよ。ボニファシアが一歩前に出ると、何か食べものを持って来ましょうか、それともアニス酒にします？　返事をするかわりに、ラリータは大きな笑い声をあげると小屋の中に入って行った。

「今朝がた、〈デブ〉がお前を見かけたそうだ」と軍曹が言った。「どうして姿を見られたんだ、人に見られないようにしろと言ったろう！」

「おや、妬《や》いているんですか、軍曹？」窓から顔を出したラリータが笑いながらそう言った。「見られたっていいじゃありませんか。まさか、一生人目を避けて暮らせとおっしゃるんじゃないでしょうね。」

戸惑い不安そうにしているボニファシアはひどく真剣な顔で軍曹の顔色を窺《うかが》っている。彼が一歩前に出ると、ボニファシアの目に怯《おび》えたような表情が浮かんだが、じっとこらえてその場に立っていた。軍曹は腕を上げると、彼女の肩をつかんで、この子に〈デブ〉と、いやほかのどんな白人とも口をきいて欲しくないんですよ、奥さん。

「わたしに止めろと言ってもむりですよ」とラリータが言った。その時窓から顔を出したアキリーノが笑いながら、ませた口をきいた。「自分の妹でもなければむりだよ。ボニファシアを奥さんにでもすれば、話はべつだけど。」

「わたしはあの人を見かけませんでした」とボニファシアが口ごもりながら言った。

「わたしを見たなんて、きっと出まかせを言っているんです。」

「何を言ってるんだね、しっかりおしよ、ボニファシア！」とラリータが彼女を励ました。「せいぜいやきもちを焼かせておやり。」

軍曹はボニファシアを自分のほうに引き寄せると、〈デブ〉と会ってはいけないよ！そう言って二本の指で相手の顔を起こしながら、ほかの男とは口をきいてもらいたくないんですよ、奥さん。ラリータが大声で笑う。アキリーノの顔のそばに顔が二つ現われた。三人の子供が食い入るように軍曹の顔を見つめていた。お前がほかの男と会うのが嫌《いや》なんだ。軍曹のシャツを摑《つか》んでいるボニファシアの唇《くちびる》が震えている。きっとそうします。

「ばかだねえ」とラリータが言った。「白人、その中でも制服さんがどんな人間だかまだ分かっちゃいないんだね。」

「仕事で出かけることになったんですよ」と軍曹はボニファシアを抱きしめながら言った。「三週間、いや、ことによったらひと月ばかりは、二人とも戻って来られないと思います。」

「ということは、わたしもいっしょに行くんですか、軍曹？」下着一枚のアドリアン・ニエベスが階段のところからそう言うと、日に焼け骨ばった体を手で擦《こす》る。「また、生徒たちを追いかけろって言うんじゃないでしょうね？」

むこうから戻ったら、結婚しよう。そう言う軍曹の声がかすれる。そして、急に狂ったように笑い出す。その言葉を聞いたとたんに、ラリータは両腕を広げ、満面に笑みを浮かべ大声をあげながらテラスに飛び出してくる。ボニファシアも彼女のほうに駆け寄り、二人はしっかりと抱き合う。船頭のニエベスは軍曹と握手するが、軍曹の声は上ずっていた。ドン・アドリアン、ちょっと興奮しているんだ。ところで、結婚式の付添い人になってもらいたいんだがね。奥さん、あなたの仕掛けたわなにまんまとはめられてしまいましたよ。それを聞いてラリータが、軍曹は心根のまっ直な方だから心配ない、そう思って黙って見ていたんですよと言う。披露宴《ひろうえん》はパーッと派手にやりましょうね、まあ、見てらっしゃい。ボニファシアはどぎまぎして、軍曹とラリータを抱きしめ、船頭の手に口づけすると、子供たちを高々と抱き上げる。ニエベス夫妻が、喜んで付添い人をさせていただきますよ、軍曹、今夜はここで夕食をとられますね？　緑の目がきらきら光る。ラリータが、家はこの家の隣に建てなさいよ。悲しいこと、嫌なことがあったら元気づけてあげますから。楽しくやりましょうね！　軍曹が、この娘《こ》のことはよろしくお願いします。仕事から戻るまでは誰とも会わせないで下さい。ラリータが、はい、はい、分かりました。縄《なわ》で縛って家からは一歩も出しませんから。

「で、今度はどこへ行くんです？」と船頭が尋ねた。「また、シスターといっしょなんですか？」

「そうあって欲しいよ」と軍曹が答えた。「シスターたちにはいやというほどこき使われたからな。ドン・アドリアン、じつは、上から命令が出て、サンティアーゴにいる盗賊どもを捕まえることになったんだ。」

「サンティアーゴですって！」とテリータが叫んだ。顔色がさっと変わり、体を強張《こわば》らせ口をぽかんと開けた。船頭のニエベスは手すりにもたれたまま、川や靄《もや》、木々をじっと見つめていた。子供たちだけがボニファシアのまわりで嬉《うれ》しそうに飛び跳ねていた。

「ボルハ守備隊の兵隊もいっしょに行くことになっている」と軍曹が説明した。「どうしたんだ、二人ともそんな顔をして？　大勢で行くから、何も危険はない。それに、あの盗賊どももう齢《とし》だから、生きているかどうかも怪しいもんだ。」

「船頭のピンタードがこの下に住んでいます。」そう言いながらアドリアン・ニエベスは靄に包まれた川のほうを指さした。「あの男なら腕も確かだし、むこうのことにも詳しいですよ。ですが、今頃はよく魚釣《つ》りに出かけますから、早く知らせてやったほうがいいでしょう。」

「なんだって？」と軍曹が驚いて尋ねた。「すると、あんたは来ないつもりかね、ドン・アドリアン？　三週間余り出かけるだけで、相当な収入になるはずだがな。」

「じつは、熱があって体の具合が悪いんですよ」と船頭が弁解した。「頭がくらくらする上に、何を食べてももどしてしまうんでね。」

「そんなことを言わずにいっしょに来てくれないか、ドン・アドリアン」と軍曹が頼んだ。「あんたが病気だと言っても信じられんよ。どうして嫌なんだね？」

「いえね、この人、ほんとうに熱があって、すぐ床に就かなければいけないんですよ、軍曹」とラリータが横から取りなした。「さあ、早くピンタードのところへお出でになって下さい。でないと、魚釣りに出かけてしまいますよ。」

日が落ちると、彼女は言われたとおりこっそり抜け出して、崖《がけ》を降りた。フシーアが、なにをぐずぐずしている、さあ、急いでランチに乗るんだ！　船はエンジンを切ったまま、暗闇《くらやみ》の中をウチャマーラから遠ざかって行く。彼が、人に見られなかっただろうな。見つかったら最後、命はないんだぞ。それにしても、どうしてこんな危険をおかさなきゃいけないんだろうな。彼女は舳先《へさき》に坐《すわ》って、気をつけて、水が渦《うず》を巻いているわ、左は岩よ！　やっとのことで二人は岸にたどり着くと、ランチを隠して砂の上に横になった。彼が、ばかばかしい話だが、じっを言うと妬いているんだよ、ラリータ。あのレアテギの犬畜生の話だけはしないでくれ。これだけはどうしても必要だったんだ。これから先、つらい日が続くだろうが、今に見てろ、必ず連中を見返してやるからな。その言葉を聞いて彼女が、大丈夫よ、あなたならきっとやれるわ。わたしもできるだけのことはするつもりよ、フシーア。彼が、あいつはしきりに国境、国境と言っていたから、ブラジル方面へ逃げたと思って、今頃はやっきになって探し回っているだろう。まさか反対方向へ逃げたとは思うまい。このままエクアドルに抜ければ、もう安心だ。そしてだしぬけに彼が、ラリータ、服を脱げ！　彼女が、だってアリに刺されるわ、フシーア。彼が、構うもんか！　そのあと、ひと晩中雨が降り続き、二人を包んでいた毛布が風に吹きとばされたので、彼らは交代で蚊やコウモリを追い払った。夜が明けると、船を出した。急流に出るまでは楽な旅だった。ほかの船を見かけると隠れ、村や兵営、飛行機が見えると慌《あわ》てて身を潜めた。一週間雨が降らなかったが、その間、日が昇ってから沈むまでのあいだ船旅を続けた。食料が底をついてはいけないので、アンチョベータやバグレを釣った。昼間は、近くに島や砂洲《さす》、岸があると、そこで火を焚《た》きそのそばで眠った。村の近くを通る時は、夜を選びエンジンを止めて進んだ。ラリータ、もっと力を入れて漕《こ》ぐんだ！　彼女が、だめだわ、もう力が入らないの、流れが速すぎるのよ。彼が、頑張《がんば》れ、あと少しだ！　バランカの近くで漁師と出会ったので、いっしょに食事をとった。二人が、自分たちは人に追われているんだと言うと、漁師が、何か役に立てることがあれば、言ってくれ。それじゃあ、とフシーアが言う、ガソリンが切れそうなんで、買って来てもらえるかな。漁師が、金をくれれば、村へ行って買ってきてやるよと答えた。二人は二週間かかってやっと小さな峡谷を越えたが、そのあと水路や沼、急流が果てしなく続く地域に迷い込み、方向が分からなくなった。ランチが二度転覆し、ガソリンも切れてしまった。ある朝、ラリータ、もう泣くな、とうとう着いたぞ！　ほら、見ろ、ウアンビサ族だ！　彼らはフシーアのことを覚えていて、またゴムの買い付けにやって来たと思っていた。ウアンビサ族の者たちから小屋や食べものをもらい、囲炉裏を作ってもらったので、二人はそこで何日か過ごした。フシーアが、おれについて来たばかりに、苦労をかけるな。こんなことなら、おふくろさんとイキートスで暮らしていたほうがよかったんじゃないのか？　彼女が、もしあなたが殺されたら、どうすればいいの、フシーア？　彼が、ウアンビサ族の女にでもなるんだな、乳房をむき出して、インジゴやルピーニャ、アチオテを使って体じゅうに入れ墨を描き、みんなにタピオカを噛《か》んでマサート酒を作ってもらえばいい。それを聞いて彼女は急に泣き出す。その様子を見てウアンビサ族の者たちが笑いころげる。彼が、ばかだな、今のは冗談だよ。ここの連中が白人の女を見たのは、お前がはじめてだろう。もう大分昔のことになるが、モヨバンバの男といっしょにここへ来たことがあるんだ。その時、金鉱を探し求めてこのサンティアーゴに迷い込んだ白人の首を見せてもらったことがある、気味が悪いのかい？　彼女が、こわいわ、フシーア。あの時は、ウアンビサ族の連中がチョスカやパカの肉、バグレ、タピオカなどを食べさせてくれたが、緑色の青虫には閉口したよ。口にはしたが、とても食べられたものじゃなかったな。それに、シカやカミターナ、スンガロを持ってきてくれたこともある。彼は一日中ウアンビサ族の者たちと話し込んでいた。彼女が、ねえ、何を訊《き》いたの、あの人たち何て言ったの、教えて。彼が、とりとめのない話をしていただけだ。何も心配することはない。アキリーノのじいさんとはじめてここに来た時は、酒を飲ましてて連中を手なずけ、半年ばかりいっしょに暮らしたんだ。おれたちがナイフや布、ショットガン、アニス酒を渡すと、代りにゴムと革をくれたが、連中には世話をかけっぱなしだ。以前はいいお客さんだったし、今ではかけがえのない友人というわけだ。この連中がいなければ、おれはとっくの昔に死んでるよ。彼女が、それはよく分かってるわ、でも、早くここを出ましょう、フシーア。国境まではかなりあるんでしょう？　彼が、ラリータ、ここの連中はレアテギをはじめほかのゴム商人たちよりもずっといい人間だ。あの男がおれをどんな目に会わせたかお前もよく知ってるだろう？　あれだけもうけさせてやったのに、おれを助けようともしなかった。それにひきかえ、ウアンビサ族の連中は二度もこのおれを助けてくれたんだ。彼女が、でも、いつエクアドルへ行くの、フシーア？　間もなく雨期がはじまるのよ、そうなるともう行けないわ。それ以来、彼はぷっつり国境のことを口にしなくなり、夜になっても眠らず、囲炉裏のそばに坐り込んだり、うろうろ歩き回ったり、ぶつぶつひとりごとを言うようになった。そんな彼を見て、彼女が、どうしたの、フシーア？　どうして何も言ってくれないの？　わたしはあなたの奥さんよ。彼が、静かにしてくれ、考えごとをしているんだ。ある朝、彼は突然立ち上がると、崖を駆け降りた。その様子を見て、彼女は崖の上から、ばかな真似《まね》は止《や》めて、ねえ、お願い！　ああ、神様！　彼は山刀でランチの底に穴を開けて沈めてしまった。崖の上に登って来た彼の目は、嬉しそうに輝いていた。服も金もパスポートもないんだ、それでどうやってエクアドルへ行くつもりだ、ラリータ？　その上、このペルーとエクアドルの警察はたえず情報を交換し合っているんだ。しばらくここにいよう、すぐに金をもうけてやるよ。この連中を抱き込み、アキリーノがいてくれたら、鬼に金棒だ。ここはどうしてもあのじいさんの助けが必要だ。彼女が、なんてことをしたの、フシーア！　それに答えて彼が、ここまでは誰も来やしない。おれたちが出て行けば、この連中はおれたちのことをすぐに忘れてしまうだろうし、金さえあればどんな人間の口でも塞《ふさ》ぐことができる。彼女が、フシーア、フシーアってば！　そんな彼女を押し留《とど》めて彼が、とにかくアキリーノを見つけ出すことだ。彼女が、どうして船を沈めたの？　こんな密林で死にたくないわ！　彼が、ばかだな、お前は！　船があれば、おれたちのいることが分かるじゃないか。ある日、彼らはウアンビサ族の男二人といっしょにカヌーに乗り込むと、あの二人にカヌーを漕がしてサンティアーゴに向けて出発した。ブヨや雨のように襲いかかる蚊の群れが一行にまつわりつき、トロンペテーロ鳥のしゃがれた鳴き声が聞こえていた。夜は、火を焚き毛布にくるまったが、それでもコウモリが飛び回り、足の指や鼻、首の付け根といった体の柔らかい部分に噛みついた。彼が、この辺には兵隊がうろついているから本流には近づくな、と言った。一行はどんどん川をさかのぼって行った。木々がドームのように鬱《うっ》蒼《そう》と生い茂った暗くて狭い水路や悪臭を放っている沼、レナーコ樹のせいで一面泡立《あわだ》っているように見える湖などを抜け、時には、カヌーをかついだウアンビサ族の者たちが山刀で切り開いた小道を進むこともあった。木の根、水気の多い苦い味のする茎、草の葉を調理したもの、なんでも手当たり次第に口にした。ある時、バクを一頭仕止めたが、おかげで一週間は肉に困らなかった。彼女が、フシーア、もうだめだわ、脚が言うことをきかないの。それに顔だって傷だらけだし。もう少しの辛抱だ、と彼。とうとう、サンティアーゴが見えた。そこでは、川石の下に隠れているチタリス魚を捕まえて、燻でいぶしたのを食べたり、ウアンビサ族の者たちが捕まえてきたアルマジロの肉を食べた。彼が、とうとう着いたぞ、ラリータ！　食べものはたっぷりあるし、ここは楽園だ。これからは何もかもうまく行く！　彼女が、顔が焼けるように熱いの、フシーア。もうだめ、一歩も動けないわ。一行はそこで野営し、次の日また、サンティアーゴをさらに上流へとさかのぼっていったが、途中、ウアンビサ族の者たちが二、三家族住んでいる集落で食事をとったり、そこで泊めてもらったりした。一週間後、一行は本流から逸《そ》れて、頭にぶつかるほど木々が低く生い茂っている、陽の光も差し込まない狭い水路に分け入り、何時間もカヌーを進めた。ついに水路が切れた。彼が、ラリータ、見ろ、島だ！　密林と沼に囲まれた申し分のないところだ。島へ向かう前に、そのあたりをひと回りしてくれ、と彼はウアンビサ族の者たちに命じた。彼女が、こんなところに住むの？　それを聞いて彼が、ここは人目につかないし、まわりの岸には木々が高々とそびえている。それに、この端《はな》は船着き場にもってこいだ。一行は船から降りる。ウアンビサ族の者たちが目をむき、拳《こぶし》を振りあげて唸《うな》り声をあげる。ラリータが、どうしたの、フシーア？　なぜあの人たち、怒っているの？　彼が、くだらないことでびくついているんだ。ルプーナの木を見たとたんに怯えて、帰りたいと言い出したんだ。ほら、崖の上や島のまわりに背の高い木が柵《さく》のようにびっしり生えているだろう、あれはみんなルプーナの木だ。木の幹がごつごつして、瘤《こぶ》や節になったところが、腰をかけられるくらいふくれ上がっているんだよ。彼女が、そんな大きな声を出さないで、フシーア、あの連中が怒り出したらどうするの？　彼らは身振りをまじえ唸り声をあげながら、さかんに言い争っていたが、とうとうフシーアが二人を説き伏せた。彼はウアンビサ族の者たちのあとについて、島をすっぽり覆《おお》っている草の茂みの中に入っていった。彼が、聞こえるだろう、ラリータ？　この島には鳥が沢山いるんだ。あれは金剛インコだ、聞こえるかい？　小さな黒い蛇《へび》を食べているウアンカウイ鳥を見たとたんに、ウアンビサ族の者たちが悲鳴をあげた。彼が、気の小さい奴《やっ》らだ！　彼女が、気でも狂ったんじゃないの、フシーア！　まわりは密林よ、こんなところに住めるわけがないわ！　それを聞いて彼が、ちゃんと考えてあるんだ。以前、ここでアキリーノと暮らしたことがあるんだが、またここで暮らすことにした。見てろ、今に大金持ちになってやるからな。一行は崖のところまで引き返した。彼女はカヌーに戻ったが、フシーアとウアンビサ族の者たちはふたたび島の中へ入って行った。急に、ルプーナの木の上あたりに鉛色の煙が立ち昇ったかと思うと、焼け焦《こ》げた臭《にお》いが漂ってきた。フシーアとウアンビサ族の者たちは駆け戻ってくると、カヌーに飛び乗り、沼を渡って対岸の水路の入口の近くで野営した。島を焼き払ったら、大きな空地ができるはずだ、ラリータ。雨が降らなきゃいいが。彼女が、風もよ、でないと、火がこちらに燃え移って、密林が火事になるわ。さいわい雨は降らず、火は二日間燃え続けた。一行は、ルプーナやカターウアの木の、鼻を刺す煙や空中を漂う灰に悩まされながら、その野営地に留まっていた。青白い炎がちろちろ舌を出し、火の粉や燃え殻《がら》がジュッと音を立てて水に落ちていた。島全体がきしんでいるように思われた。彼が、よし、もういいぞ、これで悪魔どもも焼き払われただろう。その言葉を聞いて彼女が、だめよ、あの連中を怒らすようなことを言っちゃあ！　迷信でも何でも、あの人たちは信じているのよ。彼が、大丈夫だ、何て言ったか分かりゃしないさ。それに、笑ってるじゃないか。これで、連中ももうルプーナの木を怖がらなくなる。火は島を焼き尽し、生き物を絶滅させた。濛々《もうもう》と立ちのぼる煙の中から、鳥の群れが飛び立ち、岸にはマキサーパ猿《ざる》、フライレシーリョ猿、シンビーリョ猿、ペレッホ猿などが姿を見せ、キーキー鳴きながら、水に浮かんでいる木の幹や枝に飛びついていた。それを見て、ウアンビサ族の者たちは水の中に入って何匹もの猿を捕まえると、山刀で猿の頭を叩《たた》いて殺した。彼が、これでご馳走《ちそう》にありつけるぞ、ラリータ。連中の怒りもおさまったようだ。彼女が、お腹《なか》が空《す》いたわ、猿の肉でも何でもいいから早く食べたいわ。島に上がると、空地があちこちに出来ていたが、崖の上は元のままだったし、あちこちにはまだ密林の名残りが残っていた。一行は木を切り倒し、その日は一日中、枯れた木の幹や黒く焼け焦げた鳥や蛇などを沼に投げ棄《す》てた。彼が、どうだ、楽しいだろう？　彼女が、ええ、楽しいわ、フシーア。彼が、おれについて来るかい？　彼女が、ええ。やがて、平らな土地が生まれた。ウアンビサ族の者たちは木を切り倒し、それを丸太のまかずらでしっかり縛った。それを見てフシーアが、ほら、ラリータ、家らしくなってきたろう。彼女が、ちょっとお粗末だけど、密林で眠るよりはずっといいわね。翌朝、彼らが目を覚ますと、小屋の前にパウカル鳥が巣をかけていた。その黒と黄色の羽が枯葉のあいだで美しく輝いていた。それを見て彼が、吉兆だぞ、これは。この鳥は人になつきやすいんだが、こうして巣をかけたところを見ると、おれたちがここに住みつくってことをちゃんと知っているんだ。

土曜日にアンーニアの遺体は引き取られ、近所の人たちがシーツにくるんで洗濯《せんたく》女の家まで運んだ。お通夜《つや》の晩には、ガジナセーラの住民がアナ・バウラの家の中庭に詰めかけた。彼女はひと晩中泣き続けたが、時々思い出したように遺体に取りついてその手足や目に口づけした。夜が明けると、女たちがファナを部屋から連れ出した。町の人たちから集めたお金で柩《ひつぎ》を買い、そこにアントニアの遺体が安置されたが、その時にはガルシーア神父も手を貸した。日曜日に、ガルシーア神父は市場にある礼拝堂でミサを執り行ない、葬列を先導した。神父は墓地からガジナセーラへ戻る時もずっとファナ・バウラに付添っていた。武器広場を横切って行く神父のまわりを大勢の女たちが取り囲んでいたが、その顔は青白く、目は火のように燃え、拳を固く握りしめていた。物乞《ものご》い、靴《くつ》みがき、浮浪者が葬列に加わり、市場に着いた時は、その広い通りが人で埋め尽されていた。ガルシーア神父はベンチの上に立ち、大声で説教をはじめた。それを聞こうと、近くに住む人たちは窓を開け、市場のおかみさん連中は店を放《ほう》り出して駆けつけた。警官が二人やって来て、群衆を追い散らそうとしたが、逆に罵声《ばせい》を浴びせられ、石を投げられた。ガルシーア神父の怒声はカマルにいても聞こえた。ヘラ・エストレーリャ・デル・ノルテ〉の泊り客たちはびっくりして口をつぐみ、あのどよめきはいったいどこから聞こえてくるんだ、女たちが大勢集まっているが、いったい何の騒ぎだ、と尋ねた。ひそひそ囁《ささや》く女の声が町中を執拗《しつよう》に駆けめぐった。その間も、ハゲワシの舞う空の下でガルシーア神父は説教を続けた。神父が話し終えたとたんに、その足もとに跪《ひざまず》いていたファナ・バウラが悲鳴をあげた。それを聞いて、女たちの間に動揺が走り、ひそひそ囁き合う声が聞こえはじめた。治安警備隊員が警棒をもってやって来たが、右手にキリスト像のついた十字架を持ち、怒気を含んだ顔で群衆の先頭に立っているガルシーア神父と猛《たけ》り狂った人波が治安警備隊員たちを蹴散《けち》らし、女たちを押し留めようとした治安警備隊員に向かって、石や威嚇《いかく》の言葉が浴びせられた。治安警備隊員たちは後退して民家に逃げ込んだが、中には転倒するものもいた。押し寄せる人波がそんな治安警備隊員に襲いかかり、ひと呑《の》みに呑みこんでしまうと、あとにぼろぎれのようになった彼らを残して行った。手に手に棍棒《こんぼう》や石を持ち、猛り狂った群衆は気違いじみた唸り声をあげながら武器広場に雪崩《なだれ》こんだ。人波が通過すると、家々の戸には閂《かんぬき》がおろされ、門が閉められた。町の名士たちは慌《あわ》てふためいて大聖堂に駆け込み、旅行者たちは戸口に貼《は》りついて奔流のように通りすぎる人波を呆然《ぼうぜん》と見送った。ガルシーア神父が治安警備隊員と揉《も》み合ったって？　連中が神父に襲いかかったのか？　ずたずたに裂けた僧服からは、神父の青白い痩《や》せた胸や骨ばった腕がのぞいていた。神父はまだキリスト像のついた十字架を高々とかかげ、かすれた声で怒鳴っていた。奔流のような人波が〈ラ・エストレーリャ・デル・ノルテ〉の前を通過したが、その時どこからともなく飛んできた石が酒場のガラスを粉々に砕いた。女たちがビエホ・プエンテ橋を渡りはじめると、あの古い橋はぎしぎしきしみ、まるで酔っているように大きく揺れた。〈リーオ・バル〉を過ぎてカスティーリャに入ると、さらに大勢の女たちがたいまつを手に持って駆けつけた。チチャ酒の居酒屋からも人が飛び出してきて、唸り声はいっそう大きくなり、たいまつの数も増えて行った。群衆が砂原に踏み込んだとたんに、軽やかな金色の巨大なコマを思わせる砂ぼこりが濛々と舞い上がった。そしてその中心には、女たちの顔や握り拳《こぶし》、たいまつの火などが見えていた。

〈緑の家〉は真昼の白熱したまばゆい光の中にうずくまっていたが、窓もドアも閉め立てられたその建物は無人の館《やかた》のように見えた。植物のような緑色に塗られたその壁は強い陽差《ひざ》しを浴びて、静かにきらめき、壁の角はまるで怯《おび》えてでもいるようにぼんやり霞《かす》んでいた。押し寄せる群衆を前にしんと静まり返っているその建物は、怯えながらも逃げ出せずにいる弱々しい手負いのシカを思わせた。ガルシーア神父と女たちがドアの前に立つと、突然どよめきが止み、群衆がぴたりと静止した。その時、悲鳴があがったかと思うと、巣穴に川水が流れ込んであたふた逃げ出すアリのように、厚化粧した店の女たちが半裸姿のまま押し合いながら金切り声をあげて建物から飛び出してきた。ガルシーア神父の声がいっそう高まり、雷鳴のように響き渡った。うねり波立つ群衆の中から、無数の手が触手のように伸びたかと思うと、店の女たちを捕まえ、地面に引き倒して激しく殴りつけた。やがて、ガルシーア神父と女たちは〈緑の家〉の中に踏み込んだが、中はたちまち群衆であふれかえった。間もなく、物が壊されるすさまじい音が聞こえはじめた。グラスや酒瓶《さかびん》が割れ、テーブルが叩きこわされ、シーツやカーテンが引き裂かれた。一階、二階、それに三階の小部屋からも什器類《じゅうきるい》が洪水《こうずい》のようにあふれ出した。植木鉢《うえきばち》、小型便器、引き剝《は》がされた洗面台、お盆、料理皿、ずたずたに裂かれたマットレス、化粧品などが白熱した大気の中を飛び交っていた。そうした物が放物線を描いて砂の上に突きささるたびに、どっと歓声が湧《わ》き起こった。人勢の野次馬や女たちが投げ出された品物や衣類を奪い合っていた。あちこちで衝突が起こり、口論したり、激しく言い争う姿が見られた。その騒ぎの中で、傷だらけになった店の女たちは声もなく震えていたが、やがてのろのろと立ち上がった。中には仲間の女の腕の中に倒れ込む者もいた。泣いているものもいれば、互いに慰め合っているものもいた。〈緑の家〉が燃えはじめた。ゆるやかに渦《うず》をまいてピウラの空に立ち昇って行く灰色の煙の中に、鋭い刃を思わせる紫色の炎がのぞいていた。群衆はじりじり後ずさりし、叫び声も少しずつおさまって行った。建物の中にいた女たちとガルシーア神父は煙にまかれて激しく咳《せ》き込み、涙を流しながら〈緑の家〉から慌《あわ》てて飛び出してきた。

ビエホ・プエンテ橋の手すりやマレコン地区、あちこちの教会の塔、家の屋根やバルコニーには大勢の人が鈴なりになって火事を眺《なが》めていた。空色と血のように赤い頭がいくつもついているヒドラがまっ黒な天蓋《てんがい》の下で、ぱちぱち音を立てて体をよじっていた。小さな塔のような部屋が崩れ落ち、風に運ばれた燃え殻や火の粉、灰が川の上に雨のようにに降りそそいでいたが、その時になってようやく治安警備隊員と警官が到着した。騒ぎの治まったあとにやって来た彼らはべつに何をするわけでもなく、女たちの間に立ちまじって、他の連中と同じようにぼんやり火事に見とれていた。急に、群衆がざわめき、肘《ひじ》で突つき合い、女や物乞いたちがひそひそ囁きはじめた。「あの男がやって来るぞ、ほら、あそこだ！」

彼はビエホ・プエンテ橋を渡ってやって来た。ガジナセーラの女たちや野次馬は慌てて振り返り、彼のために道を開ける。誰ひとり彼を制止しようとするものはいなかった。彼は体を硬直させて歩いて行く。髪は乱れ、顔はうす汚れ、怯えたように目を見開き、口をぶるぶる震わせている。前日の夕方、マンガチェリーアにあるチチャ酒の居酒屋に姿を現わした彼は、腋《わき》の下にハープをしっかりかかえ、土気色の顔をして涙を流しながら酒を飲んでいた。その店で、ひっきりなしにしゃくりあげながら歌をうたい、夜を明かした。そんな彼を見かけたマンガチェリーアの連中が、「何があったんだね、ドン・アンセルモ？　どうしたんだね？　アントニアを〈緑の家〉に引き取って、いっしょに暮らしているという話だが、ほんとうかね？　彼女が死んだんだって？」彼は悲しそうに呻《うめ》き声をあげていたが、とうとう酔い潰《つぶ》れて床に転がると、そのまま眠り込んでしまった。やがて目を覚ますと、酒をもって来てくれと言い、ハープを爪弾《つまび》きながらさらに飲み続けた。そこへ男の子が飛び込んで来た。「大変だよ、ドン・アンセルモ！〈緑の家〉が火事だ！　ガジナセーラの女たちやガルシーア神父が火をつけたんだ、今燃えてるよ、ドン・アンセルモ！」

マレコン地区を通っていると、何人かの男女が飛び出して来た。アントニアをさらったのはお前だろう？　お前があの子を殺したんだな！　そう言って彼の服を引き裂き、あわてて逃げ出すところへ石を投げた。ビエホ・プエンテ橋に着いた時、はじめて彼は大声をあげて慈悲を乞うた。それを見て、人々は、リンチが怖くて芝居をしているんだと言い合った。しかし、彼はなおも赤ン坊を助けてくれと訴えつづけた。怯えた店の女たちもしきりにうなずきながら、あの人の言うとおりよ、さっとまだ中にいるはずだわと言った。彼は砂原に立って、神かけて本当だ、お願いだから赤ン坊を助けてやってくれと懇願した。その様子を見て、群衆は不安に駆られ、治安警備隊員や警官たちがガジナセーラの女たちにあれこれ尋ねたが、はっきりしたことは分からなかった。あの男の言うことが本当なら、ぐずぐずしてはいられんぞ、中を調べなくては！　それに、セバーリョス先生も呼ばなければいかん。マンガチェリーアの住民が水に濡《ぬ》らした袋をかぶって火の中に飛び込んだが、たちまち煙にまかれ、ほうほうの態《てい》で逃げ出してきた。店の中は地獄みたいに燃えさかっていて、とても入れたもんじゃありませんよ。すると今度は、ガルシーア神父に対して攻撃の矢が向けられた。もしあの男の言葉が本当なら、神父さん、どうするんだね？　神様に罰せられるのは、神父さん、あんたのほうだよ。神父は黙ったまま人々の顔を見回した。ドン・アンセルモは治安警備隊員を捕まえてしきりに頼んでいる。お願いだ、わしにも袋をくれ、中に入りたいんだ！　彼らが言い争っているところへ、降って湧いたようにアンヘリカ・メルセーデスが姿を現わした。ドン・アンセルモの言ったとおり、赤ン坊はあの料理女の腕に抱かれていたが、さいわい、かすり傷ひとつしていなかった。それを見てあのハープ弾きは人前も構わず男泣きに泣くと、神に感謝し、アンヘリカ・メルセーデスの手に口づけした。その様子を見て、町の女たちも思わずもらい泣きした。人々は赤ン坊をあやしたり、ハープ弾きに慰めの言葉をかけたりしていたが、中にはガルシーア神父に嚙《か》みついたり、激しく非難しているものもいた。ドン・アンセルモのまわりにいる群衆は、呆然としているもの、ほっと胸を撫《な》でおろしているもの、感激しているものとさまざまだったが、誰もがひどく心を打たれていた。あの店で働いている女、ガジナセーラの女、マンガチェリーアの住民、彼らは誰ひとりとして火に包まれ燃え落ちていく〈緑の家〉を見ようとはしなかった。またしても、いつものように砂の雨が降りはじめた。この地上につかの間姿を現わした〈緑の家〉は、再び砂漠《さばく》の砂に帰って行った。

番長たちは足でドアを蹴って開けると、自分たちの持ち歌をうたいながら店の中に雪崩こんだ。おれたちゃ番長、仕事なんぞは糞《くそ》くらえ、酒を飲んで、バクチをうって、これから次の楽しみだ、おれたちゃ番長。

「あんたも知ってのように、わしはこのとおり目が見えん」とハープ弾きが言った。「だから、教えて上げるといっても、あの夜耳にしたことだけだ。もっとも、この目のおかげで、警察をはじめみんながわしをそっとしておいてくれるんだがね。」

「牛乳があたたまったわ」とラ・チュンガがカウンターから声をかけた。「ヤルバティカ、ちょっと手伝っておくれ。」

ラ・セルバティカは楽団員たちのテーブルから立ち上がり、バーのほうへ行くと、ラ・チュンガとふたりで牛乳の入ったピッチャーやパン、インスタント・コーヒー、砂糖を運んで行く。まだサロンの灯《ひ》はついていたが、窓からは焼けつくように熱い朝の陽差しが差し込んでいた。

「この子はあの晩のことを知らんのだよ、チュンガ」と牛乳をすすりながらハープ弾きが言った。「ホセフィノが教えてやらなかったらしいな。」

「こちらから訊《き》いても、すぐに話を逸《そ》らすんです」とラ・セルバティカが言った。「うるさいな、そうしつっこく訊かれると妬《や》けてくるじゃないか、そう言っていつもごまかすんですよ。」

「恥知らずで猫《ねこ》っかぶり、その上妙にひねくれているんだよ、あの男は」とラ・チュンガが言った。

「連中がやって来た時、店には客が二人しかいなかったんだ」とボーラスが言った。

「たしかそこの席に坐《すわ》っていたはずだが、そのひとりがセミナリオだったんだよ。」

レオン兄弟とホセフィノはバーに腰をかけると、ひどくはしゃいで大声をあげたり、飛び跳ねたりしていた。愛しているよ、チュンガ・チュンギータ、あんたはおれたちの女王様、おふくろさんだ。

「くだらないことを言うんじゃないよ。何にするの？　何も取らないんなら、さっさと帰っとくれ。」そう言うと、ラ・チュンガは楽団のほうを振り向いて、「どうして演奏しないいんだね？」

「あの時は演奏どころの騒ぎじゃなかったんですよ」とボーラスが言い訳した。「番長たちがうるさく騒いでましたからね。なんだか、ひどくご機嫌《きげん》でしたね、あの連中は。」

「そりゃそうさ、あの日は唸るほど金を持ってたんだもの」とラ・チュンガが言った。

「ほら、見ろよ！」エル・モノは札束を扇のように広げると、指を舐《な》める。「いくらあると思うね？」

「チュンガ、目がギラギラ光ってるぜ」とホセフィノが冷やかした。

「おおかたどこかで盗んで来たんだろう」とチュンガがやり返した。「何を飲むんだね？」

「きっと飲んでたんだわ」とラ・セルバティカが言った。「酒を飲むと、いつも軽口を叩いたり、歌をうたうのよ、あの人たち。」

下の騒ぎを聞きとめて、サンドラ、リータ、それにマリベルの三人が階段のところに姿を現わした。しかし、番長たちの姿を見たとたんに、なんだという顔をして、しなを作るのを止《や》めた。サンドラが大きな声で笑うと、あなたたらなの、がっかりだわ！　その言葉を聞いてエル・モノは両腕を広げると、こっちへ来いよ、今日は何でも好きなものをおごってやるぞ！　そう言って札束を見せびらかした。

「楽団のみんなにも何か飲ませてやってくれ、チュンガ」とホセフィノが言った。

「気のいい連中だ」とハープ弾きはほほえみながら言った。「いつも、わしたちに何かおごってくれるんだよ。ホセフィノの親父《おやじ》さんとは顔見知りの仲でね。あの親父さんは船頭をしていて、カタカオスから家畜が来ると、それをランチで運んでいたんだ。カルロス・ローハスという名だったが、人あたりのいい男だったよ。」

ラ・セルバティカはハープ弾きのコップにミルクを注《つ》いで、砂糖を入れてやる。番長たちはサンドラ、リータ、マリベルを連れてテーブルに腰をおろすと、先程〈女王〉の店でやったポーカーのことを話して聞かせた。エル・ホーベン・アレハンドロはもの憂《う》げにコーヒーをすすりながら、おれたちゃ番長、仕事なんぞは糞くらえ、酒を飲んで、バクチをうって、これから次の楽しみだ、おれたちゃ番長。

「汚い手を使わずに勝ったんだぜ。ほんとうだよ、サンドラ。とにかく、今日はついてたんだ。」

「たて続けに三度、エースのストレートが出たんだ。あんなことはやろうたって出来るもんじゃないよ。」

「あの若い衆は店の女《こ》に自分たちの持ち歌の歌詞を教えていたんだよ」と、やさしく親しみのこもった口調でハープ弾きが言った。「そのあと、わしたちのところへやって来て、あの歌をうたうから伴奏してくれと言ったもんだから、わしは構わんが、その前にまず、ラ・チュンガに訊いてみてくれ、と答えたんだ。」

「あの時はたしか、やってもいいと言ったはずだね、チェンガ？」とボーラスが言った。

「あの連中がいつになく散財したもんだから」とラ・チェンガがラ・セルバティカに向かって説明した。「こちらも、サービスのつもりだったんだよ。」

「騒ぎが起こる時というのは、いつもそうだ」と、もの憂げな顔でエル・ホーベンが口をはさんだ。「もとはと言えば、あの歌が原因だったんだよ。」

「音合わせをしたいんだが、歌をうたってくれるかね」とハープ弾きが言った。「ホーベン、ボーラス、よく聞いておくんだぞ。」

番長たちが合唱しているあいだ、ラ・チェンガは陽気な家政婦のように揺り椅子の上で体をゆすり、楽団員たちは足で拍子をとり、口の中で歌詞をくり返していた。そのあと、ギター、ハープ、それにシンバルの伴奏に合わせて彼らは調子っぱずれの大声を張り上げて合唱しはじめた。

「止めろ！」とセミナリオが突然怒鳴った。「下らん歌やばか騒ぎは止めるんだ。」

「それまで、あの男はこちらの騒ぎには目もくれずに友達と静かに話し込んでいたんだよ」とボーラスが言った。

「あの男が立ち上がるところを見たんだが」とエル・ホーベンが言った。「今にも飛びかからんばかりのえらい見幕だったな。」

「べつに酔ったような声でもなかったので」とハープ弾きが言った。「あの男の言うとおり、こちらは歌を止めたんだが、とてもそれではおさまりそうになかったね。何時頃《ごろ》から御輿《みこし》を据《す》えていたんだ、チュンガ?」

「早くからよ。乗馬用のズボンにブーツを履き、拳銃《けんじゅう》を持っていたから、たぶん農場からまっすぐこの店にやって来たんじゃないのかね。」

「セミナリオってのは牡牛《おうし》みたいな男だ」とエル・ホーベンが言った。「それに、いやな目つきをしてる。もっとも、お前のほうが体も大きいし、目つきも悪いがね。」

「とんだところで褒《ほ》められたもんだな」とボーラスが言った。

「お前は別だよ、ボーラス」とエル・ホーベンが言った。「お師匠さんの言うように、ボクサーの体に羊の魂が宿っているんだからな。」

「そんなに怒らんで下さいよ、セミナリオさん」とエル・モノが言った。「自分たちの持ち歌をうたっただけなんですから。よかったら、ビールを一杯いかがです?」

「それにしても、あの男は機嫌が悪かったな」とボーラスが言った。「あれだけ悪がらみしたところを見ると、よほど虫の居所が悪かったんだろう。」

「お前たち、町でよく人にからんでいるチンピラだな」とセミナリオが言った。「どうだ、ひとつこのおれにからんでみるか?」

その間にリータ、サンドラ、マリベルの三人はバーのほうへそっと逃げ出した。ハープ弾きは椅子にかけ、穏やかな表情で絃《げん》の調子を合わせていたが、エル・ホーベンとボーラスはその彼をかばうように前に立った。セミナリオはなおもしつこく言いつのった。おれも少しは人に知られた男だ。それに遊びだって嫌《きら》いじゃない。だがな、こう見えてもおれは大地を耕し、額に汗して働いているんだ。だから、のらくら者を見ると腹が立ってしようがない。紫色の灯の下で、大柄《おおがら》なその男が早口でまくし立てている。腹を空《す》かせたくたばりぞこないを見ると、黙っていられないんだよ。

「おれたちはまだ若いんですよ。それに、人に迷惑をかけているわけでもないし。」

「そりゃあ、あんたは腕っぷしが強いだろう。だけど、何もそこまで言わなくったって。」

「そう言えば、カタカオスの男をつまみ上げて、屋根の上に放《ほう》り投げたという話だけど、あれは本当なんですか、セミナリオさん?」

「まあ、いやらしい、おべっかなんか使って」とラ・セルバティカが言った。「口ほどでもないのね、あの人たち。」

「今度は、ゴマをすり出したか」とセミナリオは機嫌を直して、笑いながら言った。

「そんなにこのおれが怖いのか？」

「いざという時になると、男って案外だらしないもんだよ」とラ・チュンガが言った。

「男がみんなそうだってわけじゃないですよ」とボーラスが言い返した。「おれなら、あのままずっこんじゃいないね。」

「相手は銃を持っていたんだ。番長たちが逃げ腰になったのもむりはないよ」と、エル・ホーベンが穏やかな口調で言った。「恐怖というのは愛と同じで、誰でもそれに取り付かれるんだよ、チュンガ。」

「まるで学者みたいな口をきくんだね」とラ・チュンガが言い返した。「言っとくけど、あんたが何を言ってるのか、あたしにはさっぱり分からないよ。」

「若い連中があの時に引き上げていれば、何も起こらなかったんだがね」とハープ弾きが言った。

セミナリオは自分の席に戻った。番長たちもそれぞれ自分の席についたが、先程の元気はどこにも見られなかった。あの男が酔払ったら、ただでは済まさんからな。止《よ》せ！　奴《やつ》は銃を持ってるぞ。また日を改めてやろう。やつのトラックを燃やしちまうか、表の〈グラウ・クラブ〉の前に止めてあるんだ。

「だったら、いっそのことおれたちが先に店を出て、あの男を閉じ込めておいてから、火をつけちまえばいいんだ」とホセフィノが言った。「ガソリンが二かんとマッチ一本あればやれるぜ。ガルシーア神父みたいにさ。」

「枯草みたいによく燃えるだろうな」とホセが言った。「火が近くの家に燃え移って、スタジアムのそばまで燃え広がるぞ。」

「ひと思いにピウラの町を燃やしちまうか」とエル・モノが言った。「チクラーヨからでも見えるくらい、でっかい火事になってよ、砂漠は灰でまっ黒だ。」

「灰はリマまで飛んで行くぜ、きっと」とホセが言った。「だけど、マンガチェリーアだけは燃やさないようにしないとな。」

「それが問題だ」とエル・モノが言った。「なんとかいい方法はないかな。」

「あの火事があった時、おれはまだ五つだったんだが」とホセフィノが言った。「あんたたち、何か覚えているかい？」

「火事のあった時は知らないな」とエル・モノが答えた。「次の日に、近所のチビどもといっしょにむこうへ行ったんだが、ポリ公に追い返されたよ。なんでも、先に行った連中がいろんなものを盗み出したらしい。」

「おれが覚えているのは焦《こ》げくさい臭《にお》いだけだ」とホセフィノが言った。「それに、煙が見えたな。イナゴ豆の木が何本も炭みたいにまっ黒になっていたよ。」

「あのじいさんにビールを飲ませて」とエル・モノが言った。「話を聞かせてもらうか?」

「あの火事はほんとうにあったの?」とラ・セルバティカが尋ねた。「それとも、あの人たち、べつの火事のことを言ってるの?」

「ピウラの連中が勝手にそう言っているだけだ」とハープ弾きが答えた。「あの連中がどう言おうと、根も葉もない作り話だから信じるんじゃないよ。」

「お疲れじゃないですか、お師匠さん?」とエル・ホーベンが声をかけた。「もう七時ですから、帰ってお休みになったらいかがです。」

「今日はまだ眠くないんだ」とドン・アンセルモが答えた。「食べたものがこなれるまで、もう少し起きていよう。」

番長たちはカウンターに肘《ひじ》をついて、ラ・チュンガに話しかけていた。少しくらいどうってことはないだろう。そんなに意地悪しないでさ、ちょっと話を聞かせてもらうだけだよ。

「みんなに愛されて、あなたはしあわせね、ドン・アンセルモ」とラ・セルバティカが言った。「わたしももちろん愛しているわ。あなたを見ていると、故郷にいたアキリーノっていうおじいさんのことを思い出すの。」

「あれで気前がよくて、なかなかやさしいところがあるんだよ、あの連中は」とハープ弾きが言った。「あの時は、わしを自分たちのテーブルまで引っぱって行って、ビールを飲ませてくれたたな。」

彼は汗をかいていた。ホセフィノがその手にグラスを持たせてやると、一息に飲み干し、舌鼓《したつづみ》を打った。そのあと、派手な柄のハンカチで額とまっ白な太い眉《まゆ》にたまった汗を拭《ふ》き、鼻をかんだ。

「頼みがあるんだがね」とエル・モノが切り出した。「あの火事のことを少し話しちゃくれないか。」

ハープ弾きの手がグラスをまさぐり、間違えてエル・モノのグラスをつかむと、そのビールを飲み干す。火事って、なんのことだ？　どこの火事のことを言ってるんだね？　そう言って、ふたたび鼻をかむ。

「おれはまだ餓鬼だったたが、マレコンからでも火の手が見えたし、大勢の人が布の袋や水の入った手桶《ておけ》をもって駆けて行ったよ」とホセフィノが言った。「いいだろう、教えてくれたって。これだけ時が経《た》てば、べつにどうってことはないだろう。」

「どうせ町の連中が火事だの、〈緑の家〉だのと勝手な出まかせを言っているんだろうが、そんなものはありゃしなかったんだよ」とハープ弾きがきっぱり言った。

「おれたちをかつごうたってだめだよ」とエル・モノが言った。「少しでいいんだ、なあ、話してくれよ、頼むからさ。」

ドン・アンセルモは口のところに手をもって行くと、タバコを喫《す》う真似《まね》をする。すかさずエル・ホーベンがタバコを渡し、ボーラスが火をつけた。ラ・チュンガが店の灯を消すと、陽《ひ》の光が窓や隙間《すきま》からさーっと差し込んだ。壁や床に黄色い光のしみができ、屋根のトタンがまぶしく光を照り返している。番長たちはまだしつこく食い下がっていた。店の女の子が何人か焼け死んだという話だけど、本当かい？　ガジナセーラの女たちが昔の〈緑の家〉に火を放ったのかい？　あの時、あんたは中にいたのかね？　ガルシーア神父があの店に火をつけたのはあんたを憎んでいたからかい、それとも何か宗教上の理由があったのかね？　ラ・チュンガが危うく焼け死ぬところを、アンヘリカ・メルセーデスが救ったという話だけど、あれは本当かい？

「下らん作り話だ」とハープ弾きが言った。「ガルシーア神父を怒らせようとして、誰かが言い出したんだろうが、あの老人はそっとしておいてやってくれ。さてと、仕事にかかるか。それじゃあ、これで失礼するよ。」

彼は席を立つと、手を前のほうに伸ばして、楽団員のいる部屋の隅《すみ》のほうへそろそろ歩いて戻った。

「例によって、あのじいさんのおとぼけさ」とホセフィノが言った。「こんなことだろうと思ってたんだ。」

「あの齢《とし》になると、誰でもぼけてくるからな」とエル・モノが言った。「ひょっとすると、何もかも忘れちまったのかも知れないぜ。こうなりゃ、ガルシーア神父に訊《き》くよりしようがないが、あの化猫の首に鈴をつけるのはあまりぞっとしないね。」

その時、ドアが開いて、パトロール隊が店に入って来た。

「あの連中はただでお酒を飲みに来たのよ」とラ・チュンガが小さな声で言った。

「リトゥーマと二人の警官がパトロールで回っていたんだが」とボーラスが説明した。

「毎晩この店に入りびたっていたんだよ、セルバティィカ。」

二　章

曲がりくねった影を落としているバナナの木の下で、ボニファシアは背筋を伸ばすと、町のほうに目をやる。大勢の男女が興奮した様子で、しきりに手を振り動かしながら急ぎ足でサンタ・マリーア・デ・ニエバ広場を通って、船着き場のほうへ向かって行った。彼女はふたたびまっ直にのびた畝《うね》の上に身をかがめるが、すぐに爪立《つまだ》って町の様子を窺《うかが》う。大勢の人がわいわい言いながらひきもきらず通って行った。彼女はニエベス夫妻の小屋のほうをちらっと窺った。中ではラリータが鼻歌をうたいながら家事をしており、葦《あし》で編んだ壁からは灰色の煙が蛇《へび》のように立ち昇っていた。船頭のランチはどこにも見当たらない。ボニファシアは小屋を迂回《うかい》して、川岸の茂みの中にもぐり込むと、川水にくるぶしまで浸《つ》かりながら町へ向かった。頭上では木々の樹冠が雲とひとつに溶け合い、足もとでは黄褐色《おうかっしょく》の川波がひたひたと舌のように木の幹に打ち寄せていた。雨期がはじまっていたので、どす黒い、あるいは赤っぽい水が川の中を帯状になって流れていた。また、灌木《かんぼく》やいろいろな花、蘭《らん》、それに形からすると土の塊としか思えないものや動物の糞《ふん》、齧歯類《げっしるい》の死骸《しがい》もぷかぷか浮いていた。人を追跡しているように、彼女は用心ぶかくあたりに目を配りながらゆっくりと進んだ。生い茂った灯心草のあいだを抜け、川岸の彎曲《わんきょく》したところを越えると、船着き場が見えた。杭《くい》やカヌーのあいだでは大勢の人がじっと待っている。浮き桟橋《さんばし》から数メートル離れたところに、いかだが一艘《そう》止まっていた。黄昏時《たそがれどき》の光が、アグアルナ族の女のイティーパクとその顔を青く染めていた。中には男もまじっていたが、彼らは一様に上半身裸で、ズボンを膝《ひざ》までまくり上げていた。いかだは先程着いたばかりで、川波に揺られてそのもやい綱が張ったり弛《たる》んだりしていた。帆柱は舳先《へさき》にあり、艫《とも》にはこざっぱりした小屋が建っていた。突然、灯心草の茂みからサギの群れが飛び立った。耳もとで鳥の羽ばたく音が聞こえたのでボニファシアが慌《あわ》てて振り仰ぐと、淡いピンク色の体にほっそりした白い首のサギの群れが飛び去って行くのが目に入った。いっそう深く身をかがめて先へ進んだが、用心して川岸を避け、深い木立の中にもぐり込んだ。手足や顔は、カミソリのように鋭利な葉やトゲ、ざらざらしたツル科植物のせいで傷だらけになり、耳もとでは虫の羽音が聞こえ、ぬるぬるした泥《どろ》が足裏をくすぐった。密林の切れる手前で立ち止まり、その場にしゃがみ込んだが、すぐ目と鼻の先に大勢の人が集まっていた。鬱蒼《うっそう》と生い茂った木々が彼女をすっぽり包んでいる。植物が織り上げる複雑に入り組んだ奇妙な菱形《ひしがた》、立方体、三角形を通して、むこうの様子が手に取るように見えた。老人は悠々《ゆうゆう》と立ち働いていた。ひどく落着いた様子でいかだの上を行き来しながら、几帳面《きちょうめん》に箱を並べ、その上に品物を載せて行く。その前では、見物人たちがひそひそ囁《ささや》き合ったり、苛立《いらだ》たしそうに体を動かしている。老人は小屋の中に入り、束にした布地や靴《くつ》、チャキーラの繊維で作ったペンダント用の紐《ひも》などを取り出してくる。そして、ひどく気むずかしい顔でそれらの品物をひとつひとつ丁寧に箱の上に並べていくが、その様子にはどこか偏執狂じみたところがあった。老人はひどく痩《や》せていた。風が吹いてシャツがふくらむと、まるでせむしのように見えるが、風が止《や》むと、シャツの背中と胸の部分がくっつくのではないかと思えるほど細くて華奢《きゃしゃ》なその体が浮かび上がった。半ズボンをはいたその脚は腕と同じように細く、顔は日に焼けてまっ黒だった。また、絹のような白髪が肩のあたりまで垂れていたが、どう見てもそれはかつらとしか思えなかった。老人はまだしばらく日用品や色とりどりの装飾品を運び出したり、ひどく勿体《もったい》ぶった様子で柄物《がらもの》の生地《きじ》を積み上げていた。老人がいかだの上の小屋から何か取り出すたびに、言葉にならないざわめきが湧《わ》き起こった。ボニファシアは、異教徒とキリスト教徒の女たちがビーズや櫛《くし》、手鏡、腕輪、滑石などをもの欲しそうな目でうっとり眺《なが》めたり、男たちがかん詰やベルト、山刀のそばに一列に並んでいる酒瓶《さかびん》を食い入るように見つめている様子を陰からじっと窺っていた。老人は自分が並べた商品を見渡してちょっと考えたあと、人々のほうに向き直った。みんなは水を跳ね上げわっといかだを取り囲んだ。老人は白髪頭を振って、手で制止する。棹《さお》を槍《やり》のように突き出しながら人々を後ろに下がらせると、いかだにはひとりずつ上がってもらうと言う。最初にパレーデスのおかみさんが名指された。太って体が思うように動かない彼女はどうしてもいかだに登れなかったので、老人が手を貸してやった。上にあがると、彼女は品物をひとつずつ手に取って眺め、香水の匂《にお》いを嗅《か》いだり、布地や石けんを神経質そうにいじりまわした。それを見て、下にいる人たちがぶうぶう言ったり、不平をこぼしたので、ようやくおかみさんも腰まで水につかって船着き場に戻って来たが、高々と差し上げたその手には花模様の服と首飾り、それに白い靴がしっかり握られていた。女たちが次々にいかだの上に登った。疑わしそうな目で品物をためつすがめつするものもいれば、高いと言ってしつこく食い下がるものもいた。中には、涙を流さんばかりにして値引きしてくれと頼んでいるものや、脅しをかけるものもいた。しかし、誰もが何か戦利品を手にして戻ってきた。白人の男たちは大きな袋に食料を詰めこんでいたし、インディオの女たちは装飾に用いるビーズを小さな袋に入れてもらっていた。日が暮れ、桟橋に人影が見えなくなると、ボニファシアは立ち上がった。ニエバ川は満潮で、カールした白髪頭のような波が木立の下をくぐって彼女の膝のあたりに打ち寄せていた。体は泥にまみれ、服や髪の毛に草がまつわりついていた。老人は商品をしまうと、舳先のところにきちんと順序よく箱を並べた。サンタ・マリーア・デ・ニエバの上にはタールを流したような空が広がり、あちこちにフクロウの目のような光が見えた。しかし、目をマラニョン川のほうに転じると、地平線に暗い城壁のように連なっている密林の上には、まだ黄昏時の青い光がわずかに残っていた。月が伝道所の建物のうしろから顔をのぞかせていた。枯木のように痩せた老人の影が忙しく立ち働き、薄闇《うすやみ》の中でその白髪が銀の魚のようにきらめいていた。ボニファシアは町のほうに目をやった。市役所やパレーデスの店にはすでに灯《ひ》がついており、丘の上の伝道所の中心の建物の窓ではランプの灯がゆらめいていた。暗闇が広場のまわりの小屋やカピローナの木、険しい坂道を次々に呑《の》み込んでいった。ボニファシアは茂みから飛び出すと、身をかがめたまま船着き場のほうへ駆け出した。川岸の泥水はぬるぬるして、まだ生暖かかった。水は淀《よど》んで流れていないように見えたが、体がずるずる引き込まれて行くように感じられた。川岸から二、三メートルのところに水流があり、それほど強い力ではないが執拗《しつよう》に押し流そうとする。それに負けまいとして彼女は腕を振り、弾みをつけながら進んだ。いかだに取りついた時は、水が顎《あご》のあたりに達していた。目を上げると、老人の白いズボンや円光のような白髪が目に入った。今日はもうおしまいだ、明日も店を開けるから、その時にお出《い》で。ボニファシアは体を少し持ち上げると、いかだの上に肘《ひじ》をついた。老人は彼女のほうに身をかがめると、じろじろ見つめながら、スペイン語が分からんのか？　わしの言ってることが分かるかね？

「ええ、分かります、ドン・アキリーノ」とボニファシアは答えた。「今晩は。」

「もう寝る時間だよ」と老人が言った。「今日は店じまいだから、明日にしてくれ。」

「少しくらいならいいでしょう」とボニファシアが頼んだ。「ちょっと見るだけですから。」

「おおかた、亭主の財布からこっそり金を持ち出したんで、こんな時間になったんだろう」と老人が言った。「明日になって、あんたの亭主が金を返せと言ってきたら、どうするね？」

老人は川のほうにぺっと唾《つば》を吐くと、声を立てて笑った。彼がかがみ込むと、乱れた白髪が泡《あわ》のように顔にかかった。ボニファシアは、皺《しわ》ひとつない老人の黒い額やぎらぎら燃えている生き物のようなその目を見つめた。

「まあ、いいだろう」と老人が言った。「こっちは品物が売れりゃいいんだ。上がって、見るがいい。」

老人が手を差し出す前に、ボニファシアは身軽にいかだに登っていた。彼女はその場で服の水を絞り、腕を擦《こす》った。首飾りや靴が欲しいのかね？　で、金はいくら持ってる？　ボニファシアは気後《きおく》れしたような微笑を浮かべると、何か仕事はありません、ドン・アキリーノ？　その目が老人の口もとを食い入るように見つめている。サンタ・マリーア・デ・ニエバにいる間、食事を作ってもらいたいとか、果物を採って来てほしいとか、いかだの掃除をしておきたいとか、何かありませんか？　老人は彼女のそばに行くと、どこかで見た顔だな。そう言って彼女を見つめながら、以前、どこかで会ったはずだ、違うかね？

「布地がほしいんです。」そう言ってボニファシアは唇《くちびる》を嚙《か》み、小屋のほうを指さすが、一瞬その目がきらっと光った。「最後にしまった黄色い布地、あれが欲しいんです。働いて返しますから、何か仕事をさせて下さい。」

「仕事なんかないよ」と老人は言った。「金を持ってないのかね？」

「服を作りたいんです」とボニファシアは穏やかな口調で言った。「果物を採って来ます？　お魚で何か料理を作りましょうか？　船旅のあいだ事故が起こらないようにお祈りして上げますわ、ドン・アキリーノ。」

「お祈りなんぞいらんね。」そう言いながら老人はそばに寄って彼女をじっと見つめるが、だしぬけに指をぱちんと鳴らした。「ああ、思い出したぞ。」

「お願いです、ドン・アキリーノ。今度、結婚することになったんです」とボニファシアが言った。「だから、あの布を使って、自分で裁縫して結婚式の服を作りたいんです。」

「どうして修道尼《しゅうどうに》の服を着ていないんだ？」とドン・アキリーノが尋ねた。

「伝道所を追い出されたものですから、今はシスターたちといっしょに暮らしていないんです」とボニファシアが答えた。「ある人と結婚することになったので、どうしてもあの布地が欲しいんです。今回はその分働いて、この次お出でになった時に、必ず代金はお払いします、ドン・アキリーノ。」

老人はボニファシアの肩に手をかけ、月の光で顔がよく見えるところまで押して行くと、訴えかけるようなその緑色の目をじっと見つめた。小柄な彼女の体から水がしたたり落ちていた。もう一人前だな。白人の男とできたんで、シスターたちに追い出されたってわけかね？　ちがいます。親しくなったのはその後です。わたしがどこに住んでいるか、町の人は誰も知らないんです。で、どこで暮らしているんだ？　ニエベス夫妻がわたしを引き取って下さったんです。訊《き》かれたことに答えると、あの布地がいただけるんですか？

「すると、お前はアドリアンやフリータといっしょに暮らしているのかね？」とドン・アキリーノが尋ねた。

「あの方たちが紹介して下さった人と結婚することになったんです」とボニファシアが答えた。「まるでほんとうの両親みたいによくして下さるんですよ。」

「わしもニエベス夫妻のところへ行こうと思っていたところだ」と老人が言った。「よし、いっしょに行こう。」

「そうしたら、布地が頂けるんですか、ドン・アキリーノ？」とボニファシアが尋ねた。

老人は音も立てず水の中に飛び込む。ボニファシアの目の前をあの白髪が船着き場のほうへ泳いで行くが、やがて戻ってくる。ドン・アキリーノは肩にもやい綱をかけていかだの上に這《は》いあがると、それをくるくる巻き上げた。そのあと、棹を操っていかだが岸からあまり離れないように用心しながら、川をさかのぼって行く。ボニファシアももう一本の棹を持つと、老人にならって上手に棹を操る。灯心草の茂り合ったところまで来ると、川の流れが急に速くなったので、ドン・アキリーノは岸からそう遠くないところにいかだを止めた。

「ドン・アドリアンは朝早くから釣《つ》りに出かけたんですけど、もう戻っていると思いますわ」とボニファシアが言った。「ニエベス夫妻のおうちに案内します、ドン・アキリーノ。布地はだめですか？　じつは近々軍曹《ぐんそう》と結婚するんですけど、あの人のことをご存知じゃありません？」

「相手はポリ公かね？　それじゃ布はやれんな」と老人が言った。

「そんな言い方をしないで下さい。あの人はとても心のやさしい、いい人なんですから」とボニファシアが言い返した。「ニエベスさんたちとも親しいんですよ、何でしたら、一度お尋ねになってみて下さい。」

船頭の小屋ではランプに灯がともされ、手すりのところに人影が見えた。いかだが階段の真下につけられた。よく来たね。そう言う声がしたかと思うと、アドリアン・ニエベスが水の中に飛び込んで、もやい綱を摑《つか》み支柱にゆわえた。その後、いかだの上によじ登ると、ドン・アキリーノと抱き合った。老人はテラスに登って行くと、ボニファシアのいる前でラリータの腰を抱き、額を差し出した。彼女は何度もそこに口づけしながら、旅はどうでした、いい旅でしたか？　そう言って今度は頬《ほお》に口づけする。三人の子供たちが老人の脚にまつわりついて歓声をあげている。その子供たちの頭を撫《な》でながら、雨が少し降ったが、いい旅だったよ。今年は雨期が少し早く来そうだな。

「そんなところにいたのかい、ボニファシア」とラリータが言った。「あちこち探したんだよ。軍曹に、お前が町へ行って男の人に会ってきたって言いつけてやるからね。」

「ドン・アキリーノに会っただけです」とボニファシアが慌てて言い訳した。「他には誰とも会っていません。」

「そんなことはどうだっていいんだよ。そう言ったら、軍曹がまたやきもちを焼くじゃないか」とラリータが笑いながら言った。

「品物を見せてくれと言って、いかだのところへ来たんだよ。」老人がそう言いながら下の子供たちを抱き上げると、子供たちは彼の髪の毛を引っぱる。「今日は一日中働きづめだったんで、さすがにくたびれたよ。」

「それじゃあ、食事の支度ができるまで、一杯やるかね」と船頭が言った。

ラリータはテラスにいるドン・アキリーノに椅子を渡すと、また小屋の中に入った。間もなくコンロで火をおこすパチパチという音が聞こえ、揚げもの料理の匂いが漂ってきた。膝の上にのぼった子供たちとふざけながら、老人はアドリアン・ニエベスと乾杯する。酒がなくなったところへ、ラリータがスカートで手を拭《ふ》きながらやって来た。

「いつ見ても、見事な髪ですね。」そう言いながら彼女はドン・アキリーノの髪の毛を撫でる。「以前よりも白く、柔らかくなったみたいですよ。」

「ご亭主にまでやきもちを焼かせるつもりかね」と老人がからかった。

間もなく食事の用意ができますわ、ドン・アキリーノ。好物をどっさり用意しておきましたからね。髪を撫でようとするラリータの手から逃れようと頭を振りながら、そっとしておいてくれんかね。でないと、髪を切ってしまうよ。子供たちが老人の前にきちんと並び、押し黙ったまま不安そうに彼の顔を見つめていた。

「何を考えているかちゃんと分かってるぞ」と老人が言った。「心配しなくてもいい、忘れずに持ってきてやったよ。アキリーノ、お前には大人の着るようなスーツだ。」

それを聞いて長男のアキリーノの切れ長の目がきらりと光る。ボニファシアは手すりにもたれていた。そこからだと、老人が席を立って階段を降りて行き、いかだから包みをかかえて戻ってくるのがよく見えた。子供たちはひったくるようにして包みを受け取った。そのあと、老人はアドリアン・ニエベスのそばへ行くと、小さな声で話し合っていたが、時々横目でボニファシアのほうをちらちら見ていた。

「アドリアンに言わせると」と老人が言った。「軍曹というのはいい人らしいな。お前の言ったとおりだ。あの布地が欲しいんだろう、結婚祝いにあげるから、取ってくるがいい。」

ボニファシアがその手に口づけしようとすると、ドン・アキリーノはうるさそうに手を引っ込めた。彼女はいかだのところまで行き、箱のあいだを探しまわって布地を見つけ出したが、その間も老人と船頭は何やらひそひそ囁《ささや》き合っていた。彼女が目をやるとあの二人は額を寄せてしきりに話し込んでいたが、テラスに戻ると、二人は急に口をつぐんだ。日はすっかり暮れて、あたりには魚のフライの匂いが漂っていた。突風にあおられて密林がぞよめいていた。

「この分だと、明日は雨だな。」老人は空気の匂いを嗅《か》ぎながらそう言った。「残念だが、商売は休みだ。」

「みんなは、まだ島にいるんでしょう?」それからしばらくして、食事をしている時に突然ラリータが尋ねた。「十日前にこちらを出たわ。アドリアン、あのことはもう話したの?」

「ここへ来る途中で、出会ったそうだ」と船頭のニエベスが言った。「治安警備隊のほかにも、ボルハの兵隊が何人か乗り込んでいたというから、軍曹の言ったことはやはり本当だったんだな。」

ボニファシアは老人が口を動かしながら、不安そうに横目で自分のほうを見ているのに気づいていた。しかし、しばらくすると、老人は笑顔を浮かべて船旅の途中で起こった面白い話をしはじめた。

はじめて旅に出た時、彼らは半月後に戻って来た。崖《がけ》の上にいた彼女の前では、入江が夕陽《ゆうひ》に赤く染まっていた。その時、水路の入口にカヌーが一艘、二艘《そう》、三艘とだしぬけに姿を現わした。ラリータは慌《あわ》てて立ち上がると、どこかに隠れなくてはと呟《つぶや》くが、すぐに彼らが乗っているのに気づいた。最初のカヌーにはフシーアが、二番目のにはパンターチャが、三番目のにはウアンビサ族の男たちが乗っていた。ひと月と言っていたのに、どうしてこんなに早く帰ってきたのかしら？　彼女は船着き場に駆け降りた。フシーアが、アキリーノはやって来たか、ラリータ？　彼女が、いいえ、まだよ。彼が、娼婦《しょうふ》の子め！　ワニ皮が僅《わず》かしか手に入らなかったので、フシーアはひどく荒れていた。このままじゃ、おれたちは餓死するぞ、ラリータ。ウアンビサ族の男たちは荷物を下ろしながら笑い声をあげ、女たちはそのあいだを飛びまわって、唸《うな》り声をあげたり早口で何かわめいていた。その様子を見てフシーアが、見ろ、犬みたいに喜んでいやがる。シャプラ族の集落を襲ったんだが、もぬけの殻《から》だ。連中は手当たりしだいに火をつけたり、犬の首を切り落としたりしていたが、金目のものはなかったよ。畜生！　無駄足《むだあし》もいいところだ。しようがないんで金にもならないワニ皮を持ち帰ったが、連中はあんなもので喜んでいるんだ。パンターチャはズボン下ひとつになって、腋《わき》の下をぼりぼり掻《か》きながら、もっと奥へ行かなきゃだめだよ、ボス。密林は広いんだから、あちこちに金目のものが転がっているはずだ。それを聞いてフシーアが、そんなことは分かっている。だがな、奥地へ行くには、どうしても船頭がいるんだ。三人は小屋のほうへ行き、バナナと揚げたタピオカを食べる。その間も、フシーアはしきりにドン・アキリーノの名を口にする。どうしたんだろうな、あのじいさん？ こんなことは一度もなかったんだがな。ラリータが、ここのところ雨がよく降ったから、頼んだ品物を濡《ぬ》らしてはいけないと思って、どこかで雨を避けているのかも知れないわ。ハンモックに寝そべったパンターチャが、頭や脚、胸をさかんに掻きながら、もしあのランチが急流で転覆したら、どうなるんだろう？ フシーアが、そうなれば、もうお手上げだよ。手の打ちようがない。ラリータが横から、そんなに心配することはないわ。ウアンビサ族の者たちが島中に種をまいているし、囲い場だって作っているじゃないの。フシーアが、あんなもの何になる、糞《くそ》の役にも立ちゃあしないよ。インディオはタピオカさえあれば生きていけるが、おれたちはそうは行かん。あと二日待とう、それでもアキリーノが来なければ、何とか手を考えよう。しばらくすると、パンターチャが目を閉じ、いびきをかきはじめた。フシーアはそんな彼を揺り起こして、ウアンビサ族の連中が酔い潰《つぶ》れないうちに、革を干すように言うんだ。パンターチャが、カヌーを漕《こ》ぎづめに漕いできたんでもうくたくたなんだ、少し眠らせてくれよ、ボス。それを聞いてフシーアが、このうすのろの唐変木！

おれたちを二人きりにしてくれと言ってるのが分からんのか。パンターチャは口をぽかんと開けると、あんたはいい、正真正銘の女がいるんだから。悲しそうな目。白人の女なんてもう何年も抱いたことがないな。フシーアが、さあ、とっとと失《う》せろ、むこうへ行くんだ。パンターチャはすすり泣きながらその場を立ち去る。フシーアが、これでい い。さあ、寝よう。早く服を脱ぐんだ、ラリータ。ラリータが、待って、今日はだめよ。彼が、構うもんか。夕方、フシーアが目を覚ますと、二人でマサート酒の匂いのする集落のほうへ行った。ウアンビサ族の者たちは酔い潰れて寝転がっていたが、パンターチャの姿はどこにも見当たらなかった。二人は探しまわった末、やっと島の反対側にいる彼を見つけた。パンターチャは簀《す》の子の寝床を入江の岸へ持ち出していた。フシーアが、こんなところで寝るやつがあるか、言いつけられたことを忘れたのか！　パンターチャは両手で顔を隠し、口の中でなにかぶつぶつ呟いていた。コンロはまだ燃えており、その上には草の葉のいっぱい入った鍋《なべ》がかけてある。甲虫《かぶとむし》が彼の脚の上を這いまわっている。ラリータがそれを見て、虫が這っているのに、分からないみたいよ。フシーアは火を消して、鍋を川の中へ蹴《け》とばした。起こしてみよう。二人で体を揺すぶったり、つねったり、顔を叩《たた》いたりした。彼が、生まれたのはクスコだが、おれは根っからのウカヤリの人間なんだ、ボス。フシーアが、今のを聞いたか？　彼女が、ええ、でもなんだか頭がおかしいみたいね。パンターチャが、おれは悲しいんだ。フシーアがそんな彼を揺すったり、足で蹴りつけたりしながら、山出《やまだ》しの田舎者め！　寝てる場合じゃない、目を覚ますんだ。さもないと、おれたちは飢え死にだぞ。ラリータが、何を言ってもむだよ。この人、魂が抜けたみたいになってるわ。パンターチャが口の中で、ウカヤリで暮らしてもう二十年になるんだ、ボス。タラに似た魚のパイチェがうまいんですっかり病みつきになり、今じゃ体もチョンタシュロみたいに硬くなって、ブヨにも刺されなくなった。泡が出るのをじっと待つんだ。パイチェが顔を出すぞ。アンドレス、銛《もり》だ！　力いっぱい投げろ、突き差すんだ！　縛るのはおれがやるよ、ボス。棹《さお》で叩いてパイチェを殺すんだ。タマーヤへ行った時、おれたちの乗っていたカヌーがひっくり返った。おれのほうは何とか逃げたんだが、アンドレスはそれっきりだった。兄弟、お前は溺《おぼ》れたんだろう。人魚に川底へ引っ張り込まれて、今ごろはその亭主にでもおさまってるんだろう。どうして死んじまったんだよ、アンドレス。イキートス生まれのいい男だったのに。二人は腰をおろして、パンターチャの意識が戻るのを待った。フシーアが、まだしばらくかかりそうだな。この混血《チョーロ》、麻薬はやるがこれでなかなか役に立つ。こいつにいなくなられては困るんだ。ラリータが、どうしてしょっちゅう麻薬をやるのかしら、この人？　フシーアが、さみしいんだよ。ゴキブリや甲虫が簀の子の寝床や彼の体の上を這いまわっている。パンターチャが、どうしておれは木こりなんかになったんだろうな？　山の生活は大変だ。川やパイチェを相手にしているほうがずっといい。体ががたがた震えるマラリヤも味わったしな。パンターチャ、おれといっしょに来るんだ、金はたっぷり払ってやる。ほら、タバコだ、酒を飲め、おれの右腕になってもらいたいんだ、杉やローズウッドのあるところへ案内してくれ。土地の権利証書やバルサ材も欲しい。そう言われて、おれはあんたたちについて行った。ボス、前金はいくらくれるんだね？　白人みたいにイキートスに住んで、家を持ち、女房をもらって子供と暮らしたい、それがおれの夢なんだ。その時フシーアがだしぬけに、アグアイティーアで何があったんだ？　友達のおれに話してみろ。パンターチャは目を開けるがすぐに閉じた。ウサギみたいにまっ赤な目をしている。彼は呟くように言う、川は血の海だったよ、ボス。フシーアが、誰の血だ、それは？　彼が、ゴムの樹液みたいに熱くどろりとした血だった。あのあたりの水路や入江にも血が浮いていたんだ、ボス、ほんとうだ、信じてくれ。フシーアが、ああ、信じるとも。混血《チョーロ》。で、そんなに沢山の熱い血はどこから流れたんだ？　ラリータが見かねて、もう止《や》めて！　この人、とても苦しそうよ。フシーアが、うるさい、黙ってろ！　パンターチャ、誰の血だったんだ？　彼が口の中で、卑怯者《ひきょうもの》バコービックの血だよ。あのユーゴスラヴィア人め、おれたちをペテンにかけたんだ。悪魔も顔負けするようなずる賢い奴《やつ》なんだよ、ボス。どうして殺《や》ったんだ、パンターチャ？　どんなふうにしてやった、何を使ったんだ？　彼が、金を払うのをしぶったんだよ。思ったほど杉が伐採できなかったんで、奥地へ行くことにしたんだが、あいつめ、ウィンチェスター銃を引っ張り出してきて、酒を盗んだポーターを撃ち殺したんだ。フシーアが、銃で殺《や》ったのか？　彼が、いや、山刀だ、あの男を殴り殺した腕が今でもしびれるんだ、ボス。そう言ってパンターチャは足をばたつかせ、泣きはじめる。その様子を見てラリータが、どうしたのかしら、フシーア、ひどく荒れているわね。フシーアが、こいつからひとつ秘密を聞き出してやったぞ。これで、アキリーノがこの男を見つけた時、なぜ逃げ回っていたか分かったよ。二人はふたたび簀の子の寝床のそばに腰をおろして待つ。やがて高ぶりもおさまり、意識がもどる。よろよろ立ち上がると、体を激しく掻きむしりながら、怒らんでくれ、ボス。フシーアが、麻薬ばかりやっていると今に頭がおかしくなるぞ、そうなって見ろ、島から叩き出してやるからな。パンターチャが、相手がいないんで、さみしくってしようがないんだよ、ボス。あんたにはちゃんと奥さんがいるし、ウアンビサ族の連中や獣にだって相手がいる、それなのにおれだけがひとりぼっちなんだ。どうか怒らんでくれ、ボス。奥さん、怒らんで下さいよ。

さらに二日待ったが、アキリーノはとうとう現われなかった。ウアンビサ族の者たちがサンティアーゴまで様子を見に行ったが、何の手がかりも得られなかった。彼らは島に貯水池を作ることにした。パンターチャが、船着き場の裏手がいいよ、崖が少し低くなったところがあるが、あそこならルプーナの木から落ちる水が自然に流れ込むはずだ。それを聞いて、ウアンビサ族の者たちがうなずいたので、フシーアが、よし、早速かかろう！　男たちが木を切り倒し、女は草を刈った。空地ができると、ウアンビサ族の者たちは杭《くい》を作り、先を尖《とが》らすと、空地を丸く囲むようにして打ち込んだ。地面の上っ面《つら》は黒い土だったが、下は赤土になっていた。男たちが土を掘ると、女たちはそれを衣服に包んで入江に投げ棄《す》てた。その後、雨が降りはじめ、二、三日で水がたまったので、いつでも亀《かめ》が飼えるようになった。それを確かめてから、彼らは明け方島を出たが、水位が上がっていたので、水路に寄生している木の根やツル科植物で体のあちこちに引っ掻き傷ができた。サンティアーゴに着くと、ラリータが熱を出し、がたがた震えはじめた。さらに二日間旅を続けた。フシーアがたまりかねて、いつになったら着くんだ、と言ったが、ウアンビサ族の者たちは黙って前方を指さすだけだった。ようやく砂洲《さす》にたどり着いた。フシーアが、ここだといいんだがな。インディオたちはカヌーを止めて、木の間に姿を隠した。フシーアが、動くんじゃないぞ！　息をひそめるんだ！　人の気配を感じたら、岸に上がって来ないからな。それを聞いてラリータが、胸がむかむかするの、赤ちゃんができたみたいよ。彼が、なんだって！　しーっ、静かに！　ウアンビサ族の者たちは、木陰で、まるで木のようにじっと動かずに目だけを光らせていた。そのうちに日が暮れて、コオロギやカエルの鳴き声が聞こえはじめた。気味悪いくらい大きなウアロヒキガエルがラリータの足に這い登ってきた。粘液でねばねばするし、ふくれたお腹《なか》が生白くて気味がわるいわ、叩いてもいいでしょう？　彼が、だめだ、動くんじゃない。空には月が出ていた。彼女が、フシーア、こんなふうに死んだみたいにじっとしているなんて、とても我慢できないわ！　大声をあげて泣き出したいわ。明るく晴れた暖かい夜で、快い風が吹いていた。フシーアが、犬め！　連中はおれたちにいっぱい食わせたんだ。亀なんてどこにもいないじゃないか。その時パンターチャが、しーっ、ほら、あそこ、岸に上がってきてるよ。黒くて大きな丸いむしろのようなものが川波に乗って岸にたどり着くと、そこでじっと止まっていた。それは急に動き出し、のろのろとこちらに向かって来た。金色の光を受けて、甲羅《こうら》が光っていた。二、四、六匹だ！　ごつごつした首を突き出し、それを左右に振りながら、ゆっくりと砂の上を這《は》い上がってくる。おれたちの匂《にお》いを嗅《か》ぎつけて、探してるんじゃないのか？　何匹かはすでに砂を掘って卵を生みはじめていたし、さらに岸に上がってこちらに向かって来るのもいた。その時、木々のあいだからだしぬけに銅《あかがね》色の人影が音もなく飛び出した。それを見てフシーアが、よし、行こう！　走るんだ、ラリータ！　彼らが岸に着くと、パンターチャが、そいつは噛《か》みつくから気をつけるんだ、ボス。一度、指を食いちぎられそうになったことがある。メスのほうが気が荒いんだよ。ウアンビサ族の者たちは何匹もの亀をひっくり返し、満足そうに唸り声をあげている。裏返しにされた亀は、首をのばし足をもそもそ動かしていた。フシーアが、何匹だ？　彼女が八匹よ、と答えた。男たちは甲羅に穴を開けると、そこにかずらを通して結んだ。パンターチャが、待ちくたびれて腹がへったから、一匹やるかい？　その日、彼らはそこの砂洲で眠り、翌日ふたたび先へ進んだ。次の夜は、べつの岸で五匹捕まえて、これも同じようにかずらで括《くく》った。夜はそこで眠り、翌朝再び出発した。フシーアが、産卵期でよかったよ。パンターチャが、亀を獲《と》るのはたしか禁止されていたはずだがな。それを聞いてフシーアが、おれたちの知ったことか。こっちは生活がかかってるんだ。帰りはひどく時間がかかった。川を遡《さかのぼ》って行かなければならなかったし、甲羅の穴にかずらを通して数珠《じゅず》つなぎにしてあった亀が逃げようとしたために、カヌーが何度も立ち往生したのだ。フシーアが、何をするんだ！　棒で殴ったりしたら亀が死んでしまうぞ。ラリータが、ねえ、フシーア、この前も言ったけど、悪阻《つわり》らしいのよ。赤ちゃんが出来るんだったら、男の子がいいわね。それを聞いてフシーアが、何てことだ、こんな時に子供ができるなんて。水路に入ったとたんに、亀が木の根にしがみついたのでカヌーが動かなくなった。ウアンビサ族の者たちが水の中に飛び込んだが、亀に嚙まれたとぶつぶつこぼしながらカヌーに戻って来た。入江に入ると、ランチとドン・アキリーノの姿が見えた。老人は船着き場からハンカチを振って合図した。ランチにはかん詰、鍋、山刀、アニス酒が積み込んであった。フシーアが、ランチが転覆したんじゃないかと心配していたんだよ、じいさん。それを聞いて老人が、じつは途中で兵隊の乗ったランチに出会ってね。妙に勘ぐられてはいかんと思って、しばらく連中に同行していたんだよ。フシーアが、兵隊だって？　アキリーノが、そうなんだ、ウラクサでごたごたがあって、伍長《ごちょう》が袋叩きにされ、船頭がひとり殺されたらしい。で、サンタ・マリーア・デ・ニエバの行政官が乗り出して話をしに行くところだったんだが、あの分じゃ、早く逃げないと、むこうの連中はひどい目に会わされるよ。ウアンビサ族の者たちが亀を池に運び上げ、木の葉や果物の皮、アリなどの餌《えさ》をやっていた。フシーアが、するとレアテギのやつは、この近くに来ているんだな？　アキリーノが、兵隊たちからかん詰を分けてくれと言われて困ったよ。なんとかごまかしたがね。フシーアが、レアテギのやつは行政官をやめて、イキートスへ行ったと聞いたんだがな。アキリーノが、その通りだよ。今度の件が片付いたら、またむこうへ戻るそうだ。ラリータが、よく来てくれたわね、ドン・アキリーノ。冬じゅう亀を食べるなんて、考えただけでもぞっとするわ。

　かくして、ドン・アンセルモはマンガチェリーアの人間になった。気に入った土地があるとそこに家を建てて住みつき、ひと晩でその土地の人間になりきるものもいるが、彼はそれと違って、ゆっくりと時間をかけてマンガチェリーアの人間になっていった。最初の頃《ころ》は、ハープを抱えてチチャ酒の居酒屋に出入りしていたが、楽団員たち(たいていの者が、一度は彼の店で演奏したことがあった)はそんな彼をあたたかく迎え入れた。居酒屋の客は彼のハープを聞くと、大喜びして惜しみなく拍手を送ったし、居酒屋のおかみさん連中も彼が気に入っていて、料理や酒をふるまってやり、酔い潰《つぶ》れた時はござや毛布を貸し与え、店の片隅《かたすみ》で寝かせてやった。彼は二度とカスティーリャには足を踏み入れなかったし、ピエホ・プエンテ橋も渡ろうとはしなかった。おそらくあの思い出と砂原から遠く離れたところで暮らそうと心に固く誓っていたに違いない。川に近いガジナセーラやカマルにもめったに足を向けなくなり、もっぱらマンガチェリーアで暮らしていた。それまでの生活と現在の彼との間にはピウラの町が厳として横たわっていたのだ。マンガチェリーアの住民は彼と口数の少ない娘ラ・チュンガを自分たちの一員として受け入れた。街角では、ラ・チュンガが背中を丸め、膝《ひざ》に顎《あご》をのせてじっと宙の一点を睨《にら》んでいる。その横では、ドン・アンセルモがハープを爪弾《つまび》いたり、眠ったりしていた。マンガチェリーアの住民はドン・アンセルモのことをあれこれ取沙汰《とりざた》したが、面と向かうと、ハープ弾きとかおやじさんと呼びかけた。それと言うのも、あの火事以来、彼はめっきり老《ふ》け込んでしまったのだ。肩の肉は落ち、胸はくぼみ、顔には皺《しわ》が寄り、腹が突き出し、脚は妙な具合に曲がってしまっていた。服装も構いつけなくなり、ひどくみすぼらしい身なりをしていた。靴《くつ》は羽振りのよかった頃のものだが、今では擦り減り、埃《ほこり》にまみれていた。ズボンはぼろぼろで、シャツのボタンは取れ、帽子はあちこちに穴が開き、伸びた爪には黒い垢《あか》がたまり、目は赤く充血して目やにがたまっていた。声は妙なしゃがれ声に変わり、物腰態度も昔と違って傲慢《ごうまん》なところが見られなくなった。はじめの頃は、町の名士たちも誕生パーティーや結婚式、洗礼式があると必ず彼を呼んで演奏させたものだった。彼はその金で、自分とようやく口のきけるようになったラ・チュンガの二人を一日一食付きでパトロシニオ・ナーヤの家に下宿させてもらうことにした。しかし、薄汚い身なりをしていつも飲んだくれている彼には、町に住む白人たちもさすがにあきれたのか、二度と声をかけなくなった。それ以来、引っ越しの手伝いをしたり重い荷物を運んだり、ドアを磨《みが》いたりと、生計を立てるためならどんな仕事にでも手を出した。日が暮れると、片方の手にハープを抱え、もう一方の手でラ・チュンガの手を引きながら、チチャ酒の居酒屋に姿を現わした。彼はマンガチェリーアの人気者で、誰とも顔見知りだったが、友達といえるような人間はひとりもいなかった。ひとりぼっちの彼は誰かれなしに帽子をとって挨拶《あいさつ》したが、親しく言葉を交す相手はいなかった。ハープと娘と酒、それが彼のすべてだった。すっかり人が変わったようになっていたが、ただハゲワシだけは今でもひどく憎んでいて、その鳥を見かけると、石を拾って口汚くののしりながら投げつけた。浴びるように酒を飲んだが、けっして乱れることはなかった。人に喧嘩《けんか》をふっかけたり、騒いだりはしない。いくら酔っても、足を取られることはなかったが、ひどく大仰《おおぎょう》な歩き方をするのでそれと分かった。両脚を大きく開き、腕をぴんと伸ばし、思いつめたような表情で地平線をじっと睨みつけて歩くのだった。

彼は判で押したような毎日を送っていた。正午にパトロシニオ・ナーヤの小屋を出ると、時にはラ・チュンガの手を引いていることもあるが、たいていはひとりで何かに急《せ》かされるように町の通りへ飛び出して行く。迷路のように入り組んだマンガチェリーアの街路を抜け、曲がりくねった細い坂道を登りつめて町の南のはずれに出るが、そこまで行くと目の前にスリャーナまで続く砂漠《さばく》が開ける。また時には、イナゴ豆の並木が植わり、足もとを水路が走っているピウラの町のとっつきのあたりまで降りて行くこともあった。その散歩が終わると、マンガチェリーアの町をうろつきながら、あちこちの居酒屋をのぞいて回った。気が向くと、ふらりと店の中に入って行き、ピスコ酒かクラリートを飲ませてもらうまで、にこりともせずおとなしく待っていた。一杯ご馳走《ちそう》になると、ぺこりとお辞儀して店を出て行き、いつもの熱に浮かされたような足取りで、罪を償うための苦行としか言いようのないような散策、散歩を続けた。そのまま歩き続けて、日陰になった手頃な場所を見つけると、ところ構わずごろりと横になり、砂の上で姿勢を楽にして帽子を顔にのせたまま何時間も死んだように眠り続けた。鶏やヤギがそばに寄ってきて匂いを嗅いだり、羽や髭《ひげ》でくすぐったり、時には糞《ふん》をひっかけることもあるが、彼は身動《みじろ》ぎひとつしなかった。平気で通行人にタバコをねだり、断わられてもべつに不快そうな顔もせず、顔を上げ胸を張って道を歩き続けた。夜はチチャ酒の居酒屋で演奏することになっていたので、散策が終わるとパトロシニオ・ナーヤの家までハープを取りに戻った。ハープを爪弾きながら、何時間でもあきずに調律した。深酔いすると手が思うように動かず、演奏が乱れるが、そんな時は何とも言えず悲しそうな表情を浮かべてぶつぶつこぼしながらハープを弾いていた。

彼は時々、墓地へ出かけて行った。ある時、墓地で大喧嘩したことがあるが、彼が激《げっ》昂《こう》したのはそれが最後だった。ある年の十一月二日、門から中に入ろうとしたドン・アンセルモを警官が制止したが、それに腹を立てた彼は大声で相手をののしり、揉《も》み合った末に、石を投げつけたのだ。そんな彼を見かねた町の人たちが警官に取りなしてやり、ようやく墓地に入れてもらった。また、これは別の年の十一月二日のことだが、ファナ・バウラが墓地でもうすぐ六歳になろうというラ・チュンガを見かけた。うす汚れ、ぼろぼろの服を着た少女が墓石の間を走り回っていたが、ファナはその少女を呼んで、頭を撫《な》でてやった。それ以来、あの洗濯《せんたく》女は洗濯物の籠《かご》を馬ん子に背負わせて、ちょくちょくマンガチェリーアに顔を見せるようになった。来た時は、必ずあのハープ弾きと娘のラ・チュンガのところへ行き、娘には食べものや服や靴を、またハープ弾きにはタバコと少しばかりの金を渡してやったが、父親のほうは金をもらうと、その足で居酒屋に駆けつけた。ある日、ラ・チュンガがマンガチェリーアの狭い通りから突然姿を消した。パトロシニオ・ナーヤの話では、ファナ・バウラがガジナセーラの自分の家に引き取ったとのことだった。あのハープ弾きは相変わらず町の中をうろつき回っていた。以前よりもいっそう老け込み、服はぼろぼろでむさくるしい格好をしていたが、町の人たちもいつしかそんな彼に慣れてしまっていた。体を硬直させ、のろのろ歩いている彼と行き違ったり、砂の上で陽差《ひざ》しを浴びて寝転がっている彼を見かけても、もう誰も驚かなくなった。

彼がマンガチェリーアの町の外へ出るようになったのは、それから何年も後のことである。街路の数がどんどんふえて、町は見違えるほど大きくなった。道には敷石が敷き詰められ、一段高くなった歩道も設けられた。あたりには派手派手しい家が立ち並び、町は騒がしくなり、子供たちは車の後を追って走り回るようになった。ホテルやバーが次々に誕生し、見なれないよそ者の顔が目につくようになった。道路はチクラーヨまで延び、新しくつけられた鉄道はスリャーナを経由してピウラとパイタまで延長された。何もかもが大きく変化したが、それはピウラの住民も同じだった。今では、街を歩いていても、ブーツに乗馬用ズボンをはいた男にお目にかかることはない。誰もがスーツを着込み、中にはネクタイを締めているものもいる。女たちはくるぶしまでの長い地味なスカートを脱ぎ棄て、明るい色の服を着るようになった。以前はヴェールやショールで顔を隠し、女中を連れて街を歩いていた婦人たちも、今では髪を長く伸ばし、顔を隠しもせずひとりで堂々と歩き回るようになった。街路の数がふえると、それと競い合うように次々と背の高い建物が建てられた。市はどんどん膨張し、ついには砂漠にまで侵入した。ガジナセーラの町が突然姿を消して、そこに白人たちのお屋敷町が誕生したのもその頃のことである。ある朝、カマルのむこう手にぎっしりと建て込んでいた掘っ建て小屋に火がつけられた。市長と警察署長を先頭に大勢の役人や警官がやってきて、トラックや警棒で町の住民を追い出すと、その翌日にはもうまっ直な街路や住居の区画が決められ、二階建ての家が建ちはじめた。以前貧しい農夫たちの住んでいたあのあたりは白人たちの住む清潔な町並に姿を変えた。今では誰ひとり昔のあの町を覚えているものはいなかった。カスティーリャの町もどんどん膨張して行き、今ではちょっとした市くらいの大きさになっていた。通りは舗装され、映画館や学校、並木道が生まれた。老人たちはすっかり戸惑って、住み心地が悪くなったとか、品が悪くなった、車がふえて物騒になったとしきりにこぼした。

ある日、ハープをかかえた老人が見違えるように変わった市中を抜けて武器広場まで行くと、タマリンドの木陰に腰をおろしてハープを弾きはじめた。老人は翌日の午後もやって来た。それ以来、ちょくちょく武器広場に顔を見せるようになったが、野外演奏会のある木曜日と土曜日の午後には必ず現われた。木曜日と土曜日にはグラウ兵営の軍楽隊がそこで演奏するので、ピウラの住民が大勢集まってくるのだ。老人は一足先にそこへ行くと、一時間ばかりハープを弾いた後、帽子を回していくばくかの金を掻《か》き集め、それを持ってそそくさとマンガチェリーアに帰って行った。昔も今も変わらないのはマンガチェリーアの町とそこの住民だけだった。いまだに葦《あし》と泥《どろ》で作った掘っ建て小屋が立ち並び、獣脂のロウソクがともされ、ヤギがあたりをうろついていた。通りは相変わらず物騒で、ピウラの町があれほど良くなったというのに、夜のパトロールとなると、治安警備隊員でも尻込《しりご》みした。あのハープ弾きは武器広場で稼《かせ》いだ金をマンガチェリーアできれいさっぱりつかい果たした。彼はもう根っからのマンガチェリーア人になりきっていたのだ。夜は〈ラ・トゥーラ〉や〈ラ・ヘルトゥルデス〉の店で演奏した。以前、彼の店で料理女をしていたアンヘリカ・メルセーデスも今ではチチャ酒の居酒屋のおかみにおさまっていたが、時には彼女の店で演奏することもあった。彼はマンガチェリーアにとって欠くことのできない人間になっていた。ハープ弾きと言えば、マンガチェリーアの人間は誰でも、明け方まで聖職者のように胸を張って狭い通りをうろつきまわっている彼の姿を、ハゲワシに石を投げつけたり、小屋から赤い旗を持ち出したり、強い陽差しの下で眠りこけている彼の姿を思い浮かべた。また、町から遠く離れた暗闇《くらやみ》の中でも、突然彼のハープの音が聞こえてくることがあった。めったに人と口をきかなかったが、時々口にする言葉にはマンガチェリーア訛《なま》りがあると、ピウラの人たちは噂《うわさ》していた。

「番長たちがテーブルから呼んだんだけど」とラ・チュンガが言った。「軍曹《ぐんそう》は相手にしなかったんだよ。」

「軍曹は、なかなか礼儀正しい男だ」とハープ弾きが言った。「わしのところへやって来て、ちゃんと挨拶と抱擁をして行ったからな。」

「しようのない連中だ！　おれが部下のものに示しがつかなくなるだろうと考えて、わざとあんなことをしているんだよ、おやじさん」とリトゥーマが言った。

軍曹がドン・アンセルモと話している間、二人の治安警備隊員はバーで待っていた。ラ・チュンガがビールを出すと、レオン兄弟とホセフィノが囃《はや》し立てた。

「そろそろ切り上げましょうか、お師匠さん。ラ・セルバティカの顔がだんだん暗く沈んできましたよ」とエル・ホーベンが言った。「それに、もう遅いですからね。」

「元気を出すんだよ。」そう言いながらドン・アンセルモがテーブルの上の手を動かすと、その拍子にミルクのコップが床に落ちた。彼はラ・セルバティカの肩をやさしく叩《たた》きながら「人生というのはそういうもんなんだ、誰が悪いわけでもないんだよ。」

制服を着たとたんに人が変わるなんてのは、許せないよな。あれでも昔はマンガチェリーアの人間だったんだが、今じゃ挨拶どころかこっちを見ようともしないぜ。

「ほかの治安警備隊員たちは、あの連中が何を言っているか分からなかったみたいだったよ」とラ・チュンガが言った。「あたしとおしゃべりしながらおとなしく飲んでいたからね。でも、軍曹はすぐに感づいて、すごい形相で睨みつけると、待ってろ、静かにするんだというように手を振っていたわね。」

「誰が制服を呼んだんだ?」とセミナリオがだしぬけに怒鳴りつけた。「そろそろお帰り願おうか。チュンガ、すまんがその連中を追い出してくれ。」

「農場主のセミナリオさんです」とラ・チュンガが取りなすように言った。「気にしないで下さいね。」

「ああ、知ってるよ」と軍曹が言った。「お前ら、あの男のほうを見るんじゃないぞ! おおかた酔っているんだろう。」

「今度はポリにからんでいるぜ」とエル・モノが言った。「えらく威勢がいいな、あの男。」

「伊達《だて》に制服を着てるんじゃない、おれたちの従兄《いとこ》は黙ってすっこんじゃいないよ」とホセが言った。

エル・ホーベン・アレハンドロがコーヒーを一口すする。

「店にやって来た時はいつもと変わりなかったが、酒が少し入ったとたんに荒れはじめたんだ。よほど心にかかることがあったんだろうな。だから、憂《う》さ晴らしにあんなふうに人に嚙《か》みついたり、悪態をついていたんだよ。」

「そう突っかからなくてもいいだろう」と軍曹が言った。「こっちも仕事でやってるんだ。これをやらないと給料がもらえないんでね。」

「この店は静かなもんだ。見回りはそれくらいでいいだろう」とセミナリオがしつこくからんだ。「さあ、出て行ってくれ。それともなにか、まっとうな人間がゆっくり酒を飲んじゃいけないという法律でもあるのか？」

「おれたちのことは気にせず」と軍曹が言った。「ゆっくりやってくれ。」

ラ・セルバティカの顔がだんだん曇ってきて、テーブルではセミナリオが息巻いていた。なんだ、ポリ公まで下手に出るのか。このピウラの町には、まっとうな男がひとりもいないんだな。この分じゃ、このいまいましい町ももうおしまいだ。情けない話だよ。オルテンシアとアマポーラがセミナリオのそばに行くと、やさしく愛撫《あいぶ》したり、軽口を叩いたので機嫌《きげん》が直って静かになった。

「オルテンシア《アジサイ》、アマポーラ《ヒナゲシ》か」とドン・アンセルモが呟《つぶや》いた。「妙な名前をつけたもんだな、チュンギータ。」

「それで、あの連中はどうしたの？」とラ・セルバティカが尋ねた。「ピウラのことをあんなふうに言われて、まさか笑ってたわけじゃないでしょう？」

「怒りで目をぎらぎらさせていたが」とボーラスが言った。「すっかり怖《お》じ気《け》づいていたんで、手も足も出なかったんだよ。」

あの連中は、リトゥーマがまさかあれほど下手に出るとは思ってもいなかったらしい。それが、セミナリオに好き放題のことを言われて黙っていたんだからな。リトゥーマといえば、腹の据《す》わった男で知られている、その彼があの態《ざま》だったんだ。リータが、もう少しゆっくり話して、何を言ってるのか分からないわ。マリベルが、間もなく喧嘩がはじまるわよ。サンドラがいつものように高笑いする。軍曹は二人の治安警備隊員を戸口まで送って行くと、ひとりで引き返してきて番長たちのテーブルに腰をおろした。

「あの時、いっしょに帰っていればよかったんだ」とエル・ボーラスが言った。「かわいそうにな！」

「どうしてかわいそうなのよ？」とラ・セルバティカが嚙みついた。「あの人は男なんだから、人から同情される筋合いはないわ。」

「だが、あんたはいつもかわいそうな人って言ってるじゃないか」と、ボーラスがやり返した。

「あたしはあの人の女だからいいのよ」とラ・セルバティカが言った。それを聞いてエル・ホーベンの顔がかすかにほころんだ。

リトゥーマはあの三人に言いきかせていた。どうして人前で恥をかかすような真似《まね》をするんだ？　三人が、あんたには顔が二つあるんじゃないのかい？　部下の前ではえらくむずかしい顔をしているのに、連中がいなくなったとたんに嬉《うれ》しそうにはしゃぎ出すんだからな。制服をつけたあんたを見ていると、情けなくなるよ。まるで別人だ。彼がやり返す。情けなくなるのはおれのほうだ。そのうち、四人はすっかり打ち解けて歌をうたいはじめた。おれたちゃ番長、仕事なんぞは糞《くそ》くらえ、酒を飲んで、バクチをうって、これから次の楽しみだ、おれたちゃ番長。

「自分たちの持ち歌を作ったりして」とハープ弾きが言った。「あのマンガチェリーアの若い衆は、面白い連中だよ。」

「しかし、あんたも変わったよな」とエル・モノが言った。「へなへなっと腰くだけになるんだからな。」

「よくまあ、あれでもうひとつの顔がぽろっと落ちないもんだ」とホヤが言った。「マンガチェリーアの人間でポリになったのはあんただけだよ。」

「きっとあの連中は軽口を叩いたり、酔った時の話でもしていたんだよ」とラ・チュンガが言った。「どうせほかに話すことなんてありゃしないんだから。」

「あれから十年か」とリトゥーマが溜息《ためいき》をつきながら言った。「時の経《た》つのは早いもんだ。」

「過ぎ去って行く人生に乾杯！」そう言ってホセがグラスを高々と上げる。

「マンガチェリーアの人間は一杯入ると、哲学者みたいにむずかしいことを言い出すが、案外、エル・ホーベンの感化かも知れんな」とハープ弾きが言った。「あの連中は死のことでも話していたんだろう。」

「十年か、まるで嘘《うそ》みたいだな」とエル・モノが言った。「ドミティーラ・ヤーラのお通夜《つや》のことを覚えてるかい？」

「密林から戻った次の日に、町でガルシーア神父に会ったんで挨拶したんだが、むこうは知らん顔していたよ」とリトゥーマが言った。「まだ、怒っているのかなあ。」

「哲学者だなんて、とんでもないですよお師匠さん」とエル・ホーベンが言った。「わたしは一介の楽士ですよ。」

「きっと、昔のことを話していたのよ」とラ・セルバティカが言った。「あの人たち、顔を合わすといつも子供の頃《ころ》の思い出話をするの。」

「まるで、ピウラの連中みたいにお上品なんだね」とラ・チュンガがからかった。

「後悔したことはないのかい？」とホセが尋ねた。

「ポリになろうが何になろうが同じことさ」とリトゥーマが肩をすくめて答えた。「確かに、番長だった頃は毎晩のように酒を飲み、バクチもよく打ったが、年中空《す》きっ腹をかかえていたろう。それが今じゃ、少なくとも口の心配はない。朝晩、ちゃんとおまんまが頂けるんだ。それだけでもありがたいと思わなきゃあな。」

「ミルクを少しもらえるかな」とハープ弾きが言った。

ラ・セルバティカが立ち上がって、わたしが作って来ますわ、ドン・アンセルモ。

「あんたは違う世界を見てきたろう、それがおれには羨《うらや》ましいんだよ、リトゥーマ」とホセフィノが言った。「おれたちはピウラの町から一歩も外に出ないで死んで行くんだからな。」

「それはお前だけさ」とエル・モノが横から言った。「おれはリマを見るまではぜったいに死なないぞ。」

「心のやさしい、いい女《こ》だ」とアンセルモが言った。「親切で、素直になんでもはい、はいと言ってやってくれる。きれいな娘かね？」

「美人とは言えませんが、丸ぽちゃのかわいい女《こ》ですよ」とボーラスが答えた。「ハイヒールを履くと、まだ様になりませんがね。」

「ですが、きれいな目をしています」とエル・ホーベンが言った。「大きくて神秘的な緑色の目ですが、きっとお師匠さんがごらんになったら、気に入ると思いますよ。」

「緑色かね？」とハープ弾きが言った。「それはいい。」

「まさかあんたがポリになって、家庭を持つとは思わなかったよ」とホセフィノが言った。「間もなく父親になるんだろう、リトゥーマ？」

「密林じゃ女がすぐ手に入るという話だが、ほんとうかい？」とエル・モノが尋ねた。

「あっちの女は好き者が多いってよく言うじゃないか。」

「確かにその通りだ」とリトゥーマが言った。「むこうじゃ、男は逃げ回らなきゃいけない。さもないと、絞り取られて脱《ぬ》け殻《がら》みたいになっちまう。おれも、胸をやられもせず、よくまあ無事に帰れたもんだと、自分でびっくりしているくらいだ。」

「すると、いくらでも女が抱けるってわけかい？」とホセが尋ねた。

「お前が海岸地方の人間なら、もてもてだ」とリトゥーマが言った。「土着の白人を見ると、連中はすぐにのぼせ上がるからな。」

「確かにいい女《こ》ですが、何を考えているのか分からないところがあるんですよ」とボーラスが言った。「亭主が牢《ろう》につながれているというのに、こんな商売をして亭主の友達を養っているんですからね。」

「ものごとを性急に決めつけるのはよくないよ、ボーラス」とエル・ホーベンがもの憂げな声で言った。「何ごとによらず、内実は見かけほど単純じゃないから、よく事情を調べてみないと。人を批判する時は、よほど慎重にやらないといけないよ。」

「聞いたかね、チュンギータ？」とハープ弾きが言った。「あれで、自分は哲学者じゃないと言っているんだからな。」

「サンタ・マリーア・デ・ニエバにも、女が大勢いたのかい？」とエル・モノがしつこく尋ねる。

「その気になれば、毎日でも違った女が抱けるよ」とリトゥーマが答えた。「いくらでもいるし、それがまた他では見られないような好きものと来てるんだ。選《よ》りどり見取りの大安売り、白いのでも黒いのでも、お好み次第ってわけた。」

「そんなにいい女がいるんなら、どうしてあんな女を摑《つか》んだんだ？」とホセフィノが尋ねた。「目はたしかにきれいだが、ほかにどこと言って取《と》り柄《え》がないじゃないか。」

「彼はどすんとテーブルを叩いたが、大聖堂にいても聞こえるくらいすごい音がしたな」とボーラスが言った。「ホセフィノとリトゥーマはいまにも摑みかからんばかりに激しく言い争っていたよ。」

「あの連中はよく怒るが、火花やマッチみたいなものでパーッと燃えても、すぐに消えてしまうんだよ」とハープ弾きが言った。「ピウラの人間はみんな単純でいい人間ばかりだ。」

「今のは冗談だよ、リトゥーマ。本気になって怒るやつがあるか」とエル・モノが言った。「あんたも変わったな。」

「おれにとっちゃ、お前の女房は自分の妹みたいなものだ、リトゥーマ」とホセフィノが大声で言った。「本気で言うはずがないだろう。まあ、坐《すわ》れよ、乾杯しよう！」

「おれは浮わついた気持ちで結婚したんじゃない」とリトゥーマが言った。「心底あいつに惚《ほ》れてるんだ。」

「それを聞いて安心したよ」とエル・モノが言った。「ビールをもっと持って来てくれ、チュンガ。」

「かわいそうに、あいつはまだこちらの暮らしに慣れていないんだ。あんまり人が多いんで、どうしていいか戸惑っているんだよ」とリトゥーマが取りなした。「むこうとは何もかも違うんだ、その点は分かってやってくれ。」

「よく分かってるよ」とエル・モノが言った。「さあ、おれたちの従姉《いとこ》のために乾杯だ！」

「よくできた奥さんだよ。よく気がつくし、食事も作ってくれる」とホセが言った。

「おれたちだって愛しているんだよ。」

「いかがです、ドン・アンセルモ。熱すぎません?」とラ・セルバティカが尋ねた。

「いや、ちょうどいい。ありがとう」とハープ弾きはミルクをうまそうに飲みながら言った。「あんたの目は緑色かね?」

セミナリオが突然椅子を動かして彼らのほうに向き直ると、いったい何の騒ぎだ? うるさくておちおち話もできんじゃないか。軍曹が丁重に、騒々しかったかね。もう迷惑はかけないから、そちらも人のことに口をはさまんでくれ。それを聞いてセミナリオが声を荒らげて、大きな口を叩くじゃないか。だがな、おれは口をはさませてもらうぞ。お前たち四人とお前たちを生んだ娼婦《しょうふ》のおふくろのことを言わせてもらう、いいか、分かったか?

「あの男は、母親の悪口まで言ったの?」とラ・セルバティカが目をしばたたきながら尋ねた。

「あれが最初だったが、あの日は何度かその言葉を口にしたな」とボーラスが言った。「地主で金があるもんだから、何を言っても許されると思っているんだよ。」

オルテンシアとアマポーラは慌《あわ》てて逃げ出し、サンドラ、リータ、それにマリベルはカウンターから鎌首《かまくび》をもたげた。激昂《げっこう》した軍曹の声がかすれていた。母親は関係ないだろう。

「おれの言うことが気に入らんのか。だったら、こっちへ来い、話をつけてやる」とセミナリオがわめいた。

「だけど、リトゥーマはむこうのテーブルには行かなかったんだよ」とラ・チュンガが言った。「あたしとサンドラの二人で引き止めたからね。」

「男同士の喧嘩《けんか》なのに、どうして母親のことを引き合いに出すんだろうな？」とエル・ホーベンが言った。「母親というのは誰にとっても神聖なものじゃないか。」

そのあと、オルテンシアとアマポーラは再びセミナリオのテーブルに戻った。

「それからあとは、笑い声も歌声もぷっつり聞かれなくなった」とハープ弾きが言った。「母親のことをあんなふうに言われて、傷ついたんだろう。」

「テーブルには瓶《びん》が沢山並んでいたけど、きっと酒で憂さを晴らしていたんだね」とラ・チュンガが言った。

「酒に酔ったり、司祭さんのところへ駆けつけたり、人を殺したり、人間はいろいろなことをするが」とエル・ホーベンが言った。「それもこれもみんな心に思い煩《わずら》うことがあるせいだよ。」

「ちょっと水をかぶってくる」とリトゥーマが言った。「あの男のおかげで、折角の楽しい夜が台なしだ。」

「リトゥーマが怒るのもむりはないよな、ホセフィノ」とエル・モノが言った。「おふくろのことをあんなふうに言われたんだ、誰だってかっかするよ。」

「しかし、あいつはどうしてあんなに自分のことを鼻にかけるんだろうな？」とホセフィノが言った。「このおれだって、百人斬《ぎ》りをしたこともあるし、あちこち旅して、ペルーの半分がとこは知っているつもりだ。それなのに、あいつときたら、ちょっとほかの土地をのぞいて来ただけで、あんなに自慢するんだからな。」

「あいつに腹を立てる理由はほかにあるんじゃないのかい？　奥さんに鼻もひっかけられなかったからだろう」とホセが言った。

「奥さんの尻《しり》を追いまわしていることがばれたら、きっと殺されるぜ」とエル・モノが言った。「とにかくべた惚れだからな。」

「もとはと言えば、あいつが悪いんだよ。自分の女房を妙に自慢するからだ」とホセフィノが言った。「うちのやつはベッドに入ると火のように燃えて、こんなふうに体を動かすんだ、なんてさ、やってられないよ。だから、こっちもついそんなにいい女かどうか確かめてやろうって気になるじゃないか。」

「お前とは寝ないね、なんなら金貨二枚賭《か》けてもいい」とエル・モノが言った。

「あとで泣きをみても知らんぞ」とホセフィノが答えた。「最初にからかった時はひっぱたかれたが、二度目はののしっただけだ。三度目になると、べつに怒りもせず、少しばかり体を触らせてくれたよ。だいぶほぐれて来たんだ、今に見てろ、女なんてそんなものさ。」

「もし射落としたら、おれたちのことも忘れるなよ」とホセが言った。「ひとりが行けば、あとの二人も行く、それが番長グループの掟《おきて》だからな、ホセフィノ。」

「なんとかしてあの女と寝てみたいと思うんだが、自分でもその理由が分からないんだ」とホセフィノが言った。「どことといって魅力はないんだがな。」

「よその土地の人間だからさ」とエル・モノがしたり顔で言った。「むこうにはおれたちの知らない生活習慣があるだろう、誰だってそれを知りたいと思うじゃないか。」

「それにしてもひどい山出《やまだ》しだよ」とホセが言った。「何も分かっちゃいない。何をするにも、これは何、あれは何と訊《き》いてまわるんだからな。一番乗りだけはごめんこうむるよ。だが、もしリトゥーマに告げ口したら、どうするね？」

「大丈夫さ」とホセフィノが答えた。「一目見て、気の小さい女だなって、ぴんときたんだ。自分の考えなんて持っちゃいない、だから、恥ずかしくて主人に言いつけたりはしないんだよ、ああいうタイプは。それより、今お腹《なか》が大きいのが残念だな。子供ができるのを待って、攻めてみるか。」

「あのあと、みんなで機嫌よく踊りはじめたんだよ」とラ・チュンガが言った。「だから、もう心配ないと思ったんだけどね。」

「不幸な出来事というのは、まさかと思っている時に降って湧《わ》いたように起こるもんだよ」とエル・ホーベンが言った。

「あの人は誰と踊っていたの？」とラ・セルバティカが尋ねた。

「サンドラだよ。」ラ・チュンガはどんよりした目で彼女を見つめながら、ゆっくりとした口調で言った。「ぴったり体をくっつけて、口づけしていたね。妬《や》いてるのかい？」

「ちょっと訊いてみただけよ」とラ・セルバティカが答えた。「べつに妬いたりしないわ。」

　セミナリオがだしぬけに立ち上がると、出ていけ！　ひどく不機嫌そうな顔。さもないと、四人まとめて店から蹴《け》り出してくれるぞ！　唸《うな》り声をあげてそう言った。

三　章

「ひと晩じゅう待ったのに、物音ひとつしなかったし、灯火も見えませんでしたが」と軍曹《ぐんそう》が言った。「どうも様子がおかしいですね、中尉《ちゅうい》。」

「この島はかなり広いようだから、むこう側にいるのかも知れませんよ」とロベルト・デルガド軍曹が言った。

「間もなく夜が明ける」と中尉が言った。「音をたてないように、ランチをこっちへ回すように言ってくれ。」

生い茂った木々と川のあいだに軍服がちらちら見えているが、それはあたりの風景にうまく溶け込んでいた。狭い防御陣地にひしめいている治安警備隊員と兵隊たちは全身濡《ぬ》れねずみになり、疲労で目がどんより濁っていた。彼らはズボンのベルトを締め、ゲートルを巻き直している。木々は迷路のように茂り合い、その間から差し込む緑色の光が兵隊たちを彩《いろど》っていた。木の枝や葉群《はむら》、かずらの間に見え隠れしている彼らの顔は蚊やクモに刺されて紫色に腫《は》れあがっていた。中尉は沼の岸に行くと、片方の手で木の葉をかき分け、双眼鏡で島の様子を窺《うかが》った。高い崖《がけ》、鉛色の斜面、鬱蒼《うっそう》と茂った大きな木々。夜明けの光が水面に照り返し、鳥の鳴き声が聞こえはじめた。軍曹が身をかがめて中尉のほうへにじり寄って行く。足の下では、木の葉や枝がきしみ音を立てて折れる。二人のうしろ、密生した木々の間では、治安警備隊員と兵隊たちがほとんど身動きせず、そっと水筒の口を開けたり、タバコに火をつけていた。

「どうやらおさまったようだな」と中尉が言った。「これなら、ここへ来るまであの連中がずっと喧嘩《けんか》のしどおしだったとは誰も思わんだろう。」

「苦しい夜をいっしょに過ごしたんで、わだかまりが解けたんでしょう」と軍曹が言った。「疲れ切っている上に、寝苦しかったですからね。ああいう目に会うと、誰でも親しくなるものですよ。」

「夜が明け切らないうちに、むこうの連中に一泡《ひとあわ》吹かせてやりたいんだが」と中尉が言った。「そうすると、対岸に一隊を送り込まなくてはいかんな。」

「はあ、それだとこの沼を渡らなくてはいけませんが」と軍曹が島のほうを指さして言った。「むこうまでは三百メートルはありますよ、中尉。連中に見つかれば、それこそ狙《ねら》い撃ちですね。」

ロベルト・デルガド軍曹とほかの者たちが二人のそばにやって来た。治安警備隊員と兵隊の制服は雨と泥《どろ》に汚れて見分けがつかなくなっていたが、軍帽で見分けられた。

「むこうに伝令を送ったらどうでしょう、中尉?」とロベルト・デルガド軍曹が言った。「連中はきっと降伏してきますよ。」

「それにしても、こちらのいることに気づいていないというのはどうもおかしいですね」と軍曹が言った。「インディオはだいたいそうですが、ウアンビサ族の連中も耳はいいんですよ。ひょっとすると、あのルプーナの木の間からこちらを窺っているのかも知れませんよ。」

「異教徒どもがひどく怯《おび》えてルプーナの木の陰に隠れているというのか? いや、そんなことはないだろう。」

兵隊と治安警備隊員は聞き耳を立てていた。青黒い肌《はだ》、虫に刺されてできた小さな血の塊、目のまわりの隈《くま》、不安そうな目。中尉が頰《ほお》を搔《か》いた。とにかく、様子を見るより仕方がない。こめかみの近くに虫に刺された跡が三ヵ所あり、それが紫色の三角形になって腫れていた。軍曹が二人とも怖《お》じ気《け》づいたんでは話にならんな。帽子の目庇《まびさし》の下に半ば隠れた額に、薄汚れた前髪がかかっていた。それを聞いてロベルト・デルガド軍曹が、なんですって? ひょっとするとそちらの隊員たちも怖じ気づいてるんじゃないですか、中尉。それはともかく、ここはどうしたもんでしょうね? 突然、不満そうな呟《つぶや》き声が聞こえたかと思うと、〈チビ〉と〈クロ〉、それに〈金髪〉の三人が兵隊たちから離れて、茂みをかき分けて進み出た。中尉、侮辱されて、黙っているんですか？　なぜあんなことを言われなきゃならないんです？　中尉が弾薬帯に触りながら、口が過ぎるぞ！　任務を遂行している時でなかったら、ただでは済まさんところだ。

「冗談ですよ、中尉」とロベルト・デルガド軍曹は口ごもりながら言った。「軍隊では、士官の方によく冗談を言うんですが、べつに怒ったりされないものですから、治安警備隊でも同じだろうと思ったんですよ。」

水のパチャパチャいう音がその声をかき消した。用心深く櫂《かい》を操りながら船を進める音が聞こえてきた。ツル科植物と灯心草の茂りあったところにランチが現われた。船に乗っている船頭のピンタードと兵隊は疲れた表情も見せず、にこやかに笑いながら元気よくランチを動かしていた。

「やはり、降伏するように言ったほうがよさそうだな」と中尉が言った。

「そうですよ、中尉」とロベルト・デルガド軍曹が勢いこんで言った。「べつに怖じ気づいて言うんじゃないんですが、戦術的にもぜひそうすべきだと思います。もし連中が逃げ出そうとしたら、こちらから狙い撃ちすればいいんですから。」

「逆に、われわれがむこうへ行くとなると、沼を渡っている間は、絶好の的になりますからね」と軍曹が言った。「こちらは手勢が僅《わず》か十人なのに、むこうは何人いるか分からないし、武器だって何を持ってるか知れたものじゃありませんよ。」

中尉が後ろを振り向くと、治安警備隊員と兵隊たちが体を固くした。いちばんの古参兵は誰だ？　男たちの顔に不安そうな影が走り、口もとが引きつれる。怯えたように目をしばたたいているものもいる。ロベルト・デルガド軍曹が、赤銅《しゃくどう》色に日焼けした背の低い兵隊を指さすと、その兵隊が一歩前に進み出る。イノホーサです、中尉。よし、イノホーサ、お前はボルハの兵隊を連れてむこう岸に渡り、島の正面に陣地を作るんだ。おれは治安警備隊員たちとここに残って、水路の入口を見張る。それじゃあ、わたしは何をすればいいんです、中尉、と軍曹。士官は軍帽を取る。何をするかは、そう言って手で髪を撫《な》でつける。これから言う。帽子をかぶり直すと、額にかかっていた前髪が隠れた。二人の軍曹には、島へ行って、降伏するように呼びかけてもらおう。武器を棄《す》てて、頭に両手をのせて崖の上に並べ、そう言うんだ、軍曹。ピンタードがお前たちをむこうまで運ぶ、いいな！　二人の軍曹は黙って顔を見合わせる。兵隊と治安警備隊員たちはふたたびひとつに溶け合い、ひそひそ話し合っている。その目から不安そうな影が消え、ほっとしたような表情が浮かんでいた。中には、いい気味だと言わんばかりに二人のほうを見ているものもいた。兵隊たちはイノホーサのあとに従ってランチに乗り込んだ。ランチがぐらりと揺れ、少し沈んだ。イノホーサが棹《さお》を取り上げる。茂り合った植物が揺れ動き、ぴしぴし音を立てて折れる。兵隊たちの軍帽がシダやツル科植物のあいだに消えた。治安警備隊員のシャツを調べていた中尉が、〈チビ〉、シャツを脱ぐんだ。お前のがいちばん白そうだ。軍曹の銃にそいつを括《くく》りつけろ。もしむこうがおかしなことをしたら、何も考えずにぶっ放していい、分かったな。軍曹たちがランチに乗り込んだ。〈チビ〉がシャツを渡したのを見届けてから、ピンタードは棹を取り上げ、船を動かした。ランチは葉群のあいだをゆっくり漂って行った。沼に出ると船頭がエンジンをかけたが、その単調な物音に驚いて、木々の間から無数の鳥が騒々しい鳴き声を立てて飛び立った。ルプーナの木のむこうに見えるオレンジ色の光がいっそう強くなり、鬱蒼と生い茂ったまわりの木々の間でも朝の光が照り映えていた。入江の水は穏やかに澄んでいた。

「結婚前だというのに、こんなことになるなんて、ついてないよ」と軍曹がこぼした。

「そんなことより、シャツがよく見えるように、銃をもっと高く上げてくれ」とデルガド軍曹が言った。

ランチで沼を渡る間も、一行は岸とルプーナの木から目を離さなかった。ピンタードは片手で舵《かじ》を取り、もう一方の手で顔や頭、腕をぼりぼり掻きながら、こう一時にわっと刺されたんじゃたまったもんじゃない、とこぼしていた。やがて、樹皮を剝《は》がした灌《かん》木《ぼく》や木の幹の浮かんでいる小さな泥の浜が見えてきた。そこが船着き場になっているのだろう。もう一艘《そう》のランチが対岸に着いたかと思うと、兵隊たちがばらばらと飛び降りて空地に向かい、そこに陣取って、島のほうに向かってライフルを構えた。イノホーサはいい声をしているだろう。昨夜、ケチュア語で歌っていたウアイニート、あれはいい歌だったな。ああ、そうだな。しかし、連中の姿が見えないのはおかしいな。どうして姿を現わさないんだろう？ サンティアーゴにはウアンビサ族の連中が大勢いるから、おれたちが来るというニュースがすでに伝わってたんじゃないのかな。おそらく、水路を伝って逃げたんだろう。ランチが船着き場につけられた。木の幹が太い藤蔓《ふじづる》で縛られて水面に浮いていたが、それは苔《こけ》やキノコや水草にびっしり覆《おお》われていた。三人は切り立った崖や捩《ねじ》れたこぶだらけのルプーナの木をしばらく眺《なが》めていた。誰もいないようだな、軍曹、泡をくって逃げたのかも知れん。二人の軍曹はランチから飛び降りて、泥水をはね上げながら岸まで行くと、斜面に貼《は》りつくようにして登りはじめた。軍曹が掲げている銃の先では、〈チビ〉のシャツが熱風にあおられてはためいていた。崖を登りつめたところで、まぶしい光に目を射られた。二人は思わず目をつむり、ごしごし擦《こす》った。ルプーナの木に囲まれた空地はツル科植物でびっしり覆われていた。どこかに道はないかと草むらを探しまわっている軍曹たちの顔に、何かの腐敗したつんと鼻をつく臭《にお》いが襲いかかった。ようやく、踏み込めそうなところが見つかったので、腰のあたりまで伸びた雑草を掻き分けて進んだ。並木のような木々の間をうねうね続いている小道を辿《たど》って行くと、途中で道がぷつんと切れたが、あたりを見回すと雑木林とシダの茂みのそばに続いていた。ロベルト・デルガド軍曹は苛立《いらだ》ちはじめた。畜生！　白旗がよく見えるように、もっと高く上げてくれ。ドームのように鬱蒼と茂っている木々のあいだから、かすかに震える細い金の糸のような木洩《こも》れ陽《び》が差し込み、あたりでは姿こそ見えないが鳥がうるさく鳴いていた。二人の軍曹は両手で顔を覆っていたが、それでも木の枝や蔓に打たれたり、激しく引っ掻かれたりした。小道が突然切れて、目の前に草の生えていない砂地の平らな土地が現われ、掘っ建て小屋が見えた。おい、見ろ！　背が高く、造りはしっかりしていたが、すでに密林に半分呑《の》みこまれていた。一軒の小屋は屋根がなく、正面には傷跡を思わせるような大きな穴が開いていた。もう一軒の小屋からは大きな木がぬっと頭を出し、窓から毛むくじゃらの腕を威嚇《いかく》するように突き出していた。二軒の小屋の壁はツタでびっしり覆われ、小屋のまわりには背の高い草が生い茂っていた。ツル科植物のまつわりついた階段はこわれ、そこに木の根や茎がもたれかかっていた。踏み段や支柱には鳥の巣がかかり、アリの巣も目についた。軍曹たちは小屋のまわりをうろつき、首を伸ばして中をのぞき込んだ。

「半分密林に呑み込まれているが」とデルガド軍曹が言った。「この様子では、連中が逃げ出したのは昨日、今日じゃない、大分前のことだ。」

「この小屋はウアンビサ族のものじゃないぞ。白人たちのだ」と軍曹が言った。「異教徒どもは小屋をかついで移動するから、こんなに大きなものは造らないんだ。」

「木がまだ小さいところを見ると、ここが空地だったんだな」とデルガド軍曹が言った。「かなりの人間がここで暮らしていたらしいぞ。」

「何人か捕まえて帰ると言っていたから」と軍曹が言った。「これを見たら、中尉はきっと怒るぞ。」

「みんなを呼んでみよう。」デルガド軍曹はそう言って、小屋に向かって銃を二発撃ったが、その銃声が遠くでこだまを返した。「むこうじゃおれたちが盗賊にやられたと思っているだろうな。」

「実を言うと、誰もいなくてほっとしたよ」と軍曹が言った。「近々結婚する予定なんだが、この齢《とし》で首を飛ばされでもしたら目も当てられないからな。」

「ほかの連中が来る前に、中をのぞいてみるか」とデルガド軍曹が言った。「ひょっとして、何か金目のものが転がっているかも知れん。」

しかし、見つかったものと言えば銹《さび》だらけの道具類ばかりで、それも今はクモの巣になっていた。白アリに蝕《むしば》まれた床板は、もろく崩れ、軽く踏んだだけでもへこんだ。二人はその小屋を出ると島の中を歩き回り、あちこち掘り起こしてみたが、炭のようになった薪《まき》や銹びた空かん、壺《つぼ》のかけらしか出て来なかった。斜面の窪《くぼ》地に池があり、腐った水がたまっていた。池は悪臭を放ち、蚊が雲のように群れていた。まわりには杭《くい》がびっしりと二列に打ち込まれていたが、それを見てロベルト・デルガド軍曹が、妙なものがあるが、なんだろうな？　インディオの作ったものだろうが、見当もつかんな。むこうへ行こう、臭いがひどいし、この蚊だ。ふたりが小屋に戻ってみると、中尉や治安警備隊員、兵隊たちが空地のあたりを夢遊病者のように歩きまわったり、木々のあいだを戸惑ったようにうろうろしていた。

「十日もかけてやって来たのに、これだ。まったくばかにしてるよ」と中尉がこぼした。「連中がここを出て行って、どれくらいになると思うね？」

「何ヵ月も前、いや、ひょっとすると一年以上前かも知れませんね、中尉」と軍曹が答えた。

「小屋は二軒じゃなく、三軒あったんですよ、中尉」と〈クロ〉が大声で言った。「ここにひとつあったのが、風に吹き飛ばされたんです。ほら、見て下さい、まだ支柱が残っています。」

「何年も前にこの島を引き払ったんじゃないですか、中尉」とデルガド軍曹が言った。

「あの小屋の木があんなに大きくなっていますからね。」

中尉はひどく気落ちして、疲れたような笑みを浮かべる。ひと月前だろうが十年前だろうが、同じことだ。おれたちは一杯食わされて、無駄足《むだあし》を踏んだってわけだ。デルガド軍曹が、イノホーサ、小屋の中を徹底的に調べるんだ！　飲み食いしたり身につけられるものがあったら、なんでもいいから包みにして持って来い。兵隊たちは空地に散らばると、木々の間に姿を消した。〈金髪〉が、口の中が苦くなっていますから、コーヒーでもいれましょうか。中尉はその場にしゃがみ込むと、木の枝で地面を掘りはじめた。二人の軍曹がタバコに火をつけた。話し合っている彼らの頭上では、無数の虫がうるさく飛び回っている。船頭のピンタードが枯れ枝を折って、焚《た》き火をおこす。その間に、二人の兵隊が小屋の中から空瓶《あきびん》や泥の壺、ぼろぼろになった毛布などを放《ほう》り出していた。〈金髪〉は魔法瓶を温めると、真鍮《しんちゅう》のコップに湯気の立っているあたたかいコーヒーを注《つ》ぐ。中尉と軍曹たちがコーヒーを飲んでいると、だしぬけに叫び声が聞こえた。どうした？　むこうから兵隊が二人あたふたと駆け戻ってきた。誰かいたのか？　士官が慌《あわ》てて立ち上がると、なんだ、何があったんだ？　それに答えてイノホーサが、その下の浜に死体が転がっています、中尉。ウアンビサ族か白人か、どちらだ？　返事も聞かずに中尉がやにわに駆け出したので、治安警備隊員や兵隊たちもそのあとを追う。しばらくの間は、枯れ葉を踏みしだく音とまわりの草のざわめく音しか聞こえなかった。兵隊たちは一団になって杭のそばを勢いよく駆け抜けると、斜面に飛び降り、小石を蹴《け》散《ち》らして窪地を越え、浜に降り立った。そこでみんなは慌てて立ち止まると、仰向《あおむ》けに寝転がっている男のまわりを取り囲んだ。ぼろぼろのズボンが男の垢《あか》にまみれた蚊のように細い脚と黒ずんだ肌を覆っていた。まっ黒な腋毛《わきげ》が密生し、手足の爪《つめ》は伸び放題に伸びていた。体中潰瘍《かいよう》とかさぶたに覆われ、乾いた唇《くちびる》のあいだから白くなった舌先が覗《のぞ》いていた。治安警備隊員と兵隊たちは覗き込むようにしてその男を眺めていたが、その時、ロベルト・デルガド軍曹がにやっと笑うと、男のほうに身をかがめ、その口もとに鼻を近づけて臭いを嗅《か》いだ。そして、急に笑い出すと体を起こして、男の脇腹《わきばら》を蹴りつけた。何をする！　死体を蹴りつけるやつがあるか。ロベルト・デルガド軍曹はふたたび蹴りつけながら、なに、死んじゃいませんよ。臭いませんか、中尉《りゅうい》？　兵隊たちは慌てて身をかがめると、硬直したままごろりと横たわっている男の臭いを嗅いだ。こいつは死んでなんかいませんよ、中尉。夢を見ているだけです。こみ上げてくる嬉《うれ》しさを押さえきれないように、軍曹は乱暴に蹴りつけた。横たわった男は体を縮めると、腹の底から湧《わ》き出てくるようなしゃがれ声を洩らした。本当だな。中尉は男の髪の毛をつかんで激しく揺すぶった。ふたたび、男の口からいびきのような音が洩れた。夢を見ているんですよ、こいつは。軍曹《ぐんそう》が、なるほど、そうか。あそこを見て下さい、薬草がありますよ。火を焚いたらしく銀色の灰と焼け焦《こ》げた薪が見え、そのそばに転がっているすすけた泥の鍋《なべ》には薬草がいっぱい詰まっていた。巨大な顎《あご》、まっ黒な胴の軍隊アリが何十匹となく男の体に這《は》いのぼり、残りのアリは敵の攻撃に備えて円陣を組んでいた。こいつが死体だったら、今頃《いまごろ》は虫に食われて骨だけになっていますよ、中尉。〈金髪〉が、しかし、もう足のほうからかじられはじめてますよ。靴底《くつぞこ》のように固くなった足の裏を這いのぼっているアリもいれば、足首や指、くるぶしのあたりを動きまわってほっそりした触角で触れているものもいる。アリの通ったあとには、紫色のしみが残っていた。ロベルト・デルガド軍曹が先程と同じ個所をもう一度蹴りつけると、そこが赤く腫《は》れ上がるが、上のほうはすでに黒ずんでいた。男は相変わらず身動きひとつしなかったが、時々思い出したように空《うつ》ろな声を洩らすと、のろのろと舌を動かして唇を舐《な》めていた。こいつは今、天国にでもいるような気分なんですよ、だから痛みもなにも感じないんです。中尉が、水だ、早く水を持って来い！　おい、足を嚙《か》まれているぞ、取ってやれ。〈チビ〉と〈金髪〉が軍隊アリをひねり潰す。二人の兵隊が沼へ行って軍帽に水を汲《く》んで戻ってくると、男の顔に水をふりかける。男は脚を動かそうともがき、顔をぴくぴく痙攣《けいれん》させて首を左右に振る。急におくびを出したかと思うと、片方の腕をそろそろ曲げて脇腹にさわり、腫れ上がった個所を撫でる。息づかいが激しくなり、胸と腹部が大きく波打ちはじめた。突き出した舌には緑色の唾液《だえき》がこびりついている。まだ目は閉じたままだった。軍曹が兵隊たちに向かって、もっと水を持ってこい。なんとしても、この男の目を覚まさせるんだ。兵隊や治安警備隊員たちは何度も沼へ行っては水を汲み、男に水をかけた。男は口を開けてそれを飲み、口のまわりの水滴をうまそうにぴちゃぴちゃ舐めていた。呼吸はかなり規則正しくなりほぼ正常にもどったが、まだ呻《うめ》き声をあげたり、目に見えない束縛から逃れようと体を痙攣させていた。

「コーヒーを少し飲まして、目を覚まさせてやれ」と中尉が言った。「水をもっとかけるんだ。」

「この分では、とてもサンタ・マリーア・デ・ニエバまでもちそうもないですね、中尉」と軍曹が言った。「途中でくたばってしまいますよ。」

「ボルハのほうが近いから、おれがあそこまで連れて行こう」と中尉が言った。「お前はこれから隊員たちを連れてニエバに戻り、ドン・ファビオに会って、盗賊をひとり捕まえた、間もなく残りの連中も網にかかるはずだと伝えてくれ。おれは兵隊たちと守備隊にもどって、この男をむこうの医者に診《み》せる。ここで死なれては、折角の苦労が水の泡《あわ》だ。」

兵隊たちから二、三メートル離れたところで、中尉と軍曹がタバコを喫《す》っている。治安警備隊員と兵隊たちは横たわった男のまわりをうろうろしながら水をかけたり、揺すぶったりしていた。男はゆっくり舌を動かし、声を出そうとする。何度も口を動かしてしゃべろうとするのだが、声にならなかった。

「盗賊の一味でなかったらどうします、中尉？」と軍曹が言った。

「だから、おれがボルハまでこの男を連れて行くんだ」と中尉が答えた。「むこうには、盗賊に襲われたアグアルナ族の連中がいるから、面通しさせればはっきりするだろう。それから、ドン・ファビオに会ったら、レアテギ氏にこのことを伝えるように言ってくれ。」

「話しはじめましたよ、中尉」と〈チビ〉が大声で言った。「こちらへ来て下さい。」

「何と言ってるんだ？」と中尉が尋ねた。

「血だらけの川、白人が死んだ、そんなことを口走っています、中尉」と〈クロ〉が答えた。

「これであの男の頭がどうかしているというのなら、言うこととなしだな」と中尉がこぼした。

「幻覚を見ている時は、誰でも最初は妙なことを口走るもんです」とロベルト・デルガド軍曹が横から言った。「間もなくおさまりますよ、中尉。」

日が暮れはじめた。フシーアとドン・アキリーノは瓶に口をつけて砂糖きび酒を飲みながら、タピオカを食べていた。フシーアが、暗くなりはじめたな。ラリータ、灯《ひ》をつけてくれ。かがみ込んだとたんに彼女が、あっ、痛っ、痛いわ！　きっと陣痛よ。そのまま彼女は泣きながら横たわる。二人はそのラリータを抱きかかえると、ハンモックに寝かせた。フシーアがランプに灯をつける。彼女が、もう生まれるのね、怖いわ。出産で死んだなんて話は聞いたことがないよ、とフシーア。横からアキリーノが、その通りだ、ラリータ、密林一の産婆《さんば》がそばについているんだから、何も心配することはない。わしが取り上げてもいいかね、フシーア？　フシーアが、あんたは年寄りだから、構わんよ。さあ、診てやってくれ。ドン・アキリーノは彼女のスカートを持ち上げると、その場に跪《ひざまず》いて診察する。そこへ、パンターチャが駆け込んできた。ボス、連中が喧嘩《けんか》をはじめたんだ。フシーアが、誰と誰だ？　ウアンビサ族の連中とドン・アキリーノが連れてきたアグアルナ族の男だよ、とパンターチャ。それを聞きとがめて、ドン・アキリーノが、フムだと？　パンターチャの目が大きく見開かれた。フシーアがいきなり殴りつけて、どこを見てる、このばか！　パンターチャが鼻をさすりながら、悪かったよ、ボス。おれは知らせに来ただけなんだ。ウアンビサ族の連中がフムに島から出て行けと言ってる。あんたも知ってのように、連中はアグアルナ族を仇《かたき》のように憎んでいるから、ひどく怒っているんだ。おれとニエベスで止めようとしたんだが、手がつけられないんだよ。病気なのかい、奥さんは？　ドン・アキリーノが、あんたが行ってやったほうがいいだろう。仕事があるんで、あのアグアルナ族の男をむりやり説き伏せてこの島へ連れてきたんだが、ここで殺されたら気の毒だ。フシーアが、まったく何てことだ！　酔うとこれだからな。あの連中は酔払うと、訳もなく殺し合いをしたり兄弟みたいに親しくなるんだよ。二人が出て行くと、ドン・アキリーノがラリータのそばに寄って、力まないように彼女の脚や腹部を撫《な》でてやった。心配しなくていい、赤ちゃんはおとなしく出てくるよ。彼女は泣き笑いしながら、お上手言ってわたしの体を撫でまわすつもりでしょう、フシーアに言いつけてやるわ。それを聞いて彼が笑う。痛、痛っ！　今度は背骨よ。あっ、あっ、痛い！　背骨が折れそうに痛いわ。ドン・アキリーノが、一杯飲むといい、気分が落着くよ。彼女は酒を一口飲むが、すぐにもどし、ハンモックを揺すっていたドン・アキリーノの服を汚してしまう。いいんだ、いいんだ、ラリータ、気にしなくていい。すぐに痛みはおさまるよ。ランプのまわりを赤い灯が飛びまわっている。見てごらん、ラリータ、ホタルとアヤニャウイ蛾《が》だ。人が死ぬと、その霊魂は蛾になって飛んで行くんだよ。夜になると、あたりを飛び回って密林や川や入江を明るく照らすんだ。わしが死んだら、一匹そばに置いておくといい、いつでも明るく照らしてやるよ。その話を聞いて、彼女が、止《や》めて！　死ぬ話なんて怖いわ、ドン・アキリーノ。それを聞いて彼が、そうか、そうか、悪かった。そう言ってハンモックを揺する。気がまぎれると思ったんだがね。水に濡《ぬ》らした布で彼女の額を拭《ふ》きながら、何も心配することはない。夜明けまでには生まれるよ。どうやら男の子のようだな。小屋の中はむせかえるようなバニラの匂いが漂い、湿気を含んだ風に乗って密林のざよめき、セミの鳴き声や犬の吠《ほ》え声、激しく言い争っているウアンビサ族の者たちの声が聞こえていた。彼女が、ほんとに柔らかい手をしているのね、ドン・アキリーノ、おかげで少し楽になったわ。ああ、いい香り！　ウアンビサ族の男たちが騒いでいるわ、見てきて、ドン・アキリーノ。フシーアが殺されたら、大変だわ。心配しなくても大丈夫だよ、ラリータ。めったなことで人に殺されるような男じゃない、とドン・アキリーノ。ラリータが、あの人と知り合ってどれくらいになるの？　彼が、もう十年になるかな、何度も危ない橋を渡ってきたが、フシーアは一度もへまをやらなかったよ。どんな苦境におちいっても、まるで水蛇《みずへび》みたいに敵の手をするりとすり抜けて行くんだ。モヨバンバで知り合ったの？それに答えてドン・アキリーノが、水売りをしていたわしをあの男がこの商売に引っ張り込んだんだよ。水売りって？　と彼女。ドン・アキリーノが、ロバの背にかめを積んで、一軒一軒水を売って歩くんだが、モヨバンバは貧しい町だから、僅《わず》かばかりの稼《かせ》ぎも過料で持っていかれるか、水の味をよくするメチルアルコールを買えばそれで吹き飛んでしまう。そんなところへ、フシーアがやって来て、隣りに住むようになったんだが、やがて友達付き合いするようになってね。その頃のあの人はどうだったの、ドン・アキリーノ？　どこから来たと訊《き》かれても、言葉を濁したり、いいかげんなことを言ってごまかしていたな。こちらの言葉ができないんでブラジル語とちゃんぽんでしゃべっていたよ。その頃にフシーアが、こんな犬みたいな暮らしにはもううんざりだろう。どうだね、ひとつ二人で商売をやってみないか？　なるほど、犬みたいな暮らしには違いないな、とドン・アキリーノ。それでどうしたの、ドン・アキリーノ、とラリータ。わしは大きないかだを作った。フシーアは米の入った袋や綿布、キャラコ、靴を買い込んだんだが、重くていかだが沈みそうになったよ。品物を盗まれたらどうするね、フシーア？心配しなくていい、そのためにと思って拳銃《けんじゅう》を買ってあるんだ。で、二人で商売をはじめたの、とラリータ。彼が答える。そうだよ。まず最初は野営地めぐりからはじめた。ゴム採取業者や木こり、金山師があれを持って来てくれ、次に来る時はこれを頼む、そんなふうに注文を聞いては品物を届けていたんだが、そのうちインディオの集落にまで足を踏み入れるようになってね。いい商売だったよ。ビーズと交換にゴムの玉をもらい、小さな鏡やナイフと引き換えに革だから、笑いが止まらんほどもうかった。そうこうしているうちに、この島にいるあのインディオたちと親しくなったんだが、今じゃ連中はフシーアの腹心の部下になっている。ラリータ、あんたも知ってのとおり、連中は彼のためならどんなことでもする。ウアンビサ族の連中にとってフシーアは神様みたいなものだ。それじゃあ、仕事はうまく行っていたわけね、とラリータ。彼が、ああ、フシーアが悪魔みたいにあくどいことさえしなければね。相手構わず泥棒《どろぼう》みたいな真似《まね》をするんで、とうとう野営地からは追い出される、治安警備隊からはつけ狙《ねら》われるという始末だ。で、仕方なくあの男と別れたんだよ。フシーアは一時ウアンビサ族のところに身を寄せていたんだが、その後イキートスに出て、レアテギの下で働きはじめた。あんたたちが知り合ったのはあの町じゃなかったかね、ラリータ？　彼女が、あなたはどうしたの、ドン・アキリーノ？　住居を定めず亀《かめ》みたいに小屋をかついで歩く気楽な暮らしが、すっかり身に沁《し》みついたんだよ。それからはひとりで商売をするようになったが、もちろんあくどい真似はしなかった。じゃあ、知らないところはないでしょうね、ドン・アキリーノ、とラリータ。彼が、ウカヤリ川、マラニョン川、ウアリャーガ川で商いをしていた。フシーアのせいですっかり評判を落としたんで、最初のうちはアマゾン地方には足を踏み入れなかったんだが、二、三ヵ月して舞い戻ってみると、なんとイターヤの野営地でひょっこりフシーアに出会ったんだ。あの時はびっくりしたよ、ラリータ。軍の主計官といっしょだったが、すっかり一人前の商人になっていた。その時に、レアテギのところで働いていると聞いたんだ。そんなところでまた会えて、嬉しかったでしょうね、ドン・アキリーノ、とラリータ。彼が、涙がこぼれたよ。その夜は、いろいろな話をして二人でしたたか飲んだな。運が向いて来たようだな、フシーア。妙な考えを起こさず、まっとうにやることだ。もうごたごたに巻き込まれちゃいけないよ。それを聞いてフシーアが、どうだ、アキリーノ、おれといっしょにひと仕事やらないか。今、大バクチを打っているところだが、戦争が続けば大もうけできる。彼が、すると、ゴムの密輸だね？　フシーアが、なにしろでかい仕事なんだ。タバコと書いた箱にゴムを詰めてイキートスまで運ぶと、むこうから取りにくることになっている。いずれ、レアテギは大金を手にするだろうが、その時はおれも同じだ。お前を離さんぞ、アキリーノ。この場で契約と行こう。どうしていっしょに仕事をしなかったの、とラリータ。彼が、わしはもう齢《とし》だ、フシーア、びくびくして暮らしたり、牢《ろう》にぶち込まれるのけごめんだよ。ああ、痛い！　背骨が折れそうに痛いわ。もうすぐ生まれるよ、なにも心配することはない。ナイフはどこだね？　ドン・アキリーノがランプの火でナイフをあぶっているところへ、フシーアが戻ってきた。フムは大丈夫だったかね、とドン・アキリーノ。フシーアが、いっしょに仲よく飲んでるよ、パンターチャとニャベスもいっしょだ。あの男が殺されるとまずい。アグアルナ族と接触するにはどうしても必要な男だからな。それにしても、ひどい拷問《ごうもん》にかけたもんだな。腋の下を火傷《やけど》していたが、膿《うみ》が出ていたよ、じいさん。背中も傷だらけだったが、黴菌《ばいきん》でも入って破傷風にかかったら、おしまいだぞ。ドン・アキリーノが、サンタ・マリーア・デ・ニエバの町で兵隊たちや白人のゴム商人にやられたんだ。額の傷は、あんたの友達のレアテギがつけたものだよ。あの男はイキートスへ戻ったそうだが、知っているかね？　フシーアが、髪の毛まで剃《そ》られていたが、何ともひどいご面相だね。あっ、あっ！　痛い、骨が折れそうなの！　ドン・アキリーノが、彼らからゴムを買っていた白人のボス、たしかエスカビーノとか言ったな、その男に向かって、ゴムは売らない、イキートスへ行って自分たちの手で売るなんて言ったもんだから、こらしめの意味でお仕置きされたんだ。それに、ウラクサに立ち寄った伍長《ごちょう》を袋叩《ふくろだた》きにし、船頭をひとり殺したらしいんだ。それを聞いてフシーアが、そいつは出まかせだ。おれがひと月前に助けてやったアドリアン・ニエベスというのがその船頭だが、あの男はぴんぴんしてここで暮らしているよ。ドン・アキリーノが、それはわしも知っているが、みんながそう言っているんだよ。彼女が、体がふたつに折れそうよ！　フシーア、お願いだから助けて！　フシーアが、するとあの男は白人をひどく憎んでいるわけだな。こいつは面白くなってきた。あの男を使って、アグアルナ族の連中にゴムはこのおれにしか売るなと言わせればいい。話が大きくなって来たな。この分なら、一、二年のうちに大金を手にしてイキートスに戻れそうだよ、じいさん。おれを冷たくあしらった連中がどんな顔をするか、今から楽しみだ。ドン・アキリーノが、フシーア、ぼやぼやしてないで湯を沸かしてくれ、あんたは父親になるんだぞ。フシーアは鍋に水を入れると、コンロに火をつける。彼女が、痛みが激しくなり、間隔も短くなってきたわ。息づかいが激しくなり、顔は腫《は》れあがり、死んだ魚のような目をしている。ドン・アキリーノは跪いて彼女を撫でている。もう少しの辛抱だよ、ラリータ、しばらくしたら生まれるから、落着くんだ。フシーアが横から、少しはウアンビサ族の女を見習ったらどうだ。子供が生まれそうになると、あの連中は密林へ行って、子供を産んでくるんだぞ。ドン・アキリーノはナイフを火であぶっていた。外の話し声は焚《た》き火のぱちぱちいう音や風の声にかき消されて聞こえなかった。フシーアが、どうやら騒ぎもおさまったようだ、連中はもうすっかり仲良くなっているよ。老人が、きっと男の子だよ、ラリータ。年寄りのこのわしが言うんだから、まちがいない。ほら、カピローナの木が歌っているだろう、これでもうまちがいないよ。フシーアが、口数の少ない男だな、あのインディオは。ドン・アキリーノが、だが、やるべきことはちゃんとやるよ、ここへ来るまでの間、ずっとわしの手助けをしてくれたからな。あの男の話では、ウフクサに二人の白人がやってきて連中を騙《だま》したんだが、それから何もかもおかしくなりはじめたそうだ。フシーアが、じいさん、次に来る時は、つかい切れんほど金がもうかっているぞ。あんたはいつも夢を追っているんだな、とドン・アキリーノが、昔のことを思えば、こうなれただけでも喜ばなきゃあな。アキリーノが、ラリータ、あんたがいなければ、わしはこの島には戻って来なかったよ。わしはあんたが好きなんだよ。それを聞いて彼女が、あなたが来た時、わたしたち、お腹《なか》を空《す》かせて死にそうだったのよ、ドン・アキリーノ。かん詰やヌードルを見た時は、うれしくて涙が出たわ、覚えているでしょう？　横からフシーアが、あれはご馳走《ちそう》だったな。もっとも長い間食べつけなかったんで、腹をこわしたがね。話は変わるが、ひとつ手を貸してくれないか？　今度は濡れ手で粟《あわ》の商売だ、もうかるぞ。どうだ、考えてくれんか？　老人が、しかし、その金は他人様《ひとさま》から盗んだものだろう、フシーア？　それに、この齢で牢に入るのはごめんだよ。ゴムや革を持ってこられても、わしには捌《さば》けんよ。それを聞いてフシーアが、お前は正直な人間で通っているはずだ。ゴム採取業者や木こり、インディオたちにものを売ったら、見返りに革やゴム、金をもらっているんだろう？　だったら、人に訊かれたら、商いをして手に入れたと言えばいい。そんなに大量の品物は捌けんよ、と老人。フシーアが、何も一度に捌くことはない、少しずつ運び出せばいいんだ。あっ、あっ！　痛いわ。脚と背中が痛むの、ドン・アキリーノ。あっ、あっ！　フシーア！　ドン・アキリーノが、どうも気が進まんな。どの道、インディオたちはぶつぶつ文句を言うだろうし、警察も目を光らせるに違いないよ。白人のゴム商人にしたところで、目の前で出し抜かれて、腕を拱《こまね》いて見てはいないだろう。フシーアが、シャプラ族、アグアルナ族、ウアンビサ族、この連中はお互いにひどく憎み合っているんだろう。だったら、そんなところへまさか白人が入り込んでいるとは誰も考えやしないさ。老人が、なるほど、そりゃそうだ。フシーアが、品物をどこかに隠して遠くに運び、値を安くして売り捌けば、連中だって喜ぶはずだ。とうとう老人も承諾した。フシーアが、やったぞ、ラリータ！　とうとう、うんと言ってくれたぞ。あとは、ドン・アキリーノだけが頼りだ。その気になれば、いくらでもおれを騙せるんだからな。品物を売り払って猫《ねこ》ばばすればいい。どの道、おれは島流し同然の身だ。なんなら、警察へ行って、あんたたちの探している男はサンティアーゴの上流にある小さな島にいると言えば、それで片がつく、そうだろう、じいさん。老人は二ヵ月後に戻ってきた。その間、フシーアはウアンビサ族の者たちを、マラニョン川まで行かせたが、戻ってきたウアンビサ族の者たちは、いない、見つからない、来ていない、と言うばかりだった。畜生、犬め！　ある日の午後、どしゃ降りの雨の中をアキリーノは水路の入口にひょっこり姿を現わした。衣服、食料品、山刀、それに五百ソルの金をフシーアに渡した。ラリータが、父親にするみたいにあなたを抱擁して口づけしてもいいでしょう？　フシーアが、よく来てくれたな、じいさん。お前は真正直な人間だ。今度のことは一生忘れんよ、アキリーノ。おれなら金を持って逃げているところだ。老人が、あんたには人間らしい心がないんだよ。わしにとっては金もうけよりも友達のほうが大事だ。お礼のつもりでしているんだよ、フシーア。あんたのおかげで、モヨバンバの犬みたいな暮らしから脱《ぬ》け出せたんだからね。あれだけは死んでも忘れんよ。あっ、あっ、痛い！　ドン・アキリーノが、そろそろだな。ラリータ、頑《がん》張《ば》るんだ。子供が窒息しないように、思いっきりいきむんだ、大声をあげてもいい！　老人はナイフを持っていた。彼女が、ああ、痛いわ！　フシーア、祈って！　ドン・アキリーノが彼女をさすりはじめた。さあ、もっといきんで！　フシーアがランプを近づけて様子を見る。老人が、手を握って少し元気づけてやってくれ。彼女が、水が欲しいわ。ああ、体が折れそう。聖母様、バガサンのイエス様、わたくしをお守り下さい！　主よ、お約束いたします！　フシーアが、水を持ってきたぞ、そんな大声で泣きわめくんじゃない。ラリータが目を開けると、フシーアはむしろの上をじっと見つめていた。ドン・アキリーノが、今脚を拭《ふ》いているところだよ、ラリータ。もう済んだよ、案外簡単なものだろう？　フシーアが、お前の言ったとおり、やはり男の子だったな。生きているのかい？　動きもしなければ、うんともすんとも言わないぞ。老人はかがみ込んでむしろから赤ン坊を抱き上げる。猿《さる》の子供のように色が黒くてつるつるしている。老人がぴしゃぴしゃ叩くと、赤ン坊が泣きはじめた。ほら、見てごらん、ラリータ。さっきまで怖い、怖いと言っていたのに、その嬉《うれ》しそうな顔はどうだ！　ゆっくり眠るがいい。彼女が、あなたがいなかったら、わたし、きっと死んでいたわ。この子にあなたの名前をいただいてもいいでしょう？　フシーアが、友情の証《あかし》だよ。それにしても、あまりいい名じゃないな。ドン・アキリーノが、それなら、フシーアとしたらどうだね。彼が、父親になるというのも妙なもんだな、じいさん。お祝いに一杯やろうか。ドン・アキリーノが、ゆっくりお休み、子供を抱きたいのかね。いいだろう。体が汚れているから、少し拭いてやったがいい。ドン・アキリーノとフシーアは床の上に腰をおろすと、砂糖きび酒を直接瓶《びん》から飲んだ。外は相変わらず騒がしかった。ウアンビサ族の者たちやアグアルナ族の男フム、パンターチャ、それに船頭のニエベスが苦しそうにもどしていた。無数の蛾が部屋の中を明るく照らし、ホタルが壁にぶつかっていた。この子はインディオの子供みたいに、イキートスから遠く離れた密林の中で生まれたのね。人に言っても、誰も信じてはくれないでしょうね。

あの楽団はパトロシニオ・ナーヤの家で誕生した。エル・ホーベン・アレハンドロとトラックの運転手ボーラスはいつもパトロシニオの家で昼食をとっていたが、そんなある日、たまたま起きてきたドン・アンセルモと顔を合わせた。パトロシニオが食事を作っている間に、三人で雑談をはじめたが、なんでもエル・ホーベン・アレハンドロが先にドン・アンセルモと親しくなったと言われている。おそらくエル・ホーベンは、厭世《えんせい》的な音楽家ドン・アンセルモと出会って、自分によく似た人がいると思い、その彼に自分の人生のことや悲しい思い出を打ち明けたのだろう。食事のあと、ドン・アンセルモがハープを手にすると、エル・ホーベンもギターを持ち、二人で合奏をはじめた。ボーラスとパトロシニオは二人のみごとな演奏を聞いて感激し、拍手を送った。時々、気が向くとトラックの運転手もドラムを叩いて合奏に加わることがあった。エル・ホーベンから歌を教わったドン・アンセルモは、「あの男は芸術家だ、マンガチェリーア一の作曲家だよ」と言うようになった。一方、アレハンドロも「あの老人はハープの名手だ、あの人の右に出るものはまずいないだろう」と言い、以来、老人のことをお師匠さんと呼ぶようになった。いつしかあの三人は堅い絆《きずな》で結ばれるようになった。しばらくすると、マンガチェリーアに新しい楽団が生まれたという噂《うわさ》が流れた。昼頃《ひるごろ》になると、若い娘が三三五五連れだって、音楽を聞こうとパトロシニオ・ナーヤの小屋の前をうろつくようになった。若い娘たちはひとり残らずもの憂《う》げな目をしたエル・ホーベンに見蕩《みと》れていた。そのうち、ボーラスが十年間も勤めていた〈フェイホー運送会社〉をやめて、あの二人と同じように楽士になったという噂が広まった。

あの頃のアレハンドロは、カールした髪を長く伸ばし、青白い顔に深みのあるもの悲しげな目をした若者《ホーベン》だった。ひどく痩《や》せていたので、マンガチェリーアの住民は「あの男とぶつかるんじゃないぞ、どんとぶつかったらそのままあの世へ行っちまうからな」と噂し合った。口数は少なく、しゃべる時もゆっくりと話した。彼はマンガチェリーアの生まれではなかった。ドン・アンセルモやボーラス、そのほか大勢の人たちと同じようにあの町が気に入って住みついたのだった。土地の名家の出で、マレコンの生まれだった。サレシアーノで教育を受け、リマの大学に入ることになっていたが、ちょうどその頃、良家のお嬢さんがピウラに立ち寄ったよそ者と駆け落ちするという事件があった。エル・ホーベンはそれを知って手首の血管を切り、病院にかつぎ込まれた。何日間か生死の境をさまよったのち退院したが、その時にはすでに厭世的なボヘミアンに変わっていた。以来夜遊びをするようになり、酒を飲んだり、ならず者みたいな連中と付き合ってカード遊びをするようになった。家族もとうとうそんな彼を見限って勘当したが、絶望に打ちひしがれた人がたいていそうであるように、彼もマンガチェリーアに流れつき、あの町で暮らすようになった。ボーラスの縁続きにあたるアンヘリカ・メルセーデスがチチャ酒の居酒屋を切りもりしていたが、いつの頃からかその店でギターを弾いて、生計を立てるようになった。エル・ホーベン・アレハンドロはそこでボーラスと知り合い、義兄弟になった。酒は強かったが、酔っても女に手を出したり、人に喧嘩《けんか》をふっかけたりはしなかった。ひとりで失意をうたった歌詞や詩を作り、その中で女たちを不実な裏切り者、浮気者、強欲で男を苦しめる悪女と呼んだ。

ボーラス、エル・ホーベン・アレハンドロという友達が出来てからというもの、ハープ弾きは人が変わったようになった。性格も角がとれ、生活も規則正しくなった。もはや、地獄に堕《お》ちた亡霊のように一日中町をさまよい歩くこともなくなった。夜になるとアンヘリカ・メルセーデスの店に行き、エル・ホーベンに求められるとハープを取って、二人で合奏した。一方、ボーラスは運転手時代のいろいろなエピソードを話して常連客を楽しませていたが、演奏のあい間には、老人とギター弾きもボーラスのテーブルに行き、いっしょに酒を飲んで雑談した。興が乗ってくると、ボーラスの目がきらきら輝く。彼は箱の前に坐《すわ》るか板を引っ張り出してそれで伴奏したが、時には彼らといっしょになって歌うこともあった。ハスキーな声だが、歌はなかなか聞かせた。ボーラスはいい体格をしていた。広い肩幅、ボクサーのようにいかつい手、狭い額、じょうごのような口。パトロシニオ・ナーヤの掘っ建て小屋でドン・アンセルモとギター弾きはボーラスに楽器の扱い方を教え、彼の耳と手を訓練した。マンガチェリーアの住民は壁の隙間《すきま》からこっそりその様子を盗み見した。ボーラスがリズムを取りそこねたり、歌詞を忘れたり、音程を間違えたりすると、ハープ弾きはひどく腹を立てた。一方、エル・ホーベン・アレハンドロは元トラックの運転手に、自分の作った歌のむずかしい歌詞をもの憂い声で教えていた。あかね色の目、夜明けの燃えるような金髪、お前は口で愛するといいながら、おれの傷ついた心の中に毒を注ぎ込んだ。

若い友人ができて、ドン・アンセルモも生きる喜びを見出《みいだ》したようだった。今では、砂の上で大の字になって眠ったり、夢遊病者のように町をうろつくこともなくなり、ハゲワシを見ても石を投げなくなった。彼らはいつも三人で連れだって出歩いたが、老人がエル・ホーベンとボーラスの腕を引っ張って歩いているところは、二人の大きな子供を連れた父親のようだった。身だしなみもよくなり、以前ほどうす汚い感じはしなくなった。ある日、まっ白なズボンをおろしたが、それを見てマンガチェリーアの人たちは、ファナ・バウラか以前親しかった町の名士に贈ってもらったのだろう、どこかの居酒屋でばったり出会って、抱擁し合ったあと、一杯飲ませてもらったにきまっている、と噂し合った。しかし、あのズボンはボーラスとエル・ホーベンがクリスマスの日に贈ったものだった。

その頃、アンヘリカ・メルセーデスはあの楽団と正式に契約を結んだ。ボーラスはドラムとシンバルを買い込み、器用にそれをこなした。彼は疲れを知らなかった。エル・ホーベンとハープ弾きが席を立って喉《のど》を潤《うるお》したり体を休めているあいだも、ボーラスはいつまでもひとりで演奏を続けた。才能には恵まれていなかったが、その分体力に恵まれていた。時々気が向くと、なんともユーモラスな歌をうたった。

夜はアンヘリカ・メルセーデスの店で演奏し、朝方に眠り、パトロシニオ・ナーヤの家で昼食をとると、午後はそこで練習した。焼けつくように暑い夏は、川の上流のチーペまで行き、そこで水浴びしたり、エル・ホーベンの作った歌を取り上げて議論した。彼らは町の人たちから愛されていた。マンガチェリーアの人たちは友達に対するように話しかけ、彼らも大人ばかりでなく子供たちにも親しく声をかけた。表むきは産婆《さんば》だが頼まれれば堕胎もやるラ・サントスが警官のひとりと結婚した。そのパーティーに楽団も呼ばれたので、彼らは無料で演奏した。その時、エル・ホーベン・アレハンドロが結婚を歌った厭世的なワルツを披露《ひろう》したが、その中で彼は愛の神を干からびた潤いのない神として断罪した。以来、洗礼式、堅信式、お通夜《つや》、マンガチェリーアの住民の婚約パーティーなどがあると、必ずその席に呼ばれて演奏するようになったが、謝礼はもらえなかった。その代わりに町の人たちは、ちょっとした贈物をしたり、家に招待したりした。また、女たちの中には、生まれて来た子供にアンセルモ、アレハンドロ、あるいはボーラスという名前をつけるものもいた。あの楽団はすっかり有名になったが、番長と自称する若い連中も楽団のことを町に喧伝して回った。そのうちアンヘリカ・メルセーデスの店に町の名士やよそ者がやってくるようになった。ある日の夕方、番長たちが絹の服を着た白人をマンガチェリーアに連れてきたが、その男は楽団にセレナーデを演奏して欲しいと言った。その日の夜、男はトラックに乗り濛々《もうもう》と砂ぼこりを舞い上げて楽団を迎えにやって来た。それから半時間ばかりすると、番長たちだけがふらりと店に戻ってきた。「女の子の親父《おやじ》がかんかんに怒って、ポリ公を呼んだもんだから、三人ともしょっぴかれちまったんだ。」楽団員たちは一晩止められたが、翌朝になると、ドン・

アンセルモ、エル・ホーベン、ボーラスの三人がにこにこしながら戻って来た。治安警備隊員たちのために演奏したところ、すっかり喜んでコーヒーやタバコで歓待してくれたというのだ。それからしばらくして、セレナーデを頼んだあの白人が意中の娘をさらって逃げるという事件があった。男は結婚式を挙げるためにその娘を連れて町に戻ってきたが、その時にまたあの楽団に結婚式の演奏を依頼した。ドン・アンセルモ、エル・ホーベン、ボーラスの三人が正装して式に出られるようにというので、マンガチェリーアの住民がいろいろなものを持ってパトロシニオ・ナーヤの小屋に押しかけた。靴《くつ》を貸そうというもの、ワイシャツを持ってくるものとさまざまだったが、番長たちはスーツとネクタイを都合させて欲しいと申し出た。それ以来、白人たちはパーティーを開いたり、セレナーデを演奏してもらいたい時は必ずあの楽団と契約を結ぶようになった。マンガチェリーアには沢山の楽団があり、それらはしょっちゅう解散しては、新たにメンバーを組んで再出発したが、あの楽団だけはメンバーの数も変わらず以前のままだった。ドン・アンセルモはすっかり髪が白くなり、背中が曲がり、足を引きずって歩くようになっていた。エル・ホーベンもかなり齢《とし》をとったが、彼らの友情と親密さは以前と少しも変わらなかった。

それから数年して、ドミティーラ・ヤーラが亡《な》くなった。アンヘリカ・メルセーデスの居酒屋のむかいに住んでいた町の聖女ドミティーラ・ヤーラは、信心深い老女でいつも黒い服をつけ、顔にはヴェールをかけ、黒っぽい色の靴下をはいていた。彼女はマンガチェリーアに生まれたただひとりの聖女だった。ドミティーラ・ヤーラが通りかかると、マンガチェリーアの住民は跪《ひざまず》いて祝福を受けようとした。彼女は口の中でお祈りを唱えながら、町の人たちの額に十字を切ってやった。彼女は、髪の代りに青、黄、ピンク色のリボンを垂らし、セロハン紙にくるんだ聖母像をいつも持ち歩いていたが、その像からは、針金と紙で作った花がぶら下がっており、ひき裂かれた心臓の下にはお祈りの言葉が手書き文字で書き込まれ、まわりをブリキの枠《わく》で囲んであった。その聖母像は、ドミティーラ・ヤーラがいつも高く掲げて持ち歩いているほうきの柄《え》の先でゆらゆら揺れていた。子供が生まれたとか人が死んだ、病気にかかった、なにか不幸があったと聞くと、あの聖女は像を持って出かけて行き、お祈りを唱えてやった。その渋紙《しぶがみ》のような肌《はだ》の手からは、地面に届きそうなほど長いロザリオが下がっていたが、その数珠玉《じゅずだま》はゴキブリくらいの大きさがあった。噂では、ドミティーラ・ヤーラはこれまでに何度か奇跡を起こしたことがあり、聖人様とお話ができる。その上、夜になると自分の体を鞭打《むちう》って苦行していると言われていた。彼女はガルシーア神父と親しくしており、二人が陰気な顔をしてメリーノ広場やサンチェス・セーロ並木道をゆっくりと散歩している姿がよく見られた。あの町の聖女のお通夜には、ガルシーア神父も駆けつけた。小屋の前は黒山の人だかりで中に入れそうになかった。神父は人ごみを掻《か》き分けて中に入ったが、敷居のところまで来て、思わず呪詛《じゅそ》の言葉を口にした。遺体のそばで、あの楽団が悲しい曲を演奏していたのだ。神父は狂ったように怒り出し、ボーラスのドラムを足で蹴破《けやぶ》ると、次はハープを壊し、ギターの絃《げん》を引き千切ろうとした。その一方で、ドン・アンセルモに向かって、「罰当たり奴《め》！」、「罪人！」、「この家から出て行け！」とわめき立てた。「しかし、神父様、わたしどもは亡くなった人を悼《いた》んで演奏しているんですよ」とハープ弾きが口ごもりながら言った。ガルシーア神父が、「お前たちはこの清浄な家を汚《けが》しているのだ」、「故人をそっとしておくんだ！」それを聞いてマンガチェリーアの住民もとうとう怒り出した。訳もなくどうしてこの老人をののしるんだ、いくら神父様でも、それは行き過ぎだ。その時、だしぬけに番長たちが小屋の中に入って来たかと思うと、ガルシーア神父を軽々とかつぎ上げた。女たちが口々に、お止《よ》し、そんな罰当たりなことはおやめったら！　マンガチェリーアの人間はひとり残らず地獄に落とされてしまうよ。空中でタランチュラのようにもがいている神父を、番長たちは並木道までかついで行った。そのあとから、子供たちが、「火刑人！」、「火刑人！」と囃《はや》し立てた。それ以来、ガルシーア神父は二度とマンガチェリーアに足を踏み入れなくなり、説教壇の上から、マンガチェリーアの住民は罪人《つみびと》だと説教するようになった。

楽団はそれからも長い間、アンヘリカ・メルセーデスの店で演奏した。あの楽団がまさかピウラの町へ演奏に行くようになるとは誰ひとり思わなかったが、いつしかそうなった。はじめは、マンガチェリーアの住民も自分たちの町を見棄《みす》てたのかと言ってとがめたが、そのうち、世の中が変わりはじめて、いつまでもマンガチェリーアの生活だけではやって行けないことに気づいた。娼家《しょうか》ができてからは、あちこちから声がかかるようになり、中には断わり切れない仕事も入ってくるようになった。しかし、ピウラの町へ演奏をしに行くようになっても、ドン・アンセルモ、エル・ホーベン、それにボーラスの三人は相変わらずあの町で暮らし、マンガチェリーアでパーティーがあるといえば、いつも無料で演奏したものだった。

そのひと言がもとで、急に険悪な空気が流れた。楽団は演奏を中止し、番長たちは相手の女と抱き合ったままフロアの上で足を止めて、セミナリオをじっと見つめた。エル・ホーベン・アレハンドロが言った。

「拳銃《けんじゅう》を抜いたんだが、あれでいよいよ抜き差しならなくなったな。」

「何かと言えば人にからむなんて、嫌《いや》な酔払いね」とラ・セルバティカが叫んだ。「飲んだくれのやくざ者なんて、殺されて当然よ。」

軍曹《ぐんそう》はサンドラを押しのけると、一歩前に進み出た。あんたはおれたちのことを自分の召使だと思ってるんじゃないのかね？　セミナリオが少し口ごもって、はう、お前が相手になるというのか。そう言って一歩踏み出す。この娼……！　そう言いながらさらに一歩前に出る。青、緑、紫色の光に照らされたフロアの上を巨大な人影がゆらゆら揺れながら進んで行くが、急に怯《おび》えたようにびくっと立ち止まった。サンドラの笑い声が悲鳴に変わった。

「リトゥーマが拳銃を抜いたんだけど」とラ・チュンガが説明した。「西部劇に出てくるカウボーイみたいに、目にも止まらないくらいの早業だったよ。」

「当然だわ」とラ・セルバティカが口ごもりながら言った。「あんなひどいことを言われたんだもの。」

番長たちと店の女はバーのほうへ逃げた。軍曹とセミナリオはお互いに相手との距離を計っていた。リトゥーマが、わけもなく威張りちらす人間はどうも虫が好かないんだ。おれたちは何もしてないのに、どうして下男みたいな扱いを受けなきゃいけないんだね。あんたには悪いが、こうするよりないんだ。

「顔にタバコの煙を吹きかけないでおくれよ、ボーラス」とラ・チュンガがこぼした。

「で、あの男も銃を抜いたの？」とラ・セルバティカが尋ねた。

「腰のベルトに手をやると」とエル・ホーベンが言った。「それを犬ころみたいに撫《な》でまわしていたよ。」

「怖がっていたのよ！」とラ・セルバティカが大声で言った。「リトゥーマに鼻っ柱を折られたのね、いい気味だわ。」

「ピウラにいるのはどいつもこいつも女の腐ったみたいな奴《やつ》ばかりだと思っていたが」とセミナリオが言った。「まだひとり、男らしいのが残っていたようだな。だが言っておくがな、このセミナリオを甘く見るんじゃないぞ。」

「どうして揉《も》めごとを起こしたがるんだろうな？　喧嘩など止してお互い楽しくやれば、人生はもっと素晴らしいものになるだろうに」とドン・アンセルモがぽつりと言った。

「さあ、それはどうですか」とエル・ホーベンが言った。「そうなると、人生は今よりも退屈で、面白味のないものになるんじゃないですか。」

「いい気味だ。ざまあ見ろ！」とエル・モノが言った。

「用心しろよ！」とホセフィノが言った。「気を許すと、銃を抜くぞ。」

「えらく強気だが、どうやらおれが誰だか知らんようだな」とセミナリオが言った。

「それはお互いさまじゃないかね、セミナリオさん」と軍曹がやり返した。

「銃がなきゃ、そうは突っ張れんだろう、ええ、混血《チョーロ》」とセミナリオが言った。

「生憎《あいにく》、銃がここにあるんでね」と軍曹が言い返した。「おれは召使並に扱われるのが嫌なんだよ、セミナリオさん。」

「その時、ラ・チュンガが急に駆け出して行って、二人の間に割って入ったんだ。たいした女だよ、あんたは！」とボーラスが言った。

「どうしてあんたたちはラ・チュンガを止めなかったんだね？」そう言いながらハープ弾きはラ・チュンガのほうに手を伸ばしたが、彼女が椅子の上で体を引いたので、指先が触れただけだった。「連中は銃を持っていたんだ、危ないよ、チュンギータ。」

「あの二人は口論していただけだから、心配なかったんだよ」とラ・チュンガが言った。「この店は楽しくやるところなんですから、喧嘩はごめんですよ。さあさあ、もう喧嘩はやめてカウンターへ来て下さい。あたしのおごりでビールを出しますから。」

彼女はリトゥーマに銃をしまうように言うと、二人に握手をさせ、腕を取ってバーのほうへ引っ張っていった。よほど照れくさかったんだろうね、子供みたいにおとなしく言うことを聞いてくれたよ。まるでばかな子供を相手にしているみたいだったね。もう西部劇ごっこは沢山ですよ、あたしが撃たれたりしたら、目も当てられませんからね。そう言うと、あの二人は笑った。番長たちが横から、チュンガ、チュンギータ、おれたちのおふくろさん、女王様と囃し立てた。

「あれだけ言い合いしたあとなのに、仲良くお酒を飲みはじめたの?」ラ・セルバティカはびっくりしたように尋ねた。

「いっそ二人で撃ち合いをやればいい、そう言いたいのかね?」とボーラスが言った。

「恐ろしいことを言うね! 女の人というのは血醒《ちなまぐさ》い事件が好きと見えるな。」

「ラ・チュンガにああ言われたんだ、二人としても彼女の顔を立てる意味でもおとなしくせざるを得んだろう。」

二人はカウンターに肘《ひじ》をついて、仲良く飲みはじめた。セミナリオはリトゥーマの頬《ほお》を抓《つね》りながら、この土地にいる男どもはふにゃふにゃの腰抜けばかりだが、この混血だけはべつだ。その時、楽団が演奏をはじめた。バーにいた番長たちや店の女はそれを聞いてダンス・フロアのほうへ散って行った。セミナリオは軍曹のかぶっていた軍帽を取り上げると、自分の頭にのせて、どうだい、チュンガ、この混血ほどおっかなくはないだろう? そう、怒るな。

「あの人、少し太っているけど、べつにおっかなくはないわ」とラ・セルバティカが言った。

「あれでも若い頃《ころ》は、エル・ホーベンみたいに痩《や》せていたんだよ」と昔のことを思い出しながらドン・アンセルモは言った。「ほかの従兄弟《いとこ》たちとは比べものにならないほど悪くて、手に負えなかったね。」

「番長たち、セミナリオ氏、それに彼の連れと店の女の子、みんなで仲良く三脚のテーブルを持ち寄って、そこに腰をおろしたんだが」とボーラスが言った。「それを見た時は、もうこれで大丈夫だと思ったんだがな。」

「だが、なんとなくぎくしゃくした感じで、あの雰囲気《ふんいき》は長続きしそうになかったよ」とエル・ホーベンが横から言った。

「そんなことあるもんか」とボーラスが言い返した。「みんな、ひどくご機嫌《きげん》で、セミナリオ氏も番長たちの持ち歌をうたってたじゃないか。そのあと、ダンスをしたり、軽口を叩《たた》いたりしてさ。」

「リトゥーマはずっとサンドラと踊っていたの?」とラ・セルバティカがだしぬけに尋ねた。

「どうしてまた口論をはじめたんだろうね?」とラ・チュンガが言った。

「本物の男は誰かっていう例の話ですよ」とボーラスが言った。「あの日、セミナリオ氏は妙にそのことにこだわっていましたからね。ピウラには男らしい男はひとりもいない、そう言いながら、自分の叔父さんをしきりに持ち上げていたじゃないですか。」

「チャピロ・セミナリオの悪口は言うんじゃない、ボーラス。あれは立派な男だ」とハープ弾きが言った。

「叔父貴はな、ナリウアラーで三人の泥棒《どろぼう》を素手で取り押さえて、首筋をつかんでピウラに連れて帰ったことがあるんだ」とセミナリオが言った。

「今でもあんなことができるかどうかというので、チャピロ・セミナリオが友達と賭《かけ》をしたことがあるんだよ」とラ・チュンガが言った。「それがまたみごとにやってのけてさ、賭に勝ったんだよ、わたしは直接聞いてないけど、アマポーラがそう言ってたよ。」

「べつに悪口じゃないんですよ、お師匠さん」とボーラスが弁解した。「ただ、あの男があまりしつこかったんで、むかむかしてきましてね。」

「叔父貴はピウラの人間で、グラウ提督にもひけを取らないほどの大男だった」とセミナリオが自慢そうに言った。「ウアンカバンバやアヤバーカ、チュルカーナ、その辺へ行ってみろ、叔父貴のチャピロと寝たというのを自慢している混血女がごまんといて、あちこちに叔父貴の子供もいるはずだ。」

「マンガチェリーアにもそういう人が沢山いるけど、あんたの叔父さんもそこの生まれじゃないんですか？」

それを聞いてセミナリオはいやな顔をした。お前のおふくろはマンガチェリーアの人間だな。エル・モノが、ええ、そうです、それを誇りに思ってます。セミナリオが腹立たしげに、チャピロは立派な紳士だ、叔父貴が時々マンガチェリーアまで足を延ばしたのは、そこでチチャ酒を飲み、混血女と寝るためだったんだ。その言葉を聞いて、今度はエル・モノがテーブルをどすんと叩いて、また侮辱するつもりですか。折角、仲直りして気分よく飲んでいるのに、あの町の人間の悪口を言わないで下さいよ。マンガチェリーアの人間は自分の町のことを悪く言われると、頭に血がのぼるんですよ。

「そう言えば、あの老人は店に来るといつもまっ先にお師匠さんのところへ挨拶《あいさつ》に行って」とエル・ホーベンが言った。「自分の兄弟にするみたいに抱擁していましたね。」

「古くからの知り合いなんだよ」とハープ弾きが言った。『わしもあのチャピロが好きだった。だから、あの男が亡くなったと聞いた時は、さすがにこたえたよ。」

セミナリオはいかにも嬉《うれ》しそうに立ち上がった。チュンガ、今夜は店を借りさるぞ、ドアを閉めてくれ。今年は綿花が豊作だからな。ハープ弾きのおやじさんにここへ来てもらってくれ、チャピロの話を聞きたいんだ、何をぐずぐずしている！　綿花でもうけてここの勘定を払ってやるから、さっさと閂《かんぬき》をおろすんだ。

「客が来てドアをノックしたんだが、軍曹がみんな追い返してしまってね」とボーラスが言った。

「あれが悪かったんだよ。ほかに客がいれば、あんなことにはならなかったはずだ」とハープ弾きがぽつりと洩《も》らした。

「あたしだって八卦見《はっけみ》じゃないんだよ」とラ・チュンガが言った。「それに、客が金を払うと言ってるのに、まさか嫌だとも言えないしさ。」

「そりゃそうだ、チュンギータ」とハープ弾きが言った。「わしもべつにお前のしたことをとやかく言っているんじゃない、わしたちがもう少し気をつければよかったんだよ。だが、なにが起こるか分からんもんだな。」

「もう九時ですよ、お師匠さん」とエル・ホーベンが言った。「そろそろ帰らないと体に悪いですから、タクシーを拾ってきましょうか。」

「あんたが叔父貴と親しくしていたというのはほんとうかね？」とセミナリオが尋ねた。「叔父貴は偉大なピウラ人だった。二度とあんな男は現われんだろう。この連中に叔父貴のことを少し話してやってくれないか。」

「本物の男に会いたければ、治安警備隊に入ればいいんだ、あそこにはまだいくらでもいるよ」と軍曹が横から言った。

「酔いがまわるにつれて、軍曹もなんだかおかしくなりはじめたね」とボーテスが言った。「セミナリオの影響を受けたのか、しきりに本物の男がどうだこうだとうるさく絡《から》み出したんだ。」

ハープ弾きは空咳《からぜき》をすると、喉《のど》が乾いた、ビールを一杯もらえるかね、と言った。ホセフィノがビールを注《つ》ぐと、ドン・アンセルモはふーっと泡《あわ》を吹いてそれを飲み、口を大きくあけて溜息《ためいき》をついた。みんなが口を揃《そろ》えて言っていたが、たしかにチャピロというのは疲れを知らん男だったよ。それに真正直でな。セミナリオはそれを聞いてすっかり喜び、ハープ弾きを抱擁すると、おい、みんな、聞いたか、今の話を！

「あのセミナリオは何かと言えば威張りちらす嫌な男だったが、それでも自分の家族だけはひどく誇りに思っていたようだな」とエル・ホーベンが言った。

チャピロが馬に乗って農場からやって来ると、その姿を一目見ようと女たちは塔の小部屋に登ったもんだ。禁じてあったんだが、女たちはすっかりチャピロにのぼせ上がっていたんで止めようがなかった。そう言って、ドン・アンセルモはビールを一口飲む。インディオそれじゃ、サンタ・マリーア・デ・ニエバのシプリアーノ中尉《ちゅうい》と同じだな。の女たちはひとり残らず中尉に熱を上げていたよ、とビールを飲みながら軍曹が言った。

「あの人は酒を飲むといつも中尉の話をしたけど」とラ・セルバティカが言った。「よほど尊敬していたのね。」

チャピロは何事によらず派手なことが好きでね。濛々《もうもう》と砂煙をあげて町までやってくると、手綱を引いて馬を止め、若い娘の前で馬を跪《ひざまず》かせたもんだ。あの男がやって来ると、町の中がにわかに活気づいて、それまで沈んでいた女たちの顔に笑顔がもどり、楽しそうにしていた女たちはいっそう陽気になったものだ。とにかく、えらい馬力だった、女を連れて二階の部屋に上がったかと思うと、もう降りて来てバクチをしたり酒を飲む。そのうちまた、店の女《こ》を一人、二人連れて二階に上がる。そんなふうに一晩中遊び続けて、夜が明けると、そのまま一睡もせずに農場へ戻って仕事をはじめるんだ。まさに鉄人だな。そこまで話して、ドン・アンセルモはビールを注いでくれと頼んだ。一度など、中尉はおれの目の前でロシアン・ルーレットをやったことがある、軍曹はそう言ってどんと胸を叩くと、拍手を待ってでもいるように一同の顔を見まわした。それに、気前のいいことでも人後に落ちなかったよ。チャピロは口癖のように、わしは宵越《よいご》しの金は持たん主義だと言って、誰かれなしに酒をふるまってはきれいさっぱり金をつかい切ったもんだ。街や広場で人に会うと、ピウラに文明をもたらしたのはアンセルモだが、あれは誰かと賭をしてやったんじゃない、退屈でほかにすることがなかったからだ、とよく言っていたよ。退屈と言えば、シプリアーノ中尉も密林にけうんざりしておられたな。

「でも、あのロシアン・ルーレットの話は眉唾《まゆつば》ものだって聞いたわ」とフ・セルバティカが横から口をはさんだ。「部下の者にいいところを見せようとしてあんなことをしたけど、本当は弾《たま》が入ってなかったんですって。」

ある時、〈女王〉の入口でチャピロとばったり出くわしたんだが、わしの顔を見るなり、あとで人から聞いたんだが、大変だったな。わしがピウラにいれば、あの坊主《ぼうず》やがジナセーラの女どもにあんたの店を燃やさせたりはしなかったんだがな、と言ってくれたよ。

「いったい何があったんだね、ドン・アンセルモ？　どうしてチャピロがそんなことを言ったんだね？」とセミナリオが尋ねた。外では雨が激しく降りしきっていた。中尉が、女もいなきゃ、映画館もない、こんなところには暮らせやしないよ。密林の中でぐっすり眠り込んでみろ、目が覚めたら腹の上に木が生えてるぞ。おれは海岸地方の人間だから、こんなところはごめんだ。陽《ひ》も差さんような密林などもう沢山だ、お前たち、勝手に奥地へでもどこへでも行くがいい、おれはもう沢山だよ。そう言って中尉は拳銃を抜き出すと、弾倉を二度ほどくるくると回し、銃を頭に押し当てて引き金をひいた。その様子を見て〈デブ〉が、ずるいですよ、中尉。弾は入ってないんでしょう。だが、弾は入っていた、おれは知っていたんだ。そう言って軍曹がふたたび胸を叩く。

「何のこと、その時に何があったの、ドン・アンセルモ？」とラ・セルバティカが尋ねた。

「今は、あの立派な男チャピロの話をしているんだよ。三年前に亡《な》くなった老人、チャピロ・セミナリオのことをね」とドン・アンセルモがはぐらかした。

「あんたも食えない人だ！」とエル・モノが言った。「さっきはいくら頼んでも〈緑の家〉のことを話してくれなかったのに、今はつい口をすべらせたじゃないか。あの火事のことを話してくれよ、今ならどうってことはないだろう。」

「あんたたちもしつこいね」とドン・アンセルモがやり返した。「下らん戯言《たわごと》、根も葉もない噂《うわさ》だよ。」

「またまた、ごまかそうとする」とホセが言った。「あんたは今〈緑の家〉の話をしたじゃないか。チャピロは馬に乗って、いつもどこへ行っていたんだね？　彼の姿を一目見ようと飛び出してきたのは、どこの誰なんだね？」

「チャピロは自分の農場へ戻ったんだ」とドン・アンセルモが答えた。「飛び出して来たのは、綿摘み女さ。」

みんながどっと笑ったが、ホセはテーブルをどんと叩いた。そこへ、ラ・チュンガがビールを運んできた。中尉は平然として、銃口から立ちのぼる煙を吹いていたが、その様子を見ながら、おれたちは自分の目が信じられなかったよ。その時、セミナリオが突然手にもっていたグラスを壁に叩きつけた。シプリアーノ中尉だと、どうせそいつも娼《しょう》婦《ふ》の子だろう。どうしてそう人の話の腰を折るんだ。いいかげんに止《よ》さないか、さもないとただでは済まんぞ、この混血め！

「また母親の悪口を言ったの？」と激しく目をしばたたきながらラ・セルバティカが尋ねた。

「いや、そうじゃない、あの中尉のことだよ」とエル・ホーベンが言った。

「あんたがチャピロで、おれがシプリアーノ中尉だ」と軍曹が落着き払った声で言った。「それで、ロシアン・ルーレットをやってみないかね。どちらが肝の据《す》わった男かそれではっきりするだろう。」

四章

「あの船頭はもう姿をくらましているでしょうね、中尉《ちゅうい》？」とロベルト・デルガド軍《ぐん》曹《そう》が尋ねた。

「あの船頭もばかじゃないから、今頃《いまごろ》は雲を霞《かすみ》だろう」と中尉が答えた。「あいつが仮病を使っていっしょに来なかったわけがやっと呑《の》み込めたよ。われわれがサンタ・マリーア・デ・ニエバから出発したのを見届けて、すぐに逃げたんだろう。」

「しかし、いずれ網にかかりますよ」とデルガド軍曹が言った。「それにしても、偽名くらい使えばいいのに、間の抜けた男ですね。」

「もう一匹、大物がいるだろう。何とか言ったな、トゥシーアだったか、いや、フシーアか」と中尉が言った。「あいつを何とか捕まえたいもんだな。」

「船頭もおそらくあのフシーアの居どころは知らないでしょう」とデルガド軍曹が言った。「ひょっとすると、今頃はボアの餌食《えじき》になっているかも知れませんよ。」

「さて、続きをやるか」と中尉が言った。「おい、イノホーサ、あの男を連れて来い！」

腰をおろし壁にもたれてまどろんでいた兵隊が、ロボットのようにまばたきも返事もしないでぱっと立ち上がると、小屋を飛び出して行った。敷居を越えたとたんに雨に打たれたので、慌《あわ》てて両手を頭の上にかざすと、ぬかるみに足を取られてよろめきながら駆け出して行った。村は激しい雨に叩《たた》かれていた。アグアルナ族の掘っ建て小屋が激しい雨風に打たれている。こうして見ると、小屋は何かを待伏せしている野生動物みたいだな、軍曹。密林で暮らしているうちに、おれもいつの間にか運命論者になってしまったよ、と中尉。毎日毎日、ヘルゴン蛇《へび》に嚙《か》まれるんじゃないか、熱病にやられるかも知れん、そんなことばかり考えているとおかしくなってくる。なんだかこのいまいましい雨がいつまでも降り続きそうな気がするんだ。穴の中のネズミよろしくここにひと月ばかり足留めをくらい、こうして手を拱《こまね》いているうちに何もかも手遅れになってしまう、そんな気がするんだ。中尉のしゃがれ声がとぎれると、密林に降りしきる激しい雨音や、木々や小屋から落ちる雨だれの音が耳につきはじめた。空地は灰色の池のようになり、溢《あふ》れた水が何本もの細流となって崖《がけ》のほうへ流れ出していた。大気と密林は雨に煙り、悪臭を放っていた。イノホーサが綱を引っ張ってやって来たが、その先には、よろめき唸《うな》り声をあげている人影が見えた。兵隊が急に階段を駆け上がったので、綱で縛られた囚人は中尉の目の前でうつぶせに倒れた。うしろ手に縛られていたので、男は肘《ひじ》をつかって起き上がった。士官とデルガド軍曹は木《こ》びき台の間にさし渡した厚板の上に腰をかけ、男には目もくれずしばらく話し合っていた。そのあと、中尉は兵隊に合図すると、コーヒーと酒はまだ残っているか？　はい、残っています。よし、それならわれわれで訊問《じんもん》するから、お前はみんなのところへ戻っていい。イノホーサはふたたび部屋を出て行く。囚人の体からは密林の木のように水がしたたり落ちていて、足もとに小さな水溜《みずたま》りができていた。耳と額はぼうぼうに伸びた髪の毛の下に隠れ、目のまわりにはキツネのような隈《くま》ができていた。飛び出した目は炭のように黒く、いかにも疑《うたぐ》り深そうだった。シャツの破れ目からは傷だらけの青白い肌《はだ》が見え、ぼろぼろになったズボンから尻《しり》がのぞいていた。体が震えている。パンタチータ！　歯ががちがち鳴っている。まるで赤ン坊みたいに大切に面倒を見てやっているんだ、不平をこぼすことはないだろう。病気を治療してもらい、アグアルナ族に体を切り刻まれるところを助けてやったんだからな、そうだろう？　どうだ、今日は話す気になったか？　中尉は腹も立てずに辛抱強く待っておられるんだぞ、パンターチャ。だが、好意に甘えてつけ上がるんじゃない。綱が首飾りのように囚人の首に巻きついている。ロベルト・デルガド軍曹は綱の端を拾いあげると、それを引っ張って一歩前に引き寄せる。

「セーパへ行けば、食うにも困らんし、眠るところもある」とデルガド軍曹が言った。「あそこは監獄と違って壁がないから、逃げようと思えばいつでも逃げられるんだ。」

「鉛の弾をぶち込まれるよりもそのほうがいいんじゃないのか？」と中尉が言った。「セーパへ行くか、それともアグアルナ族の手に引き渡されるか、そのどちらがいいんだ？　アグアルナ族の者たちにお前を引き渡して、これまで散々強奪されたんだ、気が済むまでこいつをいたぶるがいい、そう言ってもらいたいのか？　あの連中がどれほど怒っているか、お前もよく知っているはずだぞ。そろそろ吐いたらどうだ。」

パンターチャは燃えるような視線をあちこちさまよわせながら、体を激しく震わせている。歯がガチガチ鳴っていた。彼は体をふたつに折り曲げ、苦しそうに空えずきしていた。デルガド軍曹がにやにや笑いながら、お前もばかな男だ、パンターチャ、あれだけインディオを殺し、強盗を働いた罪をひとりでひっかぶろうというんだからな。中尉も笑いながら、さあ、早く吐いてしまえ、パンターチャ。そうしたら、お前の好きな薬草をやるから、それで薬を作ればいい。どうだ？　イノホーサが小屋に入ってくると、厚板の上にコーヒーの入った魔法瓶《まほうびん》と酒瓶を置いて急ぎ足で出て行った。中尉は瓶の栓《せん》を抜くと、囚人のほうへ差し出した。彼はぶつぶつ呟《つぶや》きながら顔を近づけたが、その時軍曹が綱を思いきり引っ張った。ばか！　パンターチャは中尉の脚の間に倒れた。まだだ、飲みたきゃ先にしゃべるんだ！　士官は綱を拾い上げると、囚人の顔を自分のほうにむりやり捩《ね》じ向けた。髪の毛が波打ったが、まだその消し炭のような目はじっと酒瓶に注がれていた。うっ、ひどい臭《にお》いだな！　お前の臭いを嗅《か》ぐとえずきそうになる、と中尉。囚人は口をぱくぱく開けていた。一杯もらえませんか、としゃがれた声であえぐように言った。体の芯《しん》まで冷えきっているんです、一杯お願いしますよ、旦那《だんな》。ほんの一杯だけでいいんです。それを聞いて中尉が、いいだろう、だがその前に、少しでもいいから答えるんだ。今のうちに言っておいたほうが身のためだぞ。トゥシーア、いや、フシーアか、あの男はどこへ姿をくらました？　今どこにいるんだ？　それはもう話しましたよ、旦那。体全体がぶるぶる震えている。知らないうちにどこかへ行っちまったんですよ。うーっ、寒い、歯の根が合わないんですよ、旦那。ウアンビサ族の連中に尋ねたらどうです、連中ならきっと夜の間にヤクマーマがやって来て川底に引っ張り込んだと言うでしょう。散々悪事を働いた報いですよ。

中尉は囚人の顔をじっと見つめた。皺《しわ》だらけの額、落ちくぼんだ目。中尉は急に横を向くと、囚人のむき出しの尻を蹴《け》り上げた。パンターチャは唸り声をあげて倒れるが、それでも床からまだ酒瓶を見つめている。中尉が綱を引っ張ると、蓬髪《ほうはつ》の頭がごつんごつん鈍い音を立てて床にぶつかる。パンターチャ、いいかげんに吐いたらどうだ？　あの男はどこへ行った？　残った力をふり絞ってパンターチャが、どこかに姿をくらましたんですよ、旦那、とわめいた。頭がまた床に激しくぶつかった。そうっとやって来て崖を這《は》い登り、小屋の中へもぐり込むと、その尾で口を塞《ふさ》ぐんです。そして、そのまま水の中に引っ張り込んだにちがいありません。旦那、一口でいいから飲まして下さいよ。ヤクマーマというのは音もなくしのび寄って来るんです。入江を通ってね。ウアンビサ族の連中は、また戻ってくる、今度はおれたちの番だと言ってました。だから、連中もどこかへ逃げたんですよ。中尉が彼を蹴りつけた。パンターチャは口をつぐむと、跪《ひざまず》く格好になった。おれだけひとり島に残されたんですよ。士官が魔法瓶からコーヒーを一口飲み、口のまわりを舐《な》める。ロベルト・デルガド軍曹は酒瓶をもてあそんでいる。どうせなら、ウカヤリへ送って下さいよ、旦那、とパンターチャがふたたびわめいた。泣きべそをかいている。あそこで友達のアンドレスが死んだんだ。だから、同じならおれもあそこで死にたいんですよ。

「すると、お前のボスはヤクマーマにさらわれたって言うんだな」と中尉が穏やかな声で言った。「この中尉はすっとぼけているから、パンターチャは好きに騙《だま》せるってわけか、ええっ、そうだろう、パンターチャ。」

パンターチャは飽きもせず燃えるような目でじっと酒瓶を見つめている。外では雨脚が激しくなり、遠くに雷鳴が聞こえ、時々稲妻が雨に打たれている屋根や木々、集落の空地を明るく照らし出していた。

「あの男はおれをひとり残して、姿をくらましたんだ」とパンターチャが叫んだ。語気は荒かったが、その目は相変わらずとろんとして光がなかった。「あの男がハンモックから起き上がれなかったんで、おれが食べものを運んでやった。それなのに置いてきぼりをくわせたんだ。ほかの連中もいつの間にかいなくなっちまった。こんなばかな話はありませんよ、旦那？」

「ひょっとすると、あの名前は偽名かも知れませんね」とデルガド軍曹が言った。「フシーアなんて名前の男は、密林にはひとりもいませんよ。こいつの戯言《たわごと》を聞かされて苛々《いらいら》しておられるんじゃないですか、中尉？　なんでしたら、鉛の弾《たま》をぶち込んでひと思いに片付けてしまいますか。」

「フムとか言ったあのアグアルナ族の男はどうした？」と中尉が尋ねた。「やはり、ヤクマーマにさらわれたのか？」

「あの男も姿を消しちまったんですよ、旦那」とパンターチャがしゃがれ声で答えた。「その話ももうしたでしょう？　さらわれたのかどうかは知りませんがね。」

「ウラクサのフムとは一度会ったことがあるんだ」と中尉が軍曹に向かって言った。

「あの時は午後の間じゅう、ニエベスの悪党を通訳に奴《やつ》の話を聞かされたが、それを鵜《う》呑《の》みにしていたんだから、ばかな話だ。もう少し事情が分かっていれば、なんとかしたんだが。おれが最初に会ったインディオがあの男だったんだ、軍曹。」

「もとはと言えば、以前行政官をしていたレアテギが悪いんですよ、中尉」とデルガド軍曹が言った。「あのアグアルナ族の男を牢《ろう》にぶち込んでおくつもりだったのを、レアテギが釈放してやれと言うもんだから、こんなことになったんですよ。」

「ボスはいなくなる、フムもウアンビサ族の連中もいなくなる。あとにおれひとり寂しく残されたんですよ、旦那。うーっ、寒い、体の芯まで冷えちまってるんです。」

「だが、あのアドリアン・ニエベスだけはなんとしてもふん捕まえてやる」と中尉が言った。「われわれから給料を受け取りながら、腹の底であざ笑っていたんだ。」

あちらじゃ、みんな女がいた。涙が髪の毛の間からこぼれ落ちる。大きな溜息《ためいき》をつくと、旦那、と悲しそうな声で言った。おれは白人の女が欲しかったんだ。話し相手になってくれるだけでいいから、白人の女がひとり欲しかったんだよ。連中はシャプラ族の女まで連れて行っちまった。軍靴《ぐんか》が持ち上がり、したたかに蹴りつける。パンターチャは体をふたつに折り、呻《うめ》き声をあげる。しばらく閉じていた目を開けると、穏やかな表情で酒瓶をじっと見つめる。旦那、一杯いただけませんか、体の芯まで冷え切って、寒くてしかたないんですよ。

「パンターチャ、お前はこのあたりには詳しいはずだな」と中尉が言った。「このいまいましい雨はいつまで続くんだ、いつになったらわれわれが出発できると思う？」

「明日、あがりますよ、旦那」とパンターチャが呟いた。「神様に祈るといい、そうしたら雨はあがりますよ。お願いだ、旦那、体が冷え切っているんです、一杯飲ましてやって下さいよ。」

もううんざりだ。畜生、いつまで辛抱すればいいんだ！　中尉は軍靴を浮かすと、今度は蹴りつける代りに四人の顔を踏みつけると、床にごりごり擦《こす》りつける。デルガド軍曹は酒瓶から一口飲み、そのあと魔法瓶からコーヒーを一口すすった。パンターチャは口を開け、先の尖《とが》った赤い舌を突き出す。旦那、そう言ってそっと舐めはじめた。一杯でいいんです。軍靴の底を。寒いんですよ。靴先《くつさき》を舐める。旦那！　大きく見開いた炭のようなその目の中では、抜け目なさそうな生き生きした、そのくせ妙に従順な光が浮かんでいた。一杯いただけませんか？　そう言いながら泥《どろ》だらけの靴を舐める。旦那、寒いんですよ。そう言って軍靴に口づけする。

「食えない男だな、お前も」とデルガド軍曹が言った。「情に訴えてもだめだとなると、今度は気が狂った真似《まね》か、パンターチャ。」

「フシーアの居場所を言うんだ。そしたら、瓶ごとくれてやる」と中尉が言った。「それに、金を持たして釈放してやるぞ。おれがこう言っている間に、答えろ。」

しかし、パンターチャはふたたびすすり泣きはじめた。暖《ぬく》もりを求めるように体をむき出しの土の床にぴったり貼《は》りつけると、ぴくぴく体を痙攣《けいれん》させはじめた。

「こいつを連れて行くんだ」と中尉が言った。「いっしょにいると、こっちまでおかしくなる。こいつを見ていると吐き気がする、まるでヤクマーマみたいな奴だ。雨はいつまでたっても止《や》まないし、まったくやり切れんな。」

ロベルト・デルガド軍曹は綱を拾い上げると、急に駆け出す。パンターチャは犬のように四つん這《ば》いになりぴょんぴょん飛び跳ねるようにしてあとを追う。階段のところで軍曹が大声で呼ぶと、イノホーサが姿を現わし、水たまりを避《よ》けながら飛び跳ねるようにパンターチャを引っ張って行く。

「守備隊まではそう遠くないんだから、雨をおして出発してみたらどうかな？」と中尉が言った。

「二分としないうちに船がひっくり返りますよ、中尉」とデルガド軍曹が言った。「川の流れを見て下さいよ。」

「船じゃなく、徒《かち》で密林を越えるんだ」と中尉が言った。「三、四日もあれば行けるだろう。」

「中尉、自棄《やけ》になってはいけませんよ」とデルガド軍曹が言った。「雨はいずれあがります。しかし、この天候じゃ身動きがとれませんから、今は辛抱することです。密林が相手ですから、短気を起こしてもどうにもなりませんよ。」

「これでもう二週間だぞ」と中尉が言った。「この分だと、転任はおろか昇進も水の泡《あわ》だ。それくらいのことはお前にも分かるだろう？」

「わたしに当たらないで下さいよ」とデルガド軍曹が言った。「雨を降らせているのはわたしじゃないんですから、中尉。」

彼女はひとりぼっちだった。いつもいつも待つだけ、指を折って日を数えてみても仕方ないわね。雨が降るかしら、降らないかしら？　そろそろ戻って来ないかなあ。まだ、まだだわ。こんなに早く帰ってくるはずがないわ。品物を持って帰るといいんだけど。バガサンのイエス様、主よ、主、どうか沢山のゴムと革を持って帰りますよう、ドン・アキリーノが服と食料品を持って来てくれますように！　どれだけ売れたの？　彼が、いい値でかなり売れたよ。フシーアが、お前には頭が下がるよ、じいさん。聖母マリア様、聖女様、どうかお金持ちになれますように、そうなれば島を出て、白人の世界で住むことができます。そうなれば、わたしたち結婚するんでしょう、フシーア？　ああ、そのとおりだ、ラリータ。そうなったら、わたしを愛してくれるわね。夜はあなたのハンモックで寝ていいでしょう？　ああ。裸になって？　ああ。愛してもいい？　ああ。好き？　ああ。アチュアル族の女よりも？　ああ。シャプラ族の女よりも？　ああ、お前のほうが好きだよ、ラリータ。そして、子供をもうひとり作ろう。この子、わたしに似ているでしょう、ドン・アキリーノ？　すっかり大きくなったわ。でも、スペイン語よりもウアンビサ族の言葉のほうが上手なのよ。それを聞いて老人が、つらいかね、ラリータ？　彼女が、もう愛してもらえないから、少しつらいわ。老人が、あんたにつらく当たるのかね？　アチュアル族やシャプラ族の女を見ると妬《や》けるかね？　彼女が、それどころかひどく腹が立つの。でも、友達がいないから仲良くするより仕方がないのよ。そのくせ、あの子たちがパンターリャやニエベス、ウアンビサ族の男たちにたらい回しされるのを見るのはつらいのよ、おかしいでしょう？　あの人たち、まだ帰って来ないのかしら？　その日の午後、フムがひょっこり島に舞い戻ってきた。昼寝の時に、シャプラ族の女が小屋に飛び込んで来て、ハンモックを揺すりながら、フムが帰ってきたと大声で叫んだが、彼女の腕輪や小さな鏡、鈴が涼しい音をたてた。ラリータが尋ねる。

みんなが帰って来たの？　女が、違います。島から逃げ出したアグアルナ族の男が戻って来たんです。ラリータが小屋を出て探すと、男は亀《かめ》の池のところでバグレに塩をしていた。彼女が、フム！　どこへ行ってたの？　どうして島を出て行ったの？　長い間いったい何をしていたの？　彼は黙りこくっていた。もう帰って来ないいんじゃないかと心配していたのよ。彼はうやうやしくバグレを彼女に差し出すと、フム、これ、あなたにあげる。彼は島を出て行った時と同じ格好をしていた。頭を丸め、背中にはアチオテを使って鞭《むち》で打たれた傷のような模様を描いてあった。彼女が、みんなはゴムと革を探しに行ったわ。あなたを探していたのよ。どうして黙って出て行ったの？　みんなは川上のリマーチェ湖まで行ったんだけど、ムラート族ってどんな人たちか知ってる？　乱暴なの？　ボスに襲いかかったりしないかしら？　素直に上質のゴムをくれるといいんだけど。ウアンビサ族の者たちがフムを探し回った。パンターチャが、あの男はひどく憎まれているから、ひょっとすると殺されたかも知れないよ、ボス。船頭のニエベスが、おれはそうは思わんな、案外仲良くやってるんじゃないのかな。それを聞いてフシーアが、あの連中のことだ、そんなところかも知れん。フムが、あの連中はわしを殺さなかった。むこうへ行って、またここに戻って来た。ここにずっといるつもりなんでしょう？　ああ。ボスはきっと怒るでしょうけど、すぐにおさまるから、島を出て行かないでね。それに、正直言ってあなたは、ボスを尊敬してるんでしょう？　フシーアが、頭は少々おかしいが、あれでなかなか弁が立って役に立つんだよ、ラリータ。白人は悪魔だ、ほんとうだ、そんな風に言ったの、フム？　白人のボスは嘘《うそ》をついて人を騙す、気をつけろ、そう言ったの、フム？　あの男がむこうの連中を説きつけ、叫び、懇願し、操縦するところは見ものだよ、ラリータ。連中は、手を振ったりうなずいたりして、そうだ、そうだ、このアグアルナ族の男の言うとおりだと言って、あっさり上質のゴムをくれるってわけだ。ねえ、なんて言うの、説得する時はどんなふうに言うの、フム？　フシーアが、いずれあの男も殺されるだろうが、そうなると代りを見つけるのが大変だな。彼女が、あなたはウラクサに帰りたがらないって聞いたけど、あれは本当なの？　白人を恨んでいるんでしょう？　だったら、わたしたちも憎んでいるんでしょうね？　パンターチャが、そうなんですよ、奥さん。ひどくいたぶられましたからね。ニエベスが、だったら、どうして眠っている間におれたちを殺さないんだろうな？　それを聞いてフシーアが、あの男はおれたちを通して復讐《ふくしゅう》しているんだ。彼女が、カピローナの木から吊《つ》るされたというのは本当なの？　彼が、あいつは根っからのばかじゃないが、少し狂ってるよ、ラリータ。火傷《やけど》をさせられた時は大声をあげたの？　わなを作らせてもうまいし、鳥や獣を獲《と》らせてもあの男の右に出るものはいないんだ。奥さんはいるの？

殺されたの？　食べものがなくなると、フムは密林に入って行くが、必ずパウカル鳥や野生の七面鳥、ヤマウズラなどをさげて戻ってくる。鞭で打たれたことを忘れないために、そんなふうに背中に筋を描《か》いているの？　一度、みんなの前で吹き矢を使ってチューペ蛇《へび》を仕止めたことがあるが、鮮やかなもんだったよ、ラリータ。フシーアが、おれがゴムや革を残らず巻き上げるインディオたち、その連中が自分の敵だということは分かっているらしいな。それは本当なの、フム？　あの人がわたしを助けてくれるのは、なにも顔がきれいだからじゃないのよ。パンターチャが、今日あの男が崖《がけ》のところにいるのを見かけたが、額の傷を撫《な》でながら何か演説をぶっていたな。それを聞いてフシーアが、それはかえって好都合だ。あいつが復讐しようがしまいが、おれの知ったことじゃない。アグアルナ族の言葉だったんで、何を言ってるのかちんぷんかんぷんだったよ、とパンターチャ。ドン・アキリーノのランチが着くと、ウアンビサ族の者たちは吠《ほ》え猿《ざる》のようにルプーナの木からばらばらと船着き場に飛び降りた。歓声をあげ、飛び跳ねながら塩やアニス酒を受け取る。フシーアが斧《おの》や山刀を分けてやると、嬉《うれ》しそうに目を輝かせた。フムが、わしはむこうへ行く、どこだ？　あそこだ、すぐに戻って来る。お前は何も欲しくないのか？　いらない。シャツは？　いらない。酒は？　いらない。山刀は？　いらない。塩は？　いらない。ラリータが、あなたが帰って来たと知ったら、きっと船頭のニエベスが喜ぶわよ、フム。あの人とはお友達なんでしょう？　彼が、そうだ。彼女が、お魚、ありがとう、でも塩をしてしまったのね。船頭のニエベスが、あの男はみんなの名前を知らないんですよ、奥さん。教えてもらわなかったんでしょうね。白人の名前を二人だけ知っていますが、どうやらその連中に白人のボスに対する憎しみを吹き込まれたらしいですよ。あいつらにひどい目に会わされたといつもこぼしていますからね。彼女が、あなたは騙されたの？　何もかも取られてしまったの？　彼が、わしに忠告してくれただけだ。彼女が、フム、いっしょにお話ししましょう。名前を呼ばれると、どうしていつも後ろを向くの？　彼は返事をしない。恥ずかしいの？　彼が、あれ、あなたに持ってきた。ウアンビサ族の女たちが血を抜いている。それを見て彼女が、シカね？　彼がうやうやしく、そう、シカだ。ラリータが、さあ、むこうでいっしょに食べましょう。たきぎを取ってきて！　フムが、お腹《なか》が空《す》いているのか？　彼女が、とても空いてるわ、みんなが出て行ってから肉を食べていないのよ、フム。そのあと、二人は元のところに戻って来た。彼女は小屋に入って、アキリーノを見つめる。大きくなったでしょう、フム？　彼が、ああ。この子、スペイン語よりもインディオの言葉のほうが上手なの。彼が、そうだ。フムには子供がいるの？　彼が、昔はいたが、今はいない。彼女が、沢山いたの？　彼が、少しだ。その時、急に雨が降りはじめた。ルプーナの木の上に黒い雲が厚く垂れ込め、二日間黒い雨を降らせた。島全体が泥沼のようになった。入江は濃い霧に閉ざされ、小屋の戸口には小鳥が沢山落ちていた。ラリータが、あの人たち、川を下っている頃《ころ》だけど、大変でしょうね、きっと。革やゴムが濡《ぬ》れなければいいけど。フシーアが、ぐずぐずするな！　急げ、急いであの浜に品物を運び上げるんだ。乾いた場所か火を焚《た》けるような洞窟《どうくつ》を探すんだ。パンターチャは薬草を調合し、船頭のニエベスはウアンビサ族の者たちと同じようにタバコを噛《か》んでいる。ラリータが、今度も何か持って帰ってくれる？　首飾り？　腕輪？　鳥の羽？　花？　わたしを愛してる？　彼女が、もしあの人に知れたら？　それを聞いて彼が、分かったって構やしないさ。夜は、わたしのことを考える？　彼が、べつに悪いことをしているわけじゃない。病気の時に親切にしてもらったそのお礼に贈物をしているだけなんだから。彼女が、あなたは清潔だし、礼儀正しいわ、ちゃんと帽子を取って挨拶《あいさつ》するもの。わたし、悪い女かしら？　フシーアが仕返しをするかも知れないわ。おれがそばを通ると、船頭の目が急にぎらぎら光るんだ。わたしの夢を見る？　わたしの体に触れたい？　抱きたい？　だったら、服を脱いで、ハンモックの中に入って来ればいいわ。口づけしてあげましょうか？　口、それとも背中？　ああ、聖人様、今日にもみんなが戻って来ますように！

その年は稀《まれ》にみる豊作だった。農民たちは朝夕、綿を詰めた十二個の梱包《こんぽう》を積み出すたびに祝い酒を飲んだ。〈セントロ・ピウラーノ〉や〈グラウ・クラブ〉ではフランスのシャンペンが抜かれ、乾杯の声がとび交った。六月の、市の記念祭や独立記念祭の時期が来ると、町の人たちは山車《だし》を引き出し、陽気に踊り騒いだ。また、砂原にはサーカスのテントが六張りも張られた。町の名士たちはわざわざ首都から楽隊を呼び寄せて、ダンス・パーティーを開いた。その年は他にもいろいろな事件があった。ラ・チュンガがドロテオの店で働くようになったのもその年なら、ファナ・バウラとパトロシニオ・ナーヤが亡《な》くなったのも同じ年のことだった。ピウラの町は災厄《さいやく》に見舞われることもなく、大豊作で潤《うるお》った。セールスマンや綿の仲買人が大挙して町に押しかけ、酒場では綿花の取引きが行なわれた。商店やホテル、お屋敷町が次々に誕生したが、そんなある日、「カマルのむこう手の川のそばに、娼家《しょうか》ができたぞ」という噂《うわさ》が町に広まった。

それはうす汚れた路地の一方の端をガレージの門で仕切り、その両側に日乾《ひぼ》しレンガを積んだ小部屋が並んでいるだけの、お世辞にも娼家と呼べるような代物《しろもの》ではなかった。赤い灯《ひ》のついている門をくぐって中に入ると、樽《たる》の上に厚板がさし渡してあり、そこがバーになっていた。齢《とし》とったのやぶくぶく太ったの、それによその土地の女が全部で六人、その店で働いていた。「あの時焼け死ななかった女たちが舞い戻ってきたんだ」と口さがない連中は噂した。開店早々から、カマルの娼家には客がひきもきらずに詰めかけた。その附近は、アルコールの匂《にお》いのたち込める荒っぽい土地に変わった。『反響《エコス・イ・》とニュース《ノティシアス》』、『時　代《エル・ティエンポ》』、『産　業《ラ・インドゥストリア》』といった新聞を開くと、露骨なあてこすりや抗議の投書、官憲に措置を求める記事が見られるようになった。ちょうどその頃に、カスティーリャの真中に二軒目の娼家が誕生したが、これには町の人たちも度肝を抜かれた。こちらのほうは路地を仕切ったような店ではなく、庭やバルコニーのある瀟洒《しょうしゃ》な別荘風の建物だった。教区牧師や婦人たちはカマルの娼家を閉店に追い込もうとやっきになって署名を集めたが、ついに断念した。ひとりガルシーア神父だけは、メリーノ広場にある教会の説教壇から声をふり絞って執拗《しつよう》に叫び続け、法の制裁を求め、来たるべき災厄を予言した。「神はあなたがたにしあわせな年をもたらされた。だが、このままでは再び牛の痩《や》せ細る時代がピウラの人々に訪れるでしょう。」だが、神父の予言は当たらず、次の年も前年と同じように綿花は大豊作だった。二軒だった娼家も四軒にふえ、そのうちの一軒などは大聖堂から僅《わず》か二、三ブロックしか離れていなかった。その店は豪華ではあったが、地味な造りで、リマから連れて来たと思われる白人の女ばかりを置いていたが、その中には若い娘もまじっていた。

その年に、ラ・チュンガとドロテオは酒瓶《さかびん》をふりまわして派手な立回りを演じた。警察署に引っ張られたラ・チュンガは、手に持った書類をふりまわしてあの店の所有者は自分だと主張した。いったい何があったのか、裏でどのような取引き、話し合いが行なわれたのかは分からなかったが、いずれにせよ、以後彼女はその店の主人におさまり、愛想をふりまきながら手固く店を切りもりし、酔客になめられるようなことはなかった。まだ齢は若かったが、めったに笑顔を見せなかった。色はどちらかといえば黒く、スタイルも悪く、鉄のような心をしていた。いつもカウンターのうしろにいたが、頭にかぶったヘアーネットからは黒いほつれ毛がのぞいていた。唇《くちびる》の薄い彼女はなんとも言えずもの憂《う》い目つきで相手を見つめたが、その視線に出会うとどんなに陽気にはしゃいでいる男もたちまちしゅんとなった。かかとの低い靴に短い靴下をはき、これも男物と思われるシャツを着ており、口紅もマニキュアも頬紅《ほおべに》もつけたことがなかった。服や物腰は男っぽかったが、その声だけは下品な言葉を口にする時でも、妙に女らしかった。手は肉が厚くがっしりしていたが、その手で椅子やテーブルを軽々と持ち上げ、酒瓶の栓《せん》を抜き、ずうずうしい客をひっぱたいたりした。彼女が心の冷たいぎすぎすした女になったのはファナ・バウラのせいだ、バウラに吹き込まれて彼女は男を信じなくなり、孤独と金を愛するようになったのだ、と町の人たちは噂した。あの洗濯《せんたく》女が亡くなると、ラ・チュンガはぽんと金を出して、誰でもひと晩じゅう飲み食いできるようにと、口あたりのいいリキュール類や若鶏《わかどり》のスープ、コーヒーをお通夜《つや》の席に並べた。ハープ弾きを先頭に楽隊が入って来るのを見て、通夜の席に連なっていた人たちは意地の悪い目でじっと二人の出方を窺《うかが》った。案に相違して、ドン・アンセルモとラ・チュンガは抱き合わなかった。彼女はボーラスやエル・ホーベンに対するのとまったく同じように手を差し出しただけだった。他の通夜の客と同じように丁重に楽団員に応対して奥の部屋に通すと、彼らの演奏する悲しい曲にじっと耳を傾けた。取り乱したところは少しもなく、表情は硬かったが態度は落着き払っていた。一方、ハープ弾きのほうは当惑したようにもの思いに沈んでいたが、気持ちをふるい立たせて祈るように歌をうたっていた。そこへだしぬけに子供が飛び込んでくると、カマルの店じゃ、八時という約束だったのに、十時を過ぎても楽団が来ないからみんなが怒っているよ、と言った。ファナ・バウラが死んだんだから、ラ・チュンガは老人とマンガチェリーアで暮らすことになるだろう、と町の人たちは噂しあった。しかし、彼女はバーに移り住み、人の話では、カウンターの下に藁《わら》を詰めたマットレスを敷いて眠っているとのことだった。ラ・チュンガがドロテオと喧嘩《けんか》別れしてあの店の主人におさまった頃、ドン・アンセルモの楽団はカマルの娼家をやめて、カスティーリャの店で演奏するようになった。その後すぐに、ラ・チュンガの店は改装された。彼女は自分で壁にペンキを塗り、写真やポスター類を貼《は》り、テーブルには色とりどりの花をあしらったゴム引き布をかけ、料理女を雇い入れた。レストランに早変わりした店には、人夫やトラックの運転手、アイスクリーム売り、警官などが立ち寄るようになった。ドロテオは喧嘩別れしたあとツアンカバンバで暮らしていたが、その後しばらくしてピウラに舞い戻ると「よくある話」というやつだが、ラ・チュンガの店の常連になった。かつては自分のものだったあの店の繁盛ぶりを見て、おそらく何か思うところがあったに違いない。

しかしある日行ってみると、そのバー・レストランの戸は閉まったままで、ラ・チュンガも姿を消してどこにも見当たらなかった。一週間後、彼女は人夫たちを引き連れて戻ってくると、日乾しレンガの壁を壊して、新しくレンガ造りの壁を作らせ、そこに窓を開け、さらにトタンで屋根を葺《ふ》かせた。ラ・チュンガはにこやかに笑いながら、一日中工事現場に立って人夫たちの手伝いをしたりしてまめまめしく立ち働いた。それを見て老人たちは昔のことを思い出したのか、すっかり興奮して意味ありげな視線を交した。「また昔のような店が見られそうだな」、「カエルの子はカエルだ」、「血は争えないもんだな。」その頃、楽団はカスティーリャの娼家からブエノスアイレス地区の店に移った。工事現場のそばを通りかかると、ハープ弾きはちょっと立ち寄って行こうと、ボーラスとエル・ホーベン・アレハンドロに声をかけた。砂原を登り、現場の前に立つと、ほとんど目の見えない老人は尋ねる。工事ははかどっているかね？　もうドアは入っているのかね？　近くで見るとやはり違うかね？　いい建物だろうね？　老人は心配そうにあれこれ尋ねたが、その態度にはどこか誇らしげなところがあった。ラ・チュンギータがひともうけしようと店を建てているそうだが、あの店はもう見たかね、とマンガチェリーアの人たちは冗談めかして尋ねたが、そう言われると老人はいかにも嬉しそうな顔をした。しかし、好色そうな老人が彼の前に立って、「アンセルモ、またあの店を造るのかね？」と尋ねたりすると、ハープ弾きはいかにも困ったような顔をしたり、とぼけてみせたり、知らんふりをした。何の話だね、〈緑の家〉だって、知らんね、そんな店は。

ある日の朝、裕福な身なりをしたラ・チュンガがマンガチェリーアに姿を現わした。思うことがあるらしく、しっかりした足取りで埃《ほこり》っぽい路地を歩きながらハープ弾きのことをたずねて回った。以前はパトロシニオ・ナーヤの所有だった小屋に行ってみると、ハープ弾きは粗末なベッドに横になり、腕を顔の上にのせて眠っていた。汗に濡れた胸毛はまっ白だった。ラ・チュンガは中に入って、ドアを閉めた。彼女がハープ弾きの小屋にやって来たというニュースはたちまち町中に広まった。マンガチェリーアの住民は家のまわりをうろうろ歩き回り、葦《あし》で編んだ壁の隙間《すきま》からこっそり中をのぞき込んだり、ドアに耳を押しつけて見聞きしたことをお互いに話し合った。しばらくして、ハープ弾きが昔のことを思い出してもの思いにふけりながら小屋から出てくると、子供をつかまえて、ボーラスとエル・ホーベンを呼んで来てくれと頼んだ。ラ・チュンガはにこやかにほほえみながらベッドに腰をかけていた。やがて、あの一人がやって来て、ドアが閉められた。「こりゃあ、父親に会いに来たんじゃない。楽士ドン・アンセルモに用があって来たんだ」、「ラ・チュンガはあの楽団を使って何かおっぱじめるつもりだぞ」と人々は囁《ささや》き合った。彼らは一時間以上も小屋に閉じこもっていた。外に出た時は、町の人たちは待ちくたびれて家に帰っていたが、小屋の中からじっと彼らの様子を窺っていた。ハープ弾きは口をぽかんと開け、夢遊病者のような覚束《おぼつか》ない足取りで道を歩いていたし、エル・ホーベンはひどく戸惑っているようだった。ボーラスに腕を預けたラ・チュンガだけが上機嫌《じょうきげん》で、しきりにあの三人に話しかけていた。一行はアンヘリカ・メルセーデスの店に行くと、香辛料のきいた料理を食べた。そのあと、エル・ホーボーラスが歌を何曲かうたったが、ハープ弾きはひとり天井を見上げて、耳を掻《か》いていた。その顔は晴れやかに笑うかと思うとたちまち暗く沈むという具合で、たえず微妙に変化していた。ラ・チュンガが帰ると、とたんにマンガチェリーアの住民がわっと彼らを取りまき、話を聞き出そうとした。ハープ弾きは呆《ほう》けたようにぼんやりしていたし、エル・ホーベンは何を訊《き》かれてもただ肩をすくめるだけだった。ボーラスが質問を一手に引き受けていた。「何もこぼすことはないだろう。いい話じゃないか。ラ・チュンギータの店で仕事をすれば、運が向いてくるかも知れんよ。やはりあの店も緑色に塗るのかね？」などと人々は尋ねた。

「酔っていたから、てっきり冗談だと思っていたんだ」とボーラスが言った。「セミナリオさんもばかにしたように笑っていたしね。」

しかし、軍曹《ぐんそう》はふたたび銃を取り出すと、銃身と握りの部分をつかみ、力をこめてそれを二つに折ろうとした。まわりにいた者たちは急に気まずそうに顔を見合わせたり、不安気に笑ったり、もぞもぞ体を動かしはじめた。ハープ弾きだけがひとり酒を舐《な》めながら、ロシアン・ルーレット？　なんだね、それは？

「本物の男かどうかを試す遊びだよ」と軍曹が答えた。「どんなものか今に分かるよ、おやじさん。」

「あの時、リトゥーマが変に落着いていたんで、これは本気だなって思ったんだ」とエル・ホーベンが言った。

セミナリオはテーブルの上でうつむき、体を強張《こわば》らせて黙りこくっていた。いつもは人を見下したように睨《にら》みつけるあの男が、今はその目を不安そうにきょろきょろさせていた。軍曹はやっとのことで銃身を二つに折ると、弾《たま》を取り出し、グラスや酒瓶、タバコの吸い殻《がら》が山のようになっている灰皿の間にきちんと並べた。それを聞いて、ラ・セルバティカがすすり泣きはじめた。

「あたしは逆に、あんなに落着いていたから、てっきり冗談だと思っていたんだよ」とラ・チュンガが言った。「でなきゃ、弾を抜いた時に取り上げていたんだけどね。」

「どうしたね、ポリさん。何の冗談だ、それは？」とセミナリオが言った。

しかし、その声はかすれていた。エル・ホーベンが、そう言えば、あの時のセミナリオはそれまでのような元気がなかったな。ハープ弾きは、その場の雰囲気《ふんいき》がただならないことに気づいて、不安そうにグラスをテーブルの上に置いた。本気でやるつもりなのかね？　ばかな真似《まね》はよすんだ、チャピロ・セミナリオの話を続けようじゃないか！　しかし、リータとサンドラとマリベルは慌《あわ》てて逃げ出し、アマポーラとオルテンシアは小鳥のような叫び声をあげてテーブルから離れた。店の女たちは階段のところでひと塊になって、怯《おび》えたように目を見開いてひそひそ囁き合っていた。ボーラスとエル・ホーベンはハープ弾きを抱きかかえて、いつも演奏をしている部屋の隅《すみ》まで運んだ。

「どうしてあの人に言いきかせてくれなかったの?」とラ・セルバティカは口ごもりながら言った。「ちゃんと筋道を立てて話せば、あの人も耳を貸したはずよ。せめてそれくらいのことはしてくれてもよかったのに。」

それを聞いてラ・チュンガが、やってみたんだよ。銃なんか出して誰を脅かそうって言うのさ、そんな物騒なものはさっさとしまっとくれよ、わたしはそう言ったんだよ。

「この男が人のおふくろの悪口を言うのはあんたも聞いたろう、チュンギータ」とリトゥーマが言った。「それに、見ず知らずのシプリアーノ中尉《ちゅうい》に悪態までついたんだ。人のおふくろの悪口を言う男だ、さぞかし肝の据《す》わった度胸のある男にちがいない。だから、それをここで試してみようってわけだ。」

「ポリさんよ、どうしてそう大仰《おおぎょう》に騒ぎ立てるんだ?」とセミナリオがわめいた。

その時、ホセフィノが横から口をはさんだ。セミナリオさん、ごまかしちゃいけないよ。酔ったふりは止《よ》したがいい。怖いんなら、ちゃんと軍曹にそう言ったらどうだね?

「あの男も止めようとしたんだよ」とボーラスが説明した。「さあ、帰ろう、兄弟!面倒を起こすのはまずいよ、そう言ったんだが、セミナリオのほうはそれじゃあおさまりがつかないんで、軍曹を殴りつけたんだ。」

「あたしも叩《たた》かれたわよ」とラ・チュンガが不満そうに言った。「放せ、このすべた、淫売《いんばい》め！　放すんだ、そんなふうにののしられてね。」

「この男まさりめ！　放すんだ、さもないとどてっ腹に風穴を開けるぞ！」とセミナリオがわめいた。

リトゥーマは指先で拳銃《けんじゅう》をつまむと、相手の鼻先に銃の輪胴を突きつけ、まるで教えさとすようにゆっくりとしゃべりはじめた。まず、中が空かどうか、つまり弾が一発も残っていないかどうか確かめてもらおうか。

「おれたちにじゃなくて、拳銃に話しかけているみたいだったよ、セルバティカ」とエル・ホーベンが言った。

その時、だしぬけにラ・チュンガが立ち上がると、ダンス・フロアを駆けぬけ、ドアをバタンと閉めて外に飛び出して行った。

「あの連中は肝心な時になると、いつだっていないんだ」とラ・チュンガが言った。「おかげで、グラッの記念碑のところまで走って行って、やっとポリさんを見つけて来たんだよ。」

軍曹は弾をつまむと、慎重に持ち上げ、電灯の青い光に透かした。まず、弾を取り上げて、銃に込めなきゃいけない。その様子を見たエル・モノが度を失って、もう沢山だ、止せよ！　さあ、マンガチェリーアに引き上げよう。ホセもひどくうろたえて、泣き声で、銃をおもちゃにするんじゃない！　エル・モノもああ言っているんだ、帰ろう。

「あの時、何がどうなっているのか誰も教えてくれなかったが、それを思うと今でも腹が立ってくる」とハープ弾きが言った。「レオン兄弟や店の女《こ》たちが大騒ぎしていたんで、これは只事《ただごと》じゃないなと思っていたんだが、おそらくあの二人が摑《つか》み合いでもしているんだろうと思って、そう心配はしていなかったんだよ。」

「ですが、あの場はどうなるか予測もつかなかったんですよ、お師匠さん」とボーラスが言った。「セミナリオも拳銃を取り出して、リトゥーマの顔の前でちらつかせていましたから、こちらはいつ何時弾が飛び出すかとひやひやしていたんですよ。」

リトゥーマは相変わらず落着きはらっていた。エル・モノが、だめだ！　みんなで止《や》めさせるんだ！　さもないととんでもないことになるぞ！　ドン・アンセルモ、あんたの言うことなら、あの二人もきっと聞きますよ。今ラ・セルバティカが泣いているように、リータとマリベルも泣き声をあげていた。サンドラが、奥さんのことも考えてあげなさいよ！　それを聞いてホセが、間もなく子供が生まれるんだろう、強情を張らずにマンガチェリーアへ帰ろう。カチッと乾いた音がした。軍曹が二つに折った銃を元に戻したのだ。よし、これでいい、穏やかな自信にあふれた声。さあ、用意ができたよ、セミナリオさん。何をぐずぐずしているんだね。

「ああなるとのぼせ上がった男女みたいなもので、端からいくら言ってもだめなんだ。自分たちのことしか頭にないんだからな」とエル・ホーベンが溜息《ためいき》まじりに言った。

「あの時のリトゥーマはまるで拳銃に魅せられたようになっていたよ。」

「そのせいで、おれたちまでおかしくなっていたんだ」とボーラスが続けた。「セミナリオもまるで下働きの人夫みたいに彼の言いなりになっていたからな。リトゥーマに言われたとおり、銃身を二つに折ると、一発だけ残して弾をみんな抜き取ったが、かわいそうに奴《やっこ》さん、ひどく手が震えていたよ。」

「死を予感していたんだろうな」とエル・ホーベンが言った。

「それでいい。次は、横を向いて輪胴に手をかけて、どこに弾が入っているか分からなくなるように、思いきりそれを回すんだ、ルーレットと同じ要領でね」と軍曹が言った。「それでロシアン・ルーレットなんて名前がつけられたんだよ、おやじさん。」

「御託はもう沢山だ。やってやろうじゃないか、ええ、この糞《くそ》ったれ奴《め》！」とセミナリオがわめき立てた。

「セミナリオさん、あんたがおれをののしったのはこれで四度目だ」とリトゥーマが言った。

「子供がコマで遊ぶみたいに、あの二人が輪胴を回すのを見て、ぞくぞく寒気がしたよ」とボーラスが言った。

「ピウラの人間がどういう人間か、これでよく分かるだろう」とハープ弾きが言った。「つまらない意地を張って、命を棄《す》てるんだよ。」

「なにが意地なもんかね」とラ・チュンガが横から言った。「酔った勢いにまかせて、あたしの商売を台無しにしようとしただけなんだよ。」

リトゥーマは輪胴から手を放すと、本当ならここでくじを引いてどちらが先か決めるところだが、それはいいだろう。先に言い出したのはおれだから、おれからやろう。そう言って、拳銃を持ち上げると、銃口をこめかみに押し当てた。ここで目を閉じるんだ。そう言って目を閉じる。そして、銃を撃つ、そう言って引き金を引いた。カチッと音がして、彼の歯ががちがち鳴った。彼がまっ青になると、まわりの者もまっ青になり、彼が口を開いてほっと息を洩《も》らすと、まわりの者もほっと溜息《ためいき》をついた。

「止すんだ、ボーラス！」とエル・ホーベンが言った。「ラ・セルバティカが泣いてるじゃないか。」

ドン・アンセルモはラ・セルバティカの髪を撫《な》でながら、柄物《がらもの》のハンカチを渡し、泣くことはない。もう済んだことだから、そんなに心配しなくてもいいんだよ。エル・ホーベンがタバコに火をつけて、彼女に渡した。軍曹は拳銃をテーブルに置くと、空のグラスからゆっくりと酒を飲んだが、それを見て笑う者はひとりもいなかった。その顔は汗で光っていた。

「大丈夫です、お師匠さん。何も心配することはありませんよ」とエル・ホーベンが言った。「そんなに心配すると体に毒ですよ。何もなかったんですから。」

「こんなにはらはらしたのは生まれてはじめてだ」とエル・モノが口ごもりながら言った。「なあ、頼むから、もう引き上げよう。」

それを聞いてホセが、眠りから覚めたように、もういいだろう、リトゥーマ。あんたは大した男だ。階段のほうから店の女たちの囁き交す声が聞こえ、サンドラが咆《ほ》え立てた。エル・ホーベンとボーラスは、お師匠さん、安心して下さい、何もなかったんですよ。その時だしぬけに猛《たけ》り狂ったセミナリオが、うるさい、静かにしろ！　今度はおれの番だ！　彼は銃を持ち上げこめかみに押し当てるが、目は開いていた。胸が大きくふくらんだ。

「ポリさんたちを連れて店の近くまで戻った時に、銃声が聞こえたんだよ」とラ・チュンガが言った。「続いて、叫び声だろう。慌ててドアを蹴《け》ったんだけど、誰も開けてくれないじゃないか。おかげで、治安警備隊員がライフルで、ドアをぶちこわすところだったんだよ。」

「人がひとり死んだんで、ドアを開けるどころの騒ぎじゃなかったんですよ」とエル・ホーベンが言った。

「あの男はリトゥーマにのしかかるようにして倒れたんだが、そのはずみで二人とも床に横倒しになった」とボーラスが言った。「あの男の友人が、セバーリョス先生を呼ぶんだと大声でわめいていたが、みんな足がすくんで体が動かなかったんだ。それに、あの時はもう手遅れだったしね。」

彼は体についた血を見て、てっきり自分の血だと思い込んで、床に横たわったまま体のあちこちを触っていた。そのあと、床に坐《すわ》り込んだんだが、まだ体を触っていたな。そこへライフルを手にした治安警備隊員が踏み込んできて、中にいた者たちに銃を向けると、静かにしろ、動くんじゃない！　軍曹の身になにかあってみろ、お前たち、ただでは済まんぞ！　しかし、誰ひとりその言葉に耳を貸すものはいなかった。番長と店の女たちは椅子の間を走り回り、ハープ弾きはよろめきながら、そばにいる者をつかまえては、誰だったんだ、どちらが死んだんだ、と相手の体を揺すりながら尋ねた。治安警備隊員のひとりが階段の前に立って、逃げようとすれば、容赦しないぞと言った。ラ・チュンガとエル・ホーベン、それにボーラスはセミナリオの上にかがみ込んでいた。うつぶせになり、まだ銃を握りしめているあの男の髪の毛の中からねばねばした血が流れ出していた。セミナリオの友人は跪《ひざまず》いて両手で顔を覆《おお》い、リトゥーマはしきりに目をしばたたいていた。

「あの時、治安警備隊員が、どうしたんです、軍曹？　この男がからんで来たんで、撃たれたんですか、と尋ねたが」とボーラスが言った。「軍曹のほうは気分でも悪いような感じで、何を訊かれても、うん、うんとうなずくばかりだったな。」

「この男は自殺したんだよ」とエル・モノが説明した。「おれたちは帰っていいだろう、何も関係ないんだからさ。家じゃ、みんな帰りを待っているんだ。」

しかし、治安警備隊員たちはドアに閂《かんぬき》をかけると、ライフルの引き金に指をかけてその前に立ちはだかり、店にいる者たちを睨みつけながら悪態をついた。

「お願いだから、そう固いことを言わずに帰らせてくれよ」とホセが言った。「おれたちは遊びに来ただけで、この事件とは何の関係もないんだ。誓って本当だよ」とラ・チュンガが言いつけた。

「マリベル、上から毛布を持ってきて、この人にかけておやり」とラ・チュンガが言いつけた。

「あんたは落着いていたね、チュンガ」とエル・ホーベンが言った。

「どうしても血のしみが取れなかったんで、惜しかったけどあの毛布は棄《す》てちまったんだよ」とラ・チュンガが言った。

「生き様もそうだが、死に様まで変わっているな。あの一家の身にはいつもおかしな事件が降りかかるんだ」とハープ弾きが言った。

「誰のことを言っておられるんです?」とエル・ホーベンが尋ねた。

「セミナリオ一家だよ」とハープ弾きが答えた。まだ何か言いたそうに口を開けていたが、そのまま何も言わず口をつぐんだ。

「どうやらホセフィノは迎えに来ないようね、もう遅すぎるもの」とラ・セルバティカが言った。

開け放たれたドアから明るい陽光が差し込み、それがサロンの隅々まで赤々と燃えるように照らしていた。近くの家の屋根の上には、抜けるような青空が広がり、金色の砂丘やまばらに生えている幹が太く背の低いイナゴ豆の木が見えていた。

「わたしたちが送ってあげるよ」とハープ弾きが言った。「そうしたら、タクシー代が助かるだろう。」

IV

棹《さお》を操ってカヌーをそっと岸に寄せると、フシーア、パンターチャ、それにニエベスの三人は岸に飛び降りる。彼らは茂みの中を二、三メートル進んだところでかがみ込んで、ひそひそ話し合う。一方、ウアンビサ族の者たちはカヌーを岸に引き上げ、茂り合った木の枝の間に隠す。そのあと、川岸の泥《どろ》の上についた足跡を消すと、同じように密林の中に姿を消す。彼らは手に手に吹き矢や斧《おの》、弓をもち、首からは束にした投げ矢をかけ、腰にはナイフとタールを塗った筒を下げている。その筒にはクラーレと呼ばれる毒が入れてある。顔や両腕両脚だけでなく、体中に入れ墨をし、お祭りの時のように爪《つめ》や歯まで染めている。パンターチャとニエベスはショットガンを、フシーアは拳銃《けんじゅう》を持っている。ウアンビサ族の男が彼らと話し合ったあと、身をかがめて音もなく密林の中に姿を消した。ボスはもういいのかい？　ボスはどこも悪くない、誰がそんなことを言い出したんだ？　だが、近頃《ちかごろ》ボスは大きな声を出さなくなっただろう、それでみんな心配しているんだ。木立の間にいるウアンビサ族の者たちの人影が左右にちらちら見えているが、口をきくものはいない。動作はのろのろしているが、その目はぎらぎら光り、唇《くちびる》がかすかに痙攣《けいれん》している。おそらく、昨夜は砂洲《さす》で焚《た》き火を焚き、そのそばで一晩中アニス酒や薬草を飲んでいたのだろう。投げ矢の矢じりを綿にくるんでクラーレに浸しているものもいれば、中に何か詰まっているのだろう、吹き矢筒を吹いているものもいる。彼らは互いに顔も見交さず、おとなしくじっと待ち続ける。先程姿を消したインディオが、再び山猫《やまねこ》のように音もなく姿を現わす。陽差《ひざ》しは強くなり、その黄色い舌がインディオたちの体に塗ったウイロやアチオテの染料を溶かしはじめる。光と影が複雑な絵模様を描き、茂みの中を鮮やかな色で染め上げている。木々の樹皮はひどく固くてごつごつしているように見える。彼らの頭上では、鳥がうるさく鳴き騒いでいる。フシーアは立ち上がると、戻って来たインディオと話をし、パンターチャとニエベスのいるところに戻ってくる。ムラート族の連中は密林へ狩に出かけていて、残っているのは女子供だけらしい。ゴムと革は見当たらないと言っているが、どうしたもんだろうな？　おれは行ってみようと思うんだ。あの連中のことだ、ひょっとしてどこかに隠しているかも知れん。ウアンビサ族の者たちが偵察《ていさつ》に行ったあの男を取り囲んで、しきりに何か尋ねている。彼らがゆっくりした口調で手短に尋ねると、男は身振りをしたり軽くうなずきながら小声で答えている。一行は三手に分かれ、ボスと白人たちを先頭に一列に並んでゆっくりと進んで行く。その前では、ウアンビサ族の男が二人出て、山刀を使って木の茂みを切り開いて行く。一行が歩いて行くと大地はかすかな呻《うめ》き声をあげ、彼らの体に当たった背の高い雑草や木の枝が音を立てて折れ曲がり、通りすぎたあとは元のように道を閉ざす。一行はそのまま先へ進んで行くが、急にあたりが明るくなり、陽差しも強くなる。まばらに生えた木々の間から、光が斜めに差し込んでいる。そのあたりにはいろいろな種類の背の低い灌木《かんぼく》が生え、明るい光が差し込んでいる。一行は足を止める。遠くのほうに、密林や広い空地、掘っ建て小屋、静かに凪《な》いでいる湖が見える。ボスと白人たちはさらに先へ進み、むこうの様子を窺《うかが》う。湖から少し離れた、草一本生えていない灰色の台地の上に掘っ建て小屋が立ち並び、人気《ひとけ》のないその集落のむこうには黄土色の平らな浜が広がっている。右手のほうからは密林がその腕を伸ばし、小屋に触れそうになっている。パンターチャ、そこにいると見つかるぞ。ムラート族はこちらに向かってやってくるんだ。それを聞いてパンターチャは向き直ると、まわりにいるウアンビサ族の者たちにジェスチャーをまじえて説明しはじめる。彼らはその言葉に耳を傾けている。一行は身をかがめ、手でツル科植物を払いのけながら一列になって後戻りする。ボス、ニエベス、それに残りの者たちがもう一度集落のほうを振り返る。人の動き回る気配がする。小屋の間では人影が動きはじめた。その人影は隊列を作ってゆっくりと湖のほうへ向かう。頭の上には、洗濯物《せんたくもの》の包みかかめのようなものを載せている。そのまわりを小さな影が飛びはねているが、おそらく犬か子供に違いない。何か見えるか、ニエベス？　ゴムは見当たらないが、支柱に乾《ほ》してあるのはおそらく革だろうな。ボスが、このあたりにはゴムの木があるのに、どういうわけだ？　白人のゴム商人たちがゴムを買いつけに来なかったのかな？　ムラート族の連中は怠け者だから、骨身を削って働くなんてことはしないんじゃないのかな。ウアンビサ族の者たちがしきりに話し合っているが、その声はしゃがれ、だんだん語気が荒くなる。立っている者、かがみ込んでいる者、灌木によじのぼっている者とさまざまだが、彼らは一様に掘っ建て小屋や川岸にいるぼんやりした人影やそれにまつわりついている小さな影をじっと見つめている。先程とうって変わって目つきが険しくなり、貪欲《どんよく》に獲物を探し求める腹を空《す》かせた山猫のように瞳孔《どうこう》が開き、その肌《はだ》も艶《つや》やかなジャガーのように張りつめている。手は苛立《いらだ》たしげに吹き矢筒を握りしめたり、弓やナイフに触れたり、太腿《ふともも》をぴしゃぴしゃ叩《たた》いている。ヤスリで釘《くぎ》のように尖《とが》らせた歯を染料のウイロで染めているが、その歯をかちかち鳴らして草の茎やタバコの葉を噛《か》んでいる。フシーアがそばに行って話しかけると、彼らはぺっぺっと唾《つば》を吐きながら唸《うな》り声をあげる。笑みのこぼれた顔、戦いたくてうずうずしている顔、興奮している顔。フシーアはニエベスの横で片膝《かたひざ》をついて、村の様子を窺う。湖から戻って来た人影が小屋の間をけだるそうにのろのろ歩き回っている。どこかで焚き火をしているのだろう、灰色の煙が輝くような空に向かってまっ直に伸びて行く。犬が吠《ほ》えた。フシーアとニエベスは顔を見合わせ、ウアンビサ族の者たちは吹き矢を口に当て密林の切れ目から顔をのぞかせて、犬の姿を探すが見当たらない。犬はどこか安全なところに隠れて、時々吠え立てている。小屋の中に踏み込むと、兵隊たちが銃を構えて待っている、いずれそんな時が来るような気がするんだが、ボスはどうだね？そんなことは考えたこともないな。ただ、旅に出て島へ戻る時、崖《がけ》の上から兵隊たちが銃を向けているんじゃないかと思ったことはあるよ。何もかも焼き払われて、ウアンビサ族の女たちは殺され、ラリータのやつは連れ去られていないんじゃないか、そんな気がしたこともあったな。以前はそう考えて不安になったが、今は何ともない、あれは神経のせいだ。じゃあ、ボスは怖いと思ったことは一度もないのかね？ないな。おれたちみたいに金のない人間が怖いと思ったらもうおしまいだ、一生貧乏暮らしから抜けられんぞ。そこが違うんだな、おれはずっと貧乏だったが、いまだに恐怖心が消えないんだ、とニエベス。まだ腹が据《す》わってない証拠だよ、ニエベス。だが、おれは違う。これまでは運が悪かったが、そのうちツキも回って来るだろう。その時は大金持ちになってやる。あんたならやれるよ、ボス、欲しいものは何だって手に入れるんだからな。朝の空気を震わせてわっと喊声《かんせい》があがる。密林の中からだしぬけに裸の男たちが飛び出すと、怒号をあげながらあっという間に斜面を駆け上がり村のほうへ向かって行く。遠くで敏《びん》捷《しょう》に動きまわっている人影にまじって、パンターチャの白い半ズボンが鮮やかに浮かび上がっている。チクア鳥の嘲笑《ちょうしょう》に似た叫び声が聞こえ、うるさく犬の吠える声がする。小屋から人影が飛び出し、金切り声があがる。大混乱が続き、大勢の人間がよろめき、つまずき、体をぶつけ合いながら逃げてくる。そのせいで、濛々《もうもう》と土ぼこりが舞い上がり、斜面が揺れているように見える。密林のほうに逃げて来るのは女ばかりだ。入れ墨をした男たちの影がようやく崖の上に見えた。ニエベスとフシーアの背後で、ウアンビサ族の者たちが喊声をあげ飛び跳ねている。そのせいで木の枝が震え、鳥の声がかき消される。ボスは後ろを向くと、空地と逃げて行く女たちを指さして、よし、行っていいぞと言う。それを聞いてもインディオたちはしばらくの間、唸り声をあげて自分の気持ちを高ぶらせたり、はあはあ喘《あえ》いだり、地団駄《じだんだ》を踏んでいる。中のひとりがだしぬけに吹き矢筒を高く掲げて駆け出して行き、空地の手前に見える小さな茂みを飛び越える。その男が空地にたどり着いたのを見て、ほかの者たちも喉首《のどくび》をふくらませ大声をあげながら駆け出す。船頭とフシーアがその後を追う。空地では女たちが両腕を高くあげ、空を見上げながらぐるぐる逃げまわっている。何人かずつの集団になっているか、そこから一人、二人と脱落していく。女たちはぴょんぴょん飛びはねるようにして逃げまどうが、そのうち次々に地面に倒れる。その体の上に、輝くような黒と赤の入れ墨をした体が覆《おお》いかぶさって行く。フシーアとニエベスは湧《わ》き上がる悲鳴の中を先へ進んでゆくが、その悲鳴は二人が登っていく斜面に濛々と立ち昇っているきらめく土ぼこりの中から聞こえてくるように思える。ムラート族の集落に着くと、ウアンビサ族の者たちが小屋のまわりをうろつき、脆《もろ》い壁を足で蹴破《けやぶ》ったり、ヤリーナで葺《ふ》いた屋根を山刀で叩きこわしている。中には、誰もいない小屋に石を投げたり、焚き火を踏み消している者もいるが、一様に足もとがふらついている。連中、酔払っているか、頭がどうかなっているんだろう。それとも、退屈ですることがないのかな？　フシーアは彼らを捕まえると、相手の体を揺さぶるようにして何か尋ねたり、命令している。汗びっしょりになってかめの上に腰をかけているパンターチャが、目をひんむき、口をぽかんと開けてまだ荒されていない掘っ建て小屋を指さす。中にじいさんがひとりいる。連中に止《や》めろと言ったんだが、とうとう首を切り落としてしまったんだ、ボス。ウアンビサ族の男たちの中には、興奮がおさまったのか、あちこち引っ掻《か》きまわし、革やゴムの玉、毛布などをかついで空地へ行くと、そこに積み上げている者もいる。その時、鋭い悲鳴が聞こえた。三人のウアンビサ族の男たちに一列に打ち込んだ杭《くい》のところに追いつめられた女たちが悲鳴をあげたのだ。ウアンビサ族の者たちは、二、三歩離れたところから無表情な顔でじっと女たちを見つめている。ボスとニエベスが小屋の中に入ると、跪《ひざまず》いている二人の男の間に人の体が見えた。皺《しわ》だらけの短い脚、木の筒で隠してあるセックス、腹、土色の皮膚、痩《や》せて肋骨《ろっこつ》の浮き出した毛の生えていない脇腹《わきばら》。ウアンビサ族のひとりがくるりと向き直ると、血の滴《したた》っている生首を差し出す。切り落としたばかりだ。深紅色の斑点《はんてん》。骨ばった両肩の間から、ねっとりした血がどくどく流れている。犬ども奴《め》！　見ろ、あの連中の顔を！　しかし、ニエベスは後ろむきのまま一足飛びに小屋から飛び出して行った。フシ二人のウアンビサ族の男たちは興奮した様子もなく、死んだような目をしている。黙然《もくねん》ーアが拳銃を振り回し、身振りをまじえながら金切り声をあげているのを、彼らは黙然と聞いている。彼が黙り込むと、二人の男は小屋を出て行く。ニエベスは外の壁にもたれてげーげーもどしている。さっき言ったのはまちがいだ。やはり恐怖心が残っていたよ。もっともべつに恥ずかしくはないがね、あんなのを見れば誰だって胃の具合がおかしくなる。まったく、しようのない犬共だ！　パンターチャの言うことは聞かないし、ボスの命令も無視されたわけだ。なんてことだ！　いくら言ってもきかないんだ、あの連中は。いずれ奴《やつ》らも同じように首を切られるさ。とにかく、銃で脅したり、蹴とばしてでも、あの畜生どもが言いつけに従うよう仕込んでやる。彼らが空地に引き返すと、ウアンビサ族の者たちが後ずさりする。地面には戦利品がきちんと並べてあった。ワニヤシカ、蛇《へび》、ウアンガーナ豚の皮、ひょうたん、首飾り、ゴム、束にしたバルバスコ。ひと塊になった女たちは目をきょろきょろさせながらうるさく騒ぎ立て、そのそばでは犬が吠えている。フシーアは革を太陽の光に透かしたり、ゴムの重さを手で計っている。ニエベスは後ろに下がると、切り倒された木の幹に腰をかける。パンターチャがそばにやって来る。あれは呪術師《じゅじゅつし》かな？　たぶんそうだろう。おれたちが踏み込んでも逃げ出そうとしなかったし、床に坐《すわ》ったまま草の葉をくすべていたからな。大声をあげたのか？　さあ、おれは聞かなかったよ。最初、連中を止めようとしたんだが、だめだったんで小屋から飛び出した。脚が震えて、大便をもらしたのも気がつかなかったくらいだ。そうなんだ、ボスはひどく怒っているよ。あのじいさんを殺したからじゃないがね。どうして連中はボスの言いつけを聞かなかったのかな。命令に従わなかったんだろう？　そうなんだ。それにしてもガラクタばかりだな、革は傷ものだし、ゴムも質が悪い。あれじゃボスが怒るのもむりはないよ。だが、どうしてそのことを隠すんだろうな？　病気じゃないのかい？　おれたちは白人だ。島であの裸虫といっしょに暮らしていると、つい自分が白人だってことを忘れるが、やはりああいう生活はいつまでも続けられるもんじゃないよ。いつか体を悪くする。マサート酒があれば、飲んで何もかも忘れるんだがな。おい、見ろ！　連中がボスに噛みついているぞ。あれじゃあ、怒らせているようなもんだ。ウアンビサ族の者たちに取り囲まれたフシーアの声が、明るい陽差しの朝の空気を震わせて力なく響いている。一方、インディオたちも拳《こぶし》を振り回し、ぺっぺっと唾を吐き激しく体を震わせながら怒号をあげている。インディオたちの素直な髪の毛の上に、拳銃を握ったボスの手がのぞいたかと思うと、空をめがけてパンと一発撃った。まだぶつぶつ言っていたインディオたちが急に静かになった。続いてもう一発撃つと、ムラート族の女たちもぴたっと口を閉ざし、犬だけが吠え続けている。このまま引き上げるんだろうが、ボスはいったい何を考えているんだろうな？　ウアンビサ族の連中は疲れ切っている、そう言うおれだってそうだが、とパンターチャ。連中はお祭り騒ぎをしたいんだよ。ゴムや革が欲しくてこんなところまで来たんじゃない、面白いことがあるだろうと思ってわざわざやって来たんだ。それをこのまま帰れって言うのは酷だよ。今に連中が怒り出して、おれたちを殺しにくるぞ。ボスはどこか体の具合が悪いんだよ、パンターチャ。知られまいとしているが、そうは行かないよ。以前は、もっと機嫌《きげん》がよかったろう？　お祭り騒ぎだって好きだったし。近頃じゃ、女には見向きもしないし、年中怒ってばかりいるじゃないか。思ったように金ができないんで頭にきているんじゃないのかな。フシーアとウアンビサ族の者たちがしきりに話し込んでいるが、唸り声をあげていないところを見ると言い争ってはいないのだろう。彼らは神経質そうに早口で囁《ささや》き合っているが、中には嬉《うれ》しそうな顔をしているものもいる。ムラート族の女たちは互いに抱き合ったり、子供や犬を抱きしめて黙りこくっている。ボスはどこか悪いのかい？ それなんだ、とニエベス。フムが島からいなくなったろう、あの前の晩のことだ。おれが小屋に入って行くと、アチュアル族の女たちがフシーアの脚に薬を擦り込んでいたんだ。おれの姿を見ると、ボスは、ばか、とっとと出て行くんだ、とがなり散らしたが、自分が病気だってことを人に知られたくないんじゃないのかな。フシーアが命令すると、ウアンビサ族の者たちは革をくるくる巻いたり、ゴムの玉をかついだり、彼が役に立たないといった品物を足で踏み潰《つぶ》す。パンターチャとニエベスが彼らのほうに近付いて行く。この連中はますます手に負えなくなって来たよ。命令は聞かないし、口ごたえまでする始末だ。くそっ、いずれちゃんと躾《しつ》けてやる。連中はお祭り騒ぎをしたいんだよ、ボス。女も大勢いるし、どうして好きにさせてやらないんだね？ お前も連中と変わらんな。おれもだって？ そうだ、このあたりには兵隊がうろうろしているんだ、そんなことも知らんのか？ 好きにやらせてみろ、連中は丸二日間酔い潰れるにきまってる。その点じゃお前も変わらんがな。そうこうしているうちに、ムラート族の連中が戻ってくるだろうし、兵隊に踏み込まれないとも限らん。こんなケチな仕事で危険をおかすのはばかげている。さあ、品物を運ぶように言うんだ、ぐずぐずするな！ すでに何人かのウアンビサ族の者たちが斜面を降りはじめている。パンターチャは体をぼりぼり掻きながら、後ろから、早くしろと急《せ》かしている。しかし、男たちは気乗りしない様子で、黙りこくったままゆっくりと斜面を降りて行く。のろのろ進む不揃《ふぞろ》いな人の列。フシーアが空地の真中で拳銃を持って睨《にら》みをきかせているので、村に残っていた男たちはその彼を避けるように、所在なく歩き回りながらぶつぶつ言っている。そのうち、掘っ建て小屋の壁からぱっと火の手があがった。小屋が炎に包まれて燃え上がるのを見てやっと溜飲《りゅういん》を下げたのか、ウアンビサ族の男たちは足を止めてそれに見入っている。そのあと、もと来たほうへ引き返して行くが、草一本生えていない斜面を降りながらまだ物欲しそうな目で女たちのほうを振り返る。その女たちは土くれを拾って火に包まれた小屋に投げつけている。一行は密林のところにたどり着く。ふたたび、山刀をふるって道を切り開いて進まなければならない。木の幹や葦《あし》、ツル科植物が茂り合って深い影をおとし、小さな水溜《みずたま》りのできている密林に人ひとり通れるくらいの細い道を切り開いて行くのだ。一行が川岸に着くと、先に着いていたパンターチャとインディオたちが木陰から引き出したカヌーに品物を積み終えていた。彼らはカヌーに乗り込んで、出発する。先頭のカヌーに乗った船頭が棹《さお》で水深を計っている。途中、食事のために小休止しただけで、午後の間はずっとカヌーを漕《こ》ぎ続けた。日が暮れはじめたので、一行はふわふわした綿毛とトゲのあるチャンビラシュロに半ば覆われた岸にカヌーを止める。そこで火をおこすと、食べものを取り出し、タピオカを焼く。パンターチャとニエベスがボスに声をかけるが、いや、おれはいい、という返事が返ってくる。彼は砂の上に仰向《あおむ》けに寝転がり、腕枕《うでまくら》をしている。二人は食事が終わると、並んで横になり、ムラート族の毛布を体にかける。この頃《ごろ》、ボスの様子がおかしいと思わないか？　食事もしなければ、ろくに口もきかないじゃないか。脚が悪いせいだろう、最近は歩くのも大儀そうで、いつもひとり遅れてくるだろう。きっと、痛むんだよ。それに、人前ではぜったいズボンやブーツを脱がないしな。闇《やみ》の中では密林や川の立てるざわめきが行き交い、あちこちからいろいろな物音が聞こえてくる。虫の声、岩を嚙み、草や川岸の土を押し流す川の音。まわりの暗闇では、ホタルが鬼火のように光っている。パンターチャがだしぬけに、お前、ムラート族のアキータイを抜き取ったろう、ウアンビサ族のものより色が鮮やかできれいなやつだ。ズボンにそっとしのばせるところを見たんだ。ほんとうか？　ところで、フムが島から逃げ出したろう、あれはどうしてなんだ、パンターチャ？　話を逸《そ》らすなよ。あのアキータイはシャプラ族の女にやるつもりなのか？　あの女に惚《ほ》れているんだろう？　満足に言葉も通じないのに惚れるもなにもないもんだ、それにあの女はおれの好みじゃないよ。じゃあ、おれに回してくれるかい？　島に戻ったらよろしく頼む、着いた晩にだぜ。いいとも、好きにするがいい。すると、あのアキータイは誰にやるつもりだったんだ？　アチュアル族の女に目をつけているのか？　ボスにアチュアル族の女を回してもらうつもりだな？　人にやるんじゃない、自分のために取ったんだ。羽飾りのあるのが好きなんだ、それに思い出にもなるしな。

一章

ボニファシアは小屋の下で軍曹《ぐんそう》が来るのを待っているが、その髪が風にあおられてトサカのように逆立っていた。小さなお尻《しり》を突き出すようにして、砂地の上でいかにも嬉《うれ》しそうに待っている彼女の姿は鶏を思わせた。軍曹はにっこり笑ってボニファシアのむき出しの腕をやさしく撫《な》でる。遠くからお前だと分かった時は嬉しかったよ。緑の目が少し開き、瞳孔《どうこう》が陽差《ひざ》しを受けて小さな投げ矢のようにきらめく。

「靴《くつ》はぴかぴかだし」とボニファシアが言った。「制服も新調したみたいよ。」

軍曹が相好《そうごう》をくずして笑うと、目がなくなる。

「パレーデスの奥さんに洗ってもらったんだ」と彼が言った。「雨が降るんじゃないかと心配していたんだが、さいわい雲ひとつない、いい天気になったな。まるでピウラに帰ったみたいだよ。」

「まだ気がつかないの？　おろしたばかりなのよ、これ。似合うかしら？」とボニファシアが尋ねた。

「あれ、ほんとうだ。気がつかなかったな」と軍曹が言った。「良く似合っているよ。色が黒いと黄色がよく合うというが、本当だな。」

彼女は襟《えり》もとを四角に切りこんだ、裾《すそ》の広いノースリーブのワンピースをつけていた。軍曹はにこにこしながらその服を品定めし、彼女の腕をやさしく愛撫《あいぶ》しているか、彼女のほうは体を固くして軍曹の目をじっと見つめていた。ラリータが白い靴を貸してくれたので、昨日の夜履いてみたんだけど、足が痛いの。でも、教会にはあれを履いて行くつもりよ。軍曹は砂に埋もれた彼女の素足に目をやる。裸足《はだし》はよくない。ここならそれでいいが、むこうに帰ったら、靴を履かないといけないよ。

「じゃあ、靴に慣れるようにしないといけないわね」とボニファシアが言った。「伝道所にいた頃《ころ》はずっとサンダルだったんだけど、あれだと靴と違って足が痛くならないのよ。」

ラリータが手すりのところに姿を現わした。中尉《ちゅうい》のことが何か分かりまして、軍曹？長い髪をリボンで留め、きらきら光るチャキーラの実の首飾りをつけている。口紅。今日はまた一段とお美しいですね、奥さん。頬紅《ほおべに》。こりゃあ、奥さんと結婚すべきだったかな。ラリータが、中尉はまだ戻られていないんですか？　あれから何か分かりまして？

「それがまだなんですよ」と軍曹が答えた。「ボルハの守備隊に戻っておられないことは確かですが、おおかた、大雨が降って、途中で動きがとれなくなったんでしょう。それにしても、まるで実の息子みたいに中尉のことを心配なさるんですね。」

「さあさあ、ここから出て行って下さいよ、軍曹」とラリータが不機嫌《ふきげん》そうに言った。「式の前に新婦と会うと、不幸が訪れると言いますからね。」

「新婦ですって！」とシスター・アンヘリカが大声をあげた。「どうせお妾《めかけ》さんか囲いものにでもなるんでしょう？」

「いいえ、違いますわ、シスター」とラリータは控え目な態度で答えた。「軍曹と結婚することになりましたの。」

「軍曹と？」と尼僧《にそう》院長がびっくりしたような声で言った。「いったいいつ知り合って、そうなったのですか？」

そのやり取りを聞いてびっくりしたシスターたちが、とても信じられないというようにラリータのほうに体を寄せる。一方、ラリータは慎《つつま》しく手を組み、うなだれているが、その目はシスターたちの様子をじっと窺っていた。笑顔を浮かべているが、むろん心からのものではなかった。

「もし結婚がうまく行かなかったら、あなたとドン・アドリアンの責任ですよ」と軍曹が言った。「あなたがたが二人で手を組んでわたしをまんまと嵌《は》めたんですからね。」

そう言って大きな口を開けて笑うと、体全体がいかにも嬉しそうに震えた。ラリータが指を組み合わせて、不幸を祓《はら》うお呪《まじな》いをすると、ボニファシアは慌《あわ》てて軍曹から二、三歩離れた。

「教会へ行って下さいな、軍曹」とラリータがもう一度頼んだ。「さもないと、あなただけでなく、この娘《こ》にも不幸が降りかかるんですよ。いったい何しにいらしたんです？」

それはないでしょう、奥さん。そう言って軍曹は、ボニファシアがどうするかと思って両手を彼女のほうに伸ばす。思った通り、彼女は駆け出して行くと、ラリータに倣《なら》って指を組み、軍曹に向かって不幸を祓うお呪《まじな》いをする。軍曹はますます上機嫌になって、魔女が二人いるぞ、マンガチャリーアの連中が見たらどんな顔をするかな、そう言って大笑いする。しかし、彼女たちは態度を変えようとはしない。シスター・アンヘリカの小さな震える拳《こぶし》がのぞいたかと思うと、宙を叩《たた》き、ふたたび僧服の襞《ひだ》の中に吸い込まれた。この伝道所に足を踏み入れることは許しませんよ。彼女たちは伝道所の中心の建物の前にある中庭に集まっていた。奥のほうでは、生徒たちが果樹園の木の間を走りまわっている。尼僧院長はもの思いにふけっていた。

「あの娘《こ》はあなたに会いたがっているんですよ、シスター・アンヘリカ」とラリータが言った。「ほかの誰よりもあなたにはお世話になった。シスターは沢山おられるけれど、わたしはシスター・アンヘリカがいちばん好きなんです、あの娘はいつもそう言っているんですよ。自分が尼僧院長様にお許しを乞《こ》いに上がれば、きっとシスター・アンヘリカが助けて下さる、そう固く信じているんです。」

「あの娘《こ》は悪魔のようにずる賢くて知恵の回る娘です。」拳が突き出されたかと思うとまた引っ込められた。「でも、わたしはもう二度とその手には乗りませんよ。軍曹にくっついてどこへでも行きたいところへ行けばいいんです。でも、この伝道所にだけは足を踏み入れさせませんからね。」

「どうして自分で来ないで、あなたに頼んだりしたのでしょうね?」と尼僧院長が尋ねた。

「顔を合わせるのが恥ずかしいんですわ、院長様」とラリータが答えた。「それに、ここまで来ても、中に入れてもらえるかどうか分かりませんし。インディオの娘ですが、あの娘《こ》にはあの娘《こ》なりの誇りがあるんです。もう許してやっていただけないでしょうか、院長様。結婚も決まったことですし。」

「ああ、ここにおられたんですか。今探しに行こうと思っていたところなんですよ」

と船頭のニエベスが言った。

彼はテラスに出てくると、ラリータの横で手すりにもたれる。白い綿のズボンにカラーのついていない長袖《ながそで》のワイシャツをつけ、厚底の靴を履いているが、帽子はかぶっていない。

「二人ともさっさとむこうへ行って下さいな」とラリータが言った。「アドリアン、ぐずぐずしてないで、軍曹をお連れして！」

船頭が階段を降りた。軍曹は両脚を棒のようにぴんと伸ばすと、ラリータに向かって軍隊式の敬礼をし、ボニファシアには片目をつむってみせた。二人は伝道所に向かって歩きはじめたが、川沿いの道をとらずに丘の木立の中を進んだ。軍曹、気分はどうです？　昨夜は、パレーデスの店で遅くまでパーティーをしていたんでしょう？　二時までだ。酔払った〈デブ〉が服を着たまま川へ飛び込んでね、大騒ぎだったよ、ドン・アドリアン。おれも少し酔ったかな。中尉のことは何か分かりましたか？　あんたも同じことを訊《き》くんだな、ドン・アドリアン。今のところ、何も分からんが、おそらく雨で足止めをくっているんだろう。今頃は、かんかんになって怒っているぞ。先に帰らせてもらったんで助かったよ。そうですね、まだしばらく動けないんじゃないですか。なんでも、サンティアーゴのほうで大洪水《だいこうずい》があったそうですから。ところで、軍曹、いよいよ結婚式ですが、どんなお気持ちですか？　それを聞いて軍曹はにっこり笑うと、しばらくぼんやりとあたりを眺《なが》めたあと、急に自分の胸をどんと叩く。おれは真底あの娘《こ》に惚《ほ》れているんだよ、ドン・アドリアン。だからこそ、結婚に踏み切ったんだ。

「軍曹はキリスト教徒としてもじつに立派なものですよ」とアドリアン・ニエベスが言った。「この土地で結婚すると言えば、長年連れそった人たちだけなんです。シスターたちやビランシオ神父が口をすっぱくして説教されるんですが、馬の耳に念仏というやつですね。それなのに、軍曹はちゃんと教会で式を挙げられるんですから。あの娘《こ》のお腹《なか》が大きくなったわけでもないのにね。あの娘《こ》も喜んでいましてね、昨夜なんかも、わたしはいい奥さんになるわ、と言っていましたよ。」

「国のものはよく、心の目で人を見ろと言うんだが」と軍曹が言った。「その目で見ると、あの娘《こ》はまちがいなくいい奥さんになれるよ、ドン・アドリアン。」

二人は水溜《みずたま》りを避《よ》けながらゆっくりと歩いていたが、それでも軍曹のゲートルと船頭のズボンにははねがかかっていた。丘に生い茂る木々の間から陽の光が差し込んでいるが、それはみずみずしく、かすかに震えているように思われた。伝道所の建物から見下ろすと、二本の川と密林に囲まれたサンタ・マリーア・デ・ニエバの町が美しく金色に染まって静かに横たわっている。二人は小さな丘を越えて、石のごろごろしている小道を登りはじめた。坂の上の礼拝堂の扉《とびら》のところには、アグアルナ族の者たちがひと塊になって、坂を登ってくる二人の姿を眺めていた。乳房の垂れた女や裸の子供、髪を長く伸ばし、目をきょろきょろさせている男たち。二人が坂を登りつめると、彼らは道を開けたが、子供たちの中には唸《うな》り声をあげながら手を差し出すものもいた。教会に入る前に、軍曹はハンカチで制服についた埃《ほこり》を払い、帽子をかぶり直した。ニエベスは折り上げてあったズボンの裾を元のように伸ばした。礼拝堂の中は大勢の人でひしめき、花や樹脂ランプの匂《にお》いがしていた。その薄闇《うすやみ》の中で、ドン・ファビオ・クエスタの禿頭《はげあたま》が果実のようにてらてら光っていた。ネクタイを締めたドン・ファビオは、軍曹が帽子のところに手を当てて敬礼したのを見て、椅子にかけたまま手を振って答えた。行政官の後ろにいる〈デブ〉、〈チビ〉、〈クロ〉、それに〈金髪〉はしきりにあくびをしているが、四人とも口の中は苦い味がし、目がまっ赤になっていた。パレーデス夫妻とその子供たちは二台のベンチを占領していたが、ほかにも油で髪の毛を光らせた子供たちが大勢詰めかけていた。そのむかい側にある鉄格子《てつごうし》の後ろの暗いところには、髪を長く伸ばしスモックを着た生徒たちが整列していた。生徒たちは跪《ひざまず》いてじっとしているが、ホタルの群れのようなその目はもの珍しそうに軍曹の姿を追っていた。その軍曹は今、爪立《つまだ》ってみんなと握手している。そんな彼を見て行政官が、自分の禿頭に触れながら、軍曹、帽子、帽子！　教会の中ではわしみたいに帽子を取るんだよ。治安警備隊員たちはそれを聞いてにやにや笑う。軍曹は帽子を取ると、乱れた髪の毛を手で撫でつけながら一番前の席に坐《すわ》っているニエベスの横に腰をおろす。祭壇が見違えるようにきれいになりましたね。ほんとだな、ドン・アドリアン。シスターたちはみんな親切な人ばかりだな。赤い陶器の花瓶《かびん》には花が生けてあり、十字架にかかったキリスト像からは蘭《らん》の花で編んだ花飾りが床まで垂れている。祭壇の両側には背の高いシダを植えた鉢《はち》が壁のところまで二列に並んでいて、水を打った礼拝堂の床は美しく輝いていた。火の灯《とも》された燭台《しょくだい》から透明な薫煙《くんえん》が薄暗い内陣の中を立ちのぼって行き、天井の近くで濃密な水蒸気とひとつに溶け合う。軍曹、新婦と付添いの婦人が入場されますよ！　囁《ささや》きかわす声が聞こえ、頭がいっせいに扉のほうを振り返る。白いハイヒールを履いたボニファシアは、ラリータと並んでも見劣りしないほど背が高く見えた。髪の毛に黒いヴェールをかけた彼女は、びっくりしたように大きな目を見開いて礼拝堂の中を見回す。花模様の服を着たラリータがパレーデス夫妻と何か話し合っているが、その一郭だけが明るく若やいでいるように見えた。ドン・ファビオがボニファシアのほうに体を傾けて耳もとで何か囁くと、彼女はほほえむ。かわいそうに、あんなに恥ずかしがっているところを見ると、よほど戸惑っているんだろうな、ドン・アドリアン。あとで一杯飲ませてやれば、また元気になりますよ、軍曹。シスターたちに会ったら、叱《しか》りつけられるんじゃないかと心配しているんです。きれいな目だ、そう思わないかね、ドン・アドリアン？　船頭が指を口に当てたので、軍曹は慌てて祭壇のほうを振り返って十字を切った。ボニファシアとラリータが二人の横に腰をおろすが、ボニファシアはすぐ床に跪くと、目を閉じ手を合わせてほとんど口を動かさずにお祈りをあげはじめた。その時、鉄格子がきしり音を立てて開き、尼僧院長を先頭にシスターたちが礼拝堂に入ってきた。尼僧たちは二列に並んで進み、祭壇の前まで来ると跪いて十字を切り、静かに席についた。生徒たちの合唱が聞こえたので、列席者は全員立ち上がるが、その時ビランシオ神父が姿を現わした。紫の僧服の上に涎掛《よだれか》けのように垂れているまっ赤な顎鬚《あごひげ》。尼僧院長がラリータに合図し、祭壇のほうを差し示す。跪いていたボニファシアはヴェールでそっと涙を拭《ぬぐ》う。そして体を起こすと、背筋を伸ばし、まっすぐ前方を見つめたまま進み出るが、彼女の両脇《りょうわき》には船頭と軍曹が付添っていた。ミサの間も彼女はしゃんと背筋を伸ばし、祭壇と蘭の花飾りの中間あたりをじっと見つめていた。一方、シスターと生徒たちは大きな声でお祈りを唱えていたが、それに合わせて出席者たちは跪いたり、ベンチにかけたり、立ち上がったりした。そのあとビランシオ神父が新郎新婦のそばに近付いて行くが、それを見て軍曹は直立不動の姿勢をとった。神父がその赤い鬚をボニファシアの顔のすぐそばに近付けて、軍曹に何か尋ねると、軍曹は靴《くつ》の踵《かかと》を鳴らし、力強く、はい、と答えた。次に、ボニファシアにも何か尋ねたが、その返事は聞き取れなかった。ビランシオ神父がやさしくほほえみながら、新郎新婦のほうに手を差し出すと、ボニファシアはその手に口づけした。生徒たちの合唱が終わると、緊張もほぐれ、あちこちでひそひそ囁き交す声や笑い声が湧《わ》き起こり、中には立ち上がる人もいた。船頭のニエベスとラリータが新郎と新婦を抱擁する。その二人のまわりに人垣《ひとがき》ができた。ドン・ファビオはしきりに軽口を叩き、子供たちは楽しそうに笑っている。〈デブ〉、〈チビ〉、〈クロ〉、〈金髪〉の四人はそれぞれ軍曹にお祝いの言葉をのべる。その時、尼僧院長が叱りつけた。みなさん、静かにして下さい！　ここは礼拝堂ですよ。さあ、中庭のほうに出て下さい。そう言う声が内陣に響き渡った。まずラリータとボニファシア、ついで招待客、最後にシスターたちが鉄格子を開いて外に出た。ラリータが、何をしているの、ボニファシア！　さあ、そこを放しなさい。中庭には、シスターたちの手ですでにパーティーの用意がしてあった。机に白いテーブル・クロスを掛け、その上に、ジュースやケーキが所狭しと並んでいた。いつまでしがみついているの、そこを放して、みなさんから祝辞を受けるのよ。中庭を囲むようにして建っている石造りの建物はまぶしくきらめき、太陽の光を受けて、中央の建物の白壁には蔦《つた》を思わせるような影が落ちていた。顔も見られないほど恥ずかしがっているんですよ、シスター。僧服や囁き声、笑い声、制服がラリータのまわりを慌《あわただ》しく駆け回っている。ボニファシアはまだラリータにしがみついて、その花模様の服に顔を埋《うず》めている。一方、軍曹のほうは友人、知人と抱擁を交していた。まるで小さな子供みたいに泣いているんですよ。どうしたの、ボニファシア？　なぜ泣くの？　あなた方と顔を合わせるのがつらいんですよ、シスター。その時、尼僧院長が、おばかさんね、泣くのはもうお止《よ》しなさい、ボニファシア！　抱擁してあげるから、こちらへいらっしゃい。その言葉を聞いたとたんに、ボニファシアはぱっとラリータから離れて後ろを向くと、尼僧院長の腕の中に飛び込んで行った。そのあと彼女はシスターの一人ひとりと抱擁した。お祈りを忘れてはいけませんよ、ボニファシア。はい、シスター。キリスト教徒として恥ずかしくないような人間になるんですよ。はい。わたしたちのことを忘れてはだめよ。はい、けっして忘れませんわ。ボニファシアが力いっぱい抱きしめると、シスターたちも彼女を強く抱きしめた。その様子を見てこらえきれなくなったのかラリータの目から大粒の涙がぽろぽろこぼれ落ちて、頰紅《ほおべに》が流れた。はい、皆さんのことはいつまでも忘れませんわ。シスターたちは彼女の肌《はだ》についた傷跡に目を留める。吹き出物、打ち身の跡、切り傷。皆さんのためにずっとお祈りをしていたんです。これだけの用意をするのは大変だったでしょうな、ここのシスターにはまったく頭が下がりますよ、ビランシオ神父。そんなことより、早く召し上がらないと、チョコレートが冷めてしまいますよ。行政官が、ちょうどお腹が空《す》いていましてね。そろそろ頂いてもよろしいですかな、シスター・グリセルダ？　尼僧院長はそのシスター・グリセルダの腕からボニファシアを引き離す。ええ、いつでもどうぞ、ドン・ファビオ。人垣が崩れて二人の生徒が姿を現わす。二人の生徒は皿やピッチャーの並んでいるテーブルの上の蠅《はえ》をうちわで追うが、その二人の生徒の間に黒い人影が見える。これだけの用意を誰がしたと思います、さあ、当ててごらんなさい、ボニファシア。ボニファシアはすすり泣きながら、わたしを許すとおっしゃって下さい、院長様、そう言って僧服を引っぱる。どうかお願いです、院長様！　尼僧院長は、そのほっそりしたピンク色の指で空を指さすと、神様に許しを乞い、悔い改めましたか？　はい、毎日欠かさず許しを乞うておりました、院長様。それでは、もうあなたは許されています。でも、誰が用意して下さったか当てなくてはいけませんよ。さあ、誰でしょうね？　ボニファシアはまだしゃくりあげながら、どなたかしら、と言ってシスターたちを見回す。あの方はどこです、どこへ行かれたんですか？　黒い人影が二人の生徒から離れて近付いてくる。背中は曲がり、足を引きずるようにして。いつになく気むずかしい顔。やっと思い出しましたね、この恩知らず、不信心者！　そう言い終わらないうちに、ボニファシアはぱっとその人影に飛びついて行った。彼女の腕の中で、シスター・アンヘリカは思わずよろめいた。行政官をはじめほかの招待客たちはケーキに手をつけていた。シスター・アンヘリカですわ、院長様！　シスター・アンヘリカが、どうして一度も顔を見せなかったのです？　いつもいつもシスターのことを考え、夢に見ていたんです。それを聞いてシスター・アンヘリカが、さあ、ここにあるものをお食べ、ジュースもあるからね。

「わたしは調理場に入れてもらえなかったのですよ、ドン・ファビオ」とシスター・グリセルダが言った。「今度は、シスター・アンヘリカのお手柄《てがら》ですわ。お気に入りのボニファシアのために何もかも用意なさったのですから。」

「この子のためでなかったら、とても出来ませんでしたよ」とシスター・アンヘリカが言った。「この子がまだ小さかった頃《ころ》は、乳母か召使のようにこき使われ、今度はコックさんに早変わりしたんですよ。」

なんとか怒ったような気むずかしい顔をつくろおうとするのだが、声がかすれ、異教徒のようなしゃがれ声になったかと思うと、急に目がうるみ、口もとが歪《ゆが》んですすり泣きはじめた。そして、指の曲がった手で何度もボニファシアの背中を叩いた。シスターや治安警備隊員はケーキ皿を回し、コップにジュースを汁《つ》いでいる。ビランシオ神父と行政官は大声をあげて笑う。パレーデス夫妻の子供がテーブルによじ登った。それを見て、母親がぴしゃりと叩いた。

「みんなにかわいがられているようだが、あれではちょっと甘やかしすぎだな、ドン・アドリアン」と軍曹《ぐんそう》が言った。

「みんな泣いてますが、よほど嬉《うれ》しいんでしょうね」と船頭が言った。

「あの子たちにここにあるお菓子を持って行ってやってもよろしいでしょうか、院長様？」ボニファシアは中央の建物の前に三列に並んでいる生徒たちのほうを指してそう言った。生徒たちの中には微笑を浮かべたり、おずおず手を振っている子もいた。

「あの子たちにはちゃんと別のを用意してあるんですよ。でも、いいでしょう、行って抱擁してあげなさい」と尼僧《にそう》院長が言った。

「生徒たちはあなたのために贈物を用意してくれているんですよ」と、涙で顔をくしゃくしゃにしたシスター・アンヘリカが唸るように言った。「それに、わたしたちもあなたのために服を縫って上げましたからね。」

「これからは毎日ここへやって来て、ゴミを棄《す》てたり、いろいろお手伝いをさせて頂きますわ」とボニファシアが言った。

彼女がシスター・アンヘリカのそばから駆け出すと、生徒たちも列を乱し歓声をあげながら彼女のほうに駆け寄って来た。シスター・アンヘリカは人ごみを掻《か》き分けて進み、軍曹のそばに行く。顔にはほんの少し赤味がさし、苦虫を噛《か》みつぶしたような顔をしている。

「いい旦那《だんな》さんになるんですよ。」シスター・アンヘリカは軍曹の腕を掴《つか》み、激しく揺すぶりながら唸るように言った。「あの子に手をあげたり、ほかの女といっしょになったりしたら許しませんからね。やさしくしてやるんですよ！」

「ええ、もちろんですよ」と軍曹はどぎまぎして答えた。「妻を深く愛していますから、どうかご安心下さい。」

「目が覚めたかね」とアキリーノが言った。「これまでは、いつ目を覚ましても、じっとわしの顔を睨《にら》んでいたもんだが、やっとぐっすり眠れたようだな。」

「フムの夢を見たんだ」とフシーアが言った。「ひと晩中、あの男の顔が目の前にちらついてね、アキリーノ。」

「夜中に、何度も呻《うめ》いたり、泣き声まであげていたようだが、その夢のせいかね？」とアキリーノが尋ねた。

「それが、妙な夢なんだ」とフシーアが言った。「出てくるのはフムだけで、肝心のおれはどこにもいないんだよ。」

「で、どんな内容だったんだね?」とアキリーノが言った。

「パンターチャがいつも薬草を煮立てていた川岸があったろう、あそこでフムが死にかけていたんだ」とフシーアが説明した。「その時、誰かがそばに行って、自分といっしょに来いと言うんだが、フムは、だめだ、もう死にそうなんだと答える、そんな夢をひと晩中見ていたんだよ、じいさん。」

「ひょっとすると、正夢かも知れんな」とアキリーノが言った。「昨夜、あの男はほんとうに死にかけていて、夢の中であんたに別れを告げに来たんだろう。」

「ウアンビサ族の連中にあれだけ憎まれていたんだ、今頃《いまごろ》はもう殺されているだろうな」とフシーアが言った。「待て、待ってくれ、頼むから。」

「ここにいたってしようがないわ」とラリータが喘《あえ》ぐように言った。「人を呼びつけておいて、どういうことなの? 何もできないのに、どうして呼びつけたりしたの、フシーア?」

「できるさ」とフシーアは金切り声をあげた。「ゆっくり時間をかけてやればできるのに、お前が妙にそわそわしているからいけないんだ。できると言ったら、できるんだ。そうぷりぷりするな。」

ラリータはハンチックの上に仰向《あおむ》けになって寝そべる。二人が体を揺すると、そのたびにぎしぎしきしみ音を立てる。戸口やあちこちの隙間《すきま》から、青い月の光、熱気をはらんだ水蒸気、夜の密林のざよめきが小屋の中まで入り込んでいるが、ハンモックの二人のところまで届いてくるのは密林のざよめきだけだった。

「騙《だま》そうとしてもだめよ」とラリータが言った。「そんなことでごまかされないわ。」

「おれだっていろいろと考えることがあるんだ。それを横からうるさく急《せ》かすものだから、おかしくなるんだ。おれは獣《けもの》じゃない、人間だ。」

「あなたは病気なのよ」とラリータが囁いた。

「そうじゃない、お前の吹き出物を見ただけで気分が悪くなってくるんだ」とフシーアがかん高い声でわめいた。「お前はもう婆《ばあ》さんだ。ほかの女とならいくらでも出来るのに、お前が相手だと、とたんにだめになっちまうんだ。」

「ええ、ええ、そうでしょうとも。ほかの女なら抱いたり、口づけしたりしてごまかせるわね。でも、肝心のほうはだめなんでしょう?」とラリータがゆっくりした口調で言った。「ちゃんと、アチュアル族の女たちから聞いているんですよ。」

「なんだと! あいつらにおれのことをしゃべったのか?」フシーアが苦しそうに身もだえすると、それにつれてハンモックも小さく揺れる。「異教徒の女どもにおれのことを訊《き》いたのか。なんて奴《やつ》だ、殺してやる！」

「時々、フムが島からいなくなったはずだが、どこへ行っていたと思うね、フシーア？」とアキリーノが言った。「なんとサンタ・マリーア・デ・ニエバだったんだよ。」

「ニエバだって？　いったいどういうことだ、それは？」とフシーアが驚いて尋ねた。「それに、お前はどうしてそんなことを知っているんだ？」

「少し前に人から聞いたんだよ」とアキリーノが答えた。「あの男がこの前姿を消したのは、たしか八ヵ月ほど前だったな？」

「いつのことか覚えちゃいない」とフシーアが答えた。「だが、そう言われれば、そんな気もするよ。すると、むこうでフムに会ったのか？」

「ここまで来れば、もう話してもいいだろう」とアキリーノが切り出した。「じつを言うと、ラリータとニエベスはいまあの町にいるんだよ。二人がサンタ・マリーア・デ・ニエバに着いてしばらくすると、フムがひょっこり姿を現わしたそうだ。」

「すると、お前は前々から二人の居場所を知っていたのか？」とフシーアが喘ぐように言った。「お前があの二人の手引きをしたのか、アキリーノ？　あいつらとつるんで、おれを裏切ったんだな、じいさん？」

「だから恥ずかしがっているのね。わたしの前で服を脱がないのは、体を見られたくないからなのね。」ラリータがそう言ったとたんに、ハンモックのきしり音が止まった。「なんだか、ひどく臭《にお》うわ、フシーア。きっと脚が腐りはじめているのよ、わたしの吹き出物どころの騒ぎじゃなくてよ。」

ふたたびハンモックが激しく揺れはじめ、支柱がぎしぎし音を立ててきしむが、いま震えているのはフシーアでなくラリータのほうだった。一方、毛布にくるまり体を丸くしているフシーアは、呆《ほう》けたように体を強張《こわば》らせてじっとしている。何かしゃべろうとするが、喉《のど》が涸《か》れて声にならない。陰になった顔の目のあたりに、怯《おび》えたような小さな二つの光が見えていた。

「あなただってわたしをののしるじゃない」とラリータは口ごもりながら言った。「うまく行かないのはきっとわたしのせいね、それは認めるわ。でも、今みたいに呼びつけられてそばに行くと、がみがみ言われるのはいやよ。わたしだって、ついカッとなって心にもないことを言うじゃない。」

「もとはと言えば、蚊のせいなんだ。」フシーアが小さな声で呻くように言うと、むき出しの腕で弱々しく脚を叩《たた》いた。「蚊に刺されたところが化膿《かのう》したんだよ。」

「そうね、きっと蚊のせいね。さっきはひどく臭うなんて言ったけど、あれは嘘《うそ》よ。すぐによくなるわ」とラリータが涙声で言った。「そんなに腹を立ててはだめよ、フシーア。怒ると冷静にものを考えられなくなるし、つい心にもないことを口走ってしまうもの。水を持って来てあげましょうか?」

「すると、あの二人はサンタ・マリーア・デ・ニエバに住みつくつもりなんだな、それで家を建てたんだろう?」とフシーアが言った。

「ニエベスは今、あの町の治安警備隊で船頭として働いている」とアキリーノが答えた。「シプリアーノという中尉《ちゅうい》に代って新しく若い中尉が赴任して来たんでね。それに、ラリータのほうは間もなくお目出ただ。」

「あの女もお腹《なか》の中の子もくたばっちまえばいい!」とフシーアが悪態をついた。「ところで、じいさん、フムはたしかあの町で木に吊《つ》るされたんだろう。それなのに、どうしてまたのこのこ出かけて行ったんだ? 仕返しでもするつもりだったのかな。」

「古い話だが、例の経緯《いきさつ》があるからだよ」とアキリーノが答えた。「以前、レアテギ氏が兵隊を連れてウラクサへ行ったが、その時に没収されたゴムを返してくれと捩《ね》じ込んだらしい。もっとも、あの男の言うことに耳を貸す人間なんていやしないがね。ニエベスの話では、そうして捩じ込んだのはあの時がはじめてではないそうだ。つまり、島を抜け出しては、あそこへ行っていたんだな。」

「すると何か、おれたちといっしょに仕事をしながら、一方で治安警備隊にゴムを返せと談じ込んでいたのか？」とフシーアが尋ねた。「こっちまで巻き添えを食うところだったわけだ。あの野蛮人奴《め》、そんなことも分からなかったのかな？」

「野蛮人というよりも、頭がどうかしているんだろう」とアキリーノが言った。「これだけ年数が経《た》ってもまだしつこく覚えているんだからな。今頃は、どこかで死にかけているだろうが、死ぬ直前まで忘れやしないよ、あの男は。異教徒でも、あれくらい頑固《がんこ》な男は珍しいね。」

「亀《かめ》が死んでいたんで、入江に飛び込んで引き上げたんだが、その時に蚊や水グモに刺されたんだ」とフシーアが呻くように言った。「だが、傷口はもう塞《ふさ》がりかけている。刺されたところを掻いたもんだから、黴菌《ばいきん》が入ってそこが化膿したんだ。それで臭うんだよ。」

「今のは嘘よ。べつに臭わないわ」とラリータが言った。「腹立ちまぎれについ口をすべらしただけよ、フシーア。以前は、しょっちゅうあなたのほうから求めて来たから、わたしもいいかげんなことを言ってよくごまかしていたけど、今日は、本当なの。今、出血しているから、だめなのよ。でも、あなたも変わったわね、フシーア。」

「お前のほうが婆さんになって、弛《ゆる》んじまったんだ。よく締まる女が相手なら、誰だってふるい立つよ」とフシーアが金切り声をあげた。ハンモックが激しく揺れはじめた。

「だが、こんなことになったのは何も蚊のせいじゃないんだ、この淫売《いんばい》め！」

「蚊の話は止《よ》しましょう、心配しなくてもすぐに良くなるわ」とラリータが囁《ささや》くように言った。「今日はわたしのほうがだめなのよ、夜になると体がひどく痛むの。わたしの悪口を言うんなら、どうして呼びつけたりするの？　これ以上もう苦しめないで。出来ないんだったら、ハンモックに寝ろなんて言わないでね、フシーア。」

「なんだと！」と彼が金切り声をあげた。「その気になればいつだって出来る。だが、お前の面《つら》を見るとげんなりするんだ。とっとと出て行け、やりたきゃ蚊の話でも何でもするがいい、どこかが痛いとか言っていたな、よし、おれがそこに鉛の弾《たま》をぶち込んでやる。失《う》せろ！　とっとと出て行け！」

彼はまだわめき続けていた。ラリータは蚊帳《かや》を上げると、下に降り、自分のハンモックに横になった。ようやくフシーアが静かになったが、支柱だけは熱病にかかって痙攣《けいれん》でもしているように時々きしみ音を立てた。それからどれくらい経っただろう、ようやく、小屋の中は静かになり、夜の密林から聞こえてくるさやめきがあたりを包んでいた。ラリータはハンモックに寝そべり、目を開けたまま、チャンビラシュロで編んだハンモックを手で撫《な》でていた。蚊帳から片足がのぞくと、とたんに羽の生えた小さな虫がわっと襲いかかり、足の爪《つめ》や指の上に群がり、羽をばたつかせながら細長い針で肌《はだ》をまさぐる。ラリータが支柱に足をとんとぶつけると、虫は驚いて飛び立つが、二、三秒するとまた戻ってきた。

「すると、フムも二人の居どころを知っていながら、何も言わなかったわけか」とフシーアが言った。『みんなで寄ってたかってこのおれをこけにしていたんだな、アキリーノ。ひょっとすると、パンターチャの奴も知っていたのかも知れんな。」

「要するに、フムはあそこの生活になじめなかったんだ。なんとかして、ウラクサに帰ろうと思っていたんだよ、あの男は」とアキリーノが言った。「おそらく、自分の集落に愛着があって、どうしてもあそこへ帰りたかったんだろう。あんたと旅に出た時は、異教徒たちをつかまえて演説をぶったそうだが、あれは本当かね？」

「そう言えば、むこうの連中におとなしくゴムを渡してくれと言っていたな」とフシーアが言った。「一生懸命連中を説得していたが、その時はいつもあの二人の白人の話をするんだ。あの白人たちのことを何か知っているかね、じいさん？　おれは何も知らないんだが、連中はあんなところで何をしていたんだろうな？」

「ウラクサに住みつこうとした白人たちのことかね？」とアキリーノが言った。「レアテギ氏から一度その話を聞いたことがある。何でもよそ者だそうだ。インディオたちを煽動《せんどう》して、あのあたりの白人を皆殺しにするように言ったらしい。その連中の言葉を真に受けたばかりに、フムは貧乏くじを引いたってわけだ。」

「ボニーノとテオフィロとかいったあの白人たちのことを、フムはどう思っていたんだろうな？」とフシーアが言った。「まるで親友みたいに話す時もあれば、殺してもあき足らない連中だと言う時もあるんで、どちらが奴の本音なのか分からないんだ。」

「アドリアン・ニエベスも同じことを言っていたよ」とアキリーノが言った。「自分でもはっきりしなかったんじゃないのかな。あの白人たちに対するフムの考えは毎日のようにころころ変わって、いい人間だと言うかと思うと、次の日は、悪人だの、いまいましい悪魔だのとののしっていたらしいね。」

ラリータは爪立《つまだ》ってそっと小屋を抜け出す。湿気を含んだ外気が彼女の肌にまつわりつき、その空気を吸い込んだとたんに頭がくらくらした。ウアンビサ族の者たちの焚《た》き火はすでに消えている。黒々とした影を落としている彼らの小屋はひっそり静まりかえり、まるで大きな袋のように見えた。犬が彼女の足に体を擦《こす》りつけた。囲い場の横の差し掛け小屋では、三人のアチュアル族の女が仲良く一枚の毛布にくるまって眠っていたが、樹脂を塗ったその顔はてらてら光っている。ラリータはパンターチャの小屋まで行くと、中を覗《のぞ》き込んだ。汗に濡《ぬ》れたイティーパクが体にまつわりつく。目をこらして見ると、シャプラ族の女のすべすべした太腿《ふともも》の間の影になったところから、逞《たくま》しい男の脚が突き出していた。彼女は胸を押さえ、口を少し開き、息をはずませながらその様子をじっと眺《なが》めた。そのあと、隣の小屋まで駆けて行くと、葦《あし》の戸を押し開けた。アドリアン・ニエベスのベッドのあるあたりでごそごそ音がした。おそらく船頭は目を覚ましていたのだろう。暗い夜を背に戸口に立っている彼女の姿を、腰のあたりまで垂れているニ本の川のようなその髪の毛を船頭は目にしたに違いない。しばらくすると、床板がきしみ、三角形の白い人影が近付いて来た。今晩は。男の影。どうしたんです？　眠そうだが驚いたような声。ラリータは黙りこくっていた。遠くから駆けてきたように息を弾ませ、いかにも疲れた様子で相手の出方を窺《うかが》った。夜の世界の耳ざわりな物音がとだえ、陽気な鳥のさえずりや密林のさやめきが聞こえはじめたのは、それから大分あとのことだった。島の上を小鳥たちや色鮮やかな蝶《ちょう》が飛びまわり、夜明けの明るい光がレプラ患者のようなルプーナの木の幹を照らしはじめたが、ホタルだけはまだあたりを飛び回っていた。

「じいさん、おれはどうしてこうついてないんだろうな」とフシーアが言った。「それを考えると、情けないやら悲しいやら、やりきれなくなるんだよ。」

「毛布をかぶってじっとしているんだ」とアキリーノが注意した。「船がやってくるから、隠れるんだ！」

「急いでやってくれ！」とフシーアが言った。「このままじゃ、息が苦しくて仕方ない。早くやり過ごしてくれ。」

真夏を思わせる強い陽差《ひざ》し。その光で目が自然に潤《うる》む。太陽の温《ぬく》もりが心の底にまで沁《し》みわたると、つい通りを渡り、タマリンドの木の下をぶらぶら歩いてあの娘《こ》のベンチに行ってそばに腰をかけたくなる。眠気が襲って来ないのならベッドをあたためていても仕方ない。ひと思いに起きることだ。今頃《いまごろ》は彼女の髪の毛のような細かな砂がビエホ・プエンテ橋に降りしきっていることだろう。〈ラ・エストレーリャ・デル・ノルテ〉へ行って椅子にかけ、帽子を目深《まぶか》にかぶって、彼女が来るのを待つんだ。間もなく、やって来るはずだ。気長に待つことだ。ハシントが、人影のない町というのは、なんとも寂しいものですね。見て下さいよ、ドン・アンセルモ、これでも清掃人夫が掃除したんですよ、それがもうこんなに汚れているんですからね。市場の角を見るんだ。ほら、籠《かご》を乗せたロバがやって来るぞ。そろそろ、町も目を覚ますだろう。軽やかでもの静かな彼女は今そこにいる。滑るようにして広場に入ってくる。あの女が彼女を音楽堂のそばまで連れて行き、ベンチに坐《すわ》らせると、その手と髪をやさしく撫でてやる。彼女は膝《ひざ》を合わせ、手を組んでじっとおとなしくしている。これで徹夜をした甲斐《かい》があった。ガジナセーラに住む洗濯女《せんたく》がロバに棒をくれながら遠ざかって行く。体を起こし、椅子にゆったり腰をかけて彼女を見よう。恋というのは、真正面から襲いかかって来るのか、それともこっそり心の中に忍び込んで来るのか、どちらだろうな？　お前け呟《つぶや》く。あの娘《こ》を見ていると、憐《あわ》れみ、同情をおぼえ、やさしい気持ちになる。できれば何か贈物をしてやりたいような気持ちに駆られる。さあ、手綱を弛《ゆる》めるんだ。並足、だく足、早足、どれでもいい。時間はたっぷりあるし、この馬は行き先をちゃんと心得ている。暇つぶしに賭《かけ》でもしてみるか。彼女が白い服を着ていたら、いくら。黄色なら、いくら。リボンをつけていたら、いくら。今日は耳が見えるかな？　リボンなしなら、いくらだ。髪を下ろしていると、耳は見えないだろうな。サンダルを履いていれば、いくら。素足なら、いくら……。賭に勝ったら、ハシントに金をくれてやろう。ハシントが、とうして今日はこんなにチップを頂けるんですか？　昨日も同じだけお使いになったのに、チップはこの半分でしたよ、どうも分かりませんが。あの男には何も分からないのだ。眠そうな顔をしておられますが、いつもお休みにならないんですか？　そう訊《き》かれてお前は答える。昔からの習慣で、朝食をとってから眠ることにしているんだ。それに、朝の空気に触れると頭がすっきりするしね。店じゃ、人いきれやタバコの煙、酒の匂いに悩まされるんで、これからわしの夜がはじまるというわけだ。彼が、しばらくしたら店へ遊びに行きますよ。お前は答える。いいとも、店に来たら、わしを呼んでくれ、いっしょに一杯やろう。知っているだろうが、店じゃお前はなかなかの評判だぞ。すまんが、ひとりになりたいんだ、むこうに行ってくれんか。わしのテーブルには誰も来させんようにな。間もなく人々が起き出して、ピウラの朝がはじまる。すると、白人の女が彼女のそばに行き、その辺を散歩させたあと、〈ラ・エストレーリャ・デル・ノルテ〉に連れて来て何か甘いものでも食べさせてやるだろう。また、いつもの言いようのない悲しみと憤《いきどお》りがこみ上げて来る。いつまでたっても消えない憤りと悲しみ。その時、お前は言う、ハシント、コーヒーを持ってきてくれ、少しでいい。ついで、もう一杯。最後に、いちばん上等の年代ものの酒をボトルに半分持ってきてくれと言う。正午に、チャピロ、ドン・エウセビオ、セバーリョス医師が店にやってくる。酔い潰《つぶ》れたのか、よし、馬に乗せてやろう。これであとは馬が連れて帰るだろう。むこうに戻れば、店の女たちが面倒を見て、寝かしつけてくれるはずだ。鞍《くら》にしっかりつかまるんだぞ、砂丘をゆらゆら揺られて行けばひとりでに店に帰れる。むこうに着いたら、どさりと馬から落ちて、サロンまで這《は》いずって行けばいい。そうしたら店の女たちが、重くてとても上の部屋まで運べないわ、ここで眠って下さい。洗面器をとって来て、もどしているわ。マットレスもよ。さあ、靴《くつ》を脱がすのよ。吐《と》瀉物《しゃぶつ》の苦いいやな味。胆汁と酒が細流のように流れる。瞼《まぶた》が痛み、胸のむかつくような臭いがし、酔いで力が入らない。やはり、恋というのはこっそり忍び寄ってくるもんだ。はじめのうちは、同情だと思っていたんだがな。齢《とし》はまだ十六くらいだろう。それにしても、ひどい災難に見舞われたものだ。一生、目も見えなければ口もきけないんだからな。あの小さな顔。あの時はさぞ恐ろしかったろう。恐怖で目も大きく見開き、精一杯叫び声をあげたんだろうな。まわりには死体がごろごろ転がっていて、傷口からは血が流れ、ウジ虫が這いまわっている。セバーリョス先生、あの時の話をまた聞かせてもらえないかね。いやあ、思い出しただけでも背筋にぞっと冷たいものが走るんだ、勘弁してくれ。彼女は気を失っていたのかな？　どうして助かったんだろう？　おそらく、最初は砂丘と雲の間に黒くて丸い形をした砂ぼこりが見え、それが砂の上に影を落としたのだろう。やがて意識が戻ると、羽の塊が気味の悪い鳴き声をたて、その曲がった嘴《くちばし》で突つきまわしている。だしぬけに彼は拳銃《けんじゅう》を抜いて、そいつを殺すんだ。そこにもいるぞ、撃ち殺せ！　店の女が驚いて、どうなさったんです？　どうしてハゲワシをそう目の仇《かたき》にされるんですか、べつに悪いことをしたわけじゃないんでしょう？　お前は叫ぶ、撃て、撃ち殺せ！　体じゅう穴だらけにするんだ。恋は憐れみ、同情を装って人の心に忍び込んでくる。べつにびくつくことはない、そばへ行って、カスタード、糖蜜《とうみつ》菓子、飴《あめ》を買ってやればいいんだ。目を閉じると、ふたたび夢が渦《うず》を巻きながら彼を引き込んで行く。お前と彼女はいま、三階の塔の小部屋にいる。まるでハープを弾くような感じだ。指をそろえて、そっと彼女に触れる。絹や綿よりも柔らかい感触。彼女はまるで音楽のようだろう。目を開けるんじゃないぞ、その頬《ほお》をそっと撫でてやるんだ。目を覚ますな！　はじめは好奇心だったのが、憐れみに似た感情に変わり、いつしか急に、何を尋ねるのも恐ろしくなった。店の女たちが話し込んでいる。セチューラからやって来た盗賊があの一家に襲いかかって皆殺しにしたのよ、死体が見つかった時、奥さんは素裸にされていたそうよ。彼女の名が口にのぼると、かわいそうに、あのひどい暑さの中で放《ほう》っておかれたんだって。ぺちゃくちゃしゃべっている声。どうしたんだ、どうなっているんだ？　こんなことをしていると店の女《こ》たちに怪しまれるぞ。ひょっとすると、〈ヘラ・エストレーリャ・デル・ノルテ〉にいた町の名士のひとりが彼女をここまで連れて来て、ソーダ水を頼んだのかな。ああ、息が苦しい、それにしてもねたましい。わしはもう帰らなきゃいかん、じゃあな。砂原、緑色の門、砂糖きび酒の瓶《びん》。ハープを上の部屋にもって上がって、爪弾《つまび》こう。好意、同情だろうか？　恋がいよいよその本性を表わしはじめた。その朝も今のように、明るく晴れているだろう。店の女たちが言う。あの女はもう齢をとっているから、止《や》めたほうがいいんじゃないですか。雇われるんでしたら、病気を持ってないかどうかセバーリョス先生に診《み》て頂いたほうがいいですよ。その言葉には耳も貸さずお前は尋ねる。どんな名前が好きだね。アントニアじゃ具合が悪い、名前を変えたほうがいいだろう。女が、どんな名前でも結構です。ひょっとして、昔好きだった方がわたしと同じ名前だったんですか？　またしても顔に血がのぼり、赤くなる。彼は狼狽《ろうばい》して、そうだと答える。夜は退屈だし、なかなか寝つけない。窓から見えるのはいつも同じ景色だ。空を見上げると、星がきらめき、砂が静かに降りしきっている。左のほうに目をやると、ピウラの町や暗い影の中で光っている無数の灯《ひ》とカスティーリャ地区の白い建物がぼんやりと見えている。あれが川、そしてビエホ・プエンテ橋だな。こうして見ると両岸をつないでいるあの橋は巨大なワニのようだ。騒々しい夜が終わって、早く夜が明けないかな。そうしたらハープを手に持とう。誰がなんと言っても下へは降りて行かんぞ。薄闇《うすやみ》の中で彼女のためにハープを弾きながら、やさしく甘い声でゆっくりと歌ってやるんだ。トニータ、こちらへお出《い》で、セレナーデを聞かせてあげよう。聞こえるかね？　スペイン人ドン・エウセビオはまだくたばっていなかったんだな。大聖堂の角に彼の姿が見えた。首に青いネッカチーフを巻き、半長靴《はんちょうか》をぴかぴかに磨《みが》き上げ、白の上着にチョッキを着込んでいる。また少し暑くなる。血管がふくれ上がり、脈が速くなる。彼は用心深くあたりを見回す。あの男は音楽堂のほうへ行ったのか？　ええ、そうです。あの娘のそばへ行ったのか？　ええ。ほほえみかけているのか？　ええ、そうです。何も知らずにおとなしくじっとしている彼女の上にふたたび明るい陽差しがさんさんとふり注ぐ。彼女のまわりには靴みがきや物乞《ものご》いが腰をかけている。ドン・エウセビオはベンチの前に立っています。やっと気がついたようですよ。彼女の顎《あご》を起こしたんで、分かったんでしょう。彼女は背筋を伸ばしてベンチにかけているか？　ええ。彼女に何か話しかけているのか？　ええ。何をしゃべっているんだろうな？　おはよう、トニータ、美しい朝だね、気持ちのいい暑さだ、これで砂さえ降っていなければ、言うことはないんだがね。抜けるように美しい青空だが、目が見えないのが残念だね。まるで、パイタの海みたいだよ、そんなことを言っているんでしょう。心臓が激しく鼓動し、血管がふくれ上がってこめかみがずきずきする。体の中が日射病にかかったみたいだ。二人でこちらへ向かって来るのか？　そうです。このカフェ・テラスのほうへ？　ええ。彼女の腕を取っているのか？　はあ。ハシントが、顔がまっ青ですが、どうかなさったんですか、ドン・アンセルモ？　お前は答える、ちょっと疲れただけだ。コーヒーとピスコ酒を一杯もって来てくれ。まっすぐこのテーブルに向かってくるのか？　そうです。お前は自分に向かって言う。さあ、立って、握手するんだ。ドン・エウセビオが、その後どうだね？　彼が、久しぶりだね。このお嬢さんといっしょにお邪魔してもいいかね？　彼女がそばにいるんだ、びくびくせず顔を見るんだ。眉《まゆ》は小さな小鳥のようだ。閉じたあの瞼の奥には闇の世界が広がっており、固く結んだ唇《くちびる》の奥にもやはり暗い荒涼とした洞窟《どうくつ》が開いている。これが鼻、そしてこれが頬骨。長い腕は日に焼け、肩のあたりで波打っている髪は明るい色をしている。すべすべしたその額に、時々皺《しわ》が寄る。ドン・エウセビオが、おい、ここだ、ハシント！　ミルク・コーヒーにするかね？　いや、もう朝食を済ませたんだ、甘いものなら若い人にもいいだろう。昔は甘党だったのかね？　マルメロなんかどうだね、それにパパイヤのジュースにしよう。ハシント、今のを頼む。何度もうなずく。そう、若い頃は甘いものが好きだったね。ほっそりした円柱のような首。彼はこみ上げてくる喜びを抑えようと、あくびをし、タバコを喫《す》う。触れただけで折れそうな草花の茎を思わせる手。小さな影を落としているまつげは、陽差しを受けて金髪のように美しく輝いている。この男に愛想よく笑って話しかけるんだ。とうとう隣の家を買ったのかね。すると、店が大きくなったわけだから、店員も増やさないといけないね。こちらからいろいろ尋ねて、うまく相手にしゃべらせるんだ。スリャーナに支店を作るのかね？　チクラーヨにも？　ほう、大したもんだね。何かしゃべりながら、時々相手の顔を見ればいい。しばらく店のほうはご無沙汰《ぶさた》だね。考えごとでもしているのか、彼女は真剣な顔をしている。ジュースを飲むのに一生懸命なんだな。唇のところについた滴《しずく》が光を受けてきらきら輝いている。そうは言っても、仕事はあるし、何かと忙しい上に家族もいるもんで、なかなか思うにまかせないんだよ。しかし、もう髪に白いものも見える齢だ、時々仕事を離れて息抜きをしたほうがいいよ、ドン・エウセビオ。彼女はマルメロを指でつまむ。店の女《こ》たちはどうしてるね？ あんたのことを噂《うわさ》しては、どうして近頃は来られないのかしらなんて言ってるよ。気が向いたらまた足を向けてくれ、わしがお相手させてもらうよ。彼女はそれを口に運び、おいしそうに食べている、それにしてもきれいな歯だ。その時、馬ん子と籠《かご》が見えた。帽子を目深《まぶか》にかぶって、ほほえみをたやさず話し続けるんだ。横でガジナセーラの洗濯女がしきりにお辞儀をしながら、親切にして頂いてありがとうございます。トニータ、旦那《だんな》がたの手を握ってお礼を言うんですよ。この子に代ってお礼を申します、ほんとにありがとうございました。ふたたび、ほんの一瞬のことだが言いようのない爽《さわや》かさが感じられる。五本の柔らかな指がそっと手に触れる。体がカーッと熱くなり、高ぶった感情が静まる。ああ、これで胸のつかえがおりて、すっきりしたよ。やはり原因はこれだったんだな、ドン・エウセビオ。もっとも、あんたにこんな話をしても、分かりっこないだろうがね。それ以上言わんでくれ、アンセルモ、わしは自分で自分が恥ずかしいよ。せめてここの勘定だけでも持たせてくれんかね。わしまで胸が熱くなってきたよ。それを聞いてお前は、いや、これは困る。この店は自分の家みたいなものだ、そんなところであんたに払わすわけには行かんよ。今までびくびくしていたんだが、あんたがあの娘《こ》を連れてきてくれたおかげで、やっとふっ切れた。それに、町の連中から白い目でじろじろ見られずに済んだからね。彼は有頂天になっている。あとは思い切ってやることだ。毎朝あの娘のベンチに行って、髪を撫《な》でたり、果物を買ってやったり、あるいは〈ラ・エストレーリャ・デル・ノルテ〉に連れて行ったり、焼けつくような陽差しの下をぶらぶら散歩したりして、若い時のように彼女を心から愛してやればいいんだ。

「家の前を一日中ロバが通って行くけど」とボニファシアが言った。「いくら見ても見飽きないわ。」

「密林には馬ん子がいないの？」とホセが尋ねた。「あっちには、いろんな動物がいると思っていたんだけどな。」

「ロバは少ないのよ」とボニファシアが答えた。「時々見るけど、ここみたいに沢山いないわ。」

「帰って来たぞ」と窓のところからエル・モノが言った。「従姉《ねえ》さん、靴だ！」

ボニファシアは慌《あわ》てて靴を履くが、左足が入らない。どうしよう。やっとのことでハイヒールを履くと覚束《おぼつか》ない足取りで立ち上がり、恐る恐るドアのところまで行って開ける。ホセフィノが入って来ると、手を差し出して握手するが、その時焼けつくような熱風が部屋の中に吹き込んできた。次いでリトゥーマが入ってくるが、彼といっしょに明るい光が差し込む。部屋の中がふたたび暗くなった。リトゥーマは軍服の上着と帽子を脱ぎながら、ああ、くたびれた、アルガロビーナでも一杯やろう。そう言って椅子の上に倒れ込むと、目を閉じる。ボニファシアは飲みものを用意するために隣の部屋に行く。一方、ホセフィノはホセが横になっているむしろの上に寝そべると、この暑さじゃ頭がどうかしちまうよ。よろい戸から差し込む光の中では、埃《ほこり》が舞い、虫が飛んでいる。白熱した陽の光に溶かされたのか子供や野良犬《のらいぬ》の姿も見えず、人影の跡絶《とだ》えた町はしんと静まり返っている。エル・モノは窓から離れると、おれたちゃ番長、仕事なんぞは糞《くそ》くらえ、酒を飲んで、バクチをうって、これから次の楽しみだ、おれたちゃ番長、と歌いはじめる。ほかの三人もアルガロビーナで喉《のど》を潤《うるお》したあと合唱しはじめた。

「今、従姉《ねえ》さんとピウラの話をしていたんだが」とエル・モノが言った。「馬ん子が珍しいそうだ。」

「それに、ここは砂ばかりで木がほとんどないわ」とボニファシアが言った。「密林はどこを見ても緑なのに、ここは黄一色なのね。暑さだって、むこうとは大分感じが違うのよ。」

「つまり、ピウラは都会で、ビルや車、映画館があるってことだ」とリトゥーマがあくびをしながら言った。「それにひきかえ、サンタ・マリーア・デ・ニエバは裸虫と蚊のいる、雨ばかり降ってる田舎町だ。あの雨のせいで人間をはじめ何もかも腐っちまうんだよ。」

長く伸ばした髪のむこうに潜んでいる二つの小さな野獣のような緑色の目が光り、彼の様子を苛立《いらだ》たしげに見つめる。左足が靴から半分はみ出しているが、ボニファシアはそれを何とか押し込もうとする。

「でも、サンタ・マリーア・デ・ニエバにある川は、二本とも一年中水をたたえて流れているのに」ちょっと間をおいて、ボニファシアが穏やかな口調で言った。「ピウラ川は夏だけで、しかも水がとても少ないわ。」

番長たちが大きな声で笑う。二たす二は三、三たす二は四てわけだ。ボニファシアはひとりぷりぷりしている。太ったリトゥーマは汗をかき、目を閉じたまま椅子を揺らしている。

「まだ都会の生活に馴染《なじ》んじゃいないんだよ」と彼が溜息《ためいき》をつきながら言った。「そのうち分かるようになる。そうなると今度は、密林の話もしなくなり、恥ずかしくて自分がそんなところで育ったなんて人に言えなくなるさ。」

四たす二は五、五たす二は六、やっとおれたちの従兄《いとこ》がやり返したぞ。左足がようやく靴の中に収まったが、そのとたんにヒールが折れてしまった。

「べつに恥ずかしいなんて思わないわ」とボニファシアが言い返した。「なにも自分の生まれ育った土地を恥ずかしがることはないでしょう。」

「おれたちはみんな、同じペルー人だよ」とエル・モノが言った。「アルガロビーナをもう一杯くれないか、ねえさん。」

ボニファシアは立ち上がると、ゆっくりとアルガロビーナを注《つ》いで回った。すべりやすい床の上をそろそろ歩いている彼女の野獣のような目は、不安そうにみんなの顔色を窺《うかが》っている。

「その歩き方はなんだ、卵でも踏んづけているのか？　ピウラの生まれだったら」とリトゥーマは目を開けて笑いながら言った。「もう少しましな歩き方ができるんだがな。」

「そうがみがみ言うもんじゃないよ、リトゥーマ」とエル・モノが取りなした。「何をそんなに苛々しているんだね。」

ホセフィノのグラスに注いだはずのアルガロビーナの金色の滴が、いまいましいことに床の上にこぼれた。ボニファシアの口もとと手がぶるぶる震えはじめた。靴を履けないのはなにも罪悪じゃないでしょう。そう言う声も震えていた。神様はわたしをこんな風にお作りになったのよ。

「誰も罪悪だなんて言ってやしないよ、ねえさん」とエル・モノが言った。「マンガチェリーアの女だってなかなかハイヒールにはなじめないんだ。」

ボニファシアは棚《たな》に瓶を置くと、椅子に腰をかけた。野獣のような目にようやく落着きがもどった。彼女は何も言わず、反抗的な態度でさっと靴を脱ぐと、身をかがめてゆっくり椅子の下に押し込んだ。それを見てリトゥーマは椅子を揺らすのを止めた。番長たちもいつの間にか歌をやめていた。部屋にいる四人の暗緑色の人影を包んでいた空気が、急に張りつめた険悪なものになる。

「こいつはまだおれのことを知らないんだ、おれがどんな男だかを、な。」彼はレオン兄弟に向かってそう言うと、だしぬけに声を荒らげて言った。「お前はもうインディオじゃない、リトゥーマ軍曹《ぐんそう》の妻なんだ。さあ、靴《くつ》を履け！」

リトゥーマが怒って席を立つが、ボニファシアは体を硬くしてじっと押し黙っていた。

彼が汗みずくの顔で彼女の頬をぴしゃっと叩《たた》くのを見て、レオン兄弟は慌てて立ち上がって、止めに入った。手をあげるほどのこともないだろう。そう言いながらリトゥーマの腕を押さえる。そうまですることはないよ、あんたはマンガチェリーア生まれだから、すぐにカッとなるが、そいつはよくないよ。冗談にまぎらせて彼らはリトゥーマをそれとなく咎《とが》める。カーキ色のシャツの肩と腕のところはまだ汗で濡《ぬ》れていないが、胸と背中のあたりは汗びっしょりになっていた。

「ピウラに住む以上は、野蛮人じゃやっていけない。いろいろと覚えなきゃいけないことがあるんだ。」そう言いながらリトゥーマはふたたび椅子を揺すりはじめるが、話しながら揺すっているので自然に揺れが大きくなる。「それに、この家の主人はおれだからな。」

両手の指のむこうでは、ボニファシアの野獣のような目がじっと彼らの様子を窺っているが、こちらからは見えない。泣いているんだろうか？ ホセフィノはアルガロビーナを少し注ぐ。レオン兄弟は床に坐《すわ》ると、手をあげるのは愛している証拠だって言うからね。チュルカーナ山に住んでる女たちがよく言うじゃないか、殴る亭主ほど奥さんを愛しているってね。もっとも、密林のほうじゃどうだか知らないけど。一、二の三、さあ、ねえさん、もう旦那さんを許してやってくれよ。機嫌《きげん》を直して、顔を起こすんだ。

さあ、にっこり笑って！　ボニファシアはまだ顔を隠していた。その時、リトゥーマがあくびをしながら立ち上がった。

「おれは昼寝をしてくる。ゆっくり飲んでいてくれ、あとでまたむこうへ行こう。」そう言いながらボニファシアのほうをちらっと窺うが、すぐに声を荒くして言った。「家の中が面白くなきゃ、外へ出るよりしようがないからな。」

うんざりしたように番長たちにウィンクすると、隣の部屋に入って行った。口笛が聞こえ、ベッドのスプリングのきしみ音がした。彼らは飲み続ける。黙りこくったまま、一杯、二杯。三杯目を飲みかけた時にいびきが聞こえはじめた。低い規則的ないびきの音。ふたたび髪の毛のむこうで、涙の乾いた野獣が緊張したように目を光らせはじめた。

「昨日は夜勤だったろう、それで疲れて機嫌が悪いんだ」とエル・モノが言った。「気にすることはないよ、ねえさん。」

「それにしても、女の人に手をあげるのはよくないよ。」そう言いながらホセフィノはボニファシアと目を合わそうとするが、彼女はエル・モノのほうを見ていた。「本気で殴りつけたんだろう？」

「あんたは女性の扱いに慣れているんだってな？」ホセはそう言いながらちらっとドアのほうに目をやる。ゆっくりした重々しいいびきの音。

「もちろんさ。」ホセフィノはにやにや笑ってそう答えると、寝そべったままボニファシアのほうへ這《は》いずって行く。「この人がおれの奥さんなら、手をあげて叩いたりしないね。おれが手をあげる時は、やさしく愛撫《あいぶ》してやる時だ。」

あの野獣のような目は今、色褪《いろあ》せた壁や梁《はり》、窓のそばをぶんぶん飛び回っている青蠅《あおばえ》、光のプリズムの中を漂っている金色の粒子、床板の木目などを不安そうにじっと見つめている。ホセフィノが突然彼女の素足にその顔を押しつけたので、ボニファシアは慌てて足を引っ込めた。その様子を見ていたレオン兄弟が、ホセフィノ、あんたはミミズ人間かい？　そうじゃない、エバを誘惑した蛇《へび》さ。

「サンタ・マリーア・デ・ニエバの通りはここととはぜんぜん違うのよ」とボニファシアが言った。「あそこは舗装してないでしょう。だから、少し雨が降ると、すぐぬかるんでしまって、ハイヒールなんか履いてると、泥《どろ》の中に埋まってしまうの。誰もハイヒールなんて履いてなかったわ。」

「卵を踏んづけるなんて言ったが、あれはひどいよ」とホセフィノが言った。「けっしてそんなことはない。きれいに歩いてるじゃないか。あれなら、この町にだって真似《まね》をしてみたいっていう女の子が大勢いるよ。」

レオン兄弟はリトゥーマの部屋のドアに向かってゆらゆら頭を揺らすが、ぴったり呼吸が合っている。ボニファシアはふたたび震える。あなたって、やさしいのね。ありがとう。その手と口もとも震えている。でも、あの人、悪気があってあんなことを言ったんじゃないのよ、それはよく分かっているの、そう言う声がひどく震えていた。口先だけで、本気でそう思っているんじゃないわ。彼女は足を引っ込める。椅子の下に首を突っ込んでいるホセノィノがくぐもったような声でゆっくりと言う。いや、本気だよ。まだるっこしく不明瞭《ふめいりょう》で、甘ったるい声。そばに人がいなかったら、もっといろいろと言ったさ。

「おれたちのことは気にしなくていい」とエル・モノが言った。「ここにいる二人は耳も聞こえなければ口もきけない、あんたの好きにすればいい。なんなら、雨が降っているかどうか見てきてやろうか。あんたの言うとおりにしてやるよ。」

「じゃあ、出て行ってくれるかね。」変に甘ったるい、歌うような声。「この人を少し慰めるから、ちょっと席を外してもらおうか。」

ホセは空咳《からぜき》をして立ち上がると、そっと爪立《つまだ》ってドアのところまで行き、にやにや笑いながら戻ってくる。よほど疲れているらしいな、ぐっすり眠っているよ。野獣のようなあの目は落着きなくあたりを見回している。棚板、椅子の脚、むしろの端、床に長々と寝そべっている体。

「ねえさんは男性から甘い言葉をかけられるのが嫌《きら》いなんだよ」とエル・モノが言った。「見ろよ、ホセフィノ、まっ赤になっているじゃないか。」

「ねえさんはピウラの男がどういうものかまだ知らないんだよ」とホセが言った。「悪くとらんで下さいよ。女の人をみると、つい甘い言葉をかける、それがピウラの男なんだ。」

「ボニファシア、この二人に雨が降っているかどうか見てくるように言ってくれよ」とホセフィノが頼んだ。

「いいかげんにしないか、さもないとリトゥーマに言いつけられるぞ」とエル・モノが言った。「そんなことになってみろ、火がついたみたいに怒り出すぞ。」

「構やしない。言いたきゃ言いつけるさ。」不愉快な肌《はだ》にまつわりつくような声。「あんたたちもまだおれという人間が分かっていないようだな。おれは女好きなんだ、相手が誰だろうが、そんなことは知ったことじゃない。」

「アルガロビーナで悪酔いしたな」とホセが言った。「もっと声を小さくしろ。」

「この際、思いきって打ち明けよう、おれはボニファシアが好きなんだよ」とホセフィノが言った。

ボニファシアは膝《ひざ》の上に置いた手を握りしめると顔を起こす。口もとには勝ち誇ったような笑みが浮かんでいるが、野獣のような目はひどく怯《おび》えていた。

「おやおや、言ったね」とエル・モノが冷やかした。「短兵急とはこのことだ！」

「いいかげんにしろよ、ねえさんがびっくりしているじゃないか」とホセが言った。

「もし知れたら、きっと怒り出すわ。」ボニファシアが口ごもりながらそう言うと、ホセのほうをちらっと見る。彼は投げキスをするが、それを見て彼女は慌てて天井や棚、床板のほうに目を逸《そ》らす。「こんなところを見つかったら、きっと怒り出すわ、あの人。」

「怒ったって構やしないさ」とホセフィノが言った。「ちょうどいい機会だからみんなにも言っておくが、ボニファシアは必ずおれの女にしてみせるからな。」

それを聞いて彼女は床を見つめたまま何か呟《つぶや》く。レオン兄弟は空咳をして隣の部屋をじっと見つめている。一呼吸おいて、ゆっくり穏やかないびきが聞こえはじめた。

「もう止《よ》せよ、ホセフィノ」とエル・モノが言った。「ねえさんはピウラの人間じゃないから、おれたちの冗談が分からないんだよ。」

「そんなに怯えなくたっていいんだよ、ねえさん」とホセが言った。「相手に合わせて楽しくやるか、それが嫌《いや》なら頬《ほっ》ぺたをひっぱたいてやればいいんだ。」

「怯えてなんかいないわ」とボニファシアが蚊の鳴くような声で言った。「ただ、あの人に見つかったり、こんな話を聞かれたらと思うと……」

「謝るんだ、ホセフィノ」とエル・モノが畳みかけるように言った。「ねえさんが泣きべそをかいてるじゃないか、今のは冗談だって言うんだ。」

「ボニファシア、今のは冗談だよ。」ホセフィノは笑いながらそう言うと、むしろの上を後ずさりして行く。「ほんとうだよ、だからそんな顔をしないでくれ。」

「泣きべそなんかかいてないわ」とボニファシアが口ごもりながら言った。

二　章

「いったいどうなってるんだ？　治安警備隊もえらくお上品になったものだな」と〈金髪〉がこぼした。「小屋の中に踏み込んで、四の五の言わさずふん縛っちまえばいいんだ。」

「軍曹《ぐんそう》がもったいをつけているんだよ」と〈チビ〉が言った。「最近急に、規則、規則ってうるさくなったろう。きちんと手順を踏んでやりたがっているんだ。これも結婚したせいさ。」

「軍曹が結婚したんでいちばん口惜《くや》しがっているのは、〈デブ〉だろうな」と〈金髪〉が言った。「昨夜《ゆうべ》もパレーデスの店で一杯やりながら、やっと女房にしようと思った女を見つけたのに、軍曹に油揚げをさらわれたとさかんにこぼしていたそうだ。かわいいと言えばかわいいが、〈デブ〉が口惜しがるほどの女でもないよな。」

二人は葦《あし》の茂みに身をひそめて、数メートル先の、木の枝からぶら下がっているように見える船頭の小屋に銃を向けていた。小屋の中で点《とも》された灯油ランプの灯《ひ》が少しずつ明るさを増して行き、ベランダの端を照らしている。誰も出て行かなかったか？　だしぬけに黒い人影が〈金髪〉と〈チビ〉の上にかがみ込む。はい、軍曹。〈デブ〉と〈クロ〉が小屋のむこう側にいますから、絶対に逃げられっこありませんよ。だが、出すぎた真似《まね》はするんじゃないぞ！　軍曹はゆっくりした口調でそう言った。助けが要るようなら、おれのほうから声をかける。その動作は落着き払っていた。空を見上げると、薄い雲の間から月の光がのぞいていた。遠くに目をやると、黒々とした影を落としている密林とぼんやり月の光を照り返している川にはさまれて、ひと塊の灯火とちろちろ燃えている火が見えるが、それがサンタ・マリーア・デ・ニエバの町だった。軍曹はゆっくりとホルスターを開き、拳銃《けんじゅう》を抜き出し、安全装置を外すと治安警備隊員たちに何ごとか囁《ささや》いた。相変わらず、ゆっくり落着いた様子で小屋のほうに向かって行く。葦の茂みと夜の闇《やみ》にその姿が呑《の》み込まれるが、やがてベランダの少し明るくなった角のところにその影が現われる。壁から洩《も》れる弱々しい光が彼の顔をちらっと照らし出した。

「歩き方や口のきき方まで変わっちまったが」と〈クロ〉が言った。「いったいどうしたんだろうな？　以前とちがって、なんだかぼうっとしているみたいだろう。」

「あの女にレモンみたいに絞り取られているんだよ」と〈デブ〉が言った。「昼に三回、夜に三回、お床入りだからな。何かにかこつけちゃあ、しょっちゅう駐屯所《ちゅうとんじょ》を抜け出して行くが、そのたびにつるんでるんだよ。」

「新婚ほやほやだから仕方ないさ」と〈クロ〉が言った。「それより、お前のほうが口惜しくってしようがないんだろう、〈デブ〉？　なにも隠すことはない。」

あの二人は胸壁のような茂みの後ろにある細長い川岸に腹這いになっていた。彼らのいるところからだと、小屋は斜めに傾《かし》いだ黒い影になって見えたが、二人のライフルの銃口は小屋に向けられてはいなかった。

「軍曹はどうかしてるぜ」と〈デブ〉がぶつぶつ言った。「中尉《ちゅうい》の命令を受け取った時に、ニエベスをふん捕まえればよかったんだ。それを、みんな、暗くなるまで待て、まず作戦を立ててから家を包囲するんだ、と言い出すんだから、ばかばかしくてやってられないよ。ご大層に騒ぎ立てて、ドン・ファビオにいいところを見せようとしているんだよ、〈クロ〉。」

「中尉はうまくやったよな、これで昇進まちがいなしだ」と〈クロ〉が言った。「それにひきかえ、おれたちのほうは貧乏くじもいいとこだな！　ボルハから伝令が来たろう。その報告を聞いた行政官はえびす顔で、中尉は大活躍だったね、と言ったんだとさ。島であの気違い野郎を見つけたのはおれたちだぜ、まったくばかにしてるよ。」

「軍曹はあのインディオの女に媚薬《びやく》を盛られたんだよ、〈クロ〉」と〈デブ〉が言った。

「で、頭がどうかしちまったんだ。いつもあんなに疲れていて、夢遊病者みたいにふらふらしているのは、そのせいだよ。」

「どういうことだ、これは！」と軍曹は激しい口調で言った。「どうして逃げなかったんだ？」

火のそばにいたラリータとアドリアン・ニエベスが体を硬くして軍曹のほうを振り返った。二人の足もとには、山のようにバナナを盛った泥《どろ》の皿があり、ランプからは香りのいい白い煙が立ちのぼっている。敷居のところに立った軍曹は、軍帽の目庇《まびさし》の下で困惑したように目をしばたたいている。アキリーノから何も聞かなかったのか？　心配そうな声。二時間ほど前お宅のおチビさんに、さあ、早く帰って伝えるんだ、死ぬかどうかの瀬戸際《せとぎわ》だぞ、そう伝えたはずだ。いかにも当惑したように軍曹は拳銃をもてあそんでいる。まったく何てことだ！　伝言は聞きましたよ、軍曹。船頭は一語一語嚙《か》みしめるようにして言った。ですから、子供たちはむこう岸の知人のところに預けてあります。口の両隅《りょうすみ》から頰《ほお》にかけて深い皺《しわ》が刻まれる。じゃあ、どうしてあんたも逃げなかったんだ？　姿を隠さなきゃいけないのは、子供たちよりもむしろあんたのほうだぞ、ドン・アドリアン。そう言いながら軍曹は自分の太腿《ふともも》を拳銃で叩《たた》いた。部下を何時間も待たせてあるので、これ以上はもうむりなんですよ、奥さん。変に疑《うたぐ》られますからね。逃げる時間はじゅうぶんあったはずだぞ、ドン・アドリアン。

「おおかたくだらないおしゃべりでもしているんだろう」と〈チビ〉が言った。「そのくせドン・ファビオの前に出たら、しゃあしゃあとしてわたしがひとりで踏み込んで捕まえましたって言うよ、あのピウラ人は。中尉とお手柄《てがら》を分かち合い、なんとか転勤させてもらおうと考えているんだな、みみっちい男だよ。」

小屋からは、ランプの光といっしょにひそひそ話し合う声が洩れてくる。その声は穏やかな湖に打ち寄せる波のように、夜の闇の中に広がり、静かに消えて行った。

「中尉が戻られたら、囚人といっしょにおれたちもイキートスへ行かせてくれと頼んでみよう」と〈金髪〉が言った。「そしたら、むこうで何日か休暇が取れるはずだ。」

「女呪術師《じゅじゅつし》だの、丸ぽちゃでかわいいだの、なんとでも好きに言うさ」と〈クロ〉が言った。「しかし、あのインディオの女をしあわせにしてやれる人間はそうざらにはいないよ、〈デブ〉。酔っ払うと、あの女がどうだこうだと言うお前にはその資格はないね。」

「おれだってベッドに入れれば喜ばしてやるさ」と〈デブ〉が言った。「だかな、異教徒の女なんかと結婚できると思うかい、おれはごめんだね。」

「あの男を撃ち殺しておいて、抵抗したからだと言うかも知れないな」と〈チビ〉が言った。「あのピウラ人は昇進するためならなんだってやりかねないよ。」

「それにしても、なんだか妙な具合になってきたよな」と〈金髪〉が言った。「ボルハの伝令が中尉の手紙を届けたろう。あれを読んだ時、おれは自分の目を疑ったね。ニエベスはべつに悪人みたいな顔もしていないし、いい人間だと思うんだがな。」

「盗賊だからって、なにも人相が悪いとは限っちゃいないさ」と〈チビ〉が言った。「そいつが盗賊かどうかは面構《つらがま》えからじゃ判断できないよ。そうは言っても、じつのところ中尉の手紙にはびっくりさせられたね。あの男は何年くらい食らい込むだろうな？」

「さあな」と〈金髪〉が答えた。「いずれにしても、ちょっとやそっとでは出られないだろう。相手構わず盗みを働いたんで、この地方の人間にひどく恨まれているからな。おれたちだって連中が盗みを止《や》めてからも、なんとかふん捕まえようと長い間苦労したじゃないか。」

「あの男は強盗団のボスだという話だが、ほんとうかな？」と〈チビ〉が言った。「それにさ、みんなの言うように荒稼《あらかせ》ぎをしたんなら、もっと気楽に暮らしているはずだろう。」

「あの男がボスだとは誰も言っちゃいないよ」と〈金髪〉が言った。「しかし、それはあまり関係ない。他の連中が捕まらなければ、ニエベスとあの気違い野郎が罪をひっかぶることになるんだ。」

「わたしは泣いて頼んだんですよ、軍曹」とラリータが訴えた。「あなた方が島に向けて発《た》たれた日から、早くどこかに逃げて姿を隠しましょうと言い続けてきたんです。そこへ先程、軍曹から連絡を頂いたものですから、子供たちに果物を採らせ、わたしどもで身の回りのものを包みにして用意してあるんですよ。長男のアキリーノもこの人に逃げるように言ったのですが、いくら言っても、頑《がん》として聞き入れないんです。」

ランプの灯がラリータの顔を明るく照らしている。頬のあたりの荒れた肌《はだ》や吹き出物、首のところの潰瘍《かいよう》のあとなどがはっきり見えた。乱れた長い髪が揺れて口のあたりを隠していた。

「制服は着ているが、あなたはいい人間だ。だから、結婚式の付添い人をさせて頂いたんですよ」とアドリアン・ニエベスがぽつりと言った。

しかし、軍曹はその言葉を聞いてはいなかった。後ろを向くと、姿勢を低くしてテラスのほうをじっと窺《うかが》い、唇《くちびる》に指を押し当てた。ドン・アドリアン、今のうちにそっと手すりから抜け出して、川に潜るんだ。水の中で十まで数えてから、顔を上げて息を吸うといい。その間に、おれは外に飛び出して行って、みんな、奴《やつ》はむこうへ逃げたぞ、そう言って隊員たちを密林のほうへ引きつけておく。あんたは、暗いところを選んでエンジンを切ったランチを押して行き、マラニョン川に出たら大急ぎで逃げるんだ。捕まるんじゃないぞ、ドン・アドリアン。どんなことがあっても逃げのびてくれ、さもないとおれまで巻きぞえを食うことになる。それを聞いてラリータが、その通りよ、アドリアン、わたしはランチのもやい綱を解《ほど》いて櫂《かい》を出しておくわ、二人でいっしょに逃げるのよ。一秒も惜しむように彼女は早口でそう言った。その額の皺が消え、一瞬彼女の肌が思いがけず若々しく蘇《よみがえ》った。衣類も食料もちゃんと用意してあるから、あとは逃げるだけでいいのよ、アドリアン。二人で櫂を漕《こ》ぎ、守備隊の手前まで行ったら船を棄《す》てて、密林に逃げ込みましょう。軍曹が、待て！　そう言って外の様子を窺う。ランチに乗り込んだら底に貼《は》りつくようにして絶対に頭を上げるんじゃないぞ。隊員に見つかると、必ず銃を撃ってくるが、〈チビ〉に狙《ねら》われたらおしまいだ。

「いろいろとありがとう、軍曹。しかし、自分でも考えてみたんですが、川を通って逃げるのはやはりむりなようですよ」とアドリアン・ニエベスが言った。「今の時期にポンゴの難所を越えるのは、魔法使いでもなければできないでしょう。マラニョン川に比べればサンティアーゴなんて小川みたいなものですが、そのサンティアーゴで中尉は何日も足止めを食ったんですからね。」

「だったら、どうするつもりだ、ドン・アドリアン？」と軍曹が尋ねた。「あんたの考えを聞かせてくれ。」

「もし逃げるとすれば、以前やったように密林の中を行くしかないでしょうが」とニエベスは答えた。「今のわたしにはその自信がないんですよ。あなた方が島に向けて発ってからというもの、ずっとそのことを考えてきたんですが、もう残り少ない命です、それを密林の中を逃げまわって終わらせるのはどうもね。わたしは連中の船頭として雇われて、ランチを動かしていただけですから、考えてみれば今の仕事と少しも変わらないんですよ。だから、食らい込むといってもそう長くはないでしょう。それに、この町に移り住んでからは、何ひとつ曲がったことをしていません。その点は、町の人たちやシスター、中尉、それに行政官もよく知っておられるはずです。」

「罵声《ばせい》が聞こえないところを見ると、どうやら言い争ってはいないようだな」と〈チビ〉が言った。「話でもしているんだろう。」

「眠っているところに踏み込んだんで、服を着るまで待っているのかも知れんな」と〈金髪〉が言った。

「ひょっとすると、ラリータとよろしくやってるんじゃないのかな」と〈デブ〉が言った。「ニエベスを縛り上げて、その前でお楽しみってやつだ。」

「お前、どうかしてるんじゃないのか、〈デブ〉?」と〈クロ〉が言った。「媚薬《びやく》を盛られたのは軍曹じゃなくて、お前のほうだろう。近頃《ちかごろ》はどうも言うことがおかしいぞ。それにだ、あのあばた面のラリータとよろしくやろうなんていう物好きはいやしないよ。」

「だが、あれでも白人の女だ」と〈デブ〉が言った。「インディオよりは、あばた面でもなんでも白人のほうがいいね、おれは。顔はあれだが、きれいな脚をしているよ。水浴びをしているところを見たことがあるんだ。これからは後家暮らしだろう、誰か慰めてくれる人が欲しくなるってもんだ。」

「女日照りで頭までおかしくなってきたな」と〈クロ〉が言った。「もっとも、そう言うおれだって時々おかしくなるがな。」

「自棄《やけ》を起こすんじゃない、ドン・アドリアン」と軍曹が言った。「思い切って川に飛び込むんだ、それしか手がない。さもないと、お前がひとりで罪をひっかぶることになるんだぞ。中尉の手紙では、あの頭のおかしくなった男はもう長くないそうだ。強情を張ってる場合じゃない。」

「二、三ヵ月ほうり込まれるでしょうが、それさえ済めば、またここに戻ってきて、誰に恥じることもなく暮らして行けますよ」とアドリアン・ニエベスが言った。「密林に逃げ込んだら、それこそ女房、子供にも会えなくなります。死ぬまで獣《けもの》みたいに逃げ回る生活はもうごめんなんです。わたしは誰も殺してはいない、そのことはパンターチャや異教徒たちもよく知っているはずです。それに、この町へ来てからは、善良なキリスト教徒として生きて来たつもりです。」

「軍曹はあなたのことを思って言って下さってるのよ、軍曹の言う通りにして、アドリアン」とラリータは懇願した。「お願い、アドリアン、子供たちのことも考えて！」

何か言おうにも声が出なくなった彼女は、黙って床を引っ掻《か》き、バナナを指でもてあそんでいる。アドリアン・ニエベスは黙りこくったまま、ボタンのとれた皺だらけのシャツを着はじめる。

「今でも、あんたはおれの友達だ。それだけにつらいんだよ、ドン・アドリアン」と軍曹が言った。「ボニファシアは、あんたがおれといっしょに遠くへ行っていると思い込んでいる。もしこんなことが知れたら、ひどく悲しむぞ。」

「アドリアン、はい、これ」とラリータがすすり泣きながら言った。「これも履いて行って。」

「それはいい」と船頭が答えた。「戻ってくるまでしまっておいてくれ。」

「だめ、履いて行くのよ」とラリータは泣き叫びながら言った。「お願い、靴《くつ》を履いて行って、アドリアン。」

船頭の顔に一瞬戸惑ったような表情が浮かぶ。彼は困ったように軍曹のほうをちらっと見ると、かがみ込んで厚底の靴を履きはじめた。家族のことは心配しなくていい、できるだけのことはさせてもらうよ、ドン・アドリアン。彼は立ち上がった。ラリータは彼のそばに行くと、腕を取った。泣くんじゃない！　これまでいろいろ苦しい時期もあったが、二人で乗り越えてきたじゃないか。そんな時も、お前は一度だって涙を見せなかっただろう。今度も泣いちゃだめだ。すぐに出られるよ、そうしたらまた静かに暮らそう。それまでは、子供たちのことを頼んだぞ。彼女は顔を引きつらせ、目を大きく見開いて機械的にうなずいているが、その顔はすっかり老《ふ》け込んでいた。軍曹とアドリアン・ニエベスはテラスを抜けて、階段を降りはじめた。二人が葦の茂みのところまで行くと、夜の闇をつん裂いて女の悲鳴があがった。右手の陰から、鳥だな、という〈金髪〉の声がした。軍曹が、おい、両手を頭に載せろ。おとなしくするんだ、さもないと鉛の弾《たま》をぶち込むぞ。アドリアン・ニエベスは言われた通りにした。両手を高く挙げ先に立って歩いて行く。そのあとを、軍曹、〈金髪〉、〈チビ〉の三人が畑の畝《うね》の間を通ってゆっくり進んだ。

「どうしてこんなに手間どったんです、軍曹？」と〈金髪〉が尋ねた。

「ちょっと尋問していたんだ」と軍曹が答えた。「それに、女房に言い残すことがあると言ったんでね。」

灯心草の茂みまで来ると、〈デブ〉と〈クロ〉が出迎えた。二人は何も言わず一行に加わる。そのまま、彼らは一言も口をさかず、小道を通ってサンタ・マリーア・デ・ニエバまで行った。ぼんやり霞《かす》んで見える小屋の中からはひそひそ囁き交す声が聞こえ、カピローナの木やのき下にいる人たちはじっと一行の様子を眺《なが》めていたが、そばにやって来て事情を尋ねる者はひとりもいなかった。船着き場の前まで来ると、うしろからぺたぺた素足で追いすがる人の足音が聞こえた。軍曹、ラリータが血相を変えてやってきますが、何か面倒を起こすつもりですかね？　しかし、彼女は息を切らせて治安警備隊員たちの間をすり抜けると、船頭ニエバスの横で足を止めた。食べものを渡すのを忘れていたの、アドリアン。そう言って彼に包みを渡すと、来た時と同じように駆け戻って行く。その足音は夜の闇《やみ》の中に吸い込まれていった。彼らが駐屯所に着くと、遠くでフクロウの鳴き声を思わせる女の悲鳴が聞こえた。

「言った通りだろう、〈クロ〉」と〈デブ〉が言った。「まだ、いい体をしてる。あのインディオの女とは比べものにならないよ。」

「なんて奴だ！」と〈クロ〉が言った。「お前はそんなことばかり考えているんだな。」

「天気さえ良ければ、明日の午後には着くはずだ、フシーア」とアキリーノが言った。「わしが先に行って、様子を見てくる。その間ランチを止めておくから、船の中に隠れていてくれ。」

「もし受け入れないと言ったら、どうするね、じいさん?」とフシーアが尋ねた。「その時はどうなるんだ、どうすりゃいいんだ、アキリーノ?」

「そう取り越し苦労をするもんじゃない」とアキリーノが答えた。「あの男さえいれば、必ず手を貸してくれるはずだ。それに、金があるんだから、なんとでも話はつけられるよ。」

「有り金を全部渡すのか?」とフシーアはびっくりして尋ねた。「ばかな真似《まね》は止《よ》せ、じいさん。少しは自分のために取っておいて、商売に回せばいいんだ。」

「あんたの金はつかいたくないんだよ」とアキリーノが言った。「これが済んだら、商品を取りにイキートスへ戻って、この地方でまた細々と商売を続けて、品物が捌《さば》けたら、サン・パブロまであんたに会いに来るよ。」

「どうして口をきいてくれないの?」とラリータが尋ねた。「わたしがかん詰をみんな食べてしまったから? あなたが食べないからいけないのよ。わたしが悪いんじゃないわ。」

「お前とは口をきく気もしないんだ」とフシーアが言った。「それに、食欲もないしな。そこにあるものを外へ放《ほう》り出して、アチュアル族の女を呼んでくれ。」

「お湯を沸かしてほしいんでしょう」とラリータが言った。「言いつけておいたから、今やっているわ。お魚に少し手をつけたらどう、フシーア。フムがさっき獲《と》ってきてくれたの。サバロよ、これ。」

「遠くから、いや、灯だけでもいいからイキートスの町を見たかったのに、どうして見せてくれなかったんだ？」とフシーアがこぼした。

「何を言い出すんだ、フシーア」とアキリーノが言った。「巡視船が走りまわっているんだぞ。それに、この辺じゃ誰もがわしの顔を知っている。あんたを助けるのはいいが、わしまで牢《ろう》にぶち込まれるのはごめんだよ。」

「サン・パブロってどんなところだね、じいさん？」とフシーアが尋ねた。「むこうへは何度も行ったことがあるんだろう？」

「いや、二、三度そばを通っただけだ」とアキリーノは答えた。「あのあたりは雨が少なくて、沼がほとんどないんだ。しかし、サン・パブロといっても二つあってね、わしが商売で行ったのはコロニアにあるほうだ。そこから二キロばかり離れたところにあるもうひとつのサン・パブロで、あんたは暮らすことになるんだよ。」

「白人は大勢いるのかい？」とフシーアが尋ねた。「百人くらいはいるんだろう、じいさん？」

「もっといるんじゃないのかな」とアキリーノが答えた。「天気のいい日は、よく川岸を裸で歩き回っているが、日光浴をするといいんだろうな。それとも、近くをランチが通るんで、その注意を引こうとしているのかも知れんな。ランチを見ると、大声で食べものやタバコをねだるが、知らんふりをして通りすぎようものなら、悪態をついたり、石を投げたりするんだ。」

「むこうの連中の話をする時は、嫌《いや》そうな顔をするね」とフシーアが言った。「サン・パブロでおれを降ろしたら、二度と会いには来てくれないんだろうな、じいさん。」

「わしは言ったことは必ず守るよ」とアキリーノが言った。「これまで一度だって約束を破ったことがあるかね。」

「今度が最初で最後になるんじゃないのかい？」とフシーアが言った。

「何かしてあげましょうか？」とラリータが言った。「靴を脱がせてあげるわ。」

「うるさい、とっとと出て行け」とフシーアが怒鳴った。「呼ぶまでは来るんじゃない。」

アチュアル族の女たちが濛々《もうもう》と湯気の立っている大きな洗面器を二つ持って小屋の中

に入ってくると、黙ってハンモックのそばにそれを置き、フシーアのほうを見もしないで出て行った。

「わたしはあなたの妻よ、どうして出て行かなければならないの？」とラリータが言った。「何も恥ずかしがることはないわ。」

フシーアは横を向くと、その小さな火のような目で彼女を睨《にら》みつけて言った。淫売《いんばい》のロレート女め！　その言葉を聞いたとたんに、ラリータはくるっと後ろを向いて部屋を出て行った。日は暮れていた。重苦しい大気が雷雨の近付いていることを告げていた。ウアンビサ族の集落では焚《た》き火が焚かれ、ルプーナの木の間に灯が見えている。その灯に照らされてインディオたちの興奮は徐々に高まっていき、あたりをうろつき回ったり、金切り声をあげたり、しゃがれ声でしきりに話し合っている。パンターチャが小屋の入口のところに腰をかけて、足をぶらぶらさせていた。

「何かあるの？」とラリータが尋ねた。「どうして焚き火を焚いたり、騒いでいるの？」

「狩りに行った連中が戻って来たんですよ」とパンターチャが答えた。「気づかなかったですか？　今日は女たちが一日中マサート酒を作っていたでしょう、あれでお祝いをするんですよ。ボスにも出て欲しいらしいんですが、近頃は機嫌《きげん》が悪いですからね。ボスはどうしたんです、奥さん？」

「ドン・アキリーノが来ないからなの」とラリータは答えた。「かん詰はなくなったし、お酒も切れてしまったでしょう。」

「そう言えば、ここ二ヵ月ばかり顔を見せませんね」とパンターチャが言った。「もう来ないんじゃないですか、奥さん。」

「あなたにしてみれば、来ても来なくてもどちらでもいいんでしょうね」とラリータが言った。「いい人はいるし、関係ないわね。」

それを聞いてパンターチャは大きな声で笑う。小屋の戸口に装身具で飾り立てたシャプラ族の女が姿を現わした。髪飾り、腕輪、足首の輪、頬《ほお》と胸の入れ墨。彼女はラリータに向かってにっこりほほえみかけると、その横に腰をおろした。

「おれよりもスペイン語がうまいんですよ」とパンターチャが言った。「この娘《こ》はあなたが大好きだと言っています。狩りに出たウアンビサ族の連中が戻って来たんで、またひどく怯《おび》えていましてね。いくら大丈夫だと言ってもきかないんで、困っているんですよ。」

シャプラ族の女は崖《がけ》の手前に茂っている草むらを指さした。船頭のニエベスだわ。彼は麦藁帽《むぎわらぼう》を手にもって近づいて来る。上半身裸で、ズボンを膝《ひざ》までまくり上げていた。

「今日は一日姿を見かけなかったが、魚でも獲りに行ってたのかい？」とパンターチャが尋ねた。

「サンティアーゴまで下ったんだが、坊主《ぼうず》だったよ」とニエベスが答えた。「嵐《あらし》が近いんで、魚はどこかへ行っちまったか川底にでも潜っているんだろう。」

「ウアンビサ族の連中が戻ってきたんで、今夜はお祝いをやるそうだ」とパンターチャが言った。

「それでフムが逃げ出したのか」とニエベスが言った。「さっき、カヌーに乗って入江から出て行ったよ。」

「それじゃあ、二、三日は戻って来ないだろうな」とパンターチャが言った。「あの異教徒もウアンビサ族の連中が怖いらしいな。」

「怖いんじゃなくて、首を切り落とされるのが嫌なんだろう」と船頭が言った。「連中が酔払うと、まず自分が狙《ねら》われると思っているんだよ。」

「あなたもそのお祝いの席に出るの？」とラリータが尋ねた。

「いや、今日はカヌーを漕《こ》いで疲れていますから」とニエベスが答えた。「小屋で休みますよ。」

「禁じられているんだが、時々抜け出すのがいてね」とアキリーノが言った。「何か欲しいものがあると、こっそり抜け出すんだな。自分でカヌーを作って、川づたいにコロニアの近くまで行き、これこれのものが要るんだ、出さないと船から降りて行くぞって脅かすんだよ。」

「コロニアにはどんな連中が住んでいるんだね、じいさん？」とフシーアが尋ねた。

「ポリ公はいないのかい？」

「わしはまだ見かけたことがないな」とアキリーノが答えた。「むこうに住んでいるのは、ふつうの家族だ。奥さんや子供がいて、畑を耕している。」

「その人たちもむこうの連中を嫌《きら》っているのかね？」とフシーアが尋ねた。「もともと家族なんだろう？」

「家族の絆《きずな》でも縛り切れないものがあるんだよ」とアキリーノが言った。「病気をうつされるんじゃないかと怯えているんだが、その恐ろしさだけはなかなか消えないようだな。」

「すると、見舞いに行く人間はいないだろう？」とフシーアが尋ねた。「見舞いも禁じられているんじゃないのかい？」

「いや、そんなことはない。見舞い客は大勢来るよ」とアキリーノが答えた。「むこうに入る前にランチに乗るように言われるが、そこで石けんをもらって体をきれいに洗い、古い服を脱ぎ棄《す》てて寛衣を着るんだ。」

「おれの見舞いに来るなんて、どうしてそんな出まかせな言うんだ？」とフシーアが言った。

「川からでもむこうの家が見えるが」とアキリーノが言った。「ちょっとしたもんだ。中には、イキートスで見かけるようなレンガ造りのもあってね。島で暮らすよりはむこうのほうがずっといい。そのうち友達もできるし、落着いた暮らしができるようになるよ。」

「どこかその辺の岸に降ろしてくれ、じいさん」とフシーアは頼んだ。「時々食べものさえ届けてくれれば、人目につかないようこっそり隠れて暮らすから、サン・パブロには連れて行かないでくれ、お願いだ、アキリーノ。」

「なにを言い出すんだ。あんたは足萎《あしな》えも同然の身だぞ、フシーア」とアキリーノが言った。

「ウアンビサ族の人たちをあんなに怖がっているのに、よく呪術師《じゅじゅつし》にかかったわね」とラリータが言ったが、シャプラ族の女は笑うだけで答えなかった。

「この娘《こ》は嫌だと言ったんだが、おれがむりやり引っ張って行ったんですよ」とパンターチャが説明した。「この娘《こ》の前で、歌うわ、踊るわ、タバコの煙を鼻先に吐きかけるわの大騒ぎだったんですが、この娘《こ》は目を固く閉じていましたよ。体をぶるぶる震わせていたのは、熱のせいよりも恐ろしかったんでしょう。あまりびっくりしたんで熱がどこかへ吹っ飛んでしまったんですよ。」

雷鳴がしたかと思うと、急に雨が降り出した。ラリータは雨やどりしたが、パンターチャは入口に腰をかけたまま脚を濡《ぬ》らしていた。二、三分もすると雨が上がり、広場には水蒸気が立ちこめた。灯《ひ》が消えているところを見ると、船頭はもう眠ったんでしょうね、奥さん。この雨は前触れだな、お祝いをしている最中にきっと本降りになりますよ。アキリーノが雷の音で怯えているかも知れないから、ちょっと見てくるわ。そう言って、ラリータは階段を駆け降りると、広場を抜けて小屋の中に入った。フシーアが洗面器の中に両脚を浸《つ》けていたが、その太腿《ふともも》の皮膚は粘土で作った容器みたいに赤っぽく腫《は》れ上がり、かさぶただらけになっていた。彼はラリータを睨《にら》みつけながら蚊帳《かや》をつかもうとする。どうして恥ずかしがるの、フシーア？　彼は蚊帳をつかむと、それで体を隠し、唸《うな》り声をあげる。人に見られるのをどうして嫌がるの？　彼はブーツを拾おうと体をふたつに折り曲げる。フシーア、何も気にすることはないのよ！　彼はブーツをつかむと、闇雲《やみくも》に投げつける。靴はラリータの横をかすめてベッドにぶつかるが、子供は泣かなかった。ラリータが小屋の外に出ると、細かな雨が降りしきっていた。

「死んだらどうなるんだ？　あそこに埋められるのかね、じいさん？」とフシーアが尋ねた。

「おそらくそうだろうな」とアキリーノが答えた。「キリスト教徒だから、まさかアマゾン川へ流すってこともないだろう。」

「お前はこうして川で暮らしているわけだが」とフシーアが言った。「いつかランチの上で息を引き取るんじゃないか、そう考えたことはないかい？」

「できれば、自分の村で死にたいな」とアキリーノは答えた。「しかし、モヨバンバに帰っても、もう身内の人間も友達も残っていないだろうな。なぜだかは分からんが、骨だけでもあの町の墓に埋めてもらいたいね。」

「おれもそうなんだ。カンポ・グランデに帰りたいんだよ」とフシーアが言った。「親《しん》戚《せき》の者や昔の友達はどうしているだろうな。おれのことをまだ覚えている奴《やつ》が必ずいるはずだ。」

「今さらこんなことを言ってもなんだが、相棒を見つけておけばよかったと後悔しているんだよ」とアキリーノがこぼした。「いっしょに仕事をさせてくれとか、ランチを作るんなら金を出すとか、あちこちから声をかけてくれたんだがね。こうして川を旅して商売していると、傍目《はため》には気楽そうに映るらしいな。」

「どうして相棒を見つけなかったんだ？」とフシーアが尋ねた。「お前ももう齢《とし》だから、やはり人手が要るだろう？」

「白人は信用できないんでね」とアキリーノが答えた。「商売を教えたり、客を紹介してやっている間はいいが、そのうちこんなけちな稼《かせ》ぎを二人で分けていたんじゃ割に合わないと考えるようになる。そうなりゃ、泣きを見るのは年寄りのこのわしだよ。」

「お前といっしょに仕事ができなくて残念だよ」とフシーアが言った。「ここへ来るまでの間、ずっとそのことを考えていたんだ。」

「あんたには向いちゃいないよ」とアキリーノが言った。「野心家のあんたのことだ、こんなケチな稼ぎで満足できるはずがない。」

「その野心の結末がこれだからな」とフシーアが呟《つぶや》いた。「こんな末路を迎えるくらいなら、野心などこれっぽっちも抱かなかったお前のほうがどれだけしあわせか分からないよ。」

「神様の助けがなかったんだよ、フシーア」とアキリーノが言った。「何事も神の御心《みこころ》のままだ。」

「すると、神様はこのおれだけを見棄《みす》てて、他の連中を助けたって言うのか？」とフシーアがこぼした。「レアテギはちゃんと助けてもらったのに、おれはこの態《ざま》だ。」

「いよいよ死ぬって時に、神様に訊《き》いてみるんだな」とアキリーノが言った。「わしには何とも答えられんよ。」

「雨が降る前にちょっと顔を出すかね、ボス?」とパンターチャが言った。

「そうだな、ちょっと顔を出してみるか」とフシーアが答えた。「連中に恨まれるとまずいからな。ニエベスはどうした?」

「一日中サンティアーゴで魚を獲っていたんで、疲れているんだよ」とパンターチャが言った。「しばらく前に小屋の灯が消えたから、もう寝たんだろう。」

二人は小屋をあとにして、ウアンビサ族の集落で赤々と燃えている焚き火のほうへ向かった。ラリータは雨水の落ちている小屋ののき下に腰をおろして待っていた。しばらくすると、ズボンとシャツをつけた船頭が姿を現わした。行こうか。それを聞いてラリータが、待って！　間もなく嵐になるわ、明日まで延ばしましょう。

「今すぐ出発する」とアドリアン・ニエベスが言った。「今ならウアンビサ族の連中は酔っ払っているし、ボスとパンターチャもこれからいっしょに飲むはずだ。フムが水路で待っているんだが、あの男がサンティアーゴまで手引きしてくれることになっているんだ。」

「アキリーノを置いては行けないわ」とラリータが言った。「自分の子供を見棄てるなんて、わたしにはできないわ!」

「なにも置いて行くとは言ってない」とニエベスが言った。「それなら、あの子も連れて行こう。」

彼は小屋に入り、包みをかかえて戻ってくると、ラリータには何も言わず、亀《かめ》の池のほうへ歩き出した。彼女はしばらく泣きじゃくりながら後を追っていたが、崖のところまで来ると気持ちがふっきれたのか、船頭の腕を取った。ニエベスは彼女を先にカヌーに乗せ、子供を手渡した。しばらくすると、そのカヌーが入江の暗い水面を音もなく走りはじめた。影になったルプーナの木の柵《さく》のむこうには、焚き火の炎がかすかに見え、歌声が聞こえていた。

「どこへ行くの?」とラリータが尋ねた。「ひとりで勝手に手筈《てはず》を整えて、何も言ってくれないのね。いっしょに逃げるのは嫌、わたし、帰るわ。」

「シーッ、静かに!」と船頭が注意した。「入江を出るまでは、口をきいちゃだめだ。」

「そろそろ夜が明けるよ」とアキリーノが言った。「とうとう一睡もしなかったね、フシーア。」

「こうしていっしょにいられるのもこれで最後だ」とフシーアが言った。「体の中が火でも燃えてるみたいに熱いんだ、アキリーノ。」

「わしだってつらいよ」とアキリーノが言った。「だが、これ以上ぐずぐずしてはおれん、先へ進まなきゃいけないんだ。お腹《なか》は空《す》いちゃいないかね。」

「その辺の岸に降ろしてくれ、じいさん」とフシーアが懇願した。「お願いだ、アキリーノ。サン・パブロ以外ならどこだっていい。あそこで死ぬのだけは嫌なんだよ、じいさん。」

「何を言うんだ、フシーア」とアキリーノがたしなめた。「散々考えた末に決めたことだ、今さら変えるわけにはいかん。島を出て、今日でちょうど三十日目だよ。」


事実は本来動かし難いものなのに、われわれは現実と自分の願望とを混同してしまうのだ。今朝、こうしてのこのこやって来たのも、もとはと言えばそのせいだ。お前の声、お前の匂《にお》いが彼女には分かったのだろうか？　さあ、彼女に話しかけるんだ。その顔に嬉《うれ》しそうな、待ちこがれていたような表情が浮かぶかどうかよく観察するんだ。彼女の手を取って、その肌《けだ》がかすかな恐れ、戦《おのの》きで少しでも赤らむかどうかよく見るんだ。彼女は唇《くちびる》をかすかに歪《ゆが》め、瞼《まぶた》を震わせている。どうしてわたしの腕をそんなに強く抱きしめるの？　わたしの髪をもてあそんだり、腰に手を回したり、顔をとても近づけてしゃべるけど、あれはどうしてなの？　その理由《わけ》を知りたいかい？　説明してやるんだ。それは目の前にいるのがほかの誰でもないこのわしだと言うことを、お前に知ってもらいたいからだよ、トニータ。この口から洩《も》れる息と声、それがわしの言葉なんだ。待て、調子に乗るんじゃない。まわりに人がいるかも知れないから、用心しろ。さいわい、今は誰もいない。彼女の手を取り、パッと放すんだ。お前は尋ねる。びっくりしたかい、トニータ。どうしてそんなに震えているんだね？　さあ、彼女に許しを乞《こ》うんだ。ふたたび太陽が出て、彼女のまつげを金色に染める。きっと彼女はあれこれ想像し、考え、戸惑っているに違いない。お前は言う。おどかすつもりじゃなかったんだよ、トニータ。何も怖がらなくていい。彼女は心の中で一生懸命考えているに違いない。どうして、なぜなの？　むこうに人がいるぞ。ハシントはテーブルを拭《ふ》き、チャピロは綿花や闘鶏、力ずくで言うことをきかせた百姓女の話をしている。町に住む女が彼女にクリームケーキを届けてやる。彼女は不安と焦燥に駆られて、闇《やみ》の中であがいている。どうして、なぜなの？　お前はひとり言をいう。おれは頭がどうかしているんだ。あんなことをして恥ずかしくないのか？　どうして彼女を苦しめるようなことをしたんだ？　馬に乗って帰るんだ。砂原を抜け、サロンを通って塔の小部屋に戻るんだ。カーテンを閉めると、マリポーサを部屋に呼びつける。黙って服を脱ぐんだ。口をきくんじゃない。こっちへ来い、体を動かすんじゃないぞ。お前は少女だ、さあ、彼女に口づけして、愛してやるんだ。お前の手は花のようだよ。それを聞いて彼女が、まあ、すてきだわ、ほんとうにわたしを愛しているの？　もういい、服を着て、サロンに戻れ。どうして口をきいた、マリポーサ？　彼女が言う。あなたはほかに誰か好きな人がいるのね、わたしはその身代りなんでしょう。お前は一喝《いっかつ》する。とっとと出てけ！　店の女は二度とこの塔の小部屋には入れんぞ。ふたたびひとりきりになって、ハープを相手に砂糖きび酒でも飲もう、酔ってベッドに横たわり、彼女みたいにお前も暗闇の中であがくんだ。わしにはもちろんその資格がないが、誰が彼女を愛しても、それは道に外れたことではないのだろうか？　構わん、たとえ罪を犯すことになっても、彼女を愛するんだ。ああ、ここにあの娘《こ》がいてくれたら、さまざまな疑念に悩まされなくても済むんだが。今夜も、眠れぬ長い夜を空《うつ》ろな心で過ごさなくてはならないのだ。下では、店の客たちが笑いさざめき、軽口を叩《たた》き、酒を汲《く》みかわしている。騒々しいギターの調べにまじってかぼそいフルートの音が聞こえてくる。店の客は酔い痴《し》れて踊り狂っている。あなたは罪を犯したのです、アンセルモ。間もなく天に召されるのですから、悔い改めるのです。お前は答える。わたしは罪を犯してはいません、神父様。あの女《ひと》を死なせたのはわたしの責任ですが、それ以外に間違ったことは何ひとつしてはいません。それを聞いて神父が、あなたは策を弄《ろう》し、力ずくであのようなことをしたではありませんか。お前は答える。いいえ、策を弄した覚えはありません。たしかにあの人は目も見えず、口もきけませんでした。しかし、それでも二人は心から愛し合い、理解し合っていたのです。そうです、これは真実本当のことです。神様は偉大だよ、トニータ。わしが誰だか分かるかね？　さあ、試してみるんだ！　彼女の手を握りしめ、六まで数えろ。握り返したか？　十まで数えろ。手を放さないぞ！　十五までだ。彼女はすっかり気を許し、安心しきった表情で自分の手をお前に委《ゆだ》ねている。砂の雨が止《や》み、川から快い風が吹きはじめる。〈ラ・エストレーリャ・デル・ノルテ〉へ行って、何か飲もう！　おいで、トニータ。あの時、彼女は誰の腕をまさぐったのだろう？　広場を横切る時、誰にもたれかかったのだろう？　ドン・エウセビオの腕ではなく、わしの腕だった。彼女がもたれかかったのは、チャピロではなくこのわしだった。すると、彼女はわしを愛しているのだろうか？　彼女の思いはお前と同じだったのだ。小麦色に日焼けした若々しい肉体、その腕を覆《おお》っている薄いうぶ毛。テーブルの下の彼女の膝がお前の膝に触れる。ルクマのジュースだよ、おいしいかね、トニータ？　膝はまだ触れている。それなら、気づかないふりをしてそのままにしておけばいい。すると、商売のほうは順調に行っているわけだね、ドン・エウセビオ。スリャーナの支店ももうかっているのかね？　やはり、アレーセは亡《な》くなったのかね、セバーリョス先生。ピウラの町にとっても悲しむべきことだ。町一番の学者だったからね、あの男は。血管と筋肉の間を、暖かい至福感、言葉にならない感情が走る。心臓とこめかみのあたりがどきどきし、手首の血管が激しく脈打つ。膝だけでなく、足までが触れ合う。頑丈《がんじょう》なブーツに触れている彼女の足は小さく弱々しい足だろう。くるぶしが触れ、しなやかな太腿がぴったりと寄り添う。お前はひとり言を言う。神様は偉大だが、おそらくここまでは目が届かないだろう。偶然だろうか？　試しに軽く押してみろ。脚を引いたか？　まだぴったり寄り添っているのか？　彼女も押し返すだと？　お前は尋ねる、ふざけているのかね？　わしのことをどう思っているんだね？　またしても激しい欲望がつき上げてくる。いつか彼女と二人きりになりたい。ここではなく、あの塔の小部屋で。昼ではなく夜に、服を脱ぎ裸になって、お前と二人きりになりたいんだよ、トニータ。逃げるんじゃない、そのまま体を寄り添わせていてくれ。むせかえるような夏の朝。靴《くつ》みがき、物乞い、露店の売り子、ミサを終えて教会からぞろぞろ出てくる群衆。〈ラ・エストレーリャ・デル・ノルテ〉には客が大勢詰めかけ、店の中が賑《にぎ》やかになる。綿花や洪水《こうずい》、日曜日の野外パーティーの話。だしぬけに彼女の手がお前の手をまさぐり、しっかり握りしめる。うろたえるな！　まわりの連中に悟られないようにするんだ。彼女のほうを見るんじゃない、じっとしたままほほえみを浮かべ、話を合わすんだ。綿花、賭《かけ》、狩猟、固いシカの肉、忘れた頃《ころ》に襲ってくる天災。そんな話をしながら、手で語りかけてくる彼女の秘めやかな言葉を聞き取るんだ。そっと押したり軽くつねったりしながら話しかけてくるその言葉を読み取るんだ。その間も彼は、トニータ、トニータと彼女の名を呼び続ける。もう迷うことはない。明日はいつもより早く店を出て、大聖堂の中に隠れよう。タマリンドの葉の上にさらさらと降りしきる砂の歌に耳を澄ましながら、彼女が来るのを待つんだ。音楽堂と樹木に半ば隠されたあの町角から片時も目を離さずに、ひたすら待つのだ。大聖堂のドームと拱廊《きょうろう》の下で、時間はふたたび停止する。冷ややかな敷石、がらんとした教会のベンチ。仮借ない神の意志、背中に冷たい汗が流れ、胃の中ががらっぽになったように感じられる。馬ん子、ガジナセーラの洗濯女《せんたく》、洗濯物を入れた籠《かご》、宙を漂うように近付いてくる人影。誰も来るんじゃないぞ、早く川へ仕事に行くんだ、婆《ばあ》さん。司祭が出て来なければいいが。よし、今だ。急げ、走れ、走るんだ！　明るい外の光、教会の玄関、広い階段、歩道、木陰になった四角い広場。腕を広げ、彼女を抱きしめてやるんだ。彼女は頭をお前の肩にもたせかける。その髪をやさしく撫《な》で、金色の砂を払い落としてやるんだ。気をつけろ、ヘラ・エストレーリャ・デル・ノルテ〉からハシントがあくびをしながら出てくるかも知れん。町の人間やよそ者がやって来るとまずい。急げ！　彼女を騙《だま》しているんじゃない。口づけをしてやるんだ。彼女の顔が赤く上気する。驚かなくていい、その美しい顔が台なしになるよ。泣くんじゃない、わしはお前を愛しているんだ。彼女は頬《ほお》にお前の唇がそっと触れるのを感じる。興奮がおさまったのか、かたく強張《こわば》っていたその体の緊張が解ける。熱い夏に降る雨が虹《にじ》をかけて空を彩《いろど》るように、お前の唇の下で彼女の肌が美しく色づく。さあ、彼女を連れ去るんだ。トニータ、いっしょに行こう。わしがお前の世話をし、かわいがってやる。さっとしあわせにしてやるよ。しばらくしたら、このピウラの町を出て、二人してさんさんと陽光のふり注ぐ土地へ逃げよう。彼女を連れて走るんだ。家ののき先からは砂が流れ落ちている。人々はまだ眠っているか、ベッドの中で目を覚ました頃だろう。待て、まわりを注意して見るんだ。手を貸して彼女を馬に乗せろ。怖がらなくていいんだよ。ゆっくり話しかけるんだ。すぐに着くから、わしの腰にしっかり摑《つか》まるんだ、いいね。ふたたび太陽が町の上に姿を現わし、人気を暖める。街路に人影はなかった。狂ったように馬を走らせる。見ろ、彼女はお前のシャツをしっかり摑んでしがみついているぞ。顔を上気させぴったり寄り添っている。彼女は分かっているのだろうか？　人に見られるのは嫌《いや》だから、急げだと？　二人で逃げるのか？　わしといっしょに行きたいのか？　お前は、トニータ、トニータと囁《ささや》きかける。二人でどこへ行くのか、何をしに行くのか、そしてこの先どうなるのかお前には分かっているのか？　ビエホ・プエンテ橋を一気に駆け抜けろ。カスティーリャの住民は早起きだから、そこを避けて川岸のイナゴ豆の木のあいだを突っ切るんだ。よし、砂原に出たぞ。力いっぱい拍車をかけるんだ、走れ、飛べ！　その蹄《ひづめ》で砂漠《さばく》の背骨をへし折るんだ。砂ぼこりを舞い上げてわしたち二人の姿を隠すんだ。馬は息を切らせていななき、彼女はお前の腰にしがみついている。時々、風に吹かれて彼女の髪の毛が口に入る。拍車をかけろ！　鞭《むち》をくれろ！　もうすぐだ。ふたたび朝の匂いと砂ぼこりを吸い込み、狂ったように気持ちが高ぶる。音を立てないようそっと中に入り、彼女を抱きあげ狭い階段を登って塔の小部屋に行くのだ。彼女の腕が首飾りのようにお前の首に巻きつく。女たちの口からはいびきや苦しそうな息づかいが洩れ、歯が白く輝いている。お前は言う。誰も見てはいないよ、みんなよく眠っているから心配しなくてもいい、トニータ。名前を教えてやるんだ。あれがルシエルナガ、あれがラニータで、こちらがフロール、あの女《こ》がマリポーサだ。ほかにもまだいるが、一晩中酒を飲んだり男の相手をしたので、くたびれ切っているんだよ。わしたちのことは何も知らない。たとえ分かっても、あの女《こ》たちは何も言わないよ。何ならわしからあの女たちに事情を説明してもいい。きっと分かってくれるはずだ、とお前は言う。足を止めるんじゃない、あの女たちかね、みんな店の女《こ》だよ。塔の小部屋やそこから見える景色を話してやるがいい。川や綿畑、遠くかすむ茶色の山、真昼の陽差《ひざ》しを受けてきらめくピウラの町の家並、カスティーリャ地区の白い家々、茫《ぼう》漠《ばく》と果てしなく広がる砂漠と空のことを話してやるんだ。この日はお前のものだ、代りにわしが見てやるよ。わしのものはすべてお前のものだよ、トニータ。川が水嵩《みずかさ》を増す時の様子を思い浮かべてごらん。蛇《へび》のような細流が十二月に入ると急に川床を這《は》いまわりはじめ、ひとつに合わさって水嵩を増してゆく。緑がかった茶色い水が流れはじめ、それがどんどんふくれ上がり、広がって行くんだよ。やがて教会の鐘が激しく打ち鳴らされると、大勢の人が家を飛び出して川を見に行く。子供たちは爆竹を鳴らし、女たちは花や紙玉を投げる。ザクロ色の長袍《ちょうほう》をまとった司教が流れる川に祝福を授けるんだよ。マレコン地区の人々は感謝をこめて大地に跪《ひざまず》く。そうそう、それに市が立つんだ——露店、天幕、アイスクリーム、売り子の口上——、町の名士たちの名前も教えてやるがいい。彼らは馬に乗ったまま川に飛び込むと、空に向かって銃を撃つんだよ。時には半ズボン姿で水浴びしているガジナセーラやマンガチェリーアの住民やビエホ・プエンテ橋から勇敢に身を躍らせる人たちに向かって銃を撃つこともあるんだよ。昼夜を分かたず濁った泥水《どろみず》がカタカオスのほうへ流れて行くが、その様子も話してやるがいい。それから、アンヘリカ・メルセーデスのことも教えてやるのだ、あの女は彼女のいい友達になってくれるだろう。あの女の作る料理は天下一品だよ、トニータ。トウガラシ料理、濃いスープ、香辛料のきいた肉料理、ピケオ、それに口当たりの軽いチチャ酒もある。だけど、飲みすぎて酔ってはだめだよ。そうそう、ハープを忘れるところだった。お前のために毎晩セレナーデを演奏して上げよう。耳もとでやさしく話しかけながら、膝《ひざ》の上に抱きあげてやるんだ。むりをするな、ゆっくり焦《あせ》らずにやるんだ。軽く愛撫《あいぶ》してやるがいい、いや、それよりも、触れそうなほど近く顔を寄せて、むこうから唇を求めてくるのを待つほうがいい。やさしく愛情をこめて、耳もとで話しかけるのだ。彼女の体は羽のように軽く、その肌からは暖かい芳香が漂ってくる。ハープを弾くように腕のうぶ毛をそっと撫でてやるがいい。語りかけ、囁きかけながらやさしくそっと靴を脱がし、その足に口づけしてやるがいい。もう一度、そのかかとにそっと口づけするのだ。次は足の甲、そして小さく軽やかな足の指を口に含んでやる。薄闇《うすやみ》の中で彼女は爽《さわや》かな笑い声を立てる。お前も笑いながら、くすぐったいかね、と尋ねる。そのまま口づけを続けるんだ。ほっそりした足首から丸い形をした堅い膝頭へ。やさしくそっとベッドに横たえてやり、ゆっくりと焦らずブラウスを脱がせてやるのだ。その体に触れてみるがいい。体を固くした？　少し間をおいて、もう一度愛撫してやるがいい。彼女に話しかけるのだ、愛しているよ、わしはこれからお前のために生きて行く、そしてお前を小さな女の子のように慈《いつく》しみ愛しつづけるよ。手荒なことはするな。強く嚙《か》むんじゃないぞ。そっと体に手を回すのだ。彼女の手をスカートのところに持って行き、自分でホックを外させるのだ。わしが手伝ってやろう、脱がせてやるよ、トニータ。そう言いながらお前も横になるがいい。自分が思い、感じたことを素直に打ち明けるのだ。小さな兎《うさぎ》のようなかわいい乳房だね。夜、夢の中に現われたんだよ、この小兎たちが。部屋に飛び込んで来たので捕まえようとしたが、逃げられてしまった。だが、お前の乳房のほうがずっと柔らかくて生き生きしているよ。その薄暗い部屋では、カーテンが揺れ、まわりのものがぼんやりと見えている。そこに、すべすべした肌の輝くような裸体がじっと横たわっている。さあ、やさしく愛撫してやるがいい。その膝、腰、肩を褒《ほ》めてやるのだ。自分の思ったままを言うのだ。愛しているよ、トニータ、いつまでもね。いとしい、かわいい娘《こ》だ。彼女を抱き寄せ、そっと脚を開かせてやるがいい。やさしくそっとだ。急いではいけない。口づけをしてやれ、少し離れるんだ、もう一度口づけだ。落着くように言うんだ。お前の手がじっとり濡《ぬ》れ、彼女が力を抜いて体を開くまで待て。けだるい眠気が彼女を襲う。息づかいが激しくなり、両腕を広げてお前を迎える。塔の小部屋が揺れはじめ、部屋全体が熱く熱してついには燃える砂丘の中にその姿を消した。お前はわしの妻だ。だから、何も泣くことはないんだよ。そう言ってやるがいい。そんなに怯《おび》えてしがみつかなくてもいいんだ。これから二人で新しい人生を切り開いて行こう。いっしょにふざけて、気を紛らしてやるのだ。頰の涙を拭きとり、歌をうたいあやしてやるがいい。わしが枕《まくら》になってあげるから、ぐっすりお休み。眠っている間は、わしが見守っていてやるよ。

「あの人は、今朝リマに護送されたわ」とボニファシアが泣きじゃくりながら言った。「なかなか帰れそうもないんだって。」

いいじゃないか。ピウラの監獄は豚小屋みたいにひどいところだ、ホセフィノはそう言いながら部屋の中を二、三歩あるく。汚物溜《おぶつだめ》みたいなところだよ、あそこは。そう言って窓枠《まどわく》にもたれかかる。中には餓死する者もいるくらいだ。街灯の弱々しい光を受けて、サン・ミゲル学園や、教会、メリーノ広場のイナゴ豆の木が夢でも見ているようにぼんやりと霞《かす》んでいる。看守に口答えでもしてみろ、飯の代りに糞《くそ》を口の中に押し込まれるんだぞ。リトゥーマはむこう意気が強いから、リマに送られてかえってよかった。さもなきゃ、ひどい目に会わされるところだ。

「でも、あの人に別れの挨拶《あいさつ》もさせてもらえなかったのよ」とボニファシアがすすり泣きながら言った。「むこうへ護送されると分かっていたのに、どうして教えてくれなかったの？」

　お別れを言ったところで、つらいことには変わりないだろう？　そう言いながら、ホセフィノは彼女が腰をおろしているソファに近づいた。ボニファシアは苛々《いらいら》した様子で足で靴を脱ぎ棄《す》てると、急に体を震わせて泣き出した。そのほうがよかったんだ、リトゥーマにしたところでお別れなど言われたら、よけいにつらくなるさ。彼女がヘロッヘーロ交通社〉に訊《き》いてみたんだけど、むこうまでの運賃は目が飛び出るほど高いのね。どうやってお金を工面《くめん》すればいいか分からないの。ホセフィノは彼女の肩に腕を回した。リマへ行くのはいいが、女ひとりでどうやって暮らしを立てて行くつもりだ？　このピウラで待っていればいい。その間はおれが面倒を見てやる、寂しい思いはさせないよ。

「わたしは妻だから、あの人の行くところならどこへでもついて行かなければならないのよ」とボニファシアがすすり泣きながら言った。「どんなことをしても、毎日あの人のところへ面会に行って、食べものを届けて上げるの。」

　ばかだなあ、リマとピウラをいっしょにしちゃいけないよ。むこうへ行けば、食事だっていいものが出るし、大事にしてもらえるんだ。ホセフィノはボニファシアを強く抱き寄せる。彼女は少し抵抗するが、すぐにおとなしくなる。今度は、彼が熱くなりはじめた。あのポリ公はよく暴力を振るったんだろう？　それを聞いて彼女が、嘘《うそ》よ！　だが、ひどい暮らしだったんだろう？　彼女が、そんなことないわ。それなのにわたしはあの人を裏切ってしまったのよ、そう言って彼女はふたたび泣き出す。ホセフィノは彼女の髪を撫でながら、それにさ、なにもそんなに気に病むことはないんだ、あの男にとってはむしろこのほうがよかったんだ。むこうへ行けばパンだってブドウ酒だってあるんだからさ。心配するな、すぐ釈放されるよ、セルバティカ。

「わたしも悪い女だけど、あんたはそれ以上の悪人ね」とボニファシアが泣きじゃくりながら言った。「二人ともきっと地獄に堕《お》とされるわ。セルバティカと呼ばれるのが嫌《きら》いなのを知っていて、どうしてその名で呼ぶの？　ひどいわ、あんたって人は、ほんとにひどい人だわ。」

ホセフィノはそっと彼女を押しのけると、立ち上がった。おい、口が過ぎるぞ。おれがいなきゃ、今頃《いまごろ》お前は野垂れ死にしているか、乞食《こじき》にでもなっているところだ。そう言いながら窓にもたれて、夢でも見ているようにポケットをさぐる。それなのに、人の家までのこのこやって来て、目の前であのポリ公がいなくなったと泣かれた日にゃ、こっちはたまったもんじゃない。彼はタバコを取り出して、火をつける。そこまでこけにされて黙ってられるか！

「待てよ」彼はくるりとボニファシアのほうに向き直った。「お前、今あんたって言ったな。ベッドの中はべつにして、ほかのところじゃいつもあなた、あなたって呼びかけていたはずだ。お前も変わった女だな、セルバティカ。」

彼が近寄って来るのを見て、彼女は逃げようとするが、諦《あきら》めて彼の腕に抱かれた。その様子を見て、ホセフィノが笑いながら言った。恥ずかしいのか？　あの町の尼僧《にそう》たちにいったい何を吹き込まれたんだ？　どうしてベッドに入った時しかあんたって呼ばないんだ？

「わたしのしていることは罪深いことなのよ。自分でもそれはよく分かっているのに、どうしてもあんたから離れられないの」とボニファシアは泣きじゃくりながら言った。「信じないでしょうけど、わたしはきっと神様に罰せられるわ、その時はあんたも同罪よ。何もかもあんたが悪いのよ。」

善人ぶるんじゃない。そういうところはピウラの女にそっくりだ。女というのはどいつもこいつもみんな同じだな。何を善人ぶってる。あの男に連れられてこの町にやって来たあの夜から、お前はおれの女になると決まっていたんだ、知らなかったろう？　彼女がふくれっ面《つら》をしながら、ええ、知らなかったわ。こんなことなら来なければよかった。でも、ほかに行くところがなかったのよ。ホセフィノはタバコを床に棄てる。ボニファシアは背を向けて体を丸くしていたので、彼はその耳もとで囁いた。これから訊くことに正直に答えるんだ、ボニファシア。包み隠さず本当のことを言うんだぞ、お前はおれが好きか嫌いか、どちらだ？

「自分でも悪い女だと思うけど、あんたが好きよ」と彼女が囁くように言った。「でも、そんな話はもう止《や》めて、訊かないで。罪深いことよ。」

あのポリ公よりもおれのほうがいいだろう？　誰も聞いちゃいない、だから正直に言うんだ。お前を愛しているよ。どうだ、おれのほうがいいだろう？　そう言いながら彼はボニファシアの首のところに口づけをすると、軽く耳を噛む。そのスカートの下にある、暖かくてぴちぴちしたよく締まる体が男を待っているんだろう？　あのポリ公と寝ても、声を出すことはないはずだ、そうだろう？　それを聞いて彼女はかすれた声で、あるわ、はじめての時がそうだったわ、でも、あれは痛かったせいね。あのポリ公がその気になったら、お前はベッドの上で声を上げるのか？　痛いからじゃない、よかったからだ、どうだ？　止めて、ホセフィノ！　神様に聞かれたらどうするの、と彼女。ちょっと触っただけでも、感じるんだよ、お前は。お前はあれが好きだから、おれに惚《ほ》れたふりをしているんだ。そう言いながら、ホセフィノは彼女から離れた。ボニファシアは甘えた声を出すのを止めて、泣きはじめた。

「お前は棄てられたも同然だ、セルバティカ」とホセフィノが言った。「あのポリ公といっしょになったばかりに、こんなことになったんだ、いなくなったからといって何を悲しむことがあるんだ。」

「だって、あの人はわたしの夫よ」とボニファシアが言い返した。「だから、わたしもリマへ行かなきゃいけないの。」

ホセフィノはかがみ込んで床から吸い殻《がら》を拾うと、それに火をつけた。メリーノ広場では子供たちが駆け回っているが、中には彫像によじ登っているものもいる。まだそんな時間でもなかったが、ガルシーア神父の家には灯《ひ》がついていた。言い忘れていたが、じつは時計を質に入れたんだ、セルバティカ。今まで気がつかなかったなんて、おれもどうかしてるよ。明日の朝早く、ドーニャ・サントスのところへ行けばいい、そうしたら何もかも片が付く。

「もういいの」とボニファシアが言った。「リマへ行くのは諦めたから、その必要はないわ。」

ホセフィノはタバコの吸い殻をメリーノ広場のほうへ投げるが、サンティェス・セーロ並木道の手前で下に落ちた。彼が窓際《まじぎわ》から離れると、彼女は体を硬くしてじっと睨《にら》みつけていた。なんだその目つきは、おれを殺すとでも言うのか？　お前の日がきれいなことはよく分かっている、だがそこまで大きく見開くことはないだろう。何を言いたいんだ？ ボニファシアはもう泣いてはいなかった。彼女は挑《いど》みかかるような強い声で言った。もういいのよ。お腹《なか》の子は夫の子供よ。じゃあ、その夫の子供をどうやって育てて行くつもりだ？ その夫の子供とやらが生まれるまで、お前はどうやって暮らして行く？ その父《てて》なし子をこのおれにどうしろと言うんだ？ 人間って奴《やつ》はどうしてこうなんだろうな、神様のくださったおつむはいったい何のためについているんだ？ そいつを使って、少しはものを考えてみろ。

「女中さんになって働くわ」とボニファシアが言い返した。「そこでお金を貯《た》めて、子供といっしょにリマへ行くのよ。」

そんなお腹で、女中になるだと！ ばかも休み休み言え。誰が雇うもんか！ よしんばそんな奇特な人間がいたところで、拭《ふ》き掃除をはじめいろいろきつい仕事をさせられて、お前のいとしいご亭主の子供は流産か死産だ。たとえ生まれたにしても、障害のある子だよ。嘘だと思ったら一度医者に訊いてみろ。彼女は、自分で手を下すくらいなら、死んでくれたほうがいいわ、そのほうがいいのよ。

そう言うと彼女はふたたび泣きはじめた。ホセフィノはその横に腰をおろすと、彼女の肩に腕をまわした。お前は心の冷たい、恩知らずな女だ。これだけ親切にしてやっているのに、それが分からないのか？ この家にお前を引き取って食べさせてやっているのは、なんのためだと思う？　お前を愛しているからだ。おれがこれだけしてやっているのに、お前は父なし子を生むというんだからな。そんなことをしてみろ、おれは町中の笑いものになって、みんなからこけにされるのがおちだ。サントスのところへ行ってみろ、足もとを見られて目が飛び出るほどふんだくられるんだぞ。おれがそこまでしてやろうと言っているのに、お前はお礼の言葉ひとつ言わず、泣きじゃくるだけだ。どうしてそんなにつれないんだ、お前は？　ほんとうはおれを愛しちゃいないんだろう。おれがこれだけ愛しているというのに、な。そう言いながら彼女の首のところを抓《つね》ると、耳もとに息を吹きかける。彼女はすすり泣きながら、あの町、シスターたちのところへ帰りたいの、インディオの住んでいる土地、大きな建物も車もないあの土地、サンタ・マリーア・デ・ニエバへ帰りたいのよ、ホセフィノ。

「むこうに帰るだけの金があれば、この町で家が一軒楽に建てられる」とホセフィノが言った。「お前は好き勝手なことを言っているが、自分が何を言っているのかちっとも分かっちゃいないんだよ。もっと大人になるんだ。」

そう言って彼はハンカチを取り出すと、彼女の涙を拭いてやり、その日に口づけする。そのあと彼女の体を自分のほうに捩《ね》じむけ激しく抱きしめる。お前のことが気がかりなんだ、と彼。どうして？　お前のためを思ってしてやっているんだよ。どうして、ねえ、どうしてなの？　お前を愛しているからさ。ボニファシアはハンカチを口に押しあてたまま溜息《ためいき》をつく。夫との間に出来た子供を殺せと言っておきながら、わたしのためだなんてよく言えるわね。

「殺すんじゃないだろう。生まれてもいない子をどうやって殺せるんだ」とホセフィノが言った。「それに、夫、夫とうるさいが、もうお前たちは夫婦でも何でもないんだ。」

いいえ、夫婦よ。わたしたちは教会で式を挙げたのよ、だから、神様の前にでれば、夫はあの人ひとりしかいないわ。どうして何にでも神様を引き合いに出すんだ、おかしな癖だ、とホセフィノ。じゃあ、あんたは神様を信じないの？　と彼女。ばかだな、お前は、さあ口づけしてくれ、と彼。いやよ、と彼女。その言葉を聞いて彼は、お前を愛してなきゃ、ただでは済まさんところだ。そう言いながら彼女の体を揺さぶり、立ち上がれないように腋《わき》のところを押さえつける。意地っ張りの石頭め。あなたは神様を信じないの？　泣きじゃくり、しゃくりあげていた彼女が急に笑い出す。顔の動きが止まった一瞬を狙《ねら》って、彼はボニファシアに口づけした。おれを好きかい？　一回だけだ、なあ、いいだろう、一回だけだよ。あんたなんて大嫌いよ、と彼女。おれはお前を愛してる、だがな、お前はそれをいいことにつけ上がっているんだ、と彼。愛してるなんて、口先だけじゃない、と彼女。できるものならこの心臓に触らせてやりたいよ、お前のことを思ってこんなに激しく鼓動しているんだぞ。それに、もしおれを愛しているんなら、嫌《いや》だなんていわないはずだ。そのスカートの下、ブラウスの下には暖かくてすべすべしたよく引き締まった体が隠されているんだろう、肉付きのいい背中だって暖かくて汗ひとつかかない……そう言うホセフィノの声が少しずつ間遠になって行き、彼女と同じように低い声に変わる。いくら言っても、サントスのところへは行かないわ。押し殺したような声で、それくらいなら死んだほうがましよ。けだるそうな声で、でも、あんたは愛しているわ。喘《あえ》ぐような熱い息づかい。

三　章

「そんな顔をしてどうしたんだ、嬉《うれ》しくないのか?」と軍曹《ぐんそう》が尋ねた。「人が見たら、むりやり連れて行かれるんじゃないかと思うぞ。」

「嬉しいわ」とボニファシアが答えた。「でも、シスターたちと別れるのがつらいの。」

「トランクはそんな端に置いちゃいかん、ピンタード」と軍曹が注意した。「それに木箱もあんな置き方をしたら、ランチが何かにぶつかったら川に落ちてしまうじゃないか。」

「天国へ着いたら、おれたちのことも思い出して下さいよ、軍曹」と〈チビ〉が言った。「暇があったら、都会の暮らしがどんなものか手紙で書いてきて下さい。もっとも、ペルーに都会があればの話ですがね。」

「ピウラはペルーでもとびきり明るくて陽気な町だから」と中尉《ちゅうい》が言った。「きっとあそこが気に入りますよ、奥さん。」

「明るくて陽気な町ですの?」とボニファシアが言った。「だったら、きっと好きになると思いますわ。」

ランチに荷物を積み終えた船頭のピンタードは、ドラムかんの間に跪《ひざまず》いてエンジンの調子を調べている。快い風が吹き、ブドウ色のニエバ川は、逆巻き、泡立《あわだ》ち、小さな渦《うず》を巻いているマラニョン川のほうへ流れていた。軍曹は嬉しそうにランチの上を歩きまわり、荷物やロープの締まり具合を調べている。ボニファシアはその様子をしあわせそうに眺《なが》めているが、時々船から目を逸《そ》らして、丘のほうをちらっと窺《うかが》った。澄みきった空の下では、木立に囲まれた伝道所の建物が美しく輝き、トタン板や白壁が夜明けの明るい光を受けてきらめいている。岩場につけられた小道は地表を低く這《は》う靄《もや》に包まれて見えなかった。いつもなら靄は風に吹き散らされるのだが、今日は木立がその風を遮《さえぎ》っていた。

「早くピウラに帰りたくてうずうずするな、お前はどうだ？」と軍曹が尋ねた。

「本当ね、わたしも早く行きたいわ」とボニファシアが答えた。

「ここからだと遠いんだろう」とラリータが言った。「それに、暮らしぶりだって違うだろうしね。」

「サンタ・マリーア・デ・ニエバとは比べものにならないくらい大きな町で」とボニファシアが言った。「シスターたちのところに置いてある雑誌、あれに出てくるような家が建っているんですって。ただ、木は少なくて、砂漠《さばく》が広がっているだけだって言ってたわ。」

「お前のことを思えば、喜ばなきゃいけないんだけどさ、やはり寂しくなるだろうね」とラリータが言った。「そうそう、シスターたちにはもう言ったのかい？」

「ええ、いろいろと教えていただいたの」とボニファシアが答えた。「シスター・アンヘリカがとても悲しまれて、つらかったわ。めっきり老け込《こ》んで耳が遠くなられたので、大きな声を出さないと話が通じないのよ。足も弱って、目ばかりきょろきょろしておられたけど、わたしを礼拝堂まで連れて行って下さったので、二人でお祈りをあげたのよ。でも、もうあの方とお会いすることもないでしょうね。」

「あのシスターは性根のねじくれた意地悪婆《ばあ》さんだよ」とラリータが言った。「人の顔さえみれば、そこの拭《ふ》き掃除はまだでしょう、鍋《なべ》をまだ洗ってないんじゃないんですか、なんてがみがみうるさいんだよ。その上、朝になって顔を合わすとさ、罪を悔い改めましたか、怠けると地獄に堕《お》ちますよ、とお説教だろう。アドリアンのことだってさ、あの男は盗賊で、みんなの目をうまく欺《あざむ》いていたんですよ、なんてひどいことを言うんだよ。」

「齢《とし》をとって気むずかしくなられたのね」とボニファシアが取りなした。「きっと、ご自分でももう長くないと思っておられるのよ。でも、わたしにはやさしいのよ、きっと愛して下さっているのね。わたしもあの方は大好きよ。」

「イナゴ豆の木、ロバ、トンデーロ踊り、いろいろと珍しいものがありますよ、奥さん」と中尉が言った。「ピウラからだと海はそんなに遠くないですから、ぜひ一度お出《い》でになるといいですよ。川と違って海で水浴びするのもいいものですよ。」

「それに、むこうは美人の産地だそうですよ、奥さん」と〈デブ〉が横から口をはさんだ。

「おい、何を言い出すんだ、〈デブ〉」と〈金髪〉が慌《あわ》てて止めた。「ピウラに美人がいようがいまいが、奥さんには関係ないだろう。」

「ピウラの女性には気をつけて下さい、そう言ってるんだよ」と〈デブ〉が言った。

「旦那《だんな》さんを取られちゃ大変だからな。」

「その点は大丈夫だ」と軍曹が言った。「おれは友達や従兄弟《いとこ》に会いたいだけで、女性は、女房ひとりでじゅうぶんだ。」

「おやおや、心にもないことを言ってるぞ」と中尉が笑いながら冷やかした。「奥さん、気をつけないといけませんよ。あなたを棄《す》てて逃げたりしたら、棒をもって追いかけてやりなさい。」

「軍曹、できたらピウラの女の子をひとり包装して、こっちに送ってくれませんか」と〈デブ〉が軽口を叩《たた》いた。

ボニファシアはそんな彼らにほほえみかけていたが、一方では唇《くちびる》を噛《か》んだり、時々何とも言えない悲しそうな表情を浮かべた。しばらく目をうるませ、口もとを震わせていたが、やがてつらそうな表情も消え、目もとに微笑が戻って来た。ようやく町も目を覚ましたのか、パレーデスの店には白人たちが詰めかけ、ドン・ファビオのところで働いている年老いた女中が市庁舎のテラスを掃除しはじめた。アグアルナ族の若者や老人たちが、手に棹《さお》や銛《もり》を持ち、カピローナの木の下を通って川のほうへ向かって行った。太陽がヤリーナシュロの屋根をじりじりと焦《こ》がしはじめた。

「そろそろ船を出しましょうか、軍曹」とピンタードが声をかけた。「風が吹き出す前にポンゴの難所を越えたほうがいいでしょう。」

「まずわたしの話を聞いてから、返事すればいいのよ」とボニファシアが言った。「とにかく、話を聞いて。」

「つまらないことは考えないほうがいいよ」とラリータが言った。「あとでつらい思いをしなきゃいけないのはお前なんだからね。それよりも、その時どきを大切に生きて行くことだよ、ボニファシア。」

「あの人に相談したら、それはいい考えだと言ってくれたの」とボニファシアが言った。「あの人から週に一ソルもらうでしょう。それに、シスターたちから教わった裁縫の技術を生かして何か内職でもしてみようと思うの。でも、途中で盗まれるんじゃないかしら？　大勢の人の手を通すんだもの、ひょっとするとあなたの手に届かないかも知れないわ。」

「仕送りなんてしてもらわなくても、じゅうぶんやって行けるんだよ」とラリータが言った。「お金があっても、ここじゃ使い道がないからね。」

「そうだ、いい方法があるわ」とボニファシアは頭に指を当てて言った。「シスターたちに送るのよ。まさかあの人たちのお金をくすねようなんて人はいないはずでしょう。そして、シスターたちからあなたに渡してもらえばいいんだわ。」

「帰りたい、帰りたいと思っていても、いざとなるとやはりつらいもんだな」と軍曹が言った。「何だか寂しいような気がするが、こんな経験ははじめてだよ。嫌《いや》なところだと思っていても、いつの間にかその土地になじんでしまうもんだな。」

風が強くなり、低い木立の上にそびえている高い木々の枝を揺らしはじめた。丘のほうに目をやると、伝道所の中央の建物の扉《とびら》が開き、人影が現われた。シスターらしいその黒い人影は中庭を横切って礼拝堂のほうに向かって行くが、風にあおられてその僧服はふくれ上がり、波打っていた。小屋の入口にいたパレーデス夫妻はベランダに肘《ひじ》をつき、船着き場のほうを見て手を振っていた。

「そりゃそうでしょう」と〈クロ〉が言った。「長い間この土地で暮らしてきたし、奥さんもここの人ですからね。寂しいと言われる気持ちはよく分かりますよ。ですが、奥さんのほうがもっとつらいんじゃないんですか？」

「中尉、いろいろとありがとうございました」と軍曹が言った。「ピウラへ来られたら、何なりと申しつけて下さい。出来るだけのことはさせて頂きますから。で、リマへはいつお出でになるんです？」

「まず、イキートスへ行って例の件を片付けなければいかんから、ピウラへ行くとしてもひと月くらい先になるだろう」と中尉が答えた。「むこうに帰ったらしあわせにな。ひょっとすると、近々顔を出すかも知れんが、その時はよろしく頼むぞ。」

「子供ができるまでは、しっかりお金を貯《た》めるんだよ」とラリータが言った。「アドリアンはいつも、来月こそ貯金をはじめよう、そうしたら半年もすれば新しいエンジンが買えるはずだとよく言っていたけど、とうとうできなかったね。べつにあの人がつかったわけじゃないんだよ、食べものや子育てに要るもんだからね。」

「イキートスへ行けばいいのよ」とボニファシアが言った。「お金を送るから、それをシスターたちに貯めてもらって、旅費ができたら、あの人に会いに行けばいいわ。」

「パレーデスは、あの人にはもう会えないだろうって言うのよ」とラリータが言った。「わたしもシスターたちの下働きをしてこの土地で死ぬことになりそうだから、仕送りなんかしなくたっていいのよ。町で暮らすといろいろと物入りだから、無駄遣《むだづか》いをしちゃいけないよ。」

軍曹、いいかね？　そう言われて軍曹はうなずく。中尉はボニファシアを抱擁するが、彼女はどぎまぎして目をぱちぱちしばたたき、しきりに首を振っていたが、その口もとやまだ濡《ぬ》れている目もとにほほえみが戻っていた。今度は、おれたちの番ですよ、奥さん。まず最初に、〈デブ〉が抱擁する。それを見て〈クロ〉が、おい、いつまで抱きついているんだ。〈デブ〉が慌てて、べつに悪気じゃないんですよ、軍曹、友人として抱擁しただけです。次いで、〈金髪〉と〈チビ〉が抱擁する。すでにもやい綱を解いていた船頭のピンタードは、棹を使ってランチが船着き場から離れないよう支えていた。軍曹とボニファシアはランチに乗り込むと、荷物の間に立った。ピンタードが棹を上げると、船は流れに身をゆだね、ゆらゆら揺れながらマラニョン川のほうへゆっくりと運ばれて行った。

「あの人に会いに行かなきゃいけないわよ」とボニファシアが言った。「何と言おうが、お金は送りますからね。あの人が釈放されたら、二人でピウラに来るといいわ。あの時は助けていただいたんだから、今度はわたしがお返しをする番よ。むこうなら誰も知っている人がいないから、ドン・アドリアンだって好きな仕事に就けるわ。」

「ピウラの町を見たら、びっくりして目を丸くするだろうな」と軍曹が言った。

ボニファシアは船縁《ふなべり》から手を出して、指先を水につけていた。水面にまっ直な筋が走るが、それはたちまちスクリューの掻《か》き立てる泡に呑《の》み込まれてしまった。時々、濁った水面に魚がちらっと姿を見せた。頭上には澄みきった空が広がっているが、遠くアンデス山脈のほうには厚い雲が漂っている。その雲を陽差《ひざ》しがナイフのように切り裂いていた。

「シスターたちと別れるのがつらいのかい？」と軍曹が尋ねた。

「それもあるけど、ラリータとも別れなければいけないでしょう」とボニファシアが言った。「ずっとシスター・アンヘリカのことを考えていたの。昨夜伝道所に行ったら、わたしをつかんで離さないのよ。口もきけないほど悲しんでおられたわ。」

「あんなに沢山贈物をもらって、シスターたちにはほんとにお世話になったたな」と軍曹が言った。

「いつかここに帰って来られるかしら？」とボニファシアが言った。「その時は、ちょっと立ち寄ってみたいわ。」

「どうかな」と軍曹が言った。「ちょっと立ち寄るには遠すぎるんじゃないかな。」

「泣かないで」とボニファシアが言った。「どんな暮らしをしているか手紙で知らせるわ。」

「イキートスの町を出たのは、まだ子供の頃《ころ》だったし」とフリータが言った。「むこうの島にいたのは、アチュアル族やウアンビサ族の女ばかりだったんだよ。彼女たちはスペイン語ができないもんだから、ほんとうに親しくなるってこともないしね。だから、お前はわたしにとっていちばんの友達なんだよ。」

「わたしも同じよ」とボニファシアが答えた。「いいえ、あなたは友達以上だわ。わたしにとっていちばん大切な人といえば、あなたとシスター・アンヘリカなのよ。お願い、もう泣かないで。」


「どうして戻って来なかった、何をぐずぐずしていたんだ、アキリーノ？」とフシーアが言った。

「これでも急いで戻って来たんだ、そう怒るなよ、フシーア」とアキリーノが宥《なだ》めた。

「前に話した例の男がうるさく訪ねてきてね。尼僧《にそう》や医者がいるからどうのこうのと言い出して、なかなかうんと言わなかったんだ。だが、もう大丈夫だ、ちゃんと話をつけて来たよ、フシーア。」

「尼僧だって？」とフシーアが驚いて尋ねた。「すると、むこうには尼僧たちも住んでいるのか？」

「看護婦代りに、みんなの世話をしているんだよ」とアキリーノが答えた。

「頼む、どこかほかのところへ連れて行ってくれ、アキリーノ」とフシーアが言った。「サン・パブロみたいなところにおれを置いてけぼりにしないでくれ、あんなところで死にたくないんだ。」

「金をそっくり渡すと、とたんに愛想がよくなって、えらく親切にしてくれたよ」とアキリーノが言った。「書類のほうも手配してくれるし、あんたの身許《みもと》も割れないように計らってくれるそうだ。」

「すると、おれが何年もかかって貯めた金をそっくり渡してきたのか？」とフシーアがあきれたように言った。「なんてこった、インディオと戦い、血の滲《にじ》むような思いをして貯めた金だぞ。それをそっくり、どこの馬の骨とも分からん男にやったのか？」

「こっちも駆け引きを使って、少しずつ値を吊《つ》り上げてみたんだ」とアキリーノが言った。「最初、五百ソルと言ってみたが、だめだと言うんで、千ソルに上げたが、それじゃ話にならん、牢《ろう》に入ってもそれ以上の金はかかるぞって言いやがった。で、仕方なく持ち金を全部渡すと、あんたの食事や治療は最高のものにさせてもらうと約束してくれたんだ。むこうに入れてもらえなかったら、それこそおおごとだ、腹も立つだろうが、こらえてくれ、フシーア。」

どしゃ降りの雨だった。濡れねずみになった老人は雨に悪態をつきながら棹を使って水路を抜け出した。船着き場に近付くと、崖《がけ》の上に裸の人影が見えたので、ウアンビサ族の言葉を使って、大声で手伝ってくれと呼びかけた。その赤銅《しゃくどう》色の人影はいったん風に揺れているルプーナの木のむこうに消えたが、間もなく泥《どろ》の斜面を飛び跳ね、滑り降りながら近付いて来た。彼らはランチを杭《くい》につなぐと、大粒の雨を背中に受けながら川の中にざぶざぶ入り、ドン・アキリーノをかかえて岸まで運んだ。老人は崖を登りながら服を脱ぎはじめた。崖を登りつめたところで、シャツを脱ぎ、集落に入ると、小屋の中から子供たちや女が親しそうに挨拶《あいさつ》しているのを無視してズボンを脱いだ。麦藁《むぎわら》帽子にパンツ一枚という格好で、茂みを抜けて白人たちのいる空地のほうへ向かった。すると、猿《さる》のようなものがゆらゆら揺れながら手すりから飛び降りた。なんだお前か、パンターチャ。彼は老人を抱擁した。また薬草を飲んだな。薬のせいでふらふらしながら彼は老人の耳もとで何か呟《つぶや》く。なんだ、満足に口もきけんのか、さあ、そこを放してくれ。パンターチャは何とも言えず悲しそうな目をしており、口もとからは涎《よだれ》がだらだら流れていた。ひどく動揺した様子で彼が小屋のほうを指さして、何やら身振りをしたので、老人はそちらのほうに目をやった。そこのテラスには、首飾りや腕輪をいっぱいつけ、厚化粧をしたシャプラ族の女が仏頂面《ぶっちょうづら》をして、じっと立っていた。

「あの二人が逃げてしまったんだよ、ドン・アキリーノ」とパンターチャが目をきょろきょろさせながら唸《うな》るように言った。「ボスはひどく腹を立てて、二、三ヵ月前から小屋に閉じこもったきりで出て来ないんだ。」

「今、小屋にいるのかね?」と老人が尋ねた。「さあ、そこを放してくれ、ボスと話があるんだ。」

「このおれに命令するつもりか?」とフシーアが言った。「もう一度引き返して、あの男から金を返してもらうんだ。おれをサンティアーゴへ連れて行ってくれ。同じ死ぬのなら、顔見知りの連中に囲まれて死ぬほうがいい。」

「夜になるまでここで待とう」とアキリーノが言った。「みんなが寝静まったら、見舞い客を水浴びさせるランチのところまであんたを連れて行く、すると例の男が迎えに来る手筈《てはず》になっているんだ。さあ、いつまでも強情を張らないで、少し眠ったらどうだね、フシーア。それとも、何か食べるかね？」

「おれの言うことには耳も貸さず、自分勝手に話を進めて行くが、こっちは、はい、はいと言ってそれに従うだけだ。どうせむこうへ行っても同じ扱いを受けるんだろう」とフシーアが愚痴をこぼした。「だが、アキリーノ、これはおれの一生の問題だぞ。頼むよ、じいさん、おれをこんなところに置き去りにしないでくれ。お願いだから島へ連れ戻してくれ。」

「もうむりだよ」とアキリーノが言った。「そのためにはリンティアーゴまで川をさかのぼらなければならんが、人目を避けての旅だ、二、三ヵ月はかかるだろう。しかし、もうガソリンは切れかけているし、それを買う金もないんだ。友達だと思えばこそ、ここまで連れて来てやったんだよ。ここなら、異教徒じゃなくて、キリスト教徒たちに囲まれて死んで行ける。さあ、むりを言わないで、少し眠るんだ、フシーア。」

彼は毛布にくるまり顔だけ出していたが、体がひどく痩《や》せているのは毛布の上からでも分かった。蚊帳《かや》はハンモックを半ば覆《おお》っているだけで、まわりには空かんや果物の殻《から》、底にまだマサート酒の残っているひょうたん、食べ残しの料理などが散らばり、足の踏み場もなかった。小屋の中は妙な臭《にお》いがし、蠅《はえ》がうるさく飛び回っていた。老人が肩を押すと、フシーアはいびきで答えたので、今度は両手で激しく揺さぶった。ノシーアは目を開けると、血走った目で疲れたようにアキリーノの顔を見つめ、すぐにまた目を閉じた。何度か同じことを繰り返したあと、フシーアはようやく両肘をついて少し体を起こした。

「水路の途中でどしゃ降りの雨に会って」とアキリーノが言った。「びしょ濡れになってしまったよ。」

そう言いながら彼は腹立たしそうにシャツとズボンの水を絞ると、ハンモックのロープにそれを吊るした。外では相変わらず強い雨が降りしきっていた。どんより濁った光が空地の水溜《みずたま》りや灰色のぬかるみを照らし、風が唸りを上げて木々に激しく襲いかかっていた。時々、目を射るようなジグザグの閃光《せんこう》が空を切り裂いたが、間もなく雷鳴が聞こえはじめた。

「あの淫売《いんばい》が島を抜け出したんだ」とフシーアは目を閉じたまま呟いた。「ニエベスと二人で姿をくらましたんだ。」

「二人がいなくなったところでどうってことはないだろう?」とアキリーノが言った。「おかしな人間と暮らすよりはひとりのほうが気楽でいい。」

「あの女はどうでもいいんだが」とフシーアが言った。「船頭といっしょに逃げたのが気に入らないんだ。今に必ず思い知らせてやる。」

フシーアは目を閉じたまま横を向くと、ぺっと唾《つば》を吐いた。おい、おい！　彼は毛布を口のところまで引っ張り上げた。唾を吐く時は気をつけてくれ、もう少しでかかるところだったぞ。

「この前来たのは何ヵ月前だったかな？」とフシーアが尋ねた。「百年以上も待っていたような気がするよ。」

「品物は沢山あるのかね？」とアキリーノが尋ねた。「ゴムの玉と革はどれくらいあるんだね？」

「それがだめなんだ」とフシーアが答えた。「どの集落へ行ってももぬけの殻で、今度ばかりは品物がないんだ。まったく、ついてないよ。」

「あんたは旅に出られるような体じゃなかったし、密林を抜けるにも脚がきかないじゃないか」とアキリーノが言った。「親しい人間に見とられて死にたいと言うが、ウアンビサ族の連中だって、もうあんたを見限っていたんだよ。連中は、隙《すき》さえあれば逃げ出してやろうと考えていたんだ。」

「ハンモックの上からでも命令はできたさ」とフシーアが言った。「おれが命令しさえすれば、フムとパンターチャが連中を連れて行ったはずだ。」

「ばかなことを言うもんじゃない」とアキリーノが言った。「フムは連中にひどく憎まれていたんだ、殺されなかったのはあんたのおかげだよ。それに、パンターチャは薬で頭がすっかりいかれていた。島に残して来た時だって、満足に口もきけなかったじゃないか。もう何もかも終わったんだよ、フシーア。目を覚ますんだ。」

「品物はいい値で売れたかい?」とフシーアが尋ねた。「いくらになったね。」

「五百ソルだ」とアキリーノが答えた。「そう渋い顔をするなよ、あの品物ならこれで精一杯だ。むこうの連中とやり合って、やっとこれだけ持って来たんだ。それにしても、品物がないというのは、どういうわけだね?」

「このあたりはもうだめだ」とフシーアが言った。「インディオたちはすっかり警戒して、どこかに姿をくらましちまったんだ。もっと遠くへ行かなきゃだめだ。町の近くだって構やしない、出かけて行って、なんとしてもゴムを手に入れてやる。」

「ラリータがあんたの金をそっくり持ち逃げしたのかね?」とアキリーノが尋ねた。「それとも、少しは残して行ったのかい?」

「金って、なんの金だ?」とフシーアは体を丸くし、毛布を口のところでしっかり押さえながら尋ねた。

「わしが持って来てやった金だよ、フシーア。強盗を働いて稼《かせ》いだのがあるだろう?」とアキリーノが言った。「どこにしまってあるんだ? いくら残っているね? 五千かね、それとも一万になっているかね？」

「あれはおれの金だ。お前だろうが誰だろうが、ぜったいに渡さんぞ」とフシーアが言った。

「おいおい、情けないことを言うもんじゃない」とアキリーノがたしなめた。「わしを睨《にら》みつけてもだめだ、ちっとも怖くないんだから。それより、訊《き》かれたことに答えるんだ。」

「ラリータの奴《やつ》、おれがひどく恐ろしかったのか、慌《あわ》てていたんで金のことをすっかり忘れていたらしい」とフシーアが言った。「あいつは金の隠し場所を知っていたはずだからな。」

「ひょっとすると、あんたに同情していたのかも知れんな」とアキリーノが言った。「そんな体で島に置き去りにされるんだ、せめて金だけでも残しておけば少しは救われるだろう、そう考えたのかも知れん。」

「いっそのこと持ち逃げしてくれればよかったんだ」とフシーアが呟いた。「金がなければ、むこうの男もおれを迎え入れようとはしないだろうし、お前だってその気性だ、こんな体のおれをまさか密林に棄《す》てたりはしないだろう。何とかして島へ連れて帰ってくれたはずだよな、じいさん。」

「大分落着いたようだな」とアキリーノが言った。「いいものを作ってやるよ。バナナを潰《つぶ》して、煮るんだ。明日からは白人たちの食事を食べることになるんだから、インディオの料理はこれが最後になるよ。」

老人は笑いながら空のハンモックに寝そべると、片方の足でそれを揺すりはじめた。「あんたにいっぱい食わせるつもりなら、こんなところへ戻っては来ないよ」と彼が言った。「五百ソル持ってるんだ、その気になればいつだって持ち逃げ出来たんだ。どうも今度は品物がないような気がしたんだが、やはりわしの予感は正しかったようだな」

雨が小屋の玄関を洗い、鈍い音を立てて屋根を叩《たた》いていた。外から熱風が吹き込み、その風にあおられて蚊帳が白いコウノトリのように羽ばたいた。

「そんなに隠さなくてもいいだろう」とアキリーノが言った。「脚の皮がむけてしまったそうじゃないか。」

「あの淫売め、おれが蚊に刺されたって話をしたんだな」とフシーアが呟いた。「刺されたところを掻《か》いたら、そこから黴菌《ばいきん》が入ったんだ。だが、もういいんだよ。おれがこんな体だからまさか追っては来られまいと思っているだろうが、最後に笑うのは誰か、いずれあいつらに思い知らせてやるぞ、アキリーノ。」

「話を変えるんじゃない」とアキリーノが言った。「ほんとうに良くなっているのかね?」

「残っていたら、もう少しくれないか、じいさん」とフシーアが言った。

「わしはもういいから、これを食べればいい」とアキリーノが言った。「ウアンビサ族の連中と同じで、わしも大好物なんだよ。毎朝、目を覚ますと、バナナを潰して、煮て食べているんだ。」

「カンポ・グランデやイキートスよりも、あの島のほうが恋しくてな」とフシーアが言った。「まるで自分の故郷みたいな気がするんだ。こうなってみると、ウアンビサ族の連中までが懐《なつか》しいよ。」

「自分の子供はどうなんだね?」とアキリーノが言った。「あの子のことはちっとも口にしないが、ラリータが連れて逃げたのに、何とも思わないのかね?」

「あれはおれの子供じゃない」とノシーアが言った。「たぶん、あの牝犬《めすいぬ》の奴が……」

「もういい、分かったよ。あんたとは古い付き合いだ、そのわしを騙《だま》そうとしてもだめだよ」とアキリーノが言った。「はんとうのことを言ってくれ。良くなっているのか、それとも悪くなっているのか、どちらだね?」

「そんな言い方はやめろ!」とフシーアが言った。「たとえお前でも、許さんぞ。」

弱々しい彼の声はたちまちうめき声に変わった。アキリーノがハンモックから飛び降りて近付いて来るのを見て、フシーアは毛布で顔を覆った。おどおどしている無様な肉体。

「何も恥ずかしがることはない」と老人が囁《ささや》くように言った。「ちょっと見せてもらうよ。」

フシーアは返事をしなかったが、アキリーノは構わず毛布の端をつまんで持ち上げた。フシーアは靴《くつ》をはいていなかった。老人は鉤爪《かぎづめ》のような手で毛布を摑《つか》み、額に皺《しわ》を寄せ、口を開けてじっと眺《なが》めた。

「悪いが、もう時間だ、フシーア」とアキリーノが言った。「そろそろ出かけよう。」

「もう少し待ってくれ、じいさん」とフシーアがうめくように言った。「葉巻を一服喫《す》わせてくれないか、長くはかからんからよ。」

「むこうじゃわしたちを待っているから、早く喫ってくれ」とアキリーノが言った。

「早く見てくれ！」とフシーアが毛布の下からうめいた。「照れくさいんだ。ついでに、上のほうも見ておいてくれよ。」

いったん曲げた脚を伸ばしたはずみに、毛布が床に落ちた。これでよく見えるだろう、とアキリーノ。太腿《ふともも》と鼠蹊部《そけいぶ》は半透明になっていて、恥毛は一本も残っていなかった。

肉色の小さな鉤爪のように見えるのはペニスで、その上に腹部が見えるが、そこはまだ冒されていなかった。老人は慌ててかがみ込むと、毛布を拾い上げてハンモックの上にかぶせた。

「どうだ、見てくれたかね？」とフシーアがすすり泣きながら言った。「おれはもう男じゃないんだ、アキリーノ。」

「葉巻が欲しくなったら、そう言えばいい。ちゃんと約束してくれたからな」とアキリーノが言った。「タバコが喫いたくなったら、むこうの男にそう言えばいいんだよ。」

「いっそのこと、この場でぽっくり死ねたらいいんだがな」とフシーアが言った。「毛布にくるんで、木に吊《つ》るすだけでいいんだ。ウアンビサ族の連中がよくやるだろう、あれだよ。ただ、毎朝泣いてくれる人間がいないのがちょっと寂しいがね。何を笑っているんだ？」

「あんたがタバコを喫うふりをしているからだよ。そうすれば、少しでも長くもって、時間が稼げるって考えているんだろう」とアキリーノが言った。「さて、そろそろ出かけようか、あと一分や二分引きのばしてみてもしようがないだろう。」

「あの島には帰れないだろうな、アキリーノ」とフシーアが言った。「何せ遠いからな。」

「どうせ死ぬんなら、この島にいるよりはむこうへ行った方がいい」と老人が言った。「むこうなら治療も受けられるし、病気もそれ以上悪くはならんだろう。知り合いがひとりいるから、その男に金を渡せば、書類などなくても受け入れてくれるはずだ。」

「あそこまでは行けやしないよ、途中で捕まるに決まってるさ。」

「なんとしても行ってみせる、その点はわしが請け合うよ」とアキリーノが言った。「夜を選んで、狭い水路を伝って行けばいいんだ。だが、発《た》つんなら今日だ、パンターチャや異教徒どもに見つかるとまずいからな。誰にも気付かれないことだ、そうしたらむこうへ行っても安心していられるよ。」

「警察や兵隊がうろついているんだぞ」とフシーアが言った。「連中は鵜《う》の目鷹《たか》の目でこのおれを探し回っているんだ、とてもこの島から抜け出せやしないよ、じいさん。このおれを見つけたら復讐《ふくしゅう》してやろうって人間がごまんといるんだ。」

「サン・パブロなら大丈夫だ、あそこだけは誰も探しに行かないよ」と老人が言った。「たとえあんたがいると分かっても、誰も追いかけては行かないね。心配しなくていい、あんたの居場所はぜったいに分かりっこないんだから。」

「じいさん、おい、じいさん」とフシーアが泣きじゃくりながら言った。「お前はいい人間だ、頼むよ、なっ。神様を信じているんだろう？　だったら、おれの言うとおりしてくれ、おれの気持ちも分かってくれよ、アキリーノ。」

「よく分かってるよ、フシーア。」そう言いながら老人は立ち上がった。「だが、もう日も暮れた、いつまでもあの男を待たせておくわけには行かんから、そろそろ行くよ。」

ふたたび夜が訪れる。地面が柔かいので足がくるぶしまでめり込む。いつもの場所。川岸、小さな畑とイナゴ豆の林と砂原の間につけられた細い小道。お前は言う、こちらへおいで、トニータ。そちらへ行くと、カスティーリャの住民に見つかるよ。砂の雨は容赦なく降りしきっている。毛布をかけ、帽子をかぶらせてやるんだ。顔がぴりぴりするから頭を下げたほうがいい。いつもと同じ物音。綿畑を吹き渡る風、ギターの調べ、歌声、囃《はや》し立てる声。明け方だと、それに腹わたにしみるような家畜の鳴き声が加わる。トニータ、おいで！　ここにかけよう。しばらく休憩して、また散歩しよう。いつに変わらぬ風景。黒い塔の小部屋、輝きまたたきながら消えて行く星々、美しい波紋を描きながら青い砂丘を連ねている砂漠《さばく》。遠くに、ぽつんと背の高い建物が見える。弱々しい灯火のまたたいているその建物に人影が出入りしている。夜明けには、時々馬に乗った人や農夫、ヤギの群れ、カルロス・ローハスのランチが通りかかり、対岸にはカマル地区の灰色のドアが見えている。彼女に夜明けの様子を話してやるんだ。お前は話しかける、聞こえるかね？　昨夜《ゆうべ》はよく眠れたかい？　ここからだと鐘楼や家の屋根、バルコニーが見えるよ。今日は雨になりそうだ、霧がかかっているからね。寒くないか、家に帰りたくないかどうか尋ねてやれ。上着で彼女の脚をくるんでやるんだ。肩にもたれていいんだよ。その時、だしぬけに昨夜の高ぶり、奇妙な興奮が蘇《よみがえ》ってくる。彼女は体を震わせていた。起きて、様子を見るんだ！　馬を飛ばしているのは誰だろう？　賭《かけ》でもしているのかな？　チャピロ、ドン・エウセビオ、それともテンプレ家の双子の兄弟だろうか？　お前は言う、体を低くして隠れるんだ。じっとして、何も怖くないんだよ。馬が近付いて来ただけだからね。彼女は暗闇《くらやみ》の中で問いかける、誰なの？　どうして？　なぜなの？　お前は答える、そばを通り過ぎて行ったよ、野生馬に乗っていたが、どこの気違いだろう？　川まで行ってまた戻って来たぞ。よしよし、怖がらなくていい。彼女は問いかけるように不安気なその顔を振り向ける。口もとを震わせ、爪を立てて、手で、どうしたの？　なぜなの？　と問いかける。その様子を見てお前は言う、心配しなくていいんだよ、誰だって構やしないじゃないか、ばかだな。気が紛れるかも知れないから、彼女をかついでやろう。毛布の下に隠れるんだ！　上からかけてやるからね。大勢やってきたぞ。見つかったら、きっと殺される。彼女が動揺し、怒り、怯《おび》えているのがはっきり感じられる。もっとそばに来て、体をぴったり寄せて抱きつくがいい。お前は言う、トニータ、もっと、もっと強く抱きつくんだ。よし、もういっていいぞ、今のは嘘《うそ》だ、誰も来やしないよ、トニータ、ちょっとお前をかついでみただけだ。さあ、キスをしておくれ。今日は、何も話しかけるんじゃない、そばで黙って耳を傾けるんだ。彼女のシルエットは船で、砂漠は海。船はその海の上を、砂丘や灌木《かんぼく》をうまく避《よ》けながら静かに進んで行く。邪魔をするんじゃない、影を踏まないようにしろ。タバコに火をつけ、喫いながら考える。わしはたしかにしあわせだが、彼女はどう思っているんだろう？　どうにかしてそれを知ることができないだろうか。彼女に話しかけ、軽口を叩くがいい。お前は言う、今タバコを喫っているんだよ、大きくなったら教えてあげよう。だけど、女の子はタバコなんて喫わないな。喫ったらきっと咳《せ》き込むよ。さあ、笑え、笑うんだ。そして、彼女に訊くがいい。どうしていつもそんな顔をしているんだね、お願いだから笑っておくれ、トニータ。ふたたび言いようのない不安が、なにもかも台無しにしてしまうあの苦い味がこみ上げてくる。お前は言う、こんなところに閉じこもって、いつもいつも同じ声を聞いているんだ、退屈するのもむりはない。だが、もう少しの辛抱だよ。二人でリマへ行って、家を買おう。そうしたら、誰憚《はばか》ることもなく暮らして行ける。むこうへ行ったら、欲しいものは何でも買ってあげるよ、トニータ。ふたたび不安で胸が苦しくなる。お前は言う、一度も怒ったことがないね、時には人が変わったように怒ってもいいんだよ。物を壊したり、泣きわめけばいいんだ。そう言われても、彼女はいつもの空《うつ》ろな表情を変えない。こめかみがゆっくりと脈打ち、目を閉じ、口を固く結んでいる。以前のことを思い出して、お前は気が滅入《めい》る。お前は言う、みんなにかわいがられていたのはきっとそのせいだね。女たちはお前を見ると、とたんに人が変わったようになるんだ。何も言わなくても、お菓子は届けてくれる、服を着せ、髪をくしけずってくれるだろう。あれほどいがみ合い、憎み合っている女たちが、お前を前にするとまるで別人のようにやさしく親切になるんだよ。あの女たちに言ってやりたいものだ。お前をさらってここに連れて来たのは、このわしだ。わしはお前を心から愛しているし、お前もわしとならいっしょに暮らしてもいいと言っている。本当なら、女たちがこのわしに味方してくれてもいいはずだ。だが、女たちが取り乱し、騒ぎ立てる様子がありありと目に浮かぶ。いいですこと、ここで約束しておきますからね、あの子が信頼しているんだったら、必ず答えてやって下さいよ。ひそひそ囁き交し、騒ぎ立てている女たち。見るがいい、女たちはすっかりのぼせ上がっている。目をきょろきょろさせ、妙に浮き浮きしているが、あれはなんとか塔の小部屋に登って行って、彼女と話をしたくてうずうずしているからだ。ふたたび彼女の顔が目に入ったので、お前は慌てて言う、みんなに大切にされるのは、お前が若いからかね？　それとも、口をきかないからか、お前を見ているとつい同情したくなるからだろうか？　あたりは夜の闇に包まれている。その暗闇の中を今も川は流れて行き、町の灯《ひ》はもう消えていた。月明りが砂漠をぼんやりと照らし、耕作地が黒いしみのように見える。彼女だけがひとり遠くにいて、なんとも頼りなげに見える。彼女の名を呼んで、何か尋ねてみるんだ。トニータ、聞こえるかい？　何を考えているんだね？　どうしてそんなに強く手を引っ張るんだ？　砂の雨がひどいのでびっくりしたんだね。お前は言う、こちらへお出《い》で、トニータ、これをかぶるといい、すぐにおさまるよ。砂がずんずん積って生き埋めになるんじゃないかと心配しているんだろう。何をそんなに震えているんだね？　気分はどう？　息が苦しいの、それとも帰りたいのかね？　そんなに大きな息をしちゃあだめだ。あの時は、そんなことも知らなかったのだ。お前は言う。わしもばかな男だ、ものを知らないにもほどがある。お前の体がどうなっていたのか少しも気がつかなかった、いや、考えてみようともしなかったんだからな。ふたたびお前の心臓は噴水となり、そこからいろいろな疑念が水のように吹き出してくる。わしのことはどう思っているんだね？　店の女《こ》のことは？　顔つきは？　お前の踏みしめている大地は？　この声がどこから聞こえてくるか分かるかね？　お前はどんな女の子だね？　あの声は何を言っているか分かるかい？　誰もがみんな自分と同じ人間だと思っているの？　耳は聞こえても返事ができない、食べものは人に食べさせてもらい、夜は寝かしつけてもらって、階段があると手を取って登らせてもらう、みんなそうだと思っているのかね？　トニータ、お前はわしのことをどう思っているんだね？　愛というのがどんなものか分かるかい？　どうしてわしに口づけをするんだね？　さあ、しっかりするんだ、自分の不安を相手に押しつけるんじゃない。やさしくそっと言ってやれ、今言ったことは気にするんじゃないよ、お前とわしは一心同体だ、お前の苦しみはわしの苦しみなんだよ。くだらない戯言《たわごと》など気にすることはない。お前は言う、もうあんなことは言わないよ、トニータ、ちょっと神経が高ぶっていたんだ。町のことを話してやるがいい。悲嘆にくれているガジナセーラの女、馬ん子、籠《かご》、〈ラ・エストレーリャ・デル・ノルテ〉での噂話《うわさばなし》。お前は言う、みんながお前のことを心配して、いろいろ詮索《せんさく》したり、探し回っている。町中の人が喪に服して、あの子は殺されたんだろうかとか、よそ者に連れて行かれたんじゃないか、とか噂しているよ。みんな、あれこれ推測したり、出まかせを言ったり、噂し合っているんだよ。町のことをまだ覚えているかどうか尋ねてみるんだ。あの広場に戻りたいかね、音楽堂のそばで日なたぼっこをしたいかね？　ガジナセーラの女に会いたいんだろうか、とお前は自問する。あの洗濯《せんたく》女に会いたいかね？　それじゃあ、いっしょにリマへ行こう。しかし、彼女は聞こえないのか、そんな話は聞きたくもないようだ。あんなふうにひとりで苦しんでいるのは、何かほかに理由があるに違いない。彼女はお前の手を握り、体を震わせ、何かに怯えている。お前は尋ねる。どうしたんだね？　どこか痛むの？　だったら、さすって上げよう。彼女の言うところをさすってやれ。もっとやさしくやるんだ。お腹《なか》を撫《な》でてやれ、同じ場所を百回でも、千回でもさすってやるんだ。そうだったのか、お腹が痛いんだね、食べもののせいだよ。用を足したいのかい？　よし、連れて行ってやるんだ。さあ、そこにかがんで、心配しなくてもいいんだよ。お前は、頭に砂の雨がかからないように毛布をテントのように広げてやる。下は砂地だから気にすることはないんだよ。しかし、それでもだめだった。彼女の頬《ほお》は涙に濡《ぬ》れ、体は怯えたように硬くなり、顔がひきつれる。お前がそうして泣いているのに、わしにはその理由《わけ》が分からない、それがたまらんのだ、トニータ。何をしてやれるね、何をして欲しいんだね？　彼女を抱き上げ、駆け出し、口づけをしてやるがいい。お前は言う、さあ、着いたよ。すぐそこだ。マテ茶を飲むといい。それから寝かしてあげよう。明日になればまた元気になるよ。泣くんじゃない、頼むから泣かんでくれ。アンヘリカ・メルセーデスを呼んで、相談してみよう。彼女がやってきて、お腹が痛いんですよ、これは。お前が、だったら、熱いお茶がいいだろう、ガスがたまっているのかな？　彼女が、そんなにひどくないようですから、心配なさらなくても大丈夫ですよ。お前が、それなら、お腹にいいイエルバルイサかマンサニーリャのお茶を作ってやってくれ。彼女の手は同じ場所をさわり、撫で、暖めている。まったくわしは何てばかな男だろう、そんなことにも気がつかなかったんだからな。店の女たちが塔の小部屋に押しかけてきて、嬉《うれ》しそうにはしゃいでいる。体臭、化粧クリーム、タルカム・パウダー、ワセリン。女たちは嬉しそうに騒ぎ、飛び跳ねている。マスターは全然気がつかなかったそうよ、まだ子供なのね、何も知らないよ。女たちは押し合いながら彼女を取り囲んでいる。楽しそうにふざけたり、何か話しかけている。ひとまず彼女は女たちにまかせて、下のサロンに降りて酒を一本空けよう。肘《ひじ》掛《か》け椅子に腰をかけ、ひとりで乾杯しよう。喜びがこみ上げてきて、頭がぼうっとなる。目を閉じて、女たちの話し声に耳を傾けるがいい。二人しゃべっているな、マリポーサを入れると三人、ルシエルナガで四人か。でも、おかしいわね。月のものがなかったんでしょう、それなのに何とも思わなかったんですか、マスター？　いつ止まったんです、マスター？　それではっきりいつか分かるんですよ。アルコールがまわり、体が暖まってくると、脚がだるくなり、自責の念も薄らいで行く。あんなに不安がっていたのに、わしは全然気がつかなかったんだからな、とお前。だが、もう済んだことだ、明日だろうが八ヵ月先だろうが、元気な子供であってくれさえすればいい。トニータは太りはじめるだろうが、それでいっそうしあわせな気持ちになるはずだ。ベッドのそばに跪《ひざまず》くのだ。お前は言う、何でもなかったんだよ。そんなことよりまずお祝いをしなくちゃいけないね、男の子なら大威張りでおむつを取りかえてやるよ。もし女の子なら、お前に似た子だといいね。そうそう、明日にも店の女《こ》たちをドン・ユウセビオの店にやって、必要なものを買わせておこう。きっと店員に冷やかされるだろう。誰だい、母親になるのは？　父親は誰なんだね？　もし男の子が生まれたら、アンセルモという名前にしよう。ガジナセーラから人工を呼んで、板と釘《くぎ》とハンマーで小さな部屋を造らせよう、大工には適当に言いつくろっておけばいい。トニータ、トニータ、気まぐれを起こしたり、食べたものをもどしたり、急に気分が悪くなったりするだろうが、気にすることはないんだよ。お腹の大きくなった人はみんなそうだからね。触ってもいいかい？　もう動いてるの？　これでいいのかどうか、最後にもう一度よく考えてみるのだ。人生とはこういうものなのかどうか、もし彼女がいなかったら、あるいは彼女とお前の二人きりだったらどうなっていたか、すべては夢だったのかどうか、現実に起こることというのはいつも夢とは少しばかり違うのかどうか、よく考えてみるがいい。そして、これがほんとうに最後だが、お前はもう何もかも諦《あきら》めてしまったのかどうか、そしてもしそうなら、それは、彼女が死んでしまったからなのか、それとも自分ももう齢《とし》なので、次に死ぬのは自分だと悟っているからなのかどうか、そこのところをよく考えてみるのだ。

「あの男を待っているのかい、セルバティカ?」とラ・チュンガが尋ねた。「今頃《いまごろ》は、おおかたほかの女といっしょだよ。」

「誰だね?」階段のほうに白目を向けながらハープ弾きが尋ねた。「サンドラかい?」

「二日前に来た女《こ》がいるでしょう、あの子ですよ、お師匠さん」とボーラスが答えた。

「迎えに来る途中で、何かあったので忘れてしまったのよ」とラ・セルバティカが言った。「じゃあ、そろそろ失礼します。」

「朝食を食べていくといい」とハープ弾きが言った。「チュンギータ、何か作ってやったらどうだね。」

「そうね、グラスをもっておいで」とラ・チュンガが言った。「湯沸かしに熱いミルクが入っているよ。」

楽団員たちはカウンターのそばにあるテーブルに腰をかけて、紫色の電灯の下で朝食をとっていたが、そこの灯だけは一日中灯《とも》っていた。ラ・セルバティカはボーラスとエル・ホーベン・アレハンドロの間に腰をかけた。今まであんたがしゃべるのを一度も聞いたことがないが、口数が少ないんだな。あんたの町じゃ、女の人はみんなそうなのかね？　窓からは近くの家がぼんやりと見え、空には星が三つ弱々しい光を放っている。いいえ、みんなオウムみたいによくしゃべりますわ。パンを食べていたハープ弾きが言う。オウムだって？　彼女が、ええ、あちらにいる鳥です。彼は口を動かすのを止《や》めて、するとなにかね、あんたはピウラの生まれじゃないのかね？　ええ、違います。ここからずっと離れた密林なんです。生まれはどこか知らないんですが、育ったのはサンタ・マリーア・デ・ニエバという小さな町でした。そこはピウラと違って、自動車も映画館も大きな建物もない田舎町なんですよ。ハープ弾きが口を動かしながら、密林、オウムね、と呟《つぶや》く。それを聞いて、彼女はびっくりして顔を上げる。老人は急いで眼鏡をかけると、そう言えば、そういうものもあったんだな、すっかり忘れていたよ。サンタ・マリーア・デ・ニエバというのはなんという川のそばにあるんだね？　イキートスからは遠いのかね？　密林か、懐《なつか》しいな。エル・ホーベンの口から丸い煙の輪が次々に飛び出すと、それはだんだん大きくなり、形が崩れ、ダンス・フロアの上あたりで消えて行く。彼が言う、アマゾン地方にはぼくも興味があってね、インディオたちの音楽を一度聞いてみたいと思っているんだ。白人の音楽とは全然違うんだろう？　そうね、それにむこうの人はあまり歌をうたわないの。たまに歌ってもマリネーラやワルツみたいに明るくて楽しい曲じゃなくて、たいていもの悲しい、奇妙な歌ばかりなのよ。ぼくはもの悲しい曲のほうが好きなんだよ、とエル・ホーベン。歌詞はどう、とても詩的なんだろう？　きみは彼らの言葉が分かるのかい？　だめよ、インディオの言葉は分からないわ、そう言ってうつむく。そして口ごもりながら、いつも耳で聞いていたから、単語なら少し分かるけど。あちらには白人も大勢いるのよ。インディオは密林で暮らしているでしょう、だから、そんなに目につかないの。

「どうしてあんな男に引っかかったんだね？」とラ・チュンガが尋ねた。「ホセフィノみたいないやらしい男はいやしないよ。」

「それはまた別だよ、チュンガ」とエル・ホーベンが言った。「恋というのは、理屈で割り切れるもんじゃない。知らぬ間に取り憑《つ》かれてしまうんだ。ある詩人が言っているように、それは尋ねることも答えることもできないものだよ。」

「そんなにびっくりしなくてもいいんだよ」とラ・チュンガが言った。「冗談半分に訊《き》いてみただけだからさ。いろいろな人生を送っている女《こ》があたしの前を通り過ぎて行くもんで、ついね。」

「そんなに考え込んで、どうしたんです、お師匠さん？」とボーラスが言った。「ミルクが冷めてしまいますよ。」

「きみのもだよ」とエル・ホーベンがラ・セルバティィカに言った。「早く飲んだほうがいい。パンはどうだい。」

「いったいいつまで店の女《こ》にそんな丁寧な口のきき方をするつもりだ？」とボーラスが言った。「お前は変わった男だよ。」

「ぼくは誰だろうが分け隔てしないからね」とエル・ホーベンが答えた。「店の女《こ》でもシスターでも同じように敬意をもって接しているんだよ。」

「それじゃあ、どうして歌の中であんなに女のことを悪く言うんだね？」とラ・チュンガが言った。「心にもないことを歌っているように聞こえるよ。」

「悪口じゃなくて、本当のことを歌っているだけですよ。」そう言いながらエル・ホーベンは気弱そうな笑みを浮かべ、最後にひとつきれいな白い煙の輪を作る。

ラ・セルバティィカは立ち上がると、眠くなったので、そろそろ帰りますわ。朝食をありがとうございました。その言葉を聞きとめてハープ弾きは、彼女の腕を摑《つか》んで引き寄せながら、お待ち、メリーノ広場にある番長の家に帰るんだろう？　だったら送って上げよう。わしもそろそろ眠くなってきたんで、ボーラスにタクシーをつかまえてきてもらおうと思っていたところだ。ボーラスはそれを聞いて立ち上がると、店を出て行く。ドアを閉めたとたんに、涼しい風がテーブルのところまで吹き込んできた。スラム街はまだ闇に包まれていた。ピウラの空はほんとに気まぐれだな。昨日の今頃は、焼けつくような太陽が空高くにかかり、砂の雨が降りしきって家もはっきり見えたのに、今日はどうだ。夜がいつまでたっても終わりゃしない。このままだと、いったいどうなるんだろうな。そう言いながら、エル・ホーベンは窓に四角く切り取られた空のほうを指さす。ぼくは嬉しいけど、ほかの人は困るだろう。ラ・チュンガがこめかみを押さえながら、あんたって人は、よくよくおかしな事を考えるんだね。六時ですか？　そう尋ねながらラ・セルバティカは腕を組むと、テーブルに肘を突く。密林では、みんな朝が早いんですよ。この時間になると、町中の人が起き出しています。ハープ弾きが、そうだね、空はピンク色、緑、青といろいろな色に染め上げられる。それを聞いてラ・チュンガが、えっ？　エル・ホーベンも、おや、お師匠さんは密林のことをご存知なんですか？　いや、そうじゃないかなと思っただけだ。湯沸かしにミルクが残っていたら、もらえるかね。ラ・セルバティカはミルクを注《つ》ぎ、砂糖を入れてやる。ラ・チュンガは疑わしそうにハープ弾きのほうを見ると、こわい顔で睨《にら》みつけた。エル・ホーベンは新しいタバコに火をつける。その口から吐き出された薄く透き通った灰色の煙の輪が、小さな黒い窓《まど》枠《わく》のほうへふわふわ漂っていくが、途中で後から来た煙の輪がそれに追いつく。人は明るいほうが好きだが、ぼくはその逆なんだ。煙の輪がまざり合い、ひとつになって小さな雲になる。日が昇ると、人は陽気になり心が浮き立つが、夜が来るとたんに気が滅《め》入《い》るだろう。煙はだんだん薄くなり、最後は空気の中に溶け込んで見えなくなる。ところがぼくはその逆なんだ。昼の間は気が滅入るけど、あたりが暗くなりはじめると、とたんに元気が出てくるんだよ。それは、わしたちがキツネやフクロウみたいに夜行性の人間だからだろう、ホーベン。ラ・チュンギータ、ボーラス、わし、それにこの娘《こ》もそうだよ。その時、ドアが勢いよく開かれたので、みんながそちらに目をやると、ホセフィノがボーラスに腰のところを抱きかかえられて立っていた。ひょっこりそこで出会ってね。ラ・セルバティカはぱっと立ち上がると、口の中でなにか呟きながら駆け出して行った。

「すっかりご機嫌《きげん》じゃないか、ホセフィノ」とラ・チュンギータが言った。「足もとがふらついているよ。」

「おはよう、若いの」とハープ弾きが声をかけた。「あんたが迎えに来そうもなかったんで、この娘《こ》を送って行こうかと相談していたところだ。」

「何を言ってもだめですよ、お師匠さん」とエル・ホーベンが言った。「べろべろに酔っていますから。」

ラ・セルバティカとボーラスが彼をテーブルのところまで引っ張ってきたが、その時ホセフィノが大声で言った。べろべろに酔ってるだと、おれは酒に飲まれるような男じゃない。さあ、打ち上げに一杯やろう。チュンギータ、ビールだ、勘定はおれが持つ。ハープ弾きが立ち上がって、気持ちは嬉しいが、時間も遅いし、タクシーが待っているんだよ。ホセフィノは顔をしかめるが、それでも機嫌よく大声で言う。おい、おい、牛乳なんか飲んでるのか、まるで餓鬼だな。それでよくまあ、このおれに逆らったりできるもんだ。それを聞いてラ・チュンガが、どこがいけないんだね！　さあ、とっととお帰りよ。みんな、その男を連れ出しとくれ。一同は店を出る。グラウ兵営のほうに目をやると、地平線には夜明けの青い光がのぞき、近くの民家の葦《あし》の壁の隙間《すきま》を通して、人影が眠そうにのろのろ動いているのが見えた。コンロでは薪《まき》がパチパチはぜ、すえたような臭《にお》いが風に乗って漂ってきた。ハープ弾きはボーラスとエル・ホーベンに腕を取ってもらい、ホセフィノはラ・セルバティカにもたれかかるようにして砂原を横切った。タクシーが道路で待っていた。一行はそれに乗り込んだが、楽団員たちは後ろの座席に腰をおろした。ホセフィノが笑いながら言う。ラ・セルバティカの奴《やっ》、妬《や》いてるんだよ、おやじさん。どうしてそんなに深酒したの、どこへ行ってたの、誰といっしょだったの、なんてうるさく尋ねるんでかなわないよ。どうしてもおれに吐かす気らしいな。

「しっかりおやりよ、娘さん」とハープ弾きが彼女を励ました。「マンガチェリーアの男は信用ならないから、滅多なことで信じちゃいけないよ。」

「何をしてるんだ！」とホセフィノが怒鳴った。「なんだそれは、どういうつもりだ？女に触るな、さもないと血を見ることになるぞ。おい、分かっているのか？」

「何もしてませんよ」と運転手が慌《あわ》てて弁解した。「車が狭いんで仕方ないんです。娘さん、どこかに触りましたか？　運転のほうは仕事だからいくらでもやりますが、揉《も》め事はごめんですよ。」

　ホセフィノが突然大きな口を開けて笑いはじめた。今のは冗談だ、そう言って大声で笑う。そいつから誘いかけて来たら、いくら触ってもいいぞ、おれが許してやる。それにつられて運転手も笑いながら、旦那《だんな》も人が悪いや、てっきり本気だと思いましたよ。ホセフィノは楽団員たちのほうに向き直ると、じつを言うと今日は、エル・チノの誕生日なんだ、いっしょに来て、お祝いをしないかい？　レオン兄弟もあんたに会いたがっているんだよ、おやじさん。いや、お師匠さんは疲れておられるから、今日は遠慮させてもらうよ、ホセフィノ。そう言ってボーラスは彼の肩をポンと叩《たた》く。そうか、それは残念だな、と言ってホセフィノはあくびをひとつして目を閉じる。タクシーが大聖堂の前を通りかかる。武器広場の街灯はひとつ残らず消えており、傘《かさ》のような屋根のついた野外音楽堂の円形の建物のまわりを、石化したようなタマリンド樹の土色の影がぐるりと取り巻いている。ラ・セルバティカが、あれだけ飲んじゃいけないって言ったのに、また深酒したのね、だめじゃない。彼女の怯《おび》えたような大きな緑色の目がホセフィノの目を探し求める。彼はふざけて、片手を伸ばすと、そうとも、おれは悪い男だ。お前たちをぺろりとひと呑《の》みにしてやる、そう言って狂ったように笑いはじめる。その様子を運転手が横目でちらっと窺《うかが》う。車は『産業《ラ・インドゥストリア》』紙のビルと市民会館の鉄格子《てつごうし》にはさまれたリマ街を下って行った。エル・モノが昨日百歳になったんで、そのお祝いの席にぜひこいつも連れてきてくれと頼まれたんだ。レオン兄弟とは兄弟同士の付き合いをしているんで、こいつはいやだと言って駄々《だだ》をこねたんだが、なんとかあの二人を喜ばせてやろうと思ってね。

「その娘《こ》をあまり困らせちゃいけないよ、ホセフィノ」とハープ弾きが言った。「くたびれているから、ゆっくり休ませてやってくれ。」

「番長たちと顔を合わせるのが恥ずかしいから、家に帰るのはいやだって言うんだよ」とホセフィノが続けた。「ここで止めてくれ。さあ、降りるぞ。」

タクシーが止まった。タクナ街とメリーノ広場は闇《やみ》に包まれていたが、ちょうど隊列を組んでプエンテ・ヌエボ橋のほうへ向かうトラックが通りかかったので、そのヘッドライトでサンチェス・セーロ並木道が明るく照らし出された。ホセフィノは車から飛び降りたが、ラ・セルバティカはぐずぐずしていた。二人が揉み合っているのに気づいて、ハープ弾きが言った。喧嘩《けんか》しちゃいけないよ、さあ、仲直りして。ホセフィノが一同に向かって、どうだね、うちへ来て一杯やっていかないか？　運ちゃん、あんたもどうだね？　老いぼれのエル・モノが千歳になったんだ、お祝いをしようじゃないか。ボーラスが運転手に何か囁《ささや》くと、車が急に走り出した。トラックの一隊は轟音《ごうおん》をあげて走り去って行き、そのテールランプがまたたいて見える並木道はふたたび闇に包まれた。ホセフィノは小さく口笛を吹きながら、ラ・セルバティカの肩を抱き寄せたが、彼女はべつに逆らうでもなくおとなしく彼と並んで歩いた。ホセフィノがドアを開けて後手で閉めると、安楽椅子の上で体を二つに折り、フロアスタンドの下に頭を突っ込むようにしていびきをかいているエル・モノの姿が目に入った。部屋の中は空の酒瓶《さかびん》やグラス、タバコの吸い殻《がら》、食べ残しの料理などが散らかっていて、その上を鼻を刺す薄い煙が漂っていた。なんだ、その態《ざま》は！　もうへばったのか？　それでもマンガチェリーアの男か！　ホセフィノは地団駄《じだんだ》を踏みながらわめいた。マンガチェリーアの人間ならこれくらいのことで音を上げないはずだぞ。隣の部屋から切れ切れの言葉が聞こえてきたが、ホセが彼のベッドにもぐり込んでいたのだ。ぶっ殺すぞ！　エル・モノが頭を振って体を起こすと、誰が音を上げるもんか、と言う。にっこり笑ったその目が輝いている。それにしてもこたえたよ。急にその声がかん高くなった。そこにいるのは誰だ？　そう言って彼は立ち上がる。しばらくだなあ、ねえさん。彼は覚束《おぼつか》ない足取りで進み出る。懐しいね。彼は手で椅子を押しのけ、床の上の空瓶を足で蹴《け》とばしながら、久しぶりだ、いつ会えるかと楽しみにしていたんだよ。その様子を見てホセフィノが、どうだ、言ったとおりだろう。おれはマンガチェリーアの人間だから、約束したことは必ず守る。エル・モノは髪をふり乱し、両腕を大きく広げるが、その顔は笑み崩れていた。彼はゆっくりと前に進み出ながら、しばらく会わないうちにすっかりきれいになったね。どうして逃げるの、ねえさん？　今日はおれの誕生日だよ、祝ってくれないのかい？

「そうだ、今日は百万年目の誕生日なんだ」とホセフィノが横から口をはさんだ。「そんなに恥ずかしがらずに、抱擁してやれよ、セルバティィカ。」

彼はそう言って安楽椅子に倒れ込むように坐《すわ》ると、酒瓶を摑んで口に運ぶ。酒を飲んでいると、水面に石を叩きつけたようなぴしゃりという平手打ちの音が聞こえた。ひどいよ、ねえさん。ホセフィノがその様子を見て笑った。エル・モノがまた叩かれる。ひどいよ、ねえさん。ラ・セルバティィカが右左に逃げ回るが、そのせいでグラスが割れる。エル・モノはよろよろしながら笑って彼女を追いかける。隣の部屋では、おれたちゃ番長、仕事なんぞは糞《くそ》くらえ、酒を飲んで、とホセが歌っていた。フロアスタンドの下でとぐろを巻いているホセフィノも彼に合わせて歌っているが、その手から酒瓶が今にも落ちそうになっている。ラ・セルバティカとエル・モノは部屋の隅《すみ》でおとなしくしている。彼女は相変わらずぴしゃぴしゃ叩いている。ひどいよ、ねえさん。ほんとうに痛いじゃないか。どうして叩くんだい？　彼は笑いながら、叩くよりキスして欲しいな。エル・モノのおどけた様子につられて彼女もとうとう笑い出した。隣の部屋にいるホセまでが笑いながら、ねえさん、あんたはいい人だよ。

エピローグ

行政官が拳《こぶし》で軽く三度ノックすると、伝道所の建物のドアが開く。フリオ・レアテギの姿を見て、血色のいいシスター・グリセルダは作り笑いを浮かべるが、口もとが震え、その目は戸惑ったようにサンタ・マリーア・デ・ニエバ広場のほうを見つめている。行政官はそのままどんどん奥へ入って行き、そのあとを少女がおとなしくついて行く。二人は薄暗い廊下を抜けて尼僧《にそう》院長の部屋のほうへ向かう。日曜日になると伝道所の生徒たちは川へ水浴びに行くが、その時のぞよめきのように町の喧騒《けんそう》が遠く小さくなって行く。部屋に入ると、行政官は帆布を張った椅子に倒れこむように坐《すわ》る。ほっとしたように溜息《ためいき》を洩《も》らすと、目を閉じる。少女はうなだれてドアのところでじっと立っている。間もなく、尼僧院長が部屋に入って来たので、彼女は慌《あわ》ててフリオ・レアテギのほうへ駆け寄る。レアテギは、これは尼僧院長様、そういって立ち上がると、おはようございます。尼僧院長は氷のように冷たい微笑を浮かべて挨拶《あいさつ》を返すと、もう一度かけるように手で合図するが、自分は書きもの机のそばに立っている。聞きわけのある賢そうな目をしているのですが、どういうわけかウラクサ当時の野蛮人の娘に戻ってしまいましてね。それを見るのがわたしとしてもつらいのですよ、院長様。この伝道所ではじゅうぶんに躾《しつ》けておられると思うのですが、いかがなんですか？　十二分に躾けておりますわ、ドン・フリオ。尼僧院長はそう言いながら遠くを見るような目で冷たくほほえむが、相変わらず少女のほうを見ようとはしない。そのために私どもはここにいるのです。それが、この子はスペイン語をひと言も解さないのです。とても頭のいい子だからすぐに覚えるとは思うのですが。ここまでの道中は、さいわいなことに一度もぐずりませんでした。尼僧院長は彼の言葉にじっと耳を傾けている。まるで壁にかかっている十字架のキリスト像のように。フリオ・レアテギが口をつぐんでも、尼僧院長は黙りこくったまま口を少し歪《ゆが》め、僧服の上で手を組んでいる。それでは、院長様、この子はここに置いて行きます。フリオ・レアテギは立ち上がると、所用があるので失礼します。そう言って尼僧院長にほほえみかける。今度の旅はきつくて泣かされましたよ。雨にたたられたうえに、いろいろとトラブルがありましてね。ゆっくりと眠りたいのですが、友人達が昼食会の席を設けてくれたので、ベッドに横になることもできないんですよ。人間というのは案外感じやすいものですから、欠席したりすればきっと何かあるのではと気にしますからね。尼僧院長が手を伸ばすと、それを待っていたかのように町の喧騒が大きくなる。しばらくの間、広場から聞こえてくる喚声や叫び声がまるで果樹園か礼拝堂で騒いでいるように近く聞こえるが、やがてそれも静まり、先程と同じように弱々しく消えがちな穏やかな声に戻って行く。尼僧院長は一度目をしばたたくと、ドアのところまで行ってくるりと行政官のほうに向き直り、ドン・フリオと声をかける。顔面蒼白《そうはく》でにこりともせず、濡《ぬ》れた唇《くちびる》でこう続ける。主は、この子のためにあなたがなさったことを決してお忘れにはならないでしょう。つらそうな声。キリスト教徒なら人を許すことができるはずです、そのことだけを申し上げておきます。それを聞いてフリオ・レアテギは黙ってうなずき、少しうなだれて両腕を組む。その態度は従順だが、重々しい威厳が備わっている。ドン・フリオ、どうか神の御心《みこころ》に添うように行動なさって下さい。尼僧院長は熱っぽく話しかける。それは、あなたの御家族のためでもあるのです。彼女の頬《ほお》が赤く染まった。ドン・フリオ、それはまた敬虔《けいけん》で善良なあなたの奥様のためでもあるのです。行政官はふたたびうなずく。すると、わたしは心の貧しい不幸な人間なのでしょうか？　その顔に浮かんだ不安の色が濃くなる。わたしは正しい教育を受けてこなかったということなのですか？　彼は何事か考え込みながら左手で頬を撫《な》でる。自分で自分のしていることが分かっていないのでしょうか？　額に皺《しわ》が寄る。少女は横目でじっと二人の様子を窺《うかが》っている。その髪の間では、野性的な緑色の目が不安そうにきらめいている。このことで一番胸を痛めているのはわたしなのですよ、院長様。行政官は相変わらず穏やかな調子で語りかける。今度のことはわたし自身の考え、感情に反することでもあり、つらいのですが、実を言いますとわたしはもうサンタ・マリーア・デ・ニエバを去ることになっています。ですから、ことはわたしの問題というよりも、ここにいる人達、つまり、ベンサス、エスカビーノ、アギラ、それにあなたや生徒たち、またこの伝道所にとっても大きな意味をもっているはずです。ここは人間の住める土地ではないでしょう、院長様？　それはそうですが、キリスト教徒には、不正と戦うべき武器がほかにもあるはずですわ、ドン・フリオ。あなたは善良な方ですが、おそらくわたくしどものやり方をあきたらなく思っておられるのでしょうね。ここでは誰もがあなたの言葉に従います。ですから、人々を理性に目覚めさせるようなされればいいのです。ですが、不幸な人に向かってそれを押しつけてはなりませんわ。どうやら、わたしは院長様の期待を裏切ることになりそうですね。残念なことですが、わたしにはわたしなりのやり方があります。あの人たちはあなたの言うことなら耳を傾けるのですから、もっとわきまえのあるふるまいをするようにおっしゃるべきです。かわいそうなインディオをあんなひどい目に会わせるのはよくありません。残念ながら、院長様のお気持ちに添うことはできません。わたしにはわたしなりのやり方がありますから。先程、別の武器とおっしゃいましたが、それは伝道師たちの使う武器のことでしょうか？　それなら、将来トラブルが起こらないようにすることしかできないでしょうね。あの野蛮人とその部族の者たちはボルハ守備隊の伍長《ごちょう》をこっぴどく殴りつけ、新兵を殺害し、ドン・ペドロ・エスカビーノをペテンにかけたのですよ。尼僧院長は急に語気も荒く反論した。いいえ、それは間違いです。声がだんだん高くなる。復讐《ふくしゅう》をすれば、その人はもうキリスト教徒ではなく、野蛮人と同じです。あなた方がしていることはまさにそれなのです。どうしてあの男を裁判にかけて、牢《ろう》に入れないのですか？　自分は恐ろしいことをしている、これは人間に対してすることではない、そうお考えにはならないのですか？　あれは復讐でも、懲罰でもないのです、院長様。フリオ・レアテギは声を低くしてそう言うと、少女の汚れた髪の毛を指先で撫でる。あれは警告だったのですよ。この町を去ることになったのに、伝道所に悪い思い出を残して行くのは何とも心残りですが、町の人たちのことを思えば仕方がありません。わたしはサンタ・マリーア・デ・ニエバの町を愛しております。行政官の職に就いて以来、本業はおろそかになる、余計な出費はかさむと悪いことずくめなのですが、後悔はしておりません。これでも町の発展に微力を尽してきたつもりなのですが、いかがでしょうか、院長様？　今では警官もいますし、間もなく治安警備隊の駐屯所《ちゅうとんじょ》もできる予定です。そうなれば町の人たちも安心して暮らして行けるでしょう。これだけはどうしてもやり遂げたいと思っていたのです。あなたがサンタ・マリーア・デ・ニエバの町のためにいろいろ尽力して下さったことに対しては、伝道所にいるわたくしどもも大変感謝しております。ですが、あの不幸な男が殺されるのを、キリスト教徒として黙って見過ごすわけには行きません。善悪の区別もつかないあの男にいったい何の罪があるというのです？　いや、あの男を殺したり牢に入れるつもりは毛頭ありません。牢に入れるよりはああしておくほうがいいのですよ、院長様。あの男が憎くてしているのではありません。ただ、アグアルナ族の者たちに、ものごとの正否を教え込むために、見せしめとしてああしているのです。それでも分からないというのなら、これはもう仕方がありません。二人の間に沈黙が流れるが、やがて行政官は手を差し出して尼僧院長と握手すると、部屋を出ていく。少女もそのあとを追って、二、三歩歩き出すが、尼僧院長がその少女の腕を摑《つか》んで引き止める。少女は逆らわず、おとなしくうなだれている。ドン・フリオ、この子は何という名前ですか？　洗礼をしてやらなくてはいけませんからね。この子の名前ですか？　さあ、何というのでしょうね、おそらくキリスト教徒の名前をつけてもらっていないのでしょう。どうかあなた方でつけてやって下さい。そう言って、うやうやしく頭を下げると、建物から出て行き、大股《おおまた》で中庭を横切り、細い道をどんどん下って行く。広場に着くと、フムのほうをちらっと見る。フムは頭の上で両手を縛られて、鉛の重りのようにカピローナの木に吊《つ》るされている。

宙吊りになったフムの足先が物見高い人々の頭上一メートルほどのところで揺れている。ベンサス、アギラ、エスカビーノはすでに姿を消しており、そこにはロベルト・デルガド伍長と数人の兵隊、それにアグアルナ族の老人や若者たちがひと塊になって集まっている。伍長はもう大声でわめき立ててはいないし、フムも黙りこくっている。フリオ・レアテギは船着き場のほうに目をやる。空のランチが波に揺れているのを見て、もう荷物を下ろしたんだなと考える。灼熱《しゃくねつ》の太陽が真上から照りつけている。レアテギは官舎のほうへ二、三歩進むが、ふと足を止めて、もう一度見上げる。軍帽の目庇《まびさし》の前にさらに手を置くが、強い陽差《ひざ》しに目を射られる。口のあたりがかすかに見える。口を開いているようだが、気を失っているのかな？　わしの姿を見て、またわめき立てるかも知れんな？　伍長をののしると面白いんだが？　しかし、フムは黙りこくっている。おそらく、口も開けてはいないのだろう。彼は木に吊り下げられているので胃のあたりがへこみ、体が長くのびたようになっている。太鼓腹でがっしりした体格のフムが、今は背が高くほっそりして見える。彼は宙吊りにされたままじっとしているが、陽差しを浴びているその身体から奇妙な分泌液《ぶんぴつえき》のようなものが流れ出し、ひとまわり細身になり白熱しているように見える。レアテギはそのまま歩き続けて官舎に入っていく。部屋にたちこめた濛々《もうもう》たる煙で、彼は思わず咳《せ》き込む。彼は何人かの知人と握手し、抱擁を交す。軽口や笑いさざめく声が聞こえ、誰かが彼の手にビールの入ったグラスを持たせる。それを一息で飲みほすと、腰をおろす。そのまわりでは、汗だらけになった白人たちが話し合っている。あんたはこの町にとってなくてはならない人なのに、出て行かれるというのは何とも寂しいかぎりだよ。わしもつらいんだが、そろそろ本業の方に戻らないとね。植林、製材所、イキートスのホテル、何もかも放《ほ》ってあるんだ。この町では大分出費もかさんだし、齢《とし》もとったしね。もともとあまり政治は好きじゃないんだ、やはりわしは実業家なんだよ。誰かがいそいそとビールを注《つ》ぎ、肩を叩《たた》くと、軍帽を受け取る。ドン・フリオ、大勢の人がお祝いにやって来ているよ。ポンゴのむこうに住んでいる人までわざわざやって来てくれたんだ。わしはもうくたくただ、アレバロ、二晩一睡もせずに来たんで体の節々が痛んで仕方ないんだ。額、首筋、頬の汗を拭《ふ》く。目の前に壁のように立ちはだかっているマヌエル・アギラとペドロ・エスカビーノの体の間から、時々鉄格子《てつごうし》の入った窓がのぞき、そのむこうに広場のカピローリの木々が見える。野次馬連中はまだあのあたりにうろついているのかな、それとも暑さにまいって逃げ出したかな？　フムの土色の体は強い陽光にかき消されたか、木々の銅《あかがね》色の樹皮の中に溶け込んだのか、そこからは見分けがつかない。あの男に死なれてはまずい。なんとしてもウラクサに帰らせて自分がどんな目に会ったかほかの連中に語って聞かせるようにしなければならん。でないと、見せしめの意味がなくなるからな。大丈夫、めったなことでくたばりはしないよ、ドン・フリオ。少しばかり日なたぼっこをさせてもらったんで、かえって元気になるくらいだ。そう言っているのはマヌエル・アギラかな？　ドン・ペドロ、品物の代金だけは忘れず払っておいてくれ。ごまかしたのなんのと噂《うわさ》を立てられると、けじめがつかなくなる。その点は心得ているよ、ドン・フリオ。あの馬鹿者《ばかもの》どもに差額だけはきちんと払うつもりだから、心配しなくてもいい、とエスカビーノ。問題は、以前と同じように連中と取引きができるかどうかだ。ドン・ファビオ・クエスタとかいう男は信用できるのかね、ドン・フリオ。アレバロ・ベンサスだな。わしがおかしな人間を推薦すると思うかね。あの男とは以前いっしょに仕事をしたことがあるんだ、アレバロ。少々抜けたところはあるが、誠実で何かと役に立つ男だ。なかなか得難い人物だよ。ドン・ファビオなら、あんたたちともきっとうまくやって行くはずだ、その点はわしが請け合うよ。もうごたごたは沢山だ、時間の無駄《むだ》もいいところだからな、とフリオ・レアテギ。ああ、すっかり気分がよくなった。ここに入ってきた時は、胸が悪くてね。お腹《なか》が空《す》いているんじゃないのかね、ドン・フリオ？　だったら、早く昼食にしよう。キローガ大尉《たいい》も首を長くして待っているはずだ。ところで、あの大尉はどんな人だね、ドン・フリオ？　そうだな、欠点もあるが人間誰しもその点は同じだからね。人間としてはなかなかいい男だよ、ドン・ペドロ。

一　章

「お前が来なくなってもう一年以上になるぞ！」とフシーアがわめき立てる。

「なんだって？」とアキリーノが耳に手を当てて訊《き》きかえす。その目は鬱蒼《うっそう》と生い茂ったチョンタシュロとカパナウアの木の上をさまよったり、小道の奥のびっしりと茂り合ったシダのむこうに立ち並んでいる小屋のほうを不安そうに見つめている。「いま何て言ったんだね、フシーア？」

「一年と言ったんだ」とフシーアが金切り声をあげて答えた。「あれからもう一年になるんだ、アキリーノ。」

老人はそれを聞いてうなずくと、目やにで曇った目でフシーアの顔をちらっと見る。しかし、すぐに岸辺の泥水《どろみず》や木々、曲がりくねった小道、木立のほうに目を逸《そ》らして、一年も経《た》っちゃいないよ、僅《わず》か二、三ヵ月じゃないか、と言う。小屋の中はもの音ひとつせず、まったく人気《ひとけ》がないようだが、しかし、安心ならんぞ、フシーア。この前の時みたいに、連中が素裸で、道いっぱいに広がり、喚声をあげてわしのほうに迫ってきたら、川へ飛び込むよりほかに逃れる道はないからな。本当に襲って来ないんだろうな、フシーア？

「二年と一週間だ」とフシーアが言う。「毎日、勘定しているんだよ。今度も、お前が帰ったら、早速日を数えはじめるんだ。朝、目が覚めると、何を措《お》いてもまず線を引くことにしている。はじめはどうもうまく行かなかったが、今じゃ足が手と同じように動くんだ。二本の指で棒をはさんでやるんだが、やってみようか、アキリーノ？」

いい方の足が砂地をこするようにして前に進み出ると、石ころの小さな山をまさぐり、健康な二本の足指をサソリのハサミのように器用に開いて小石をつかむ。その足を素早く動かして、砂地に印をつけると、もとに戻す。砂の上に小さな線が一本引かれているが、たちまち風がそれを掻《か》き消す。

「何のためにそんなことをするんだ、フシーア？」とアキリーノが尋ねる。

「どうだい、アキリーノ」とフシーアが言う。「毎日、こんなふうに小さな線を引いて行くんだが、小屋の壁に書き切れないんで、だんだん線を小さくしていってるんだ。今年は多くて、線が二十列ばかりできたよ。お前が来た時は、いつも食事を看護人にやることにしているんだが、その日に看護人は壁をまっ白に塗って、線を消してくれるんだよ。おかげで、あと何日すれば お前が来るか、また一から線を引けるというわけだ。今夜も、あの男に夕食をやるつもりだが、そうすると明日はまた壁がまっ白になるってわけだ。」

「ああ、分かった、分かったよ。」そう言いながら老人は手を振ってフシーアを落着かせようとする。「あんたの言うとおり、一年のご無沙汰《ぶさた》だ。だから、そう怒るな、大きな声を出すなよ。あんたに会いに来たいのは山々だが、思うにまかせないんだ。いつも眠りこけていて、腕も言うことをきかない。あれから何年経ったと思うね。わしだって川の藻屑《もくず》になるのはごめんだ。商売で川を行き来するのはいいが、こんなところで死にたかないんだよ、フシーア。どうしてそんなにわめき立てるんだ、喉《のど》が痛くならないかね。」

フシーアはぴょんと飛び跳ねると、アキリーノのすぐそばへ行き、老人の顔の下に自分の顔をもって行く。老人は思わず顔をしかめて後ずさりするが、フシーアはさらに飛び跳ねて、老人に自分の顔が見える位置に体をもって行く。おい、おい、分かったよ。老人が鼻を覆《おお》うと、フシーアはもとの所に戻る。あんたが何を言っているか分からないのはそのせいだね、フシーア。歯がないのによくものが食べられるもんだな。それで、食べものは喉にひっかからないのかね？　フシーアは何度も首を横に振る。

「尼僧《にそう》が食べものを水にひたしてくれるんだ」とフシーアが金切り声をあげる。「パンでも果物でも、柔らかくなって形が崩れるまで水に浸《つ》けてくれるんで、喉を通るんだよ。ただ、しゃべろうとすると、声がでないんで困るんだ。」

「わしが鼻をつまんだからといって怒らんでくれ。」そう言いながらアキリーノは二本の指で鼻をつまんだので、鼻声になる。「がまんできないくらいひどい臭《にお》いだな。この前来た時も、その臭いにやられて、夜になってもどしたんだ。ものを食べるのがそんなに大変なら、ビスケットを持ってくるんじゃなかったな。歯ぐきが痛いだろう。今度はビールとコーラをもってきてやるよ。近頃《ちかごろ》は、わしも大分ぼけてきて、物忘れがひどいから、忘れんようにせんといかんな。わしも、もう齢《とし》だよ。」

「今は曇ってるからいいが」とフシーアが言った。「日が出ると、ここの連中はひとり残らず川岸へ降りて行くんだ。さすがに、医者や尼僧もたまらないらしく、ひどい臭いだと言って鼻をつまんでいるよ。おれはもう慣れちまったんだろうな、何とも感じない。これが何だか分かるかね？」

「そんなにわめくんじゃない」とアキリーノが空の雲を見上げて言う。灰色の雲塊と無数の小さなしみのような雲片が空を覆い、鉛色の光が木々のてっぺんを弱々しく照らしている。「どうやら雨だな。もっとも、雨が降っても、わしは帰るがね。ここに泊まるのだけはごめんだよ。」

「あの島に咲いていた花を覚えているかい?」とフシーアはぴょんぴょん飛び跳ねながら尋ねるが、その姿は皮膚が赤むけになった小猿《こざる》を思わせる。「日が昇ると花が開き、日が沈むとしぼんでいった花があったろう。ウアンビサ族の連中が、精霊と呼んでいた例の花だよ。覚えているかね?」

「大雨になっても、わしは帰るよ」とアキリーノが念を押す。「ここには泊まりたくないんだ。」

「あの花と同じだ」とフシーアが金切り声をあげる。「日の出とともに花が開き、唾液《だえき》をたらすが、こいつが臭うんだよ、アキリーノ。しかし、いずれにしても、これでよかったんだ。もう体も痛まないし、調子もいいんだよ。だからさ、機嫌《きげん》を直してくれよ、なっ。喧嘩《けんか》は止《よ》そう。」

「そうわめかんでくれ」とアキリーノが言う。「ほら、見ろ! 雲が出て、風が吹きはじめたぞ。あまり外気に当たると体に良くないって、尼さんたちから言われてるんだろう。そろそろ小屋に引き上げたらどうだね。わしもそろそろ帰らせてもらうよ。」

「日が出ていようが曇っていようが、おれたちには関係ないんだ」とフシーアがわめく。「何も感じないいんだよ。年から年じゅう、同じ臭いばかり嗅《か》いでいるせいだろうな。自分じゃ何とも思わないいんだ、おれたちにとってこれは生活の臭いなんだよ。分かるだろう、じいさん？」

アキリーノは鼻をつまんでいた指を放して、大きく息を吸い込む。彼が麦藁帽《むぎわらぼう》の下で顔をしかめると、無数の細かな皺《しわ》がよる。風でシャツがはだけ、痩《や》せた胸や飛び出した肋骨《ろっこつ》、日に焼き上げられた肌《はだ》がのぞく。老人は目を伏せたまま、横目でちらちら様子を窺《うかが》っているが、フシーアは巨大なカニのように身動きもしない。

「どんな臭いだ？」とフシーアが金切り声をあげる。「魚の腐ったような臭いかい？」

「どうでもいいから、そうわめかんでくれ」とアキリーノがたしなめる。「そろそろ帰らなくてはいかんが、今度来る時は嚙《か》まなくてもいいような柔らかいものを持って来てやるよ。店で訊けば、探してくれるだろう。」

「そんなところに立ってないで、坐《すわ》れよ」とフシーアがわめく。「どうして立ってるんだ？　いいから、腰をおろせよ」

フシーアはかがみ込んだアキリーノのまわりをぴょんぴょん飛び跳ねながらなんとか目を合わそうとするが、老人は雲やヤシの木、眠たそうに流れている川、泥水の波などを見てわざと目を合わそうとしない。川下に黄土色の大きな島があるんだが、こいつが川の真中で流れに逆らうようにでんと控えているんだ。フシーアが自分の足もとにしゃがんだのを見て、アキリーノも諦《あきら》めて腰をおろす。

「もう少しいてくれよ、なっ、いいだろう、アキリーノ」とフシーアは金切り声をあげる。「だって、今来たばかりじゃないか。」

「そうそう、あんたに話しておくことがあったんだ。うっかりしていたよ。」そう言って老人は額をこつこつ叩《たた》くと、ちらっと彼のほうを窺う。フシーアは病気にかかっていないいい方の足でしきりに砂を掻いている。「じつは、この四月に久しぶりでサンタ・マリーア・デ・ニエバに行ったんだよ。それにしても、わしもぼけたもんだ。こんな大事な話を忘れるとはな。海軍で働いていた船頭が病気になって、その代りということでわしが雇われたんだ。まるで空を飛ぶみたいにえらい勢いで走る砲艦があるだろう、あれに乗ってむこうへ行って、二日ばかり滞在したんだよ。」

「脚に抱きつかれるのが怖いんだろう」とフシーアが大声でわめく。「おれにしがみつかれちゃまずいと思って、腰をおろしたんだな、アキリーノ、そうだろう？　だが、こうでもしないと、お前は帰ってしまうからな。」

「まだ話が終わっていないんだ、そううるさくわめかんでくれ」とアキリーノがたしなめる。「あの町でラリータとばったり顔を合わしたんだが、すっかり太っていたんでこちらは見違える、むこうはむこうでまさかわしが生きているとは思わなかったらしい。それでも、元気なわしの姿を見て、ぽろぽろ涙をこぼしてくれたよ。」

「以前は一日中いてくれたじゃないか」とフシーアが金切り声でわめく。「眠くなるとランチに戻り、翌日またやって来て、おれの相手をしてくれたろう、アキリーノ。あの時分は、二日も三日もいてくれたのに、今日はどういうわけだ、来たかと思うともう帰るのか?」

「わしは彼女の家に泊めてもらったんだよ、フシーア」とアキリーノが言う。「子沢山で、何人だったかは忘れたが、とにかく大勢いたな。アキリーノの奴《やつ》はすっかり大きくなって、もう一人前だ。以前はあの町で渡し守をしていたんだが、今はイキートスに出て働いているそうだ。道で出会っても、アキリーノとは分からんよ。目だって、以前みたいに切れ長じゃないしね。ほかの子供たちもすっかり大きくなったし、ラリータも太って見違えるようになった。あのアキリーノを取り上げたのはこのわしだ、憶えているかね、フシーア? まだ赤ちゃんだったアキリーノもずいぶんと大きくなって、今じゃもう一人前だ。ニエベスの子供やあの治安警備隊員の子供たちもすっかり大きくなったが、どの子もラリータにそっくりで、父親似は一人もいないよ。」

「ほかの連中には見舞い客が来ないが、おれだけはお前が来てくれるんで、みんなからやっかまれているんだ」とフシーアが金切り声をあげる。「お前が帰ると、みんなで寄ってたかって、今度はいつ来るんだとからかうもんだから、いつもこう言ってやるんだよ。すぐに来るさ、あの男は川の上を行き来して商売しているから、明日かあさってにはまた来てくれる。いずれにしても、近々また見舞いに来てくれるさ、ってね。だが、今度は何だか不安なんだ。もう来てくれないんじゃないか、そんな気がするんだよ、アキリーノ。」

「ラリータの話だと」とアキリーノは続ける。「子供はもう欲しくなかったそうだが、あの治安警備隊員がどうしても欲しいと言ったんで、あんなに子沢山になったそうだよ。サンタ・マリーア・デ・ニエバの町では、子供たちはみんな〈デブ〉と呼ばれていたが、あんたやニエベスの子供たちもそれは同じだったよ。」

「ラリータ？」とフシーアが金切り声をあげた。「じいさん、今たしか、ラリータって言ったな？」

動揺した彼の肌がピンク色に染まり、呻《うめ》き声を洩《も》らす。その声といっしょに何かの腐ったようなひどい口臭が漂ってくる。老人は慌《あわ》てて鼻を押さえると、頭をのけぞらせる。雨が降りはじめる。木々の間では風が唸《うな》り、対岸の茂みがざわめき、木の葉がざわざわぞよめく。目に見えないほど細かな雨が降りしきり、やがてアキリーノが立ち上がる。

「雨だな、そろそろ引き上げるよ」と彼は鼻声で言う。「今夜は、ランチの上で雨に打たれて寝るとしよう。雨が降ると、川をさかのぼるのはむりだ。途中でエンジンが止まりでもしたら、川の流れに逆らって船を動かすだけの力がないもんだから、流れに身をまかすより仕方がない。この前はそれでひどい目に会ったんだ。どうした、フシーア、急にふさぎ込んで？　ラリータの話がいけなかったのか？　さっきみたいにわめき立てないのかね？」

フシーアは背中を丸くして、いっそう体を縮める。何も言わず、いいほうの足で小石を摑《つか》んでは山のように積み上げ、それを壊している。何度か同じことを繰り返したあと、今度はそれを平らに均《なら》す。憑《つ》かれたようにゆっくり石をもてあそんでいる彼の姿は何とも言えず痛ましかった。アキリーノは二歩ばかり後ずさりするが、その目は赤く燃えるような背中と雨に洗われている骨ばった体をじっと見つめている。さらに二、三歩後ずさりする。肌の上の潰瘍《かいよう》がほとんど見分けられなくなり、赤とも紫色ともつかないにじ色の皮膚が全身を包んでいる。老人は鼻を押さえていた手を放して、大きく息を吸い込む。

「元気を出すんだ、フシーア」と老人が呟《つぶや》くように言う。「年が明ければ、いくら体が弱っていてもまた来てやるよ。その時は何か口あたりのいいものを持ってきてやろう。ラリータのことで腹を立てたのかね？　昔のことを思い出したんだろうか、人生ってそんなものだ、フシーア。ニエベスに比べれば、あんたはまだしあわせだよ。」

小さな声でそう呟きながらじりじりじり後ずさりして小道に出る。一段低くなったところには水溜《みずたま》りができている。あたりは草いきれで息苦しく、むせ返るような樹液や樹脂、芽ぶきはじめた植物の臭いが鼻をつく。樹冠がざわざわ揺れ、暖かい水蒸気がその樹冠のほうへ立ちのぼって行く。老人はずんずん後ずさりして行く。血のように赤い体が小さく見えるが、まだ動き出す気配はない。やがて、それもシダの陰に隠れて見えなくなる。アキリーノは後ろを向くと、小屋のほうへ駆け出す。フシーア、来年になったらまた来るよ、そう小声で呟く。そんなにふさぎ込むんじゃない。雨が激しく降りしきっている。

二　章

「神父様、急いで下さい」とラ・セルバティカが言った。「あそこに車を待たせてあるんです。」

「ちょっと待ってくれ」とガルシーア神父が目をこすり、空咳《からぜき》をしながら言った。「服を着替えるくらいの時間はあるじゃろう。」

神父がそう言って家の中に引っ込んだので、ラ・セルバティカはタクシーの運転手に少し待つように合図した。人影の跡絶《とだ》えたメリーノ広場の街灯のまわりを虫がうるさく飛びまわり、晴れた空には無数の星がきらめいていた。その時間には、朝一番に通るトラックや夜行バスが唸《うな》りをあげてサンチェス・セーロ並木道を走り抜けて行く。ラ・セルバティカが歩道で待っていると、やがてドアが開いてガルシーア神父が出て来たが、神父はグレーのマフラーで顔を包み、帽子を目深《まぶか》にかぶっていた。二人が乗ったとたんに、タクシーが走り出した。

「急いでね、運転手さん」とラ・セルバティカが声をかけた。「出来るだけ急いで！」

ら。」

「遠いのかね?」そう尋ねるガルシーア神父の声がそのままあくびに変わった。

「すぐ近くです」とラ・セルバティカが答えた。「〈グラウ・クラブ〉のそばですか

「どうしてこんなに遠くまで来たんじゃね?」とガルシーア神父が唸るように言った。

「あのあたりはブエノスアイレスの教区だから、ルビオ神父を起こせばよかったのに。」

〈トレス・エストレーリャス〉は表戸を閉めていたが、店の中にはまだ灯《ひ》がついてい

た。女将《おかみ》さんが、どうしても神父様に来て頂きたいと言っておられるんです。街角では、

三人の男が肩を組んで放歌高吟しており、少し離れたところでは男が壁に向かって用を

足していた。木箱を山のように積んだトラックが道路の真中をわがもの顔で走っている。

タクシーの運転手はクラクションを鳴らしたり、ライトをつけたり消したりして道をあ

けてくれと合図するが、トラックは知らぬ顔で走っている。その時、だしぬけにラ・セ

ルバティカの口もとに僧侶《そうりょ》の帽子が近づいてきた。わしに来て欲しいと言ったのは、ど

この女将さんだね? トラックがようやく道をあけてくれたので、タクシーはその横を

擦りぬけるようにして追い越した。ラ・チュンガさんです、神父様。それを聞いて神父

は飛び上がった。何だって? じゃあ、誰が悪いんだね。僧服が細かく震えはじめ、マ

フラーの下のガルシーア神父の口からは苦しそうな声が洩《も》れはじめた。懺悔《ざんげ》するのは誰

じゃね？

「ドン・アンセルモです、神父様」とラ・セルバティカが小声で言った。

「ハープ弾きのおやじさんが危篤《きとく》なのかね？」と運転手が横から口をはさんだ。「何てこった！　ほんとうにあの人かね？」

グラウ並木道まで来ると、タクシーはタイヤをきしませて急ブレーキをかけるが、すぐにまた弾《はじ》かれたように飛び出して行く。ヘッドライトの灯《あか》りが遠くまで伸び、ぐんぐん速度を上げる。町角にさしかかってもいっこうにスピードは衰えず、クラクションを思いきり鳴らすだけでどんどん飛ばして行く。その間も、僧侶の帽子はラ・セルバティカの鼻先で周章狼狽《しゅうしょうろうばい》したように揺れていた。ガルシーア神父は喉《のど》が締めつけられて苦しいとでも言うように、何か言おうにも声が出なかった。

「楽しそうに演奏しておられたんです、それが急にばったり床に倒れて……。ほんとにびっくりしましたわ」とラ・セルバティカは溜息《ためいき》をつきながら言った。「その時はもう全身が紫色だったんです。」

陰から急に手が延びてきたかと思うと、ラ・セルバティカの肩を摑《つか》んで激しく揺さぶる。彼女は悲鳴をあげた。わしを売春宿へ連れて行こうというのか？　彼女は怯《おび》えてタクシーのドアのほうへ逃げる。違います、神父様。〈緑の家〉です。ドン・アンセルモはあそこにおられるんです。何もしていないのに、どうしてわたしをそんなに小突くんです？　神父は手を放すと、首に巻いていたマフラーをひきむしるようにして取った。神父はしばらく苦しそうに喘《あえ》いでいたが、やがて窓に顔を近づけると、目を閉じ首を傾けて、夜のさわやかな空気に当たった。そのあと車のシートにもたれかかると、ふたたびマフラーを首に巻いた。

「〈緑の家〉はまぎれもなく売春宿じゃ」と神父はしゃがれた声で言った。「そんな服を着て、厚化粧をしているところを見ると、お前もあの店で働いているんじゃろう。」

「もう医者は呼んだのかね？」と運転手が尋ねた。「えらいことになったもんだね。じつを言うと、わしもあのハープ弾きのおやじさんのことはよく知っているもんでね。いや、何もわしひとりに限ったことじゃない、この町の人間はひとり残らずあのおやじさんのことをよく知っているし、心から慕っているんだよ。」

「お医者さんのほうは」とラ・セルバティカが答えた。「セバーリョス先生に来て頂いたんだけど、奇跡でも起こらない限りまず望みはないだろうっておっしゃっているの。店にいる人はひとり残らず泣いていますわ、神父様。」

ガルシーア神父は座席で体を丸くし、頑《かたく》なに口をつぐんでいたが、時々そのマフラーのむこうから弱々しい呻《うめ》き声が執拗《しつよう》に洩れていた。〈グラウ・クラブ〉の前でタクシーが止まった。エンジンが軽い唸りを立て、排ガスを吹き出している。

「むこうまで行ってもいいが」と運転手が言った。「下が柔らかい砂地だろう、途中でタイヤを取られてエンコすると思うんだ。悪いが、ここで降りてもらえるかね。」

ラ・セルバティィカがハンカチに包んであった金を取り出してタクシー代を払っている間に、ガルシーア神父は車から降りてドアを腹立たしげに閉めた。神父は砂原の上を大《おお》股《また》で歩き出したが、起伏の激しい砂地を登り降りしているうちに、何度も足をもつれさせた。夜は明るく晴れていた。黄色い砂丘の間を、背中を丸めて歩いて行く黒い僧服をつけた神父の姿は、巨大なハゲワシを思わせた。ラ・セルバティィカが途中で彼に追いついた。

「神父様はあの方をご存知なのですか？」と彼女は小さな声で尋ねた。「ほんとにお気の毒ですわ。目が見えないのに、よくまああれだけ見事な演奏ができたものですわね。」

ガルシーア神父は黙りこくっていた。背中を丸め、大股でずんずん歩いていたが、さすがに息が苦しそうだった。

「何だか寂しいですわね」とラ・セルバティィカが言った。「いつもなら、夜になると、このあたりまで楽団の演奏が聞こえてくるのに、今日はしんと静まり返っていますでしょう。たしか演奏はあの街道のあたりでもはっきり聞きとれましたわ。」

「静かにしないか」とガルシーア神父は彼女のほうを振り向きもせずに唸った。「いいかげんに口をつぐんだらどうじゃね。」

「お願いですから、そんなに怒らないで下さい、神父様」とラ・セルバティカが言った。「胸が苦しくて自分でも何を言っているのかよく分からないんです。ご存知ないと思いますけど、ドン・アンセルモはそれはいい方でしたわ。」

「あの男のことなら一から十まで知っておる」とガルシーア神父が呟《つぶや》いた。「お前さんが生まれる前から、わしはあの男のことを知っておるんじゃよ。」

神父はさらに続けて何か言ったが、よく聞き取れなかった。ふたたび神父の口からしゃがれた苦しそうな喘ぎ声が洩れはじめた。スラム街に立ち並ぶ掘っ建て小屋の戸口には住民がぼんやり立っていた。神父の姿を見かけると、小声で挨拶《あいさつ》したり、今晩は、と声をかけたり、中には十字を切る女もいた。ラ・セルバティカがドアをノックすると、すぐに女の声が返ってきた。今日はもう看板だから、どなたにもお帰り願っているんですよ。女将《おかみ》さん、わたしです、神父様をお連れしました。中の声がとぎれたかと思うと、慌《あわ》てて駆け回る足音が聞こえ、ドアが開かれた。部屋の中は煙が濛々《もうもう》と立ちこめているが、そこから差す灯がガルシーア神父の齢《とし》をとり痩《や》せこけた顔と首のところで揺れているマフラーを照らし出した。神父はラ・セルバティカを従えて中に入って行く。カウンターのところから二人の男の声が挨拶するが、神父は返事をしなかった。テーブルが二脚あり、そのまわりに人影がぼんやり見えている。そこからも丁重な挨拶の声がしたが、おそらくその声も神父の耳には入らなかったのだろう。彼は人気《ひとけ》のないがらんとしたダンス・フロアの前で、苦々しげな表情を浮かべて突っ立っていた。彼の前に人影が浮かび上がったが、顔は陰になって見えなかった。どこにいるんじゃね？　と神父は口早に尋ねた。ラ・チュンガは彼のほうに手を差し出したが、その言葉を聞くと、その手で階段のほうを指さした。どこにいるんじゃね？　今、案内させますわ。ラ・セルバティカが神父の腕を取った。わたしが案内します、神父様。二人はサロンを通り、二階へ登って行った。通路まで来ると、ガルシーア神父はラ・セルバティカの手を振り払った。彼女は四つあるドアのひとつを軽くノックすると、それを開いた。彼女は半身になって神父を中に通すと、ドアを閉めてサロンに戻った。

「ひどく震えているが、外は寒いのかい？」とボーラスが尋ねた。

「少し飲んだら体があたたまるよ」とエル・ホーベン・アレハンドロが声をかけた。

ラ・セルバティカはグラスを取って酒を飲み干すと、口のまわりを手で拭《ぬぐ》った。

「神父さんが気でも違ったみたいに怒り出したのよ」と彼女が説明しはじめた。「タクシーの中で、突然あたしの肩を摑むと、激しく揺すぶったの。ひっぱたかれるかと思ったわ。」

「やはりまだ怒っているんだな」とボーラスが言った。「それにしても、よくここへ来たもんだよ。」

「セバーリョス先生はまだ上におられるんですか、女将さん？」とラ・セルバティカが尋ねた。

「少し前にコーヒーが飲みたいといって降りて来られたけど、容態は相変わらずだってさ」とラ・チュンガが答えた。

「もう一杯頂けますか、チュンギータ、どうも神経が立ってね」とボーラスが言った。

「持合わせがないんで、代金は給料から差っ引いて下さい。」

ラ・チュンガはうなずくと、二人に酒を注《つ》いでやる。彼女はその酒瓶《さかびん》をもってダンス・フロアの横にあるテーブルのほうへ行くが、そのテーブルでは店の女たちが小声でひそひそ囁《ささや》き合っていた。何か飲むかい？　いいえ、結構です、女将さん。何もあんたたちまで残ってることはないんだよ。いつでも好きな時に帰っていいよ。女たちはさっきよりも長い間小声で話し合っていたが、そのうち女のひとりが椅子をきしませて、ご迷惑でなければここにいたいんですけど、構いません？　ああ、いいともさ、好きにおし。そう言うとラ・チュンガはカウンターのほうに戻った。ぼんやりした影になっている女たちが、またひそひそ囁き交しはじめた。二人の楽団員は黙りこくって酒を飲んでいたが、時々階段のほうに目をやった。

「演奏しないのかい?」とラ・チュンガが曖昧《あいまい》な身振りをして小声でそう言った。「音楽が聞こえたら、さっと喜ぶよ。そばにあんたたちが付添っていてくれるような気持になってさ。」

ボーラスとエル・ホーベンがためらっていると、ラ・セルバティカが横から、そうよ、女将さんの言うとおりだわ。きっと喜ばれると思うわ。影になった女たちの囁き声がとぎれる。じゃあ、お師匠さんのためにひとつ演奏してみましょうか。二人はいつもの片《かた》隅《すみ》のほうへゆっくりと歩いて行く。ボーラスは壁に向かい合うようにして床几《しょうぎ》に腰をかけ、エル・ホーベンは床からギターを取り上げる。最初はもの悲しい曲を演奏するが、そのあと自信なげに小さな声で歌をうたいはじめた。しかし、だんだん声に張りが出て、いつものようにのびのびと陽気に歌い出した。エル・ホーベンの作った歌を演奏する時は二人ともすっかり感動して、ゆっくりしたテンポで感情をこめて歌った。ボーラスは時々歌詞を忘れて黙りこんだ。ラ・チュンガはそんな二人に酒をふるまった。彼女も当惑していたのだろう、いつものような傲慢《ごうまん》に人を見下したようなところが見られなかった。腕を振り回したり、人を睨《にら》みつけるいつもの癖が影をひそめ、不安に襲われたか困惑しているように爪立《つまだ》って歩いていた。セバーリョス先生が降りて来られましたよ、女将さん。それを聞いてボーラスとエル・ホーベンは演奏を中断し、店の女たちは慌てて席を立った。ラ・チュンガとラ・セルバティカも階段のほうへ駆け出した。

「注射を打っておいたが」とハンカチで額の汗を拭《ふ》きながらセバーリョス医師が言った。「あまり期待は持てんよ。今ガルシーア神父が付添っておられるが、わしにはもう手の打ちようがない。あの男のために祈ってやること、それだけだよ、できるのは。」医師は唇《くちびる》を舐《な》めながら、ひどく喉が乾いているんだ、チュンガ。なにしろ上の部屋は暑くてね。ラ・チュンガはバーへ行くと、ビールの入ったグラスを持ってくる。セバーリョス医師は、エル・ホーベンとボーラス、それにラ・セルバティカの坐《すわ》っているテーブルに腰をかけた。店の女たちは自分たちのテーブルに戻って、また単調な声でひそひそ話しはじめた。

「これが人生というもんだ。」そう言ってセバーリョス医師は酒を飲み、ほっと溜息をつくと、一度閉じた目を開く。「いずれわしたちにもお迎えが来るだろうが、こうしてみるとまっ先にお迎えが来るのはどうやらこのわしのようだな。」

「お師匠さんはひどく苦しんでおられますか、先生?」ボーラスは酔払ったような声でそう尋ねるが、その目や態度は酔っているように見えなかった。

「注射を打ってあるから心配しなくていい」と医師が答えた。「昏睡《こんすい》状態にあるが、時々意識がもどるんだ。その時の様子を見る限りでは、苦痛はなさそうだよ。」

「いえね、音楽でも聞かせたら喜ぶだろうと思って、今この二人に演奏するように頼んだところなんですよ。」そう説明するラ・チュンガの声は上ずっているし、その目も不安に曇っていた。

「上の部屋にいると何も聞こえんが」と医師が言った。「わしは耳が遠いからな。アンセルモには聞こえこいたかも知れんよ。それはそうと、おやじさんはいったいいくつになるんだね。もう八十は越えているだろう。七十の坂を越したこのわしよりもまだ年嵩《としかさ》のはずだからな。もう一杯もらえるかね、チュンガ。」

会話がとぎれて、しばらく沈黙が流れる。ラ・チュンガだけが時々席を立って、カウンターまで行くとビールやピスコ酒の入ったグラスを持って戻ってきた。店の女たちは相変わらずひそひそ話し合っていたが、その声は時にかん高く耳ざわりなものになるかと思うと、急に聞きとれないほど低いものに変わった。と、だしぬけにみんながいっせいに立ち上がって、階段のほうへ駆け出した。ガルシーア神父が階段を降りて来たのだ。神父は帽子もかぶらず、マフラーもつけていない。苦しそうに階段を降りながら、セバーリョス医師を手招きする。医師は手すりに摑まって階段を登って行くと、通路に姿を消す。どうかしたのですか、神父様？　居合わせたものが声をそろえてそう尋ねたが、その声に驚いて彼らはふたたび黙り込んだ。ガルシーア神父は口の中でぶつぶつ呟いていた。神父は歯の根が合わないほど体が震え、目は落着きなくあたりを見回していた。エル・ホーベンとボーラスは抱き合っていたが、二人のうち一方がすすり泣いていた。その様子を見て、店の女たちも目をこすったり、もらい泣きしたり、大声をあげて嘆きはじめるが、中には抱き合っておいおい泣いているものもいた。ガルシーア神父は相変わらず体を震わせ、不安そうに目をきょろきょろさせていたが、その神父の体をラ・チュンガとラ・セルバティカが支えていた。二人は神父を引きずるようにして椅子のところまで連れて行った。神父は体中の力が抜けたようにおとなしく言いなりになり、黙って汗を拭いてもらっていた。ラ・チュンガがピスコ酒を飲ませた時も、べつに怒り出さなかった。体はまだ震えていたが、大きな黒い隈《くま》のできた目にようやく落着きがもどり、宙の一点をじっと見つめていた。しばらくすると、セバーリョス医師が階段のところに姿を現わした。彼はうなだれ、首のところを擦《こす》りながらゆっくり階段を降りはじめた。

「しあわせな男だ、大往生だったよ」と彼はぽつりと言った。

奥のテーブルに坐っていた店の女たちもようやく落着きを取りもどし、ドン・アンセルモの死を悼《いた》んでふたたび小声でひそひそ話しはじめた。ボーラスとエル・ホーベンは抱き合ったまま泣いていたが、ボーラスは大声をあげて泣き、エル・ホーベンのほうは肩を震わせ、声を立てずにすすり泣いていた。腰をおろした医師の肉付きのいい顔に、ちらっと悲しげな表情が浮かんだ。あの男と話したのかね、神父さん？　ガルシーア神父は黙って首を横に振った。神父は椅子の上で体を丸め、ラ・セルバティーカに額をさすってもらっていた。その神父が重い口を開く。わしだと分からなかったらしい。そのあと、彼の口からかすれた口笛のような音が洩れる。神父の目がふたたびきょろきょろあたりを見まわしはじめた。〈ラ・エストレーリャ・デル・ノルテ〉、〈ラ・エストレーリャ・デル・ノルテ〉としきりにくり返していたが、聞き取れたのはそれだけだ。そう言う神父の声は、ボーラスの泣き声にかき消されてほとんど聞き取れなかった。

「〈ラ・エストレーリャ・デル・ノルテ〉というのは、わしがまだ若かった頃《ころ》にこの町にあったホテルだ」とセバーリョス医師は昔を懐《なつか》しむように説明したが、ラ・チュンガは聞いていなかった。「武器広場に〈観光ホテル〉が建っているが、あそこにあったんだよ。」

三　章

「折角の船旅なのに、ごろごろ寝ころんでばかりいてさ」とラリータがこぼした。「そんなことだと、町を見逃しちゃうよ。」

彼女は船縁《ふなべり》に肘《ひじ》をついている。一方のウアンバチャーノは甲板の上の巻き上げたロープにもたれかかっている。彼は大きな目を見開くと、このまま眠ってちゃいけないかい、と弱々しく力のない声で尋ねる。目を開けると、またもどしそうになるんだ、ラリータ。胃の中はからっぽのはずなんだが、まだ吐き気がしてな。こんなことなら、サンタ・マリーア・デ・ニエバでじっとしていればよかったよ。お前のおかげでひどい目に会った。遠くに赤っぽい屋根や白い建物の正面、町の上に高々とそびえているシュロの木、桟橋《さんばし》のあたりを忙しく動き回っている人影がはっきりと見えた。ラリータは船縁から身をのり出し、食い入るようにその様子を眺《なが》めている。甲板にいた乗客も気がついて、町を一目見ようと船縁に押しかける。

「〈デブ〉、何をしているの？　ぐずぐずしていると、折角の風景が見られないわよ」

とラリータが言った。「ほら、あそこ、あそこがわたしの故郷なのよ。広々としたきれいなところでしょう。さっさと起きるのよ、アキリーノを見つけなきゃいけないんだからね。」

ウアンバチャーノは青黒い疲れ切ったような顔に作り笑いを浮かべると、太った体をねじるようにして起き上がる。甲板では人の動きが慌《あわただ》しくなる。乗客は荷物を改めたり、肩にかついだりするが、そんな人の動きに煽《あお》られたのか豚が金切り声をあげ、鶏は狂ったように羽ばたいてときの声をあげ、耳をぴんと立て尻尾《しっぽ》を振っている犬がうろうろ歩き回って吠《ほ》え立てる。あたりの空気をつんざいて汽笛が鳴り響き、煙突から濛々《もうもう》と立ちのぼる黒煙が煤《すす》を雨のようにまき散らす。船はすでに港の中に入っていて、エンジンの付いたランチやバナナを積んだいかだ、カヌーなどが犇《ひし》めき合っている中を進んで行く。あの子は見つかったかい、〈デブ〉？　迎えに来ているはずだから、しっかり探しておくれ。だが〈デブ〉は、畜生、だめだ！　また胸がむかむかしてきた。もどそうにも胃の中が空なので、彼はしきりに唾《つば》を吐く。脂《あぶら》ぎったその顔は紫色に変色し、いかにも苦しそうな表情を浮かべている。目もまっ赤になっていた。小柄《こがら》な男が船橋から身振りをまじえて指示を与えると、裸足《はだし》で上半身裸の二人の船員がへさきから桟橋へロープを投げる。

「あんたのおかげでせっかくの船旅が台無しになっちまったじゃないか、〈デブ〉」とラリータは港のほうを見つめたままこぼす。「こうして久しぶりで故郷のイキートスに戻ってきたというのに、あんたの船酔いで何もかもおじゃんだよ。」

油の浮いている水面には空かんや木箱、新聞紙、塵芥《じんかい》などが波に揺れている。船のまわりには、塗装したばかりのランチやマストの先に旗を立てているランチ、ボート、いかだ、ブイ、はしけが所狭しと犇めいている。桟橋に目をやると、歩み板の近くには人夫たちがひと塊になっている。彼らは唸《うな》り声をあげたり、乗客に向かって金切り声で呼びかけたり、あるいは自分の名を叫んだりしながら、先を争って歩み板に一歩でも近づこうとしている。そのむこうには鉄条網の柵《さく》と木造の差し掛け小屋が建っているが、その間に大勢の人が集まっていて、乗客が降りてくるのをいまかいまかと待っている。あそこにいるわ、〈デブ〉、ほら、帽子をかぶってるでしょう。すっかり大きくなって、もうどこから見ても一人前だね。何をぼんやりしてるの、手を振っておやりよ。ウアンバチャーノはガラスのようにどんよりした目を開く。手を振っておやりったら、〈デブ〉。彼は手を上げると、それを力なく振る。船が静かに止まる。二人の船員は桟橋に飛び降りると、ロープを係留柱にくくりつける。人夫たちはわめいたり、飛びはねたり、渋面を作ったり、あるいは猫撫《ねこな》で声を出したりして何とか乗客の注意を引こうとしている。

青の制服に白い帽子をかぶった男が、騒々しい歩み板の前を素知らぬ顔でゆっくりと歩いている。鉄条網のむこうでは、大勢の人が手を振ったり笑い声を立てている。そうした喧騒《けんそう》の中で、一定の間隔をおいて鋭い汽笛の音が鳴り響いている。アヤリーノ、アキリーノ、アキリーノ！　ウアンバチャーノの顔にも生色がもどり、先程とはうって変わって嬉《うれ》しそうな微笑を浮かべている。女たちが包みを背負い、重そうなスーツケースや袋を引きずって歩いているが、アキリーノはそんな女たちを掻《か》き分けるようにして近づいてくる。

「太ったわね、あの子」とラリータが言う。「見てごらん、わたしたちを出迎えようというので、すっかりめかし込んでいるよ。黙ってないで、あの子に礼のひとつも言ったらどうなの。こうしてこの町に来られたのも、あの子のおかげなんだよ。」

「そうだな、たしかに太ったな。それに、パリッとした白のシャツを着込んでるじゃないか」とウアンバチャーノは機械的に言った。「船旅だけはもうこりごりだ。まったくひどい目に会った。わしはもう一度と船には乗らんからな。」

青の制服を着た男は切符を受け取ると、やさしく背中を押して乗客を人夫たちのほうへ押しやる。猿《さる》のような顔をした人夫たちは死に物狂いになって乗客に飛びかかって行き、動物や手荷物をひったくり、荷物を持たせてくれと泣きついたりするが、相手がちょっとでも嫌《いや》そうな素振りを見せると、とたんに口汚くののしりはじめる。あまり騒がしいのでいったい何人いるのかと思って見ると、じっさいには十二、三人しかいない。髪をふり乱した人夫たちは一様にうす汚れ、蚊のように痩《や》せて、つぎはぎだらけのズボンをはいている。ウアンバチャーノはそんな人夫たちを掻き分けて進んで行く。大将、何か持たせて下さいよ！　うるさい、そこをどけ！　彼らは荷物のほうへ引き返して行く。うるさい奴《やつ》らだ。五レアルでいいんですよ、旦那《だんな》。どけ、道を開けろ！　ウアンバチャーノは人夫たちを振り切って、よろめきながら柵のほうへ進んで行く。その彼を迎えに出たアキリーノとしっかりと抱き合う。

「おや、髭《ひげ》を生やしているのか！」とウアンバチャーノが言う。「髪油までつけて、こいつめ、すっかり見違えたぞ。」

「むこうと違ってこちらじゃ身だしなみだけはきちんとしておかないとね」とアキリーノが笑いながら言う。「船旅はどうだった？　朝からずっと父さんたちが来るのを待ってたんだよ。」

「母さんはご機嫌《きげん》で、船旅を楽しんでいたよ」とウアンバチャーノが答える。「だが、わしは船酔いでね、むこうを出てからずっともどしてばかりだ。なにしろ船に乗ったのは久しぶりだからな。」

「だったら、一杯やればいい、すぐ良くなるよ」とアキリーノが言った。「母さんはあんなところで何をしてるんだろうな？」

白髪の見える髪を背中のあたりまで長く伸ばし、いかにも頑丈《がんじょう》そうなラリータが人夫たちの間に立っている。彼女は人夫のひとりに体を傾けると、口を動かして話しかけ、食いつかんばかりに顔を近付けると、相手の顔をじっと見つめる。ラリータは荷物を持っていないのに、何をしてるんだ、あいつら？　どういうつもりだ、まさかラリータを背負ってくるつもりじゃないだろうな？　それを聞いてアキリーノが声を立てて笑う。アキリーノはインカを取り出すと、その一本をウアンバチャーノに差し出し、火をつけてやる。ラリータの方に目をやると、彼女は人夫の肩に手を置いて、熱心に話しかけている。体を小さくしてじっとその言葉に耳を傾けていた人夫は、首を横に振るとじりじり後ずさりして、ほかの人夫たちの中にまぎれこむ。その人夫はすぐにぴょんぴょん飛び跳ねたり、金切り声をあげたり、乗客のあとを追い回しはじめる。ラリータは両腕を広げると、軽い足どりで柵のほうに近づいてくる。ラリータとアキリーノが抱擁しているあいだ、ウアンバチャーノは所在なさそうにタバコをふかしているが、その煙に包まれた顔には生色がもどり、笑みが浮かんでいた。

「立派になってさ。すぐ結婚式を挙げるんだろう、早く孫の顔を見せておくれよ。」そう言いながらラリータはアキリーノを強く抱きしめると、後ろに押しやってくるりと体を回転させる。「ぱりっとめかし込むと、なかなかいい男だね。」

「ところで、宿のことだけど」とアキリーノが切り出した。「アメリアのご両親のところに泊まることになってるんだ。おれ、ホテルを探したんだけど、アメリアのおやじさんとおふくろさんがそんな心配はしなくていい、と言ってくれたんだよ。ご両親はむこうの家のとっつきの部屋で寝起きされるそうなんだ。とってもいい人たちだから、母さんたちともすぐに親しくなると思うよ。」

「式はいつなんだい？」とラリータが尋ねる。「その日のためにと思って、お前に洋服を一着持って来ているんだよ。それに、父さんにもネクタイを一本買って上げないとね。家《うち》のは古くてね、父さんはそれでいいと言うんだけど、わたしが止めたんだよ。」

「式は今度の日曜だよ」とアキリーノが言う。「準備はすっかり整っているんだ。教会の費用は払い込んであるし、パーティーはアメリアの家でやることになっている。それに、明日は友達がパーティーをしてくれるんだ。話は変わるけど、弟たちはどうしてる、みんな元気にしてるかい？」

「ああ、元気だ。みんなこのイキートスに来たいって言ってるよ」とウアンバチャーノが答える。「一番下のチビまで、お前みたいに家を出てこの町へ来たいとうるさくてね。」

三人はマレコンに出た。アキリーノはスーツケースを肩にかつぎ、袋を腋《わき》の下にかかえている。ウアンバチャーノは黙々とタバコをふかし、ラリータは公園や家、道行く人や車を食い入るように見つめている。とってもきれいな町でしょう、〈デブ〉？　すっかり変わって大きな町になったわね。子供の頃《ころ》とは大違いよ。そうだな、とウアンバチャーノは浮かぬ顔で返事する。見たところ、確かにきれいな町だ。

「治安警備隊員だった頃に、この町へ来たことはないの？」とアキリーノが尋ねる。

「いや、わしはずっと海岸地方で勤務していたんだ」とウアンバチャーノが答える。

「サンタ・マリーア・デ・ニエバに転勤になったのはそのあとだよ。」

「アメリアの家は遠いから、歩いてはむりなんだ」とアキリーノが言う。「タクシーで行こうか。」

「できたら自分の生まれたところに行ってみたいね」とラリータが言う。「まだあの家はあるかしらね、アキリーノ。ベレンへ行ったらきっと涙が止まらないよ。そうともさ、あの家は今でもあそこにあるに違いないよ。」

「で、仕事はどうだ？」とウアンバチャーノが尋ねる。「給料はいいのかい？」

「今はまだ少ないけど」とアキリーノが答える。「来年は必ず上げてやる、と製革所の社長さんが言ってくれているんだ。じつは、父さんたちの旅費も社長さんから前借りしたんだよ。」

「何だね、その製なんとかというのは？」とラリータが尋ねる。「お前、工場で働いているんじゃないのかい？」

「ワニ皮で製品を作る工場だよ、母さん」とアキリーノが答える。「そこで靴《くつ》や紙入れを作っているんだ。最初は右も左も分からなかったんだけど、今じゃ新入りが来ると、教えているんだよ。」

タクシーが通ると、そのたびにアキリーノとウアンバチャーノが大声で呼ぶが、タクシーは一台も止まらない。

「船酔いのほうはおさまったが」とウアンバチャーノがこぼす。「今度は町の騒音に酔ったみたいだ。こう賑《にぎ》やかだといかんな。」

「父さんには、サンタ・マリーア・デ・ニエバが一番いいんだろう」とアキリーノが言う。「きっとあそこが世界のどこよりも気に入っているんだよ。」

「そうだな、わしはやはり都会生活には向いてないようだ」とウアンバチャーノが答える。「こぢんまりした農園に静かな暮らし、それが一番だ。治安警備隊をやめた時、わしは母さんに約束したんだ。サンタ・マリーア・デ・ニエバに骨を埋めるってな。わしは言ったことはちゃんと守るよ。」

一台のおんぼろタクシーが分解するのではないかと思えるほど激しく車体をきしませ、空かんをぶつけたような音を立てて止まる。運転手は車の上にスーツケースを放《ほう》り上げ、ロープで縛る。ラリータとウアンバチャーノは後部の座席に坐《すわ》り、アキリーノは運転手の横に腰をかける。

「母さんに頼まれていた例の件ね、あれ、調べておいたよ」とアキリーノが言う。「苦労したんだよ、母さん。誰も知らないんだ。だから、あちこち尋ねまわってようやく突き止めたんだ。」

「何のことだい？」とラリータは尋ねるが、その顔はうっとりしたようにイキートスの街並を眺《なが》めている。口もとには微笑がのぞき、目が潤《うる》んでいる。

「ニエベスさんのことだよ」とアキリーノが答える。その名を聞いてウアンバチャーノは慌てて体を起こすと、窓の外を眺めはじめる。「去年、釈放されたんだって。」

「へえーっ、そんなに長い間入ってたのかい」とラリータが言う。

「ブラジルへ行ったそうだよ」とアキリーノが続ける。「刑期が終わって釈放されると、みんなマナウスへ行くらしいよ。この町にいても仕事がないんだって。とても腕のいい船頭だったらしいから、きっとむこうで仕事を見つけているよ。ただ、長い間川から遠ざかっていたんで、ひょっとして忘れちゃってるかも知れないね。」

「大丈夫、忘れちゃいないよ」とラリータは答える。彼女はふたたび、人でごった返している狭い道路や一段高くなった歩道、手すりのついた建物の正面をじっと見つめる。「どちらにしても、釈放されたんだから、何よりだよ。」

「結婚する相手の子の姓は何と言ったかな?」とだしぬけにウアンバチャーノが尋ねる。

「マリンだよ」とアキリーノが答える。「色の浅黒い子で、やはり同じ製革所に勤めているんだ。写真を送ったはずだけど、届かなかった?」

「長年、昔のことを忘れて暮らして来たけど」とラリータはアキリーノのほうに向き直って言う。「こうしてイキートスに戻ったその日に、お前からアドリアンの話を聞かされるなんて、これも何かの縁だね。」

「わしは車にも酔いそうだよ」とウアンバチャーノが横から口をはさむ。「アキリーノ、まだ遠いのかい?」

四章

グラウ兵営のむこうに広がる砂丘ではもう夜が明けはじめているが、町はまだ影に包まれている。ペドロ・セバーリョス医師とガルシーア神父は腕を組んで砂原を越えると、道路で待っていたタクシーに乗り込む。ガルシーア神父はマフラーで顔を隠し、帽子を目深《まぶか》にかぶっているので、濃い眉《まゆ》の下のその熱っぽい目と肉付きのいい鼻梁《びりょう》しか見えない。

「疲れただろう？」とセバーリョス医師はズボンの折り返しにたまった砂を払い落としながら言う。

「まだ頭がくらくらするが」とガルシーア神父は呟《つぶや》くように言う。「家に帰って休めば、おさまるじゃろう。」

「まっすぐ家に帰らないほうがいいだろう」とセバーリョス医師が言う。「帰る前に軽く朝食をとったほうがいい、何かあたたまるものを食べると気分が良くなるからね。」

ガルシーア神父はもう沢山だという身振りをする。こんな時間にやっている店はないだろう。セバーリョス医師は神父にみなまで言わせず、運転手のほうへ身をのり出すと、アンヘリカ・メルセーデスの店はもうやっているかな？　やっていると思いますよ。それを聞いてガルシーア神父が唸《うな》り声をあげる。あそこは早くからやってますからね。あの店はだめじゃ。そう言って神父はセバーリョス医師の目の前に手を突き出すが、その手はぶるぶる震えている。あの店はだめじゃ！　手がふたたび震える。そのあと、神父は僧服の襞《ひだ》の中にもぐり込んでしまう。

「あまりわがままを言うもんじゃないよ」とセバーリョス医師がたしなめる。「今夜は人がひとり亡《な》くなり、それに付添っていたんだ。ひとまず、どこかの店へ行って、なにか胃におさめてやることだ。このまま帰っても、おそらく一睡もできないよ。アンヘリカ・メルセーデスの店で何か食べて、少しばかりおしゃべりでもしよう。」

ガルシーア神父はマフラーのむこうで荒々しい鼻息を立て、座席の上で体の位置を変えるが、ひと言も口をきこうとはしない。タクシーは、道路の両側に広い庭のついた別荘風の建物が整然と立ち並んでいるブエノスアイレス地区を抜け、ぼんやりぼやけた記念碑のまわりをぐるりと回って、暗い影になってうずくまっている大聖堂のほうへ向かって行く。グラウ並木道のショーウインドーは朝日を受けてきらめいている。〈観光ホテル〉の前に清掃車が止まっており、作業服を着た男たちがそのトラックのほうへゴミ箱をかついで行く。運転手はくわえタバコで車を走らせているが、その灰色の煙が後部の座席のほうへ流れてきて、ガルシーア神父が咳《せ》き込む。セバーリョス医師はそれを見て、窓を細目に開ける。

「神父さんがマンガチェリーアへ行くのは、ドミティーフ・ヤーラのお通夜《つや》以来のことじゃないのかな?」とセバーリョス医師が尋ねるが、返事はなかった。ガルシーア神父は目を閉じ、軽くいびきをかいている。

「あのお通夜の晩に、この神父さんは殺されそうになったんですよ」と運転手が言う。

「しーっ、静かに!」とセバーリョス医師が小さな声で言う。「聞こえたら、おおごとだぞ。」

「ハープ弾きのおやじさんが亡くなったというのは本当なんですか?」と運転手が尋ねる。「それで先生方は〈緑の家〉に呼ばれたんでしょう?」

サンチェス・セーロ並木道はトンネルのように続き、薄暗い歩道には一定の間隔をおいて植わっている街路樹が影になって見えている。突き当たりに見える屋根と砂原の上に、丸いにじ色の光がまたたきはじめた。

「明け方に亡くなったんだ」とセバーリョス医師が答える。「ガルシーア神父もわしも、もう齢《とし》だ、ラ・チュンガの店ですることと言えばそれくらいのものだよ。」

「いや、あちらの方は齢とは関係ありませんからね」と運転手が笑いながら言う。「いえね、仲間の一人がさっき、店の子、たしかラ・セルバティィカとか言いましたか、その子を乗せてガルシーア神父を迎えに行ったんですよ。そいつから聞いた話では、ハープ弾きのおやじさんがいよいよいけないっていうんでね。ほんとに惜しい人を亡くしましたね。」

白壁、ノッカーのついた玄関、ソラーリ家の新しい邸宅、歩道の四角く仕切った土のところに植えられたばかりの弱々しいイナゴ豆の若木、それらをセバーリョス医師はぼんやり眺《なが》めている。それにしても、たちまち広まるんだな。わたしは特別ですよ、そのあと運転手は声をひそめて、例の噂《うわさ》は本当なんですか？　そう言いながらバックミラーを通してガルシーア神父の様子を窺《うかが》う。何でも昔、神父がハープ弾きのおやじさんのやっていた〈緑の家〉に火をつけたって話ですが、先生は行かれたことがあるんですか？　大きくてすごい店だったそうですね？

「ピウラの人間はどうしてこうなんだろうな」とセバーリョス医師が言う。「三十年もの間、飽きもせず同じ話を蒸し返すんだ。そのせいで、かわいそうに神父さんは一生を台無しにされたんだぞ。」

「ピウラ人の悪口は止《よ》して下さいよ、先生」と運転手が言う。「わたしもピウラの人間なんですよ。」

「わしだってそうだ」とセバーリョス医師が言う。「それに、わしはお前にしゃべってるんじゃない。心に思ったことを口に出したまでだ。」

「ですが、まんざら根も葉もない噂でもないんでしょう」と運転手が食い下がる。「火のないところに煙は立たぬって言うじゃないですか。神父さんが火刑人、火刑人なんて言われるのには、やはりそれなりの理由があるんでしょう?」

「わしは知らんよ」とセバーリョス医師が答える。「どうして神父さんに直接訊《き》いてみないんだね?」

「くわばら、くわばら! 止して下さいよ」と運転手が笑いながら言う。「だけど、あの店が本当にあったのか、それとも町の人間がでっち上げた作り話なのか、それくらいは教えてくれてもいいでしょう、先生。」

あの並木道は新たに延長されたが、タクシーは今そこを走っている。舗装したこの高速道路はやがて旧街道と結ばれることになっているが、そうなると南から来るトラックは市の中心を通らずにそのままスリャーナ、タラーナ、トゥンベスに抜けられるようになる。歩道は幅こそ広くなっているが、以前よりも低く、街灯の支柱は灰色のペンキを塗ったばかりだった。あそこにおそろしく背の高い建物の骨組が見えるでしょう、あれは高層ビルで、たしかホテル・クリスティーナよりも高いのができるそうですよ。

「貧しい旧市街の横に近代的な町並が生まれるわけか」とセバーリョス医師が言う。

「そうなると、いずれマンガチェリーアも姿を消すだろうな。」

「ガジナセーラと同じですね」と運転手が言う。「トラクターが入って古家をぶっ壊し、そこに白人の住む家ができるってわけですよ。」

「ヤギや馬ん子を飼ってるマンガチェリーアの人間はどこへ行くだろうな？」とセバーリョス医師が呟く。「そうなると、もうピウラじゃうまいチチャ酒が飲めなくなるだろう。」

「亡くなったって聞いたら、マンガチェリーアの人間はひどく悲しむでしょうね、先生」と運転手が言う。「あの町の人間にとって、ハープ弾きのおやじさんはサンチェス・セーロよりも人気がありましたからね。神様みたいなものですよ。きっと町の聖女ドミティーラにするみたいにロウソクを立てて、お祈りをあげるでしょう。」

タクシーは並木道を外れて、両側に掘っ建て小屋の立ち並んでいる狭い路地に入って行くが、その舗装していない道を上下左右に揺れながら進んで行く。砂ぼこりが濛々《もうもう》と舞い上がり、それを見た野良犬《のらいぬ》が猛《たけ》り狂って車のフェンダーに飛びのってうるさく吠《ほ》え立てる。マンガチェリーアの人間が言うとおり、ピウラよりもここのほうが夜が明けるのが早いようですね、先生。町は青い夜明けの光に包まれている。町の住民は掘っ建て小屋の入口にござを敷き、その上で寝ているが、濛々と立ちのぼる砂ぼこりを通してその人たちの姿が見える。早起きの女たちは水がめを頭にのせて町角を横切って行き、ロバはいかにも眠そうに空《うつ》ろな目をして道端に立っている、エンジンの音を聞きつけた子供たちが小屋から飛び出てくる。ぼろぼろの服を着た子供や裸の子供たちが車のあとに追いすがって手を振る。どうした、いったい何があったんじゃ、とあくびをしながら尋ねる。びっくりしなくてもいい、禁じられた土地にやって来ただけだよ、神父さん。

「ここで降ろしてくれ」とセバーリョス医師が言う。「少し歩いてみたいんだ。」

二人はタクシーを降りると、腕を組み、互いに支え合うようにして坂道を登りはじめる。その後ろから子供たちがぞろぞろ続き、ぴょんぴょん飛び跳ねては、火刑人！とかん高い声で言う。火刑人、火刑人、と囃《はや》し立てながら笑い声をあげる。その様子を見て、セバーリョス医師は石を拾って投げつけるふりをする。まったく、しようのない餓鬼どもだ！　ああ、やっと着いた。

アンヘリカ・メルセーデスの小屋はまわりの小屋よりもひとまわり大きく、日乾《ひぼ》しレンガを積んだ建物の正面ではためいている三本の旗がその小屋に何となくなまめかしく艶《つや》っぽい感じを与えている。セバーリョス医師とガルシーア神父はくしゃみをしながら中に入って行くと、粗板のテーブルの前に置いてある椅子に腰をおろす。水を打ったばかりのたたきからは濡《ぬ》れた土とコエンドロ、パセリの匂《にお》いが漂ってくる。店の中には誰もいないが、戸口で犇《ひし》めいている子供たちが、埃《ほこり》にまみれた蓬髪《ほうはつ》の頭を突き出すようにしてうるさく騒ぎ立てている。ドーニャ・アンヘリカ！ 痩《や》せた腕。ドーニャ・アンヘリカ！ そうわめきながら歯を見せてげらげら笑っている。セバーリョス医師は手を擦り合わせながら何か考え込み、一方ガルシーア神父はあくびをしながら時々戸口のほうをちらちら横目で窺っている。ようやくアンヘリカ・メルセーデスが姿を現わすが、早起きで丸々と太った彼女はいつもながら若々しく見える。彼女のスカートの裾《すそ》が椅子の上でくっきりした線を描く。セバーリョス医師が立ち上がるのを見て、彼女は両腕を広げると、まあ先生！ こんな時間にお出《い》でになるなんてほんとにお珍しいですわね。何ヵ月ぶりでしょう。会うたびに若くなるようだな、アンヘリカ！ どうしたらいつまでも若くいられるのか、その秘訣《ひけつ》を教えてもらいたいもんだ。二人は抱擁し、背中を叩《たた》き合う。ところで、アンヘリカ、今日は珍しい方をお連れしたんだが、誰だか分かるかね？ ガルシーア神父は慌《あわ》てて両足をそろえると、手を僧服の下に隠す。おはよう。マフラーから無愛想な挨拶《あいさつ》の言葉が洩《も》れ、帽子が一瞬ふるえる。まあ、ガルシーア神父様！ アンヘリカ・メルセーデスは胸の上で手を組み合わせると、いかにも驚いたように頭を下げる。お会い出来てほんとに嬉《うれ》しゅうございますわ。知らぬ間にここへ連れて来られたんじゃよ。先生、よく神父様を連れてきて下さいましたわ。骨ばった手が不安そうに持ち上げられるが、アンヘリカ・メルセーデスが口づけする間もなくそそくさとその手が引っ込められる。

「何かあたたまるものが欲しいんだが、できるかね？」とセバーリョス医師が尋ねる。「一睡もしていないんで、二人ともくたくたなんだ。」

「ええ、もちろんできますとも。」そう言いながら、アンヘリカ・メルセーデスはスカートでテーブルを拭《ふ》く。「熱いスープにします、それともオードブルがいいですか？チチャ酒もありますよ。でも、朝からお酒というのもなんですから、ジュースとミルク・コーヒーにしましょうかね。それにしても、今頃《いまごろ》まで何をしておられたんです、先生。ガルシーア神父に悪いことを教えたりしてはいけませんよ。」

マフラーの奥から人を小馬鹿《こばか》にしたような唸り声が洩れ、帽子の動きが止まる。落ちくぼんだ目でガルシーア神父にじっと見つめられたアンヘリカ・メルセーデスは、微笑を浮かべた顔を強張《こわば》らせ、当惑したようにセバーリョス医師のほうを振り向く。医師はもの思いにふけっているのか、二本の指の間に顎《あご》をのせてもの悲しげな表情を浮かべている。先生、いったい今頃までどこに行っておられたんです？彼女は体を固くしておずおずそう尋ねるが、その手はテーブルのすぐそばにあるスカートの裾をしっかり握りしめている。ラ・チュンガの店だよ。アンヘリカ・メルセーデスが小さな叫び声をあげる。ラ・チュンガの店ですって？　いったん口をつぐんだあと、ラ・チュンガの店に行かれたんですか？　そう言って彼女は慌てて口を押さえる。

「そうだ、アンセルモが亡くなったんだよ」とセバーリョス医師が答える。「あんたにはつらい知らせだろうが、その点はわしらも同じだ。生命《いのち》あるものは誰でも死んで行く、それが人生というもんだよ。」

ドン・アンセルモが、とアンヘリカ・メルセーデスが口ごもる。口を少し開け、頭を傾《かし》げて、あの方が亡くなられたんですか、神父様？　彼女の小鼻がぴくぴく震え、醜く歪《ゆが》んだ頰《ほお》のところにえくぼができる。戸口に群がっていた子供たちはクモの子を散らすように駆け出して行く。彼女は頭を振り、腕をさすりながら、ほんとうにあの方が亡くなられたんですか、先生？　そう尋ねながら彼女は泣き崩れる。

「人間誰しも、一度は死ななきゃならん！」ガルシーア神父は唸り声をあげると、テーブルをどすんと叩く。その勢いでマフラーが解《ほど》け、不精髭《ひげ》の伸びた青白い顔が現われるが、口がぶるぶる震え、顔は醜く歪んでいる。「あんたも、このわしも、セバーリョス先生も皆同じだ、いずれはお迎えが来るんじゃよ。」

「そう興奮しないで、神父さん。」セバーリョス医師はそう言いながら、スカートを顔に押し当てて泣きじゃくっているアンヘリカ・メルセーデスを抱きかかえる。「あんたも気を静めるんだ、アンヘリカ。ガルシーア神父は今ひどく気が立っているから、何も言わないほうがいい。さあ、涙を拭いて、何かあたたまるものでも作ってきてくれ。」

アンヘリカ・メルセーデスは泣きながらうなずくと、両手で顔を覆《おお》ったまま調理場のほうへ戻って行く。むこうの部屋で彼女はひとり言を言ったり、溜息《ためいき》をついたりしているが、その声がはっきりと聞こえる。ガルシーア神父はマノラーを取り上げると、もう一度首に巻きつけ、帽子を脱ぐ。こめかみのあたりの逆立った灰色の毛房が、しみの目立つすべすべした頭を半ば覆っている。拳《こぶし》に顎をのせた神父の額には深い皺《しわ》が一本刻まれ、頬髯《ほおひげ》ののびたうす汚れたその顔には憔悴《しょうすい》したような表情が浮かんでいる。セバーリョス医師がタバコに火をつける。すっかり夜が明け、あたりを明るく照らしている陽《ひ》の光が、濡れたたたきを乾かし、葦《あし》の壁を金色に染めている。青蠅《あおばえ》がぶんぶん飛び回っている。外では人の話し声、犬やヤギ、ロバの鳴き声にまじって家事をする物音が聞こえ、町の中が賑《にぎ》わいはじめる。隣の調理場では、アンヘリカ・メルセーデスがお祈りをはじめたが、神や聖母マリヤといっしょに町の聖女ドミティーラの名も唱えている。あの男まさりの女はきっと、わざとわしたち二人を呼びつけたんじゃよ、先生。

「じゃが、どうして？」とガルシーア神父が呟く。「どうしてなんじゃろうな。」

「そんなことはないだろう。」セバーリョス医師は消えていくタバコの煙を眺めながらそう言う。「たまたまこうなっただけで、わざとしたわけじゃないよ。」

「いや、確かにそうじゃよ。あんたとわしを呼びつけたのには、それなりの理由があるはずじゃ」とガルシーア神父が言う。「おそらくわしたちに不愉快な思いをさせようとしたんじゃよ、あの女は。」

セバーリョス医師は肩をすくめる。ちょうどその額の真中に陽の光があたり、顔半分がまぶしい金色に染まるが、残り半分は鉛色の陰になっている。腫《は》れぼったいその目はいかにも眠そうに見える。

「わしはあまり物事を勘ぐらんほうだから」と一呼吸おいて医師が言う。「そんなふうには考えなかったが、あんたの言うように、ラ・チュンガはわしたちを苦しめようとしたのかも知れんな。確かに変わった女だ。あの女は何も知らんはずだと思っていたんだが。」

そう言って医師はガルシーア神父のほうに向き直る。顔は暗い影に包まれ、片方の耳と顎のところだけが金色に染まっている。彼女が何も知らなかったとは、どういうことじゃね、そう尋ねながらガルシーア神父は横目でセバーリョス医師のほうをちらっと窺う。

「彼女を取り上げたのはこのわしなんだ。」そう言ってセバーリョス医師が顔をあげると、肌《はだ》の荒れたその禿頭《はげあたま》に陽があたり、明るく輝く。「だが、いったい誰が教えたんだろうな？　アンセルモは何も言わなかったはずだ。あの男はラ・チュンガが何も知らずに暮らしていると思い込んでいたからな。」

「噂《うわさ》好きのこの貧しい町では、何一つ隠してはおけんのじゃよ」とガルシーア神父が唸《うな》るように言う。「三十年経《た》ったあとでも、何があったのかみんなちゃんと知っておる。」

「そう言えば、彼女は一度も診療所に顔を見せたことがないな」とセバーリョス医師が言う。「往診に呼ばれたこともないし、あそこへ行ったのはこれがはじめてだ。もしわしに不愉快な思いをさせてやろうという魂胆だったのなら、たしかに成功したと言えるだろう。なにしろ、昔のことが一時に蘇《よみがえ》ってきたんだからな。」

「あんたの場合、理由ははっきりしとるよ」とガルシーア神父はテーブルに向かって語りかけるように唸る。「あの先生には母の死を見取ってもらったんだから、父が死ぬ時もお願いしようというわけだ。だが、あの男まさりの女がなぜこのわしを呼んだのか、そこのところがよく分からんのじゃ。」

「どうした？」とセバーリョス医師が尋ねる。「何かあったのか？」

「先生、いっしょに来てもらえるかね。」右の方から聞こえてくる声が玄関の天井にあたって反響する。「時間がないんだ、服装はどうでもいいから、すぐに来てくれんかね。」

「そんな所に隠れても誰だか分かっているぞ」とセバーリョス医師が言う。「出て来たらどうだね、アンセルモ。どうして隠れているんだ、気でも違ったのかね？」

「先生、急いで来てもらいたいんだよ。」玄関の暗がりの中でかすれたような声が響き、それが天井にあたってふたたび反響する。「あれが死にかかっているんだ、往診を頼みますよ、先生。」

セバーリョス医師がランプを取り上げて照らすと、ドアの近くに彼が立っていた。べつに酔っ払ったり激昂《げっこう》しているようには見えないが、恐怖で身をよじらせている。腫れ上がった眼窩《がんか》の奥では目が落着きなく狂ったようにきょろきょろ動き、まるで押し倒そうとでもするように背中を壁に強く押しつけている。

「奥さんが悪いのかね？」とセバーリョス医師が驚いて尋ねる。「奥さんかね、アンセルモ？」

「あの二人が死んで灰になったところで、許すわけには行かん！」そう言いながらガルシーア神父はテーブルをどすんと叩き、椅子をきしませる。「あのような恥ずべきふるまいを許すわけにはいかんのだ。たとえ百年経っても、わしの考えは変わらん。」

その時、玄関のドアが急に開く。男は幽霊にでも出くわしたように後ずさりすると、ランプの光の届かないところまで逃げる。白い部屋着をつけた小さな人影が中庭のほうへ二、三歩進み出る。お前かい？　そう言いながら玄関の手前で立ち止まる。誰だい、そこにいるのは？　どうして中に入らないんだね？　わたしですよ、母さん。そう言いながらセバーリョス医師はランプを下におろすと、自分の体でアンセルモを隠すようにする。ちょっと出かけなきゃいけないんだ。

「すぐに鞄《かばん》を持って出かけるから、マレコンで待っていてくれ」と小さな声で囁《ささや》く。

「スープが出来ましたよ。」そう言ってアンヘリカ・メルセーデスはひょうたんの容器に入った湯気の立っているスープを運んでくる。「塩は入れてあります。料理のほうもすぐにお持ちしますから。」

黒いショールを肩にかけた彼女は涙声でそう言うが、もう泣いてはいない。調理場に向かう彼女は腰を少し振るようにして歩いている。セバーリョス医師は何事か考え込みながらスープを掻《か》きまぜ、ガルシーア神父のほうは四本の指で容器をもち上げると、それを鼻先にもってゆき、温かいスープの香りを嗅《か》ぐ。

「あの時はわしも若かったんで、あの男のしたことがどうしても許せなかった。じつに恥ずべきことだと考えたよ」とセバーリョス医師が言う。「しかし、こうして齢《とし》をとり、いろいろな出来事が川の水のように流れ去っていった今となってみると、何を見ても恥ずべきことだとは思えんのだ。あんたがもしあの場に居合わせたら、アンセルモをそこまで憎むこともなかっただろう。これだけは誓って本当だよ、ガルシーア神父。」

「今度のことは、神様もおそらくごらんになっているはずだ。」男は泣き声でそう言うと、慌てて駆け出して行きマレコンの木やベンチ、手すりにぶつかる。「どんなことでも言われた通りにする、金はいくらかかってもいい。とにかく何とかして助けてやってくれ、お願いだ、先生。」

「わしの情に訴えようと言うのかね？」ガルシーア神父はそう唸ると、スープの匂いを嗅ぎながらその容器で顔を隠すようにしてセバーリョス医師をじっと見つめる。「わしにも泣けというのかね。」

「いやいや、そうじゃない」とセバーリョス医師は笑いながら言う。「なにもかももう済んだことだよ。ただ、今夜はラ・チュンギータに会ったもんだから、昔のことが思い出されて、それが頭から離れんのだ。忘れようと思って話したまでだから、どうか気にせんでくれ。」

ガルシーア神父は舌先でスープが熱いかどうかを確かめると、ふうふう吹きながら一口すする。おくびが洩れたので、失礼と唸ったあと、またふうふう吹きながらすすりはじめる。しばらくすると、アンヘリカ・メルセーデスが料理を盛った皿とルクマのジュースを持ってやってくる。ショールを頭からすっぽりかぶった彼女は努めて自然な口調で、お味はいかがですか、先生、と尋ねる。ああ、いい味だよ。少し熱いんで冷めるのを待っているんだが、こっちの料理のほうもおいしそうだね。コーヒーをあたためてきますが、何か入り用のものがあればおっしゃって下さい、神父様。すぐ持ってまいりますから。セバーリョス医師は指先でスープの丸い容器を揺らしながら、どろりとしたスープの表面が波打っている様子をじっと見つめている。ガルシーア神父のほうは肉を小さく切ると、もぐもぐ嚙《か》みはじめたが、ふと口の動きを止めて、あの店には堕落した人間共が大勢いたはずだが、そのまま口を少し開き加減にして、あの連中は知っていたのかね？

「店の女たちは何もかも知っていたようだが」セバーリョス医師は容器の縁を指でなぞりながらそう呟《つぶや》く。「他の者は誰ひとり知らなかったようだよ。裏の中庭に小さな階段があったんだが、わしたちはそこを通って塔の小部屋に登って行ったんだ。だから、サロンにいた連中は何も知らなかったはずだ。下から騒いでいる声が聞こえてきたが、アンセルモはたぶん店の女たちに、上の様子を客に知らせないように言いつけておいたんだろう。」

「それにしても詳しいな。」そう言いながらガルシーア神父はふたたび口を動かしはじめる。「店に行ったのは、あれがはじめてでもなさそうじゃな。」

「ああ、よく通ったね。」そう答えるセバーリョス医師の目がかすかに光る。「あの頃はわしも三十を越えたところで、男盛りだったからな。」

「愚かしくも汚《けが》らわしいことじゃ。」ガルシーア神父はそう唸ると、口もとまで持って行ったフォークを下におろす。「三十代か、そう言えばわしも同じ年頃じゃったよ。」

「そりゃそうだ、あんたとわしは同じ世代だからね」とセバーリョス医師が言う。「アンセルモも少し上だが、やはり同じ年格好だったはずだ。」

「同じ年頃の人間はほとんどいなくなったが」とガルシーア神父が不機嫌《ふきげん》そうに呟く。「考えてみれば、あんたとわしで野辺の送りをしてきたんじゃな。」

セバーリョス医師はその言葉を聞いていない。しきりに目をしばたたき、口を動かしながらテーブルの上にスープの滴《しずく》がこぼれるほど大きく容器を揺らしている。まったくあの時はびっくりしたよ。ベッドの上に人が寝ていたんだが、それを見ても自分の目が信じられなかったよ。

「ひとりぶつぶつ言うんじゃない」とガルシーア神父が呟く。「わしがここにいることも忘れんでくれ。信じられないって、どういうことじゃね？」

「彼の奥さんというのが、なんとあの娘《こ》だったんだ」とヤバーリョス医師が呟く。「部屋に入ると、ベッドの枕《まくら》もとにルシエルナガという赤毛の太った女がいたんだが、どう見ても病人には見えなかったんで、からかってやろうと思ったんだ。ところが、何気なくベッドに目をやると、血まみれの病人が寝ているんだ。シーツといわず床といわず、部屋中修羅場《しゅらば》みたいに血が飛び散っていたが、人ひとり斬《き》り殺されたと聞いても驚かんほどの血だったよ。」

ガルシーア神父は肉にフォークを突き立て、ナイフで切るというよりは、死に物狂いになってそれを皿の上でこね回し、押し切ろうとしている。血の滴《したた》っている肉片を口の近くまで持って行って、あの娘の血だったのかね？　神父の手、ナイフ、フォーク、そして肉片が空中でぶるぶる震えている。部屋中血みどろになっていたのかね？　急に喉《のど》をつまらせて、あの娘の血だったんじゃね？　透明な涎《よだれ》が顎《あご》から流れ落ちる。ばか、彼女から離れるんだ。ロづけをしてる場合か、窒息死するぞ！　何でもいいから、声を立てさせるんだ。ばか、何をしてる？　引っぱたいてやれ！　しかし、ホセフィノは口に指を当てると、しーっ、声を立てるんじゃないぞ。近所に聞こえるとまずいからな。ほら、話し声が聞こえるだろう？　ラ・セルバティカは彼の言葉に構わず、思いきりわめき立てる。ホセフィノは慌《あわ》ててハンカチを取り出すと、ベッドの上に覆《おお》いかぶさるようにして彼女の口をふさぐ。ドーニャ・サントスはそれを見ても眉《まゆ》ひとつ動かさず、ラ・セルバティカの浅黒い太腿《ふともも》の間に両手を差し入れて仕事を続ける。その顔を見たとたんに、おこりにでもかかったように手足が震えはじめたんだよ、ガルシーア神父。死にかけている病人を助けに来たことも忘れて、わしは呆《ほう》けたようにその顔を見ていたよ。なんと、そこに寝ていたのは、アントニアだったんだ。ドン・アンセルモは口づけをやめて、ベッドの足もとにくずおれると、金ならいくらでも出す、わしの生命と引きかえにしてくれてもいい、お願いだ、なんとか助けてやってくれ、セバーリョス先生、と叫んでいた。ホセフィノはまっ青になった。ドーニャ・サントス、まさか死んだんじゃないだろうな？　頼む、頼むから死なさないでくれ！　それを聞いてドーニャ・サントスは、しーっ、静かにおし。気を失っただけだよ。このほうがうるさくわめかなくて仕事がやりいいよ、さあ早く済ませちまおう。その布で額を冷やしておやり。セバーリョス医師は洗面器を乱暴に手渡すと、もっと沢山湯を沸かすんだ。めそめそ泣いてないで、手伝うんだ！　医師は上着を脱ぎ、シャツの胸もとのボタンを外すと、落着いた態度で仕事にかかる。アンセルモは洗面器を手に持つこともできず、それを床に落とす。先生、助けてやって下さいよ。そう言いながら洗面器を拾い上げ、四つん這《ば》いになってドアのところまで行くと、あいつはわしの生命なんですよ、先生。そう言い残して部屋を出て行く。

「人でなしめ！」とセバーリョス医師が小さな声でののしる。「なんてことをしたんだ。まったく気違い沙汰《ざた》だ、犬畜生にも劣るぞ、アンセルモ。」

「その袋を取っとくれ」とドーニャ・サントスが言う。「マテ茶を飲ましてやれば、目を覚ますだろう。そうそう、それを外へ持って行って、埋めとくれ。人に見られないよう気をつけるんだよ。」

「助かる見込みはあったのかね？」そう尋ねながら、ガルシーア神父は肉にフォークを突き立て皿の上をあちこち動かしながら、なんとか切ろうと悪戦苦闘している。「もう手遅れだったんじゃろう？」

「病院に入っていれば助かったかも知れんが」とセバーリョス医師が言う。「あの時はもう動かせるような状態ではなかった。助からんとは思ったが、何とかしなきゃいかんので、薄暗い部屋だったが、手術をしたんだ。ラ・チュンギータが生まれた時はもう母親のほうは息を引きとっていた。だから、あの子が無事だっただけでも奇跡といっていいくらいだよ。」

「奇跡、奇跡」とガルシーア神父が唸る。「この町の人間は何かと言えば奇跡と言うんじゃな。キローガ夫妻が殺されて、あの子が助かった時も、みんな口をそろえて奇跡だと言ったが、あれでは、まるであの子があの時に死んでいたほうがよかったと言っているようなものじゃ。」

「今でも広場の音楽堂の近くを通りかかると、あの娘のことを思い出すんだが、あんたはどうだね？」とセバーリョス医師が言う。「あそこにじっと坐《すわ》って日なたぼっこをしているあの娘《こ》の姿が目に浮かぶんだよ。考えてみれば、アントニアはしあわせの薄い娘《こ》だったが、今夜ばかりはアンセルモのほうがあの娘《こ》以上に痛ましく思えたよ。」

「何が痛ましいものか」とガルシーア神父がしゃがれた声で言う。「あの男に同情したりあわれむ必要はない。こんな不幸なことになったのも、もとはと言えばあの男のせいじゃ。」

「あの時、アンセルモは何としても命だけは助けてやってくれと言って、わしの足に口づけしたり、地団駄《じだんだ》を踏んでいたが、その姿を見たら、いくらあんたでもあわれに思ったはずだ」とセバーリョス医師が言う。「そうそう、あの時アンヘリカ・メルセーデスがいてくれたんで助かったが、彼女がいてくれなかったらおそらくラ・チュンギータはこの世に生まれてこなかっただろうな。」

二人はしばらくの間黙り込む。ガルシーア神父は肉を口に運ぶが、突然顔をしかめると、フォークを下に置く。そこへアンヘリカ・メルセーデスがジュースの容器を持ち、片方の手で蠅を追い払いながらやって来る。

「今の話を聞いたかね?」とセバーリョス医師が尋ねる。「アントニアが亡《な》くなったあの夜のことを二人で話していたところだ。今から思えば、何もかも夢のようだな。あんたがいて手助けしてくれたんで、ラ・チュンガが助かったと、今神父さんに話したところだよ。」

アンヘリカ・メルセーデスは何の話か分からないというように、真剣な顔つきで医師の顔をじっと見つめるが、べつに驚きうろたえたようなところは見えなかった。

「何もかも忘れてしまいましたよ、先生」と、しばらくしてぽつりと言った。「あのお店で料理女をしていましたが、何ひとつ覚えてはいませんわ。今日は、その話は止《よ》しましょう。これから八時のミサに行って、ドン・アンセルモが安らかに永眠なさるようお祈りしてくるつもりです。そのあと、お通夜《つや》に出していただこうと思っているんですよ。」

「あの時、あんたはいくつだったんだね?」とガルシーア神父が唸る。「あんたのことはまるで覚えておらんのじゃよ。アンセルモや堕落した女たちのことはよく覚えているのに、あんたのことだけはどういうわけか記憶にないんじゃや。」

「まだほんの小娘でしたわ、神父様。」アンヘリカ・メルセーデスはそう言いながら手をうちわのように素早く動かすが、そのせいで料理とジュースには一匹の蠅《はえ》もたからない。

「まだ十五そこそこだったろうな」とセバーリョス医師が横から言う。「なかなかの美人だったから、わしたちは目をつけていたんだが、アンセルモは、あの娘《こ》は店の女と違うから、止してくれ。見るむきには構わんが手は出さんようにな。自分の娘みたいなつもりで接してやってくれ、とよく言っていたよ。」

「あの頃《ころ》はまだ生娘《きむすめ》だったんですよ、だけど、いくらそう言ってもガルシーア神父は信じて下さらないんですからね。」アンヘリカ・メルセーデスの目がいたずらっぽくきらっと光るが、その仮面のような厳しい表情は崩れない。「恐る恐る告解に行くと、いつも判で押したように、あの悪魔の家から出るのだ、さもないと神の罰を受けるぞとおっしゃっていましたが、覚えておられますか、神父様?」

「告解室でのことは外へ洩《も》らすわけには行かん」とガルシーア神父は唸るが、そのしゃがれ声には楽しそうな響きがこもっている。「そういうことは自分ひとりの胸にしまっておくものじゃや。」

「悪魔の家か」とセバーリョス医師が呟く。「今でもあんたは、アンセルモが悪魔だと思っているのかね？　硫黄の臭《にお》いがすると言っていたが、まさかあれは本気じゃなかったんだろう？　信者たちを脅かそうとして言っただけなんだろう？」

アンヘリカ・メルセーデスと医師は微笑を浮かべる。その時、だしぬけにあのマフラーのむこうから咳《せき》の発作のような耳ざわりな音が洩れたかと思うと、それは押し殺したような笑い声に変わった。

「以前、悪魔は〈緑の家〉にしかおらなんだが」とガルシーア神父は空咳《からぜき》をしながら言う。「今では至るところにはびこっておる。男まさりのあの女の店にも、街路や映画館にもな。ピウラの町全体が悪魔の住む家に変わってしまったんじゃよ。」

「お言葉ですが、神父様、このマンガチェリーアだけけまだ大丈夫ですよ」とアンヘリカ・メルセーデスが言う。「悪魔もこの町にだけはやって来ませんでしたからね。いえ、来たって誰が入れるもんですか。それに聖女ドミティーラも守って下さっているんですよ。」

「あの女《ひと》はまだ聖女になってはおらん」とガルシーア神父が言う。「ところで、コーヒーはまだかね？」

「はい、只今《ただいま》」とアンヘリカ・メルセーデスが答える。「すぐに持ってまいります。」

「この二十年ばかり徹夜したことがなかったんで、こたえたが」とセバーリョス医師が言う。「ようやく眠気がとれたよ。」

アンヘリカ・メルセーデスが背を向けたとたんに、蠅がわっともどってきて料理にたかると、黒い小さなしみをつける。ぼろぼろの服を着た子供たちがまた戸口のところに戻ってきて、うるさく騒いでいる。葦《あし》で編んだ壁ごしに、声高に話し合いながら通り過ぎて行く通行人やむかいの小屋の前で日なたぼっこをしながら話し込んでいる老人たちの姿が見える。

「あの男も後悔はしたじゃろうな」とガルシーア神父が唸《うな》る。「あの娘《こ》を死なせたのは自分だということくらいは、分かっておったはずじゃ。」

「あの時は、わしの後を追って店から飛び出してきたんだよ」とセバーリョス医師が言う。「砂原の上を転げまわり、殺してくれとうるさくわめくもんだから、家に連れて行って、注射を一本打ってやり、わしは何も見なかったし、何も知らん、だからまっすぐ店に帰れと言ったんだが、どうやらあの男は店には戻らなかったらしい。そのまま川のほうへ降りて行って、アントニアを育てた何とかいう洗濯《せんたく》女が来るのを待っていたそうだ。」

「昔から気違いじみたおかしなことをする男じゃった」とガルシーア神父が唸る。「自分の前非を悔い改め、神の許しを得ておればよいがのう。」

「たとえ悔い改めていなくても、あの男はもうじゅうぶんすぎるくらい罰を受けたんじゃないのかな」とセバーリョス医師が言う。「それに、あの男のしたことが本当に悪いことかどうかは、そう簡単に決められないような気がするんだ。ひょっとすると、アントニアはあの男に惚《ほ》れていたのかも知れんよ。もしそうだとすれば、彼女は犠牲者というよりも共犯者ということになる。」

「ばかなことを言うんもんじゃない」とガルシーア神父が唸る。「あんたも人間が丸くなったもんじゃな。」

「前々からそのことが気にかかっていたんだ」とセバーリョス医師が言う。「店で働いていた女たちの話では、アンセルモはあのアントニアをひどく甘やかしていたそうだし、彼女のほうもそれを喜んでいたふしがあるんだよ。」

「すると、今にして思えば、あの男のしたことはごく正常なことだったというのかね」とガルシーア神父が唸る。「盲目の少女をさらって、娼家《しょうか》に連れ込み、挙句の果てに子供を孕《はら》ませたんじゃぞ。あれがまっとうな人間のすること、正しい行ないだと言うのか？　まさか、良いことをしたから褒美《ほうび》のひとつもやろうと言うのではあるまいな？」

「いや、何も正常なことだとは言っていない」とセバーリョス医師が言う。「大声を出すと、また喘息《ぜんそく》の発作が起こるよ。それにしても、彼女がどう思っていたか知りたいもんだ。アントニアには善悪の区別がつかなかったんだよ。いずれにしても、彼女はアンセルモのおかげで一人前の女になったんだ。わしは思うんだが……」

「いいかげんにせんか！」そう言ってガルシーア神父が手を振り回すと、その勢いに驚いて蠅が飛び立つ。「一人前の女じゃと！　すると、尼僧《にそう》たちは半人前だというのか？　わしたち聖職者はあのような汚らわしいふるまいをしないが故《ゆえ》に、半人前だというのか？　愚かしくも不敬な言辞を弄《ろう》するものではない！」

「あんたが嚙《か》みついている相手はこのわしではなく、単なる亡霊にすぎんよ」とセバーリョス医師が笑いながら言う。「アンセルモはあの娘《こ》を本当に愛していたし、あの娘《こ》のほうもおそらくアンセルモを憎からず思っていた、そう言おうとしただけだ。」

「もう沢山じゃ」とガルシーア神父が唸る。「あんたといるといつもこれだが、あんたとは言い争いをしたくないんじゃよ。」

「わしもそう思っていたところだ」とセバーリョス医師が呟く。「おや、誰か来たようだな。」

おれたちゃ番長、仕事なんぞは糞《くそ》くらえ、酒を飲んで、バクチをうって……おーい、番長様のお出ましだ、朝飯を頼むぞ。おや、これはこれはお珍しい。

「出よう、先生」と激昂《げっこう》したガルシーア神父が唸る。「あのよた者どもと相席するのはごめんじゃ。」

しかし、レオン兄弟は神父が立ち上がる前にわっと襲いかかり、肩をぽんぽん叩《たた》きながら、ガルシーア神父じゃないですか、と言う。乱れた髪。お珍しいですね、神父さん。夜ふかしをして目やにのたまった日。彼らはガルシーア神父のまわりをぴょんぴょん飛び跳ねながら、このぶんだとピウラの町に砂じゃなくて、雪が降るぞ。先を争って握手しようとする。こいつは一大奇跡だ、そう言って肩を叩く。こうして神父さんがお見えになったんだ、マンガチェリーアの人間を集めてパーティーをやろう。彼らはシャツ一枚で靴下《くつした》もはいておらず、靴の紐《ひも》もほどけていて、汗くさい臭いを放っている。ガルシーア神父はマフラーを顔に巻き、急いで帽子を目深《まぶか》にかぶると体を固くして、ふたたび料理に襲いかかった蠅をじっと見つめている。

「神父さんに失敬な真似《まね》をしたら、このわしが許さんぞ」とセバーリョス医師が一喝《いっかつ》する。「みんな、口を慎むんだ。僧服をつけた白髪の老人に無作法なふるまいをしてみろ、ただでは済まんぞ。」

「無作法なことはしてませんよ、先生」とエル・モノが言う。「この店で神父さんに会えたんで、嬉《うれ》しくて仕方ないんですよ。本当なんですから。神父さんに握手してもらえれば、それでいいんですよ。」

「マンガチェリーアの人間はどんな人が来てもあたたかくもてなしますよ、先生」とホセが言う。「やあ、おはよう、ドーニャ・アンヘリカ。今日はお祝いをしなきゃいけないんだ。ガルシーア神父と乾杯したいんだが、何か飲むものを持ってきてくれ。おれたちは神父さんと仲直りしたいんだ。」

アンヘリカ・メルセーデスは両手にコーヒー・カップを持って、厳しい表情でやってくる。

「どうしてそんなこわい顔をしているんだね、ドーニャ・アンヘリカ」とエル・モノが言う。「こうして神父さんがお見えになっているのに、嬉しくないのかい?」

「お前たちはこの町の厄介者《やっかいもの》」とガルシーア神父が唸る。「ピウラの原罪じゃ。たとえ殺されても、お前たちといっしょに食事をするのはごめんじゃ。」

「そう怒らんで下さい、ガルシーア神父」とエル・モノが言った。「からかってるんじゃないんですよ。神父さんがまたこのマンガチェリーアに戻ってきて下さったんで喜んでいるんですよ。」

「汚《けが》れた浮浪者どもめ!」そう言ってガルシーア神父はまた蠅を追い払う。「お前たちとは口もききたくない。」

「これですよ、セバーリョス先生」とエル・モノが言う。「失礼なのはどちらです?」

「神父様にうるさく言うんじゃないよ」とアンヘリカ・メルセーデスがたしなめる。

「ドン・アンセルモが亡くなられたんで、神父様と先生は一晩中一睡もせずそばに付添っておられたんだよ。」

彼女はコーヒー・カップをテーブルに置くと、調理場のはうへ引き返して行く。その姿が奥の部屋に消えると、あとはただスプーンのぶつかる音とセバーリョス医師がコーヒーをすすっている音、ガルシーア神父の苦しそうな喘《あえ》ぎ声だけが聞こえている。レオン兄弟は顔を見合わせると、なんとも言えず悲しそうな表情を浮かべる。

「これで分かっただろう。冗談を言ってる場合じゃないんだ」とセバーリョス医師が言う。

「ドン・アンセルモが死んだ」とホセがぽつりと呟《つぶや》く。「ハープ弾きのおやじさんが亡くなったんだってさ、モノ。」

「あんないい人はいなかったですよ、先生」とエル・モノは口ごもりながら言う。「偉大なハープ弾きで、ピウラの誇りと言ってもいい人だった。ほんとにいい人だったのに、惜しい人を亡くしてしまいましたね。ああ、何てことだ。」

「この町の住民にとっては実の父親みたいな人だったのにな」とホセが言う。「ボーラスとエル・ホーベンもひどく悲しんでいるぜ、モノ。あの二人はおやじさんとは切っても切れない絆《きずな》で結ばれていたからな。あの二人がおやじさんのことをどれほど気遣っていたかは、先生もご存知でしょう?」

「知らないとはいえ、失礼なことを言って申し訳ありませんでした、ガルシーア神父」とエル・モノが素直に謝った。

「急なことだったんですね」とホセが言う。「昨日まであんなに元気だったのに。いえね、昨夜《ゆうべ》はいっしょに歩いてここまで帰ってきたんですよ、先生。その時は、笑ったり、軽口を叩いていたんですがね。」

「で、遺体はどこに置いてあるんですか、先生?」とエル・モノが尋ねる。「ホセ、おやじさんに最後の挨拶《あいさつ》をしに行こう。その前にどこかで黒のネクタイを都合しなきゃいかんな。」

「ラ・チュンガの店で亡くなったから、遺体はまだむこうに安置してあるはずだ」とセバーリョス医師が答える。

「〈緑の家〉で亡くなったんですか?」とエル・モノが言う。「すると、病院には運ばれなかったんですね。」

「このマンガチェリーアにとっては大変なショックですよ、先生」とホセが言う。「ハープ弾きのおやじさんがいなくなれば、この町も変わるでしょうね。」

レオン兄弟はまだ信じられないというように悲しそうに頭を振りながら、ひとりぶつぶつ呟いたり、話し合ったりしている。一方、ガルシーア神父はマフラーの下からほんの少しのぞいている唇《くちびる》にカップを押しつけて、ちびちびコーヒーをすすっている。自分のを飲んでしまったセバーリョス医師は、スプーンを取ると、指先にのせてもてあそんでいる。話すこともなくなったのか、レオン兄弟は黙り込むと、隣のテーブルに腰をかける。それを見て、セバーリョス医師が二人にタバコを勧める。しばらくしてアンヘリカ・メルセーデスが店のほうへ行くと、三人は一様に眉《まゆ》をしかめ、暗い顔でタバコをふかしはじめた。

「それでリトゥーマが来ないんだな」とエル・モノが言う。「おそらくラ・チュンギータといっしょなんだろう。」

「冷やかでつめたい女のように見えるが」とホセが言う。「心の中じゃ、ラ・チュンガもきっと悲しんでいるよ。なあ、そうだろう、ドーニャ・アンヘリカ？　血は水よりも濃しって言うじゃないか。」

「きっと悲しんでるんだろうね」とアンヘリカ・メルセーデスが答える。「だけど、あの女《ひと》が何を考えているかは誰にも分かりゃしないよ。あれで、若い頃はやさしい娘だったんだろうかね?」

「どうしてそんな言い方をするんだね?」とセバーリョス医師がけげんそうに尋ねる。

「あの女《ひと》は自分の父親を楽団員として雇っていたんでしょう、わたしにはその辺がどうも納得できないんですよ」とアンヘリカ・メルセーデスが言う。

「セバーリョス先生は何事も良しとする心境になられたようじゃよ」とガルシーア神父が唸る。「齢《とし》をとって、この世には何ひとつ悪は存在しないということを発見されたそうじゃからな。」

「そう皮肉っぽい言い方をされると困るが」とセバーリョス医師が笑いながら言う。「まあ、そんなところだね。」

「ドン・アンセルモはハープを弾いていたからこそ長生きできたんだよ、ドーニャ・アンヘリカ」とエル・モノが言う。「芸術家は自分の芸術に支えられて生きているんだからね。あの店で演奏したってちっともおかしくないさ。それに、ラ・チュンギータだって演奏料をはずんでいたしさ。」

「神父さん、早くコーヒーを飲んでくれんかね」とセバーリョス医師が言う。「急に眠くなってきて、目を開けておれんのだ。」

「おい、モノ、従兄弟《いとこ》がやって来たぞ」とホセが言う。「ひどくしょげているな。」

ラ・セルバティカが靴を手に持って入ってくる。口紅はとっていたが、目のまわりにはまだ厚化粧が残っている彼女が神父のほうに体をかがめてその手に口づけすると、ガルシーア神父はコーヒー・カップに鼻先を突っ込むようにして鈍い唸り声をあげる。グレーの背広に緑の水玉模様のネクタイをつけ、黄色い靴をはいたリトゥーマが衣服についた埃《ほこり》を払っている。油でてかてかに光った髪の毛は乱れ、いかにも疲れ切ったような顔をしている。セバーリョス医師がいるのに気づいて、彼は固い表情で挨拶する。

「ドーニャ・アンヘリカ、この店でおやじさんのお通夜《つや》をしたいそうなんだが、どうだろう？　ラ・チュンガから訊《き》いてみてくれって言われて来たんだ」と言う。

「この店でかい？」とアンヘリカ・メルセーデスが尋ねる。「どうしてむこうでやらないんだい？　遺体は動かさないほうがいいんじゃないのかね？」

「まさか娼家でお通夜もできんじゃろう」とガルシーア神父がしゃがれ声で言う。「それくらいのことは、あんたにも分かるはずじゃが。」

「この家を使ってもらうのはいいんですよ、神父様」とアンヘリカ・メルセーデスが言う。「ただ、遺体をあちこち動かすのは良くないんじゃないかと思いましてね。そんなことをしても瀆聖《とくせい》行為にはならないんですか？」

「瀆聖行為というのがどんなものかあんたには分かっておるのかね」とガルシーア神

父が唸る。「分かりもせんことに口を出すんじゃない。」

「ボーラスとエル・ホーベンは柩《ひつぎ》を買いに行ったついでに、墓場のほうにもかけ合ってくると言っていたよ。」そう言いながらリトゥーマはレオン兄弟の間に腰をかける。「間もなく遺体が運ばれてくるはずだ、ドーニャ・アンヘリカ。酒肴《しゅこう》や花の費用は一切むこうが持つから、場所だけを貸して欲しいとのことだよ。」

「やはり、お通夜はマンガチェリーアでしたほうがいいんじゃないのかな」とエル・モノが横から言う。「あのおやじさんはマンガチェリーアの人間だから、同じ町の人間にお通夜をしてもらうほうがやはり嬉しいだろう。」

「ラ・チュンガは、できたらガルシーア神父にミサをお願いしたいと言っていましたよ。」リトゥーマはできるだけさりげない口調でそう言うが、ひどく間伸びした言い方になる。「そのことをお伝えしようと思ってお宅に伺ったんですが、戸を開けてもらえなかったんです。ここでお会いできてよかったですよ。」

空になったひょうたんの容器が床に落ち、黒い僧服がテーブルの上でむらむらと大きくふくれ上がる。何の権利があって、そう言いながらガルシーア神父は料理の皿を叩く、いったい誰の許しを得てこのわしに話しかけるのじゃ。その言葉を聞いてリトゥーマがぱっと立ち上がる。なんだその言い草は、この火刑人め！　ガルシーア神父は立ち上がろうとしてセバーリョス医師の腕の中でもがく。悪党、美人局《つつもたせ》！　ラ・セルバティカがリトゥーマの上着の裾《すそ》をひっぱりながら、止《や》めてよ！　そう言いながら小さな悲鳴をあげる。相手は神父さんよ、失礼なことを言ってはいけないわ。誰かこの人の口を塞《ふさ》いで！　お前みたいな悪党は必ず地獄に落とされるぞ、その時のお前の姿が目に見えるようじゃ。そこで、これまでの悪業《あくごう》の償いをつけるがよい。地獄がどんなところかお前は知っておるか？　ガルシーア神父は顔をまっ赤にし、口を歪《ゆが》め体をぶるぶる震わせている。リトゥーマが振り払おうとするが、ラ・セルバティカはしっかり摑《つか》んで放そうとしない。火刑人め！　どうしてこのおれに悪態をつく、なぜおれを悪党呼ばわりするんだ？　声の出なくなったガルシーア神父がふたたびわめき立てる。堕落した女のヒモになっているお前は、あの女よりも下等な人間だ。そう言いながら神父は猛《たけ》り狂って両手を前に突き出す。うす汚い寄生虫め！　ハイエナ！　今度はレオン兄弟が慌《あわ》ててリトゥーマをおさえる。放せ！　あのじじいの鼻面《はなづら》に一発お見舞いしてやるんだ。聖職者がなんだ、もう我慢できん、うすみっともない火刑人め！　ラ・セルバティカがワッと泣き出す。アンヘリカ・メルセーデスは床几《しょうぎ》を両手で摑むと、そこから一歩でも前に出ればこれで頭を叩き割ってやるといわんばかりに、リトゥーマの前でその床几を振り回している。戸口や葦で編んだ壁のむこう、家のまわりには大勢の野次馬が詰めかけている。

興奮した顔、真剣な顔、目、髪の毛。中には肘《ひじ》で突つき合っているものもいる。外の騒ぎがだんだん大きくなりはじめたが、どうやら二人の喧嘩《けんか》のことが町中に広まったらしい。大勢の子供たちがかん高い叫び声をあげているが、その声にまじってハープ弾きや番長たち、ガルシーア神父の名が聞こえてくる。ガルシーア神父が突然咳《せ》き込む。両腕を高く上げ、顔を炭火のようにまっ赤にして目をむくと、舌をだらりと垂らし、涎《よだれ》を垂らしはじめる。セバーリョス医師が両腕を上にあげている神父の体を支え、ラ・セルバティカが風を送ってやる。アンヘリカ・メルセーデスは後ろにまわって背中を軽くとんとん叩いている。その様子を見て、リトゥーマは狼狽《ろうばい》する。

「人の悪口を叩くから、あんなふうに舌がだらりと垂れ下がるんだ」と口ごもりながら言う。「おれのせいじゃない、あんたたちも見たろう、むこうからしかけてきたんだ。」

「だが、相手はお年寄りの神父さんだ、少しは手加減しなきゃいけないよ」とエル・モノがたしなめる。「昨夜は一睡もしておられないんだぞ。」

「やりすぎだよ、リトゥーマ」とホセが言う。「神父さんがあんなになったんだ、謝ったほうがいい。」

「どうもすみません」とリトゥーマが口ごもりながら言う。「ガルシーア神父、落着いて下さい。べつに悪気があったんじゃないんです。」

しかし、ガルシーア神父は咳と喘息《ぜんそく》の発作で体を震わせ、顔は鼻汁と涎と涙でくしゃくしゃになっている。ラ・セルバティカはスカートで神父の額を拭《ふ》いてやり、アンヘリカ・メルセーデスは何とか水を飲ませようとする。それを見てリトゥーマは、申し訳ありません、神父さん、としきりに謝っているが、とうとうたまりかねたのか金切り声をあげる。いったいおれにどうしろと言うんだ、おれは何も殺そうと思ってあんなことを言ったんじゃない、怯《おび》えたようにそう言うと手を揉《も》みしだく。

「そんなに驚かなくてもいい」とセバーリョス医師が言う。「砂が喉《のど》に入って喘息の発作が起こっただけだ、すぐにおさまるよ。」

しかし、リトゥーマは苛立《いらだ》った自分の感情を抑えることができず、神父に悪態をついたり、我と我が身を責め立てながら、レオン兄弟に抱きかかえられて、ほとんど泣かんばかりに嘆き悲しんでいる。あんな不幸のあった後だ、こっちだって気が立ってるんだ。彼は頬《ほお》をふくらませ、今にも泣き出しそうになる。それを見てレオン兄弟が、落着くんだ、兄貴。あんたの気持ちはよく分かるよ。彼は自分の胸を叩きながら、ハープ弾きのおやじさんの服を脱がしてくれと頼まれて、服を脱がし、体を洗ったあとまた着せたんだが、あれはつらかった、ほんとにつらかったよ。レオン兄弟が、兄貴、気を静めるんだ！　元気を出せよ。リトゥーマが、だめだ、だめだよう、畜生！　そう言って両手で頭をかかえるようにして椅子に倒れ込む。ガルシーア神父の咳の発作がようやくおさまった。まだ荒い息をしているが、その表情は大分穏やかになっている。ラ・セルバティカが神父のそばに跪《ひざまず》いて尋ねる、ご気分はいかがですか？　神父はうなずきながら、あの店で春をひさぐのは一日も早く止めるのじゃ、お前もかわいそうな子じゃな、と唸《うな》る。人殺しのろくでなしを養って行こうと思えば、お前も愚かしいことをせねばならん、そうじゃろう？　彼女が、はい、神父様。ですが、そんなに怒らないで、気持ちをお静めになって下さい。もう済んだことですわ。

「兄貴、何を言われても腹を立てるんじゃないぞ」とエル・モノが言う。

「ああ、分かった。我慢するよ」とリトゥーマが小さな声で返事する。「人殺し、ろくでなし、何とでも好きに言ってもらおうじゃないか、どんどんやってくれ！」

「黙れ、ハイエナめ！」とガルシーア神父が唸るが、その声には先程のような勢いも元気もない。戸口や葦《あし》の壁のむこうでどっと笑い声が上がる。「静かにしろ、ハイエナ。」

「おれは何も言っちゃいないよ、神父さん」とリトゥーマが吠《ほ》え立てる。「だけど、そんなふうに悪態をつくのは止《よ》してくれ。おれだって男だ、そうまで言われちゃ、いい気がしないよ。セバーリョス先生、あんたからも頼んで下さいよ。」

「もう何もかも済んだことですよ、神父さん」とアンヘリカ・メルセーデスが取りなす。「聖職者のあなたがそんな汚らわしい言葉を口にされるのは、罪深いことですわ。さあさあ、お怒りになるのはそれくらいにして、コーヒーをもう一杯いかがです？」

ガルシーア神父はポケットから黄色いハンカチを取り出すと、そうじゃな、コーヒーをもう一杯いただこうか、そう言って思いきり強く鼻をかむ。セバーリョス医師は眉毛を撫《な》でつけると、いかにもうんざりした様子で襟《えり》についた唾液《だえき》を拭きとる。ラ・セルバティカはガルシーア神父の額を手で撫で、こめかみの乱れた髪を押さえつける、神父はぶつぶつ言いながらも、おとなしくされるがままになっている。

「従兄のリトゥーマもこうして謝っているんです」とエル・モノが言う。「申し訳ないことをしたと謝っているんですから、許してやって下さいよ。」

「わしにではなく神に許しを乞《こ》うて、女を食いものにすることを一日も早く止めることじゃ。」すっかり平静を取り戻したガルシーア神父は落着いた口調でそう唸る。「あんたたちのようなのらくら者も、神に許しを乞うのを忘れるでないぞ。こののらくら者を養っているあんたもじゃ。」

「はい、分かりました、神父様」とラ・セルバティカが答えると、表でふたたびどっと笑い声があがる。セバーリョス医師も面白そうにその会話に耳を傾けている。

「自分の思ったことをもっと正直に口に出せればいいんじゃが、あんたの気性ではな。」ガルシーア神父はそう言いながら、ハンカチで鼻の穴をほじくる。「あんたはかわいそうな女じゃよ。」

「自分でもそれはよく分かっています。ですから、いつもそう言いきかせているんです」と、ガルシーア神父の皺《しわ》だらけの額をさすりながらラ・セルバティカが言う。「あの人たちにもそう言ってはいるんですけど……」

アンヘリカ・メルセーデスがコーヒーを持ってきたので、ラ・セルバティカはレオン兄弟の坐《すわ》っているテーブルに戻る。戸口や葦の壁のむこうに集まっていた人々もやがて散って行く。子供たちは埃っぽい道を駆け回り、ふたたびかん高い耳ざわりな声が聞こえはじめる。通行人たちはあの居酒屋の前で立ち止まり、中をのぞき込んでコーヒーをちびちびすすっているガルシーア神父のほうを指さして立ち去って行く。アンヘリカ・メルセーデスと番長たち、それにラ・セルバティカは額を寄せて小声で料理や飲みもののことを話し合い、お通夜には何人くらい来るかなと言いながら、来そうな人の名前を挙げてその数をかぞえたり、費用のことを相談し合っている。

「コーヒーはもういいかね？」とセバーリョス医師が尋ねる。「今日は一日じゅういろいろとあったから、そろそろ帰って寝ようか。」

返事がないのでそちらを見ると、ガルシーア神父はマフラーの端がコーヒー茶碗《ちゃわん》の中に浸《つか》っているのも気付かず、胸に顎《あご》を埋《うず》めて穏やかな寝息を立てている。

「おやおや、寝てしまったか」とセバーリョス医師が呟く。「これで起こすと、また怒り出すだろうな。」

「隣の部屋にベッドをしつらえましょうか、先生？」とアンヘリカ・メルセーデスが言う。「毛布をかけて、静かにしていればいいんじゃありません？」

「いや、そのままそっとしておいた方がいい。目を覚ましたら、わしが連れて帰るよ」とセバーリョス医師が言う。「この人の気性はよく知っているが、とにかく端《けた》からとやかく言われるのを嫌《いや》がるんでね。アンセルモが亡《な》くなったのが大分ショックだったらしいな。」

「むしろ喜んでいるんじゃないですか？」とエル・モノが悲しそうな顔をして言う。「道でドン・アンセルモに会うと、必ず悪態をついていましたからね。ひどく憎んでいたんでしょう？」

「ドン・アンセルモのほうは聞こえないふりをしたり、道を変えたりして相手にはしなかったんですがね」とホセが言う。

「内心はそれほどでもなかったんだよ」とセバーリョス医師が取りなすように言う。「とくに近年はそうだった。ただ、ドン・アンセルモの顔を見ると、つい悪態が口をついて出るんだろうな、言ってみれば癖みたいなものだよ。」

「本当なら逆に」とエル・モノが言う。「ドン・アンセルモが神父さんを憎んでいいわけでしょう。」

「そんな罪深いことを言うもんじゃないわ」とラ・セルバティカが口をはさむ。「聖職者を憎むなんてよくないことよ。」

「おやじさんの店だった昔の〈緑の家〉に神父さんが火をつけたという話ですが、あれは本当なんですか?」とエル・モノが尋ねる。「もしそうなら、ドン・アンセルモはあの神父さんの悪口をこれっぽっちも言わなかったんだから、よほど心の広い人だったんですね。」

「ドン・アンセルモの店に火がつけられたというのは本当なんですか、先生?」とラ・セルバティカが尋ねる。

「その話は、おれが耳にタコが出来るくらいしてやったろう」とリトゥーマが言う。

「それなのにどうして先生に訊くんだ?」

「あんたの話は、その度にころころ変わるじゃない」とラ・セルバティカがやり返す。

「だから、本当のことを教えてもらおうと思ったのよ。」

「うるさい！　男の話に口を出すんじゃない」とリトゥーマが一喝《いっかつ》する。

「あたしもドン・アンセルモが大好きだったわ」とラ・セルバティカが言う。「あんたなんかよりあたしの方がずっとあの人とは縁が深いのよ。なんと言っても同郷人ですからね。」

「あんたの同郷人だって？」あくびを途中で止めてセバーリョス医師が慌てて尋ねる。

「そうだよ」とドン・アンセルモが答える。「あんたと同じ土地の生まれだ。村がどこにあったかは忘れたが、サンタ・マリーア・デ・ニエバでないことだけは確かだがね。」

「本当ですか、ドン・アンセルモ？」とラ・セルバティカが尋ねる。「あなたもむこうのお生まれなんですか？　密林には木が鬱蒼《うっそう》と茂り、鳥もいっぱいいますわ。わたし、密林が大好きなんです！　それに、人間もむこうのほうがずっといいですわね。」

「人間はどこでも同じだろうが」とハープ弾きが答える。「密林はたしかに美しい。むこうのことはすっかり忘れてしまったが、あの色だけは今でもはっきりと覚えているよ、ハープを緑色に塗ってあるのは、そのせいなんだよ。」

「この町の人はみんなわたしをばかにするんです、ドン・アンセルモ」とラ・セルバティカが言う。「密林育ちだって、さも軽蔑《けいべつ》したように言うんですよ。」

「そんな風に取ってはいかんよ」とドン・アンセルモがさとす。「むしろ愛情をこめて言ってくれていると考えなければ。わしなら、密林育ちだと言われても気にしないね。」「それは初耳だな。」そう言いながら、セバーリョス医師はあくびをして首筋をぼりぼり掻《か》く。「だが、案外そうかも知れん。ハープを緑色に塗っていたというのは本当かね?」

「ドン・アンセルモはマンガチェリーアの人間ですよ」とエル・モノが言う。「この町で生まれ、この町からは一歩も外に出て行かなかったんですよ。わしはマンガチェリーアの主《ぬし》みたいなもんだ、あの人はしょっちゅうそう言っていましたからね。」

「ええ、ハープは緑色に塗ってありましたわ」とラ・セルバティカが自信ありげに言う。「色が剝《は》げると、ボーラスに言ってまた塗り直させるんです。」

「アンセルモは密林の生まれ、か」とセバーリョス医師が呟《つぶや》く。「うーん、案外そうかも知れん、なるほど。それにしてもおかしな話だ。」

「どうせこいつの作り話に決まってますよ、先生」とリトゥーマが言う。「そんな話ははじめて聞いたが、おおかたお前がでっち上げたんだろう。今頃《いまごろ》になって、突然どうしてそんな話を持ち出すんだ?」

「だって、誰も訊《き》かなかったじゃない」とラ・セルバティカがやり返す。「女は余計なことを言うな、っていつも叱《しか》ってばかりいるのは誰なのよ。」

「どうしてあんたにだけ打ち明けたんだろうな？」とセバーリョス医師が言う。「わしたちも何度か尋ねたことがあるんだが、いつもうまくはぐらかされてね。」

「わたしも密林育ちだからじゃないでしょうか。」そう言って彼女は誇らしげにまわりにいる人たちを見回す。「あの方とわたしは同郷人なんです。」

「どこかで拾われてきたみなし児《ご》のくせして、このおれたちをからかおうってのか」とリトゥーマが彼女に嚙《か》みつく。

「みなし児で悪かったわね。だけど、そのみなし児に養ってもらっているのはどこの誰なの？」とラ・セルバティカも負けずにやり返す。「わたしのお金もみなし児みたいにどこかで拾われてきたって言うの？」

それを聞いてレオン兄弟とアンヘリカ・メルセーデスが笑い出す。リトゥーマは額に皺を寄せてむずかしい顔をし、セバーリョス医師は目を細めて何か考え込みながら首筋を搔いている。

「おれを怒らせるつもりか？」とリトゥーマは作り笑いを浮かべながら言う。「だが、今は口論なんかしてる場合じゃない。」

「怒らせちゃいけないのは、あんたよりこの女《こ》のほうだろう」とアンヘリカ・メルセーデスが茶化す。「この女《こ》に見棄《みす》てられたら、あんたは飢え死にだよ。一家の主人に楯《たて》突《つ》くなんて、もってのほかだよ、番長。」

それを聞いたとたんに、沈んでいたレオン兄弟が急に元気になって囃《はや》し立てる。リトゥーマも仕方なく笑い出して、ドーニャ・アンヘリカ、と機嫌《きげん》よく呼びかける。おれはいつ出て行ってもいいと言ってるんだよ。ところが、よほどあのホセフィノがおっかないんだろうな、この女はまるでカキみたいにおれたちに貼《は》りついて離れようとしないんだ。あの男に殺されるから、逃げているのよ、と言うんだよ。

「アンセルモはそれ以来密林の話をしなかったのかね？」とセバーリョス医師が尋ねる。

「あの人はマンガチェリーアの人間ですよ、先生」とエル・モノが決めつけるように言う。「ドン・アンセルモはもうこの世にいないんです。だから、死人に口なしってやつですよ。彼女は自分を認めてもらいたいばかりに、あんなことを言っているんですよ。」

「むこうに家族はおられるんですか、と尋ねてみたことがあるんです」とラ・セルバティカが言う。「そしたら、さあ、もうみんな死んでいるだろうな、っておっしゃいましたわ。その後も何度か同じことを尋ねてみたんですけど、それからは何度訊いても、わしはマンガチェリーアで生まれ、マンガチェリーアで死んで行くんだよ、と言っておられました。」

「ほらね、先生」とホセが言う。「この女《ひと》と同郷人だと言ったのは、あれは冗談ですよ。最後にようやく本当のことを言ったんだよ、ねえさん。」

「わたしはねえさんじゃないわ」とラ・セルバティカがやり返す。「みなし児の売春婦よ。」

「おいおい、ガルシーア神父に聞かれたら、またおおごとになるぞ。」セバーリョス医師は口に指を押し当ててそう言う。

「もうひとり番長がいたはずだが、どうしているね？　近頃はあまり見かけないようだが。」

「あいつとは喧嘩《けんか》別れしたんですよ、先生」とエル・モノが言う。「二度とマンガチェリーアに足を踏み入れるんじゃない、と言ってあるんです。」

「あいつは悪党だ」とホセが言う。「性根の腐った男ですよ。近頃はひどく落ち目らしくて、一度なんか盗みで捕まったそうですよ。」

「しかし、以前はいつもいっしょになって、ピウラの町を引っ掻き回していたじゃないか」とセバーリョス医師が言う。

「要するにあいつはマンガチェリーアの人間じゃないんです」とエル・モノが言う。「汚い奴《やっ》ですよ。」

「どこかで神父さんを見つけてこないといけないわね」とアンヘリカ・メルセーデスが言う。「ミサをやらなきゃいけないし、お通夜《つや》の時にもお祈りをあげてもらわないといけないだろうし。」

それを聞いたとたんに、レオン兄弟とリトゥーマは急に眉《まゆ》をしかめて険しい表情になってうなずく。

「サレシアーノの神父さんはどうだろう、ドーニャ・アンヘリカ?」とエル・モノが言う。「良かったら引っ張ってくるよ。ひとり、とてもいい人がいるんだ。ドメニコ神父というんだが、子供たちといっしょになってサッカーをするようなとてもいい神父さんだよ。」

「サッカーはできるじゃろうが、満足にスペイン語もしゃべれんような男だ、それでいいのかね?」とだしぬけにマフラーのむこうからかすれた声が聞こえてくる。「ドメニコ神父じゃと、何を寝呆《ねぼ》けたことを。」

「そうですよ、神父さんのおっしゃるとおりですわ」とアンヘリカ・メルセーデスが慌《あわ》てて相槌《あいづち》を打つ。「やはりお通夜はきちんとやりませんとね。で、神父様、どなたをお呼びすればよろしいんでしょう？」

ガルシーア神父は急に立ち上がると、帽子をかぶる。それを見て、セバーリョス医師も立ち上がる。

「わしがやる。」ガルシーア神父は苛立《いらだ》たしそうな身振りをまじえてそう言う。「あの男まさりの女がわしに来てくれと言っているんじゃろう。それなら、何も余計な心配はせんでもいい。」

「その通りですわ、神父様」とラ・セルバティカが言う。「ラ・チュンガさんは、ぜひ神父様にお願いしたいと申しておられました。」

黒い僧服をつけたガルシーア神父は背中を丸め、足を引きずるようにして戸口に向かって行く。セバーリョス医師が財布を取り出す。

「先生、結構ですよ」とアンヘリカ・メルセーデスが言う。「神父さんを連れて来て下さったんですもの、お金をいただくわけにはいきませんわ。」

「ありがとう」とセバーリョス医師が言う。「だが、お通夜もあるし、いろいろと出費が重なるだろうから、取っておいてくれ。それじゃ、夜になったらまた来るよ。」

ラ・セルバティカとアンヘリカ・メルセーデスは戸口までセバーリョス医師を送って行くと、ガルシーア神父の手に口づけをして、店のほうへ引き返す。ガルシーア神父とセバーリョス医師は、強い陽差《ひざ》しの下を微風に吹かれながら腕を組んで歩いて行く。二人のまわりでは、薪《まき》や水がめを背負った馬ん子が行き交い、毛の長い犬が吠《ほ》え立て、子供たちがかん高い声で飽きもせず、火刑人、火刑人とわめき立てている。ガルシーア神父は素知らぬ顔で、のろのろ足を引きずるようにして歩いている。時々咳《せ》き込んだり、空咳《からぜき》をしながらうなだれて足を運ぶ。まっすぐな路地に出たとたんに、騒々しい声が二人を迎える。大勢の男女が古いタクシーを取り巻くようにしてやってくるので、その人波に押し潰《つぶ》されまいとして二人は葦の壁に貼りつく。弱々しい気の抜けたようなクラクションがひっきりなしに鳴り響いている。その音を聞きつけて掘っ建て小屋から飛び出してきた人が、群衆に加わって行く。女たちの中には悲鳴をあげたり、指を十字に組み合わせ空に向かって突き出しているものもいる。興奮で目を輝かせた子供が二人の前で立ち止まると、顔も見ないで、ハープ弾きのおやじさんが死んだんだ、そう言ってセバーリョス医師の服の袖《そで》を引っ張る。ハープやそのほかいろんなものといっしょにあのタクシーに乗っているんだよ。そう言うと、腕を振り回して弾《はじ》かれたように駆け出して行く。大勢の人波が通りすぎて行った。ガルシーア神父とセバーリョス医師は疲れ切っていたが、足早に歩いて、サンチェス・セーロ並木道に出る。

「わしが迎えに行くよ」とセバーリョス医師が言う。「二人でお通夜に出よう。今からだと八時間ばかり眠れそうだな。」

「分かっとる」とガルシーア神父が唸る。「いつもいつもそううるさく言わんでくれ。」

訳者解説

以前、バーナード・バーゴンジーの『現代小説の世界』（鈴木・紺野訳、研究社）の、第一章「小説はもはや小説でない」を読んで衝撃を受けたことがある。そこにはイタリアの作家モラヴィアの言葉が引かれていたのだが、彼によると、「十九世紀小説の墓掘り人」であるプルーストとジョイスによって、小説という石切り場は最後に残された岩層まで掘り尽くされ、一九三〇年代以降の小説はもはや小説ではないとのことであった。当時、フランスの《ヌヴォー・ロマン》の小説に代表される実験小説に辟易していたこともあって、あの一文には少なからずショックを受けた。しかしその時ふと、二十世紀のラテンアメリカ文学の場合はかなり事情が異なるのではないかと考えた。三〇年代といえば、すでにボルヘスが作品を発表しているし、四〇年代に入るとそのボルヘスの『伝奇集』やアドルフォ・ビオイ＝カサーレスの『モレルの発明』、ミゲル・アンヘル・アストゥリアスの『大統領閣下』、アレッホ・カルペンティエルの『この世の王国』などが現われてくる。五〇年代になると、より若い世代に属するファン・カルロス・オネッティ、ファン・ルルフオ、フリオ・コルタサル、カルロス・フエンテス、ホセ・ドノソなどの作家が次々に作品を発表し、注目を集めるようになる。六〇年代に入るとカルペンティエルの『光の世紀』、フエンテスの『アルテミオ・クルスの死』、バルガス＝リョサの『緑の家』、コルタサルの『石蹴り遊び《いしけ》』、ガルシア＝マルケスの『百年の孤独』といった重要な作品がたて続けに出版されるが、その勢いは七、八〇年代に入っても衰えを見せず、ガルシア＝マルケスの『族長の秋』、『コレラの時代の愛』、『迷宮の将軍』、カルペンティエルの『方法再説』、『春の祭典』、ドノソの『夜のみだらな鳥』、『別荘』、フエンテスの『われらの大地』、『クリストバル・ノナト』、プイグの『蜘蛛《くも》女のキス』、『熱帯の夜はふけて』、バルガス＝リョサの『世界終末戦争』、『密林の語り部』、カブレラ＝インファンテの『亡《な》き王子のためのハバーナ』と枚挙に遑《いとま》がないほどで、小説の分野ではじつに豊饒《ほうじょう》な実りを見せている。九〇年代に入って、さすがにその勢いは衰えを見せはじめるものの、その後も、イサベル・アジェンデ(チリ)、ルイス・セプルベダ(チリ)、ロドリゴ・レイ・ローサ(グアテマラ)、ホルヘ・ボルピ(メキシコ)、ロベルト・ボラーニョ(チリ)、オラシオ・カステリャーノス・モヤ(エル・サルバドル)など注目に値する作家たちが次々に登場しており、今後まだ目が離せないというのが実情である。その意味では、バーゴンジーの引いた暗い見取り図とは逆の形で二十世紀末から今世紀にかけてラテンアメリカ文学が現われてきていると言っても過言ではない。

　ラテンアメリカの現代作家の小説を読んで何よりも感心させられるのは、彼らがどれほど実験的、前衛的な手法を用いようとも、小説の本質的要素である物語性がほとんど損われていないことである。従って、どの作品を読んでも小説の面白さ、醍醐《だいご》味《み》を十二分に味わうことができるのだが、その事情はここに紹介したマリオ・バルガス＝リョサの『緑の家』でもまったく変わりない。この作品は、一見構成が解きほぐしがたいほど入り組んで見えるが、読み進むにつれてそれまでまったく脈絡を欠いているかに見えた個々の断章、エピソードが互いに結びつき、照応し合って、やがて作品の全体像が浮かび上がるという仕掛けになっている。そして、それらの部分がまるで協和音のように共鳴し、響き合う中でフィナーレを迎えるが、その時読者はおそらく壮大な交響楽を聞き終えたような深い感動を味わうにちがいない。

　スペインの小説家フアン・ゴイティソロはセベロ・サルドゥイの難解な小説『歌手たちはどこから』を取り上げて、「作者は読者の足もとにありとあらゆるわなを仕掛ける。それによって作者は、伝統的な物語の快い語り口を子守唄《こもりうた》にして読者が眠り込まないように注意する一方、気をつけないといつ何時足もとにぽっかり穴が開くかも知れないぞと警告しているのである」（『異議』）とのべている。バルガス＝リョサの『緑の家』はサルドゥイの作品ほど難解ではないが、それでも四十年にわたって起こる五つの物語をいったん解体し、それをもう一度組立て直したこの作品を形容するのにぴったりの評言と言えるだろう。

マリオ・バルガス＝リョサはこれまでに数多くの作品を書いているが、その中から主だったものを挙げておこう。

『ボスたち』（短編集）*Los jefes*, 1959. これは中編小説『小犬たち』と合わせて一冊にして邦訳されている。（『小犬たち／ボスたち』鈴木・野谷訳、国書刊行会）

『都会と犬ども』（長編小説）*La ciudad y los perros*, 1963.（杉山晃訳、新潮社）

『緑の家』（長編小説）*La casa verde*, 1966.（本書）

『ラ・カテドラルでの対話』（長編小説）*Conversación en la Catedral*, 1969.（桑名一博訳、集英社）

『ガルシア＝マルケス　ある神殺しの歴史』（作家論）*García Márquez: Historia de un deicidio*, 1971.

『ある小説の秘められた来歴』（エッセイ）*Historia secreta de una novela*, 1971.

『パンタレオン大尉《たいい》と女たち』（長編小説）*Pantaleón y las visitadoras*, 1973.（高見英一訳、新潮社）

『果てしなき饗宴《きょうえん》　フローベールと「ボヴァリー夫人」』(作家論)*La orgía perpetua: Flaubert y "Madame Bovary"*, 1975.(工藤庸子訳、筑摩書房)
『フリアとシナリオライター』(長編小説)*La tía Julia y el escribidor*, 1977(野谷文昭訳、国書刊行会)
『世界終末戦争』(長編小説)*La guerra del fin del mundo*, 1981.(旦《だん》敬介訳、新潮社)
『マイタの物語』(長編小説)*La historia de Mayta*, 1984
『誰がパロミノ・モレーロを殺したか』(長編小説)*¿Quién mató a Palomino Molero?*, 1986.(鼓《つづみ》直《ただし》訳、現代企画室)
『密林の語り部』(長編小説)*El hablador*, 1987.(西村英一郎訳、新潮社)
『嘘から出たまこと』(文芸評論)*La verdad de las mentiras*, 1990.(寺尾隆吉訳、現代企画室)
『継母礼讃』(長編小説)*Elogio de la madrastra*, 1988.(西村英一郎訳、福武書店)
『アンデスのリトゥーマ』(長編小説)*Lituma en los Andes*, 1993.
『水を得た魚』(回想録)*El pez en el agua*, 1993.
『官能の夢――ドン・リゴベルトの手帖』(長編小説)*Los cuadernos de don Rigoberto*, 1997.(西村英一郎訳、マガジンハウス)

『若い小説家に宛てた手紙』（エッセイ）*Cartas a un joven novelista*, 2000.（木村榮一訳、新潮社）
『山羊の饗宴』（長編小説）*La fiesta del chivo*, 2000.
『楽園への道』（長編小説）*El Paraíso en la otra esquina*, 2003.（田村さと子訳、河出書房新社）
『悪い女の子のいたずら』（長編小説）*Travesuras de la niña mala*, 2006.
以上のほかに、リカルド・カノ＝ガビリアと行なった対談『ハゲワシと不死鳥』*El buitre y el ave fénix*, 1972があるが、文学、政治、亡命などさまざまなテーマについてのびのびと自己の意見をのべているこの対談は、バルガス＝リョサを知るうえで格好の入門書と言えるだろう。

＊　＊　＊

マリオ・バルガス＝リョサは一九三六年三月二十八日、ペルー南部の町アレキーパに生まれた。ペルー第二のこの都市は火山と地震、そして景勝の地として知られるが、一方では首都リマに対して根強い敵愾《てきがい》心を抱いている町としても有名で、この町からは数多くの革命家、政治家、詩人、文学者が生まれている。マリオ・バルガス＝リョサの母もこの町の出身だが、結婚して夫とともにリマで暮らすことになった。しかし、間もなく夫との折合いが悪くなり、彼女はひとり父の住むアレキーパに帰ってマリオを生む。翌一九三七年、彼女の父が領事としてボリビアのコチャバンバに赴くことになり、彼女もマリオを連れて同行する。以来一九四五年までそのコチャバンバで過ごすことになるが、祖父母や母の手で甘やかされ、我儘《わがまま》放題に育ったその時代が自分にとってもっともしあわせな時代だった、と後年述懐している。

この幸福な時代もやがて終わりを告げ、一九四五年に母や祖父母とともにペルーに帰国し、『緑の家』の舞台になっているピウラの町に移り住むことになった。物心ついて以来はじめて踏んだ祖国の土地ということもあったのだろう、このピウラの町は、九歳のマリオ少年の前に驚異にみちた新しい世界を開くことになった。多感なマリオにとっては、見るもの聞くものすべてが物珍しかったが、中でも砂原にぽつんと建っている緑色のペンキを塗った奇妙な建物と掘っ建て小屋の立ち並ぶマンガチェリーア地区の二つは彼の心に強烈な印象を焼きつけた。緑色の建物の方は昼間こそひっそりと静まり返っているが、日が落ちるとたんに灯火で明るく輝き、賑《にぎ》やかな音楽や嬌声《きょうせい》が聞こえはじめる。マリオをはじめ町の少年たちは好奇心に駆られてよくビエホ・プエンテ橋からその様子を眺《なが》めたが、町に住む顔見知りの大人たちが彼らの前を通ってこっそりあの建物の方に向かって行くのが見られたという。いったいあそこで何をしているのだろうかと思って大人に尋ねると、たいていは「悪いこと、罪深いことだよ。さあ、くだらないことを訊《き》かないでサッカーでもしておいで」と言われるか、質問をはぐらかされるのがおちだった。そのせいで、子供たちはいっそう興味を掻《か》き立てられたが、それまで赤ちゃんはコウノトリがパリから運んでくると信じていたマリオ少年の神話が崩壊したのはこの頃のことである。いつしか〈緑の家〉と呼ばれるようになったあの建物は、禁じられた蠱惑《こわく》的な世界としてマリオ少年の空想を掻き立て、彼の心に消し難い印象を残すことになった。

チチャ酒の居酒屋が立ち並び、浮浪者や得体の知れない人間、楽団員たちが住みついているマンガチェリーア地区もまた、危険なところとして近付くことを禁じられていた。夜になると治安警備隊でも踏み入るのを嫌がるというその地区は、当時ユゴーやアレクサンドル・デュマの小説を読みふけっていたマリオにとっては、犯罪者の巣窟《そうくつ》として描かれているパリの場末のスラム街とただちに結びついた。このマンガチェリーアと〈緑の家〉が彼の心に深く刻み込まれ、やがて小説に描かれることになるのだが、それにはまだ長い歳月を要した。

ピウラに引っ越して一年目に、それまで長年別居していた両親が和解し、マリオは母とともに父の住むリマに赴く。死んだと思っていた父が生きていること自体大きな驚きだったが、実際に父と暮らしてみていっそう深い失望感を味わうことになった。というのも、性格的にまったく相反する父とは何かにつけて意見が合わず、同じ家で暮らしてはいたがまるで他人同士のように互いに不信感を抱き合っていたという。

幼い頃から物語小説を愛読していたマリオはピウラ時代から創作の真似《まね》事をはじめる。祖父母や伯父たちに励まされた彼は、リマに移ってからもこっそり小説を読んだり創作を続けた。祖父母に甘やかされたせいで息子には女々しいところがある、そう考えてつねづね苦々しく思っていた父は息子が文学にかぶれていると知って仰天する。バルガス＝リョサ自身も言っているように、識字率が低く、本を読む人、まして小説を手にする人などほとんどいないペルーのような国で文学にかぶれ、作家にあこがれるというのはとんでもない話で、その意味では父の驚きもむりからぬところがあった。父親は息子マリオの柔弱なところを直し、合わせて文学とも縁を切らせようと考え、一九五〇年に、軍人の養成を目的とする厳格な規律で有名な〈レオンシオ・プラード学院〉に入学させる。彼自身もそういう学校に入れば何か得るところがあるだろうと考え、多少の期待を抱いて入学する。リマ市内に住む裕福な家庭の子弟から山間部の貧しい農民の息子に到《いた》るまでペルーのあらゆる階層の少年たちでひしめいている全寮制の〈レオンシオ・プラード学院〉はしかし、彼の予想をはるかに上まわる大変なところだったので、入学当初から彼はひどい失望を味わうことになった。それまで親にも手をあげられたことのなかったマリオにとって、あの学校はまさに地獄のようなところであった。表向きは規律正しい立派な学校のように見えるが、そのじつ裏にまわると意欲を失った大半の教師は平気で生徒に体罰を加え、上級生は下級生を摑《つか》まえてリンチにかける。生徒たちは陰に隠れて禁止されているタバコや酒を飲み、僅《わず》かばかりの金を賭《か》けてバクチをする。外へ出たくなれば監視の目をかすめて塀《へい》を乗り越え町へ逃げ出して行く。その他数え立てればきりがないほどひどい違反行為が行なわれていた。社会集団というのは自己のアイデンティティを守り、自己の正当性を主張するためにスケープゴートを必要とすると言われるが、その事情はあの学校においてもまったく変わりなく、力のないもの、弱いものがそれに選ばれた。野蛮な暴力と狡猾《こうかつ》な知恵の支配するあの世界で生き抜いていくには、それに見合うだけの力、もしくは知恵が必要とされるが、マリオにとってそのような世界はとても耐えられなかった。

結局、彼は三年生になったクリスマスの休暇に学校を中退するが、以来いつかあの学校での体験をもとに小説を書こうと心に決める。やがてそれが『都会と犬ども』となって結実するのだが、ロジェ・カイヨワが「この二十年間におけるスペイン語文学の傑作のひとつ」と絶讃《ぜっさん》したこの一作によってバルガス＝リョサがラテンアメリカ現代文学の旗手と目されるようになったことはよく知られている。

学校で試験問題の盗難事件が起こるが、それが発端になって騒ぎが大きくなり、ある生徒の密告で犯人がつきとめられる。盗んだ生徒は結局放校処分を受けるが、それがもとで密告したと目される生徒（リカルド・アラーナという名のこの生徒は、その温和《おとな》しい性格から〈奴隷《どれい》〉と仇名《あだな》されて、みんなからいじめられていた）がついに誰かに殺されるという事件にまで発展する。この事件を縦糸に、先程触れたような〈レオンシオ・プラード学院〉の実態が暴かれていくが、その一方で社会から隔離された世界に生きる少年たちの姿や〈奴隷〉の死を偶発的な事故として処理しようとする学校関係者、教師の姿がフラッシュ・バック、内的独白、話者不明の語りといった斬新《ざんしん》な手法を用いて描き出されていく。きわめて批判的な内容を孕《はら》んだこの小説によって、バルガス＝リョサはペルーの〈怒れる若者〉と呼ばれるようになるが、ペルー国内での反響も大きく、小説の舞台になったレオンシオ・プラード学院〉の校庭ではこの小説を千五百部ばかり積み上げて燃やしたという話まで伝わっている。

話を戻すと、レオンシオ・プラード学院〉を中退したバルガス＝リョサは一九五二年、十六歳の時に再びピウラに戻り、そこの〈サン・ミゲル学院〉に通って残りの単位を取得する。当時すでに自活していた彼は、その町の『産業《ラ・インドゥストリア》』紙のコラムニストになって生活費を稼《かせ》ぎながら学校に通っていた。〈サン・ミゲル学院〉では昔の友人たちと再会して旧交を暖めるが、ある日その友人たちと語らって〈緑の家〉へ出かけて行く。かつてあれほど華やかで魅惑的な場所に思えたあの店も、中に入ってみるとしょせんはうらぶれた田舎町の娼家《しょうか》でしかなかった。彼はがっかりしてサロンを見渡すが、その時片隅《かたすみ》で演奏している三人の楽団員の姿が目に入った。中でも、年老いた盲目のハープ弾きに強く印象づけられるが、このハープ弾きがやがてドン・アンセルモとなって小説に登場することになる。また、小説『緑の家』では、ドン・アンセルモの経営する多分に神話的性格を備えた〈緑の家〉とラ・チュンガが切りもりしている〈緑の家〉とが対照的に描かれているが、これは作者が九歳の時にビエホ・プエンテ橋から眺めた〈緑の家〉のイメージと十六歳の時に訪れたあの店とがあまりにもかけ離れたものだったので、小説の中で二軒の異なった店として描かれることになったのである。

一方、マンガチェリーア地区のほうも昔と少しも変わらない佇《たたず》まいを見せ、子供の頃よく叱《しか》られたガルシーア神父もいっそう気むずかしくなってはいたが、まだ健在であった。

またしても彼は一年でピウラの町を去ることになるが、この時の数々の思い出がやがて彼に筆を執らせるようになる。リマに戻った彼は一九五三年、サン・マルコス大学の文学部に入学し、早速あの〈緑の家〉とマンガチェリーアを舞台にした小説を書きはじめる。自分でも満足のいく出来だったので友人に見せたところ、「何だかホーソンの『緋文字《ひもんじ》』みたいだな」と言われ、ショックを受けた彼は原稿を破り棄《す》てて、二度と〈緑の家〉とマンガチェリーアを舞台にした小説は書くまいと考えた。

その後、バルガス＝リョサは雑誌にいくつか短編を発表するが、やがてそれらは『ボスたち』というタイトルで一冊にまとめられることになる。

サン・マルコス大学に入学してからも親の援助を受けなかったので、経済的に苦しい生活が続いた。そんな中で、サルトルの著作や騎士道小説、とくにジュアノット・マルトゥレイの『ティラン・ロ・ブラン』に出会ったことは大きな喜びであった。この頃、生活費を稼ぐためにアルバイトであちこち駆けずり回っていたが、多い時には一時に七つのアルバイトをかけもちし、その中には新聞や放送関係の仕事から市内にある墓地での仕事まで含まれていたというから驚きである。夜遅くまで仕事に追われる毎日だったが、暇を見ては本を読んだり、創作をしたり、またルイス・ロアイサやアベラルド・オケンドといった文学好きの友人たちと語らって文芸雑誌を刊行したりした。

当時、ペルーでは《五〇年代》と呼ばれるエンリーケ・コングラインス＝マルティン、カルロス・サバレータ、フリオ・ラモン・リベイロ、あるいはエレオドーロ・バルガス＝ビクーニャ、サラサール・ボンディといった作家たちが写実的な手法で社会批判を目ざした小説を書いていたが、バルガス＝リョサたちはそうしたやり方に反撥《はんばつ》を感じ、新しい方向を模索すべくいくつかの雑誌を刊行したが、いずれも短命に終わっている。もっとも、バルガス＝リョサやロアイサといった若い世代の作家たちがペルーの社会とその現実に対して批判的でなかったわけではない。《五〇年代》の作家たちがあまりにも直截《ちょくせつ》に批判を行ない、それが文学であるかのように考えていたのがもの足らなかったのである。たまたまその頃、バルガス＝リョサはカタルーニャ文学の傑作と言われる騎士道小説『ティラン・ロ・ブラン』に出会ったが、それを通して彼は啓示を受けることになる。あの騎士道小説の作者を取り上げて次のようにのべているが、これはバルガス＝リョサ自身の創作態度とも多分に重なり合っている。

「マルトゥレイ(『ティラン・ロ・ブラン』の作者)もまたすべてに公平な小説家である。彼はけっして何かを証明しようとはしない。ただ、示そうとするだけである。彼が自分の描き出す全体的な現実の中に遍在しながらも、その存在が(ほとんど)目につかないのはそのせいである……。作品から作者の影を消し去るには、何よりもまず虚構の世界で起こるあらゆる事件に対して作者が公平無私の態度を取ることが必要とされる」

バルガス＝リョサはべつのところで、自分はフォークナーから多くのことを学んだが、人間の内面にこだわり、それを描き出そうとするやり方はあまり好きではない。自分はむしろ、行為、行動といった外に現われてくるものに興味があり、それを描くことで人物の内面を浮かび上がらせたいと考えている、と述べている。マルトゥレイとフォークナーについて語ったこれらの言葉が、とりも直さず彼の基本的な創作態度を物語っているのだが、そのことはこの『緑の家』を通してもはっきり読み取れるはずである。

バルガス＝リョサは早婚で、一九五六年、十九歳の時に結婚している。相手は遠縁にあたる年上の女性フリア・ウルキディだったが、両親をはじめ親戚《しんせき》の者たちはこぞって反対した。二人は周囲の猛反対を押し切って結婚したが、その当時のことは小説『フリアとシナリオライター』に詳しい。

当時、フランスの雑誌《ルヴュー・フランセーズ》で短編小説のコンクールがあった。それに応募した彼の作品『決闘』が入賞し、バルガス＝リョサはフランスの国内旅行に招待される。ラテンアメリカの作家にとってあこがれの土地であるパリを訪れたバルガス＝リョサは必ずもう一度この町を訪れようと心に誓うが、その願いは意外に早く実現されることになった。

一九五八年、サン・マルコス大学を卒業すると、彼は文学部助手として大学に残り、

〈近代派〉の詩人ルベン・ダリーオをテーマに博士論文を手がけるが、その頃に先に触れたフランス国内旅行に招かれた。帰国後しばらくして、今度はスペインのマドリッド大学への留学が決まるが、ちょうどその頃、メキシコの人類学者ファン・コーマスがアマゾン河流域に住むインディオの調査研究の目的でペルーを訪れていた。ひょんなことからバルガス＝リョサはコーマスの調査隊に加わることになるが、彼が密林地方を訪れたのはそれがはじめてであった。その時の調査旅行を通して、ペルーには現代と中世の顔ばかりでなく、石器時代の顔まであることを知り衝撃を受ける。リマを頂点とする大都会には二十世紀の現代社会があり、サンタ・マリーア・デ・ニエバやその町の伝道所をのぞくと、いまだに中世を思わせる生活が営まれている。そこからさらに少し奥地へ行けばインディオの集落があり、石器時代そのままの世界が残っているのである。

調査隊はサンタ・マリーア・デ・ニエバの町を訪れ、伝道所の尼僧たちや白人のゴム商人、アグアルナ族の少女やウラクサのフムと出会い、彼らからいろいろな情報を聞き出した。また、これは町の人から聞き出した話だが、第二次大戦中にトゥシーア（『緑の家』のフシーア）という名の日本人が迫害を受けてブラジルからその地方に逃れてきた。町の人たちが危険だからと言って止めるのもきかず、その日本人は単身サンティアーゴに向かって行った。どういう手を用いたかは知るよしもないが、ともかくその男は剽悍《ひょうかん》なインディオたちを手なずけて、他のインディオの集落を襲っては略奪をほしいままにし、ついにはインディオの女たちを集めてハーレムまで作っていたと言われる。バルガス＝リョサたちの一行は、たまたまそのハーレムにいたことのあるエステル・チュピックというインディオの女性と知り合い、彼女からトゥシーアや彼の住んでいる島のことを詳しく聞き出した。この女性がやがて軍曹のリトゥーマと結ばれるボニファシア（＝ラ・セルバティカ）として小説に登場することになる。バルガス＝リョサはそうした話やエピソードを詳細にノートに取り、リマに戻る。それから二、三週間後に彼はスペインに向けて出発するが、そのスーツケースの底にはあの調査旅行で書きためた部厚いノートが収められていた。

マドリッドでの一年はあっという間に過ぎ、書き上げるつもりでいた博士論文はとうとう完成しなかった。彼は留学をさらに一年延長し、今度はパリで研究を続けたいと考え、本国にその旨《むね》を伝える。間もなく返ってきた返事はきわめて好意的な内容で、パリにあるペルー大使館で通知を待つようにとの指示があった。彼は勇躍パリに赴き通知を待つことにするが、パリに着いたその日にかねてから読みたいと考えていたフローベールの『ボヴァリー夫人』を買い求め、早速その午後から読みはじめる。小説に魅了された彼は時の経《た》つのも忘れて、夜が明けるまで憑《つ》かれたように読みふける。この時の読書が小説家マリオ・バルガス＝リョサを生み出す上で決定的な要因となったことは彼の著作『果てしなき饗宴　フローベールと「ボヴァリー夫人」』に詳しいが、その中で彼は「(あの小説を読んだ)ホテルの一室で、私の小説家としての真の歴史がはじまった」とのべている。以来、フローベールが彼の師表的存在となったことは周知のとおりである。

申請していた留学の方は、どういうわけか本国から届いた名簿に彼の名が見当たらず、留学生の資格が得られなかった。予定していた奨学金は手に入らなくなり、帰国の旅費も通知を待っている間に使い果たしていたので帰るに帰れず、彼はやむなくパリでアルバイトを探してどうにか生計を立てていた。バルガス＝リョサにとってこの頃がいちばん苦しい時代だったが、そんな彼を支えていたのがフローベールの著作だったのである。

この時期、つまり一九五九年に彼の短編集『ボスたち』がスペインで出版され、〈レオポルド・アラス賞〉を受賞するが、生活の方はいっこうに楽にならず、一般に彼の名が知られるところまでは行かなかった。その後、彼は〈フランス・ラジオ＝テレビ協会〉(ORTF)やほかの放送関係の仕事にたずさわるようになって、ようやく自分の時間が持てるようになる。そこでスペイン留学中に書きかけていた『都会と犬ども』に再び手をつけるが、その一方で放送関係の仕事を通してボルヘスやアストゥリアス、カルペンティエル、コルタサル、フエンテスなどと知り合い、ラテンアメリカの同時代の文学に対する目を開かれることになった。当時はまた、フローベールをはじめ、サルトル、フォークナー、ヘミングウェイ、あるいは十八世紀フランスの暗黒小説や騎士道小説を読みふけっていた。

一九六二年に、『都会と犬ども』がようやく完成する。その年ペルーに帰国した彼は、友人を通してアルゼンチン人の編集者に原稿を見せるが、あっさり突き返された。パリに戻った彼は、たまたま知り合ったセイクス・バラル社の編集長で詩人としても知られるカルロス・バラルにその原稿を見せる。原稿に目を通したバラルは驚嘆し、これはすばらしい小説だから、ぜひセイクス・バラル社が主宰している〈ビブリオテーカ・ブレーベ賞〉に応募するようにと勧める。最初は迷ったが、バラルの強い勧めもあったので思い切って応募したところ、八十編を越える応募作の中から選ばれてみごと賞を射止めた。バラルは『都会と犬ども』の原稿を読んだ時のことを、「長年編集の仕事に携わってきたが、あの作品はその中でももっとも大きな、そしてもっとも刺激的な驚きのひとつであった」と語っている。『都会と犬ども』はさらにその年の〈批評家賞〉（スペイン）まで受賞し、小説家マリオ・バルガス＝リョサはこの作品で一躍脚光を浴びることになった。

『都会と犬ども』が出版されたのは一九六三年だが、その頃ラテンアメリカでは、サバトの『英雄たちと墓について』(六一年)、カルペンティエルの『光の世紀』(六二年)、フエンテスの『アルテミオ・クルスの死』(六二年)、コルタサルの『石蹴り遊び』(六三年)など重要な作品が相次いで出版され、現代ラテンアメリカ文学が広く注目されはじめた時期にあたる。その意味でも、二十六歳の彼は小説家としてまことに幸運なスタートを切ったと言えるだろう。

書き上げるのに三年を費やしたと言われる『都会と犬ども』は一九六二年にすでに完成していたので、彼はすぐに次の小説に取りかかる。以前からピウラを舞台にした小説を書きたいと考えていたが、一方でアマゾン地方の調査旅行を通して集めた資料をもとにフムやトゥシーアを主人公にした作品も書きたいと考えていた。そこで彼は並行して同時に二つの小説を書いてみようと思い立ち、一日交代でピウラと密林を舞台にした小説を書きはじめる。しかしこの試みは最初のうちこそうまく行ったが、やがて二つの世界とそこに登場する人物たちが交錯しはじめ、収拾のつかない混乱に陥ってしまった。砂漠《さばく》と密林、〈緑の家〉の娼婦と伝道所のシスターたち、盲目のハープ弾きとウラクサのフム、ガルシーア神父とフシーア、砂原と縦横に水路が走る密林地方、これらが奇妙な夢でも見ているように混ざり合い、どの人物がどちらに登場するのか分からなくなった。それならいっそのこと、記憶の中でひとつに結びついているこの二つの世界を一つの小説に収めてみたらどうだろうと考え、苦心の末に完成したのが『緑の家』である。ただピウラの町は二度にわたって住んだことがあるので問題はなかったが、密林地方のことはあの調査旅行を通してしか知らなかったので今ひとつ自信が持てなかった。そこで、パリの図書館に通ってアマゾン地方を舞台にした小説や文献を読みあさる一方、動物や植物の名を調べるために動物園にも足を運んだ。ようやく一九六四年に原稿ができあがるが、密林地方の描写にまだ不安が残っていたので、思い切って帰国し、小説の舞台になっているサンタ・マリーア・デ・ニエバの町を訪れる。再び訪れたあの町は六年前と少しも変わっていなかった。伝道所のシスターたちや白人のゴム商人、ウラクサのフム(彼は小説に描かれているのと違って、集落に帰って以前と同じように白人と取引きしていた)、アグアルナ族の人々、密林の様子すべてがあの当時のままだった。トゥシーアだけがその間にサンティアーゴの自分の島で死んだという話が伝えられていたが、いずれにしても自分の描写に間違いはなかったという自信を深めた彼は、さらに原稿に推敲《すいこう》を加え、その一部を中南米諸国の雑誌に掲載する。そして、一九六五年、三年がかりの大作『緑の家』がようやく完成し、スペインのセイクス・バラル社から出版される。この小説は前作の『都会と犬ども』以上の反響を呼び、バルガス゠リョサはフテンアメリカを代表するもっともすぐれた作家の一人として内外の讃辞を浴びるようになった。

作者自身が言っているように、この小説は入り組んだ構成になっているので、少し整理しておく必要があるだろう。作品の舞台は、ペルー・アマゾンにある町イキートス、アマゾン源流地域にある町サンタ・マリーア・デ・ニエバ、およびその周辺、それにアンデス山脈の反対側にある砂漠の町ピウラになっていて、そこで五つのストーリーが相互に関連し、絡み合いながら展開してゆくという設定になっている。以下その五つのストーリーを大まかに説明しておこう。

一．作品の冒頭に出てくる治安警備隊の隊員たちとシスターは、ボートを走らせてインディオの住む集落に向かっている。彼らはそこで原始的な生活を営んでいるインディオの少女を連れ去り、サンタ・マリーア・デ・ニエバの町にある修道院に住まわせて、キリスト教教育を授けている。ただ、そうして教育された少女たちも成長して修道院を出てゆく時がくると、後は裕福な家庭のお手伝いになるか、場合によっては売春婦に身を落とすしかなかった。拉致された少女の一人ボニファシアは、仲間の少女たちをそうした境遇から救い出そうとして修道院から逃すが、それが発覚して僧院を追われ、謎の多い女性ラリータの家に引き取られる。やがて彼女は治安警備隊の軍曹リトゥーマと知り合い、結ばれる。その後、リトゥーマは彼女を生まれ故郷のピウラの町にあるマンガチェリーア地区に連れ帰るが、ある事件を起こしたために牢に入れられ、その間にボニファシアは売春宿《緑の家》で働くようになる。

二．放浪の歌手アンセルモはピウラの町に流れ着き、しばらく暮らしたあと町外れに売春宿《緑の家》を建てる。一方、捨て子だった少女アントニア(トニータ)は農場主のキローガ夫妻に引き取られて幸せに暮らしていたが、夫妻が盗賊に襲われた時に彼女も瀕死の重傷を負い、目も見えなければ口もきけなくなった。ひょんなことからその少女を《緑の家》に引き取ったアンセルモはやがて彼女を愛するようになり、二人の間に子供ができるが、アントニアは出産直後に亡くなる。その事件を機に、かねてから《緑の家》を道徳的頽廃の元凶とみなしていたガルシーア神父が、町の人たちをそそのかしてあの店を焼き討ちにする。アンセルモはその後楽士として生計を立てるが、のちにアントニアとの間に生まれた子供ラ・チュンガが成長して、《緑の家》を再建し、そこで楽士として働くようになる。ボニファシアがラ・セルバティカの名で働くようになったのは再建後の《緑の家》である。

三．インディオの部族の長フムは、仲介人を通さず直接買手と交渉してゴムを売ろうとしてつかまり、拷問される。一方、ブラジルで事件を起こして牢に入れられるが、脱獄してアマゾンの奥地に身を潜めた日本人フシーアは、インディオを使って密輸や盗賊行為を行なっている。フムはそのフシーアのもとに身を寄せる。フシーアはやがて重い感染症にかかり、友人アキリーノのボートで奥地にある療養所に向かうが、小説の中ではこの二人の会話を通して過去の出来事が回想されていく。

四．イキートスの町に住む政治家のフリオ・レアテギは地方ボスとして絶大な権力を振るっているが、陰では人を使ってゴムの採取を行なっているインディオを搾取し、密輸にも手を出して大きな利益を得ていた。フムが傷めつけられた背後にはレアテギがいたし、彼はまたフシーアをつけ狙い、いつかつかまえてやろうと目を光らせていた。

五．ピウラの町のマンガチェリーア地区に住む若くて向こう見ずなリトゥーマとその仲間たちの物語。リトゥーマはその後治安警備隊の軍曹としてアマゾンの奥地に赴任し、そこでボニファシアと知り合い、彼女を連れてピウラに戻ってくる。その町でも治安警備隊員として働いていたが、ある事件がもとで逮捕され、牢に入れられる。ボニファシアはしかたなく《緑の家》で働くようになる。この物語と平行して、アントニアを失い今はハープ弾きとして働いているドン・アンセルモやガルシーア神父をはじめさまざまな人物たちにまつわる話が語られている。

数多くの人物が登場し、しかも四十年に及ぶ年月の間に起こった出来事を語ったこの小説は、上に述べたような五つのストーリーが組み合わされて展開してゆくが、その際作者はそれぞれの物語を小さな断章に分割し、時系列を無視して並べ、さらに人物の内的独白まで織り込んでいるので、読みはじめた読者はおそらく戸惑いを覚えるだろう。しかし、読み進むうちに個々の断章がジグソー・パズルのピースのように徐々に組み上がって行き、少しずつ全体像が浮かび上がってくる。そして、読者はその中から広大なペルー・アマゾンを舞台に繰り広げられるさまざまな人間たちの姿と現実が浮かび上がってくるのを目のあたりにすることになると同時に、物語小説としての面白さも満喫するはずである。

＊　＊　＊

『緑の家』を手がけていた頃は、個人的にも多事多端な時期であった。一九六四年にはフリア・ウルキディと離婚し、その翌年には一時ペルーに帰国して従姉妹《いとこ》のパトリシアと再婚している。また、一九六六年にはパリからロンドンに居を移し、〈クイーン・メアリー・カレッジ〉で教鞭《きょうべん》を執《と》るようになる。当時、中編小説『小犬たち』を手がけていたが、それに推敲を加えて一九六七年に発表。またこの年には、『緑の家』が種々の文学賞の対象になり、五年に一度スペイン語で書かれたもっともすぐれた小説に与えられるベネズエラの〈ロムロ・ガリェーゴス賞〉をはじめ、スペインの〈批評家賞〉、ペルーの〈国民小説賞〉を受賞する。

『緑の家』を書き上げたあと、すぐに次の小説に取りかかるが、原稿が厖大《ぼうだい》な量にのぼったので、それを徹底的に切りつめて一九六九年に完成、『ラ・カテドラルでの対話』と題して出版した。この小説で彼は社会の全体像を捉《とら》えようとしたバルザックにならって、大胆な手法を縦横に駆使しながら権謀術策の渦《うず》巻《ま》くオドリーア独裁下の腐敗したペルー社会を描き出そうと試みているが、ラテンアメリカの政治小説として高い評価を受けている。

一九七〇年、彼はロンドンからバルセローナに居を移すが、以前から批評にも関心を抱いていたバルガス＝リョサは、七一年に個人的にも親しくしていたガブリエル・ガルシア＝マルケスを論じた浩瀚《こうかん》な研究書『ガルシア＝マルケス　ある神殺しの歴史』を発表する。これまでに出版された数多いガルシア＝マルケス論の中でも出色のものに数えられ、ガルシア＝マルケス文学大全とも言えるこの著書の中で、彼はあの作家の人となりとその文学について語りながら、一方で自己の小説観を披瀝《ひれき》している。ことに第一部、第二章の「小説家とその悪魔」は圧巻で、これだけでもすぐれた小説論になっている。

また同年には、『緑の家』が生まれるまでの経緯を語ったエッセイ『ある小説の秘められた来歴』を発表、さらに一九七五年には五九年以来何度も読み返していた『ボヴァリー夫人』を中心にフローベール論を展開した『果てしなき饗宴　フローベールと「ボヴァリー夫人』』を発表している。批評というのは客観性が必要とされることは言うまでもないが、そこに筆者の主観的な見解がこめられていなければしょせん死物でしかない、そう考えるバルガス＝リョサは、このフローベール論の第一部で『ボヴァリー夫人』との出会いやその時に受けた感動、その他個人的な体験を語りながら、ひとりの人間にあの小説がどれほど大きな影響を与えたかを余すところなく伝えている。第二部では、フローベールの『書簡集』や実作品、あるいは種々の研究書からの引用を織りまぜながらフローベールを論じ、さらに第三部では文学史的にフローベールを位置づけたあと、その後の小説に及ぼした影響を詳しく分析している。このようにさまざまな角度からフローベールという作家を取り上げ、斬新でダイナミックな論を展開させることによって作者はこの著作を、読むものをぐいぐい引きつけて行くだけの衝迫力を備えたみごとな作家論に仕上げている。

この『果てしなき饗宴』と前後する形で、バルガス＝リョサは小説を一編発表している。この二作はそれまでの作品とうって変わって、なんともユーモラスなドタバタ喜劇仕立てになっているが、ひとまずここでその粗筋を辿《たど》ってみよう。

一九七三年に発表された『パンタレオン大尉と女たち』を見ると、アマゾン地方が舞台になっている。その地方に駐屯《ちゅうとん》している兵隊たちが性的な欲求不満に陥り、婦女暴行など種々の問題をひき起こし、それがもとで地区の住民から抗議文書が殺到する。対策に頭を痛めた軍の関係者はパンタレオンを呼び、慰安婦部隊を編成して各地の駐屯隊を慰問して回るようにとの特命を与える。生来生真面目《きまじめ》なパンタレオンは種々の障害と戦いながら粉骨砕身任務の遂行につとめる。しかし、あまり熱心に過ぎたためか、それとも熱帯の気候のせいか、自らも性欲が異常に昂進《こうしん》し、ついには慰安婦のひとりと深い仲になって、妻との離婚問題まで引き起こすことになる。

一方、密林地方では狂信者フランシスコが多くの信徒を集め、ついには暴動がもち上がる。その時の騒ぎでパンタレオンの愛人が死に、フランシスコも十字架にかけられる。パンタレオンの率いる慰安婦部隊も市民の非難に抗しきれずついに解散になり、彼自身も辺地の守備隊に飛ばされるところで物語は終わる。

バルガス＝リョサはこの小説を三回書き直しているが、最初はシリアスな内容であったものが書き直すたびにユーモラスなものに変わって行ったと言われる。事実、これは抱腹絶倒の喜劇になっているが、むろんそこに作者一流の鋭い現実批判やスケープゴートのテーマが織り込まれていることは言うまでもない。

一方、一九七七年に出た『フリアとシナリオライター』のほうは、一九五三年、つまり彼がサン・マルコス大学に通うかたわらアルバイトに駆けずり回っていた頃の体験をもとにして書かれたものである。当時バルガス＝リョサはラジオ・パナアメリカーナ社で働いていたが、そこにラウル・サルモンというラジオ・ドラマの作家がいた。放送会社の社長がボリビアの売れっ子だったサルモンを引き抜いてペルーに連れてきたのだが、彼はペルーでもたちまち大変な人気を博すようになる。しかしあまり働きすぎたためにサルモンはとうとう頭がおかしくなり、ラジオ・ドラマの筋が混乱しはじめ、登場人物が入れ替ったり、死んだはずの人間が生き返ったりするようになる。そのうち局に抗議の手紙が舞い込み、事態を重視した会社の重役たちがサルモンと話し合う。結局、サルモンは馘《くび》になり、精神病院に送られるが、バルガス＝リョサはその時の経緯を一部始終見聞きしていて、いつかそれを小説に書きたいと考えていた。

このサルモン（小説ではカマーチョ）を主人公に小説を書こうとしたがどうしても筆が進まず、ついに行き詰まってしまう。その時ふと、この事件と当時自分の身に起こったことを並行して書いてみたらどうだろうかと考える。当時、彼はフリア・ウルキディと結婚しようとして、両親や親戚の猛反対に会って悪戦苦闘していた。この一つの事件を絡《から》ませ、そこにラジオ・ドラマを織り込んで生まれたのがこの作品だが、作者の頭の中にはおそらくJ・D・サリンジャーの『笑う男』があったに違いない。この小説も前作同様、まことにユーモラスなドタバタ喜劇になっているが、むろんそこに鋭い社会諷刺《ふうし》がこめられていることは言うまでもない。

以上の梗概《こうがい》からも察しがつくように、それまで深刻なテーマで重厚な小説を書いてきたバルガス＝リョサが、この二作でがらりと作風を変えてユーモラスな世界を創造している点が注目される。批評家や読者の中には、この二作品を内容が軽すぎるといって批判する人もいるが、細心な読者ならおそらくそのユーモラスな外見の背後に隠された痛烈な批判を読み取ると同時に、現実に対する作者の目がより柔軟で成熟したものに変わったことに気付かれるだろう。

三島由紀夫は「小説とは、本質的に方法論を模索する芸術である」と述べているが、これはつまり、小説家とは、本質的に方法論を模索する芸術家であるということに他ならない。たとえばここで、彼が敬愛してやまないフローベールを取り上げてみればよい。『ボヴァリー夫人』から『サランボー』、『感情教育』を経て『ブヴァールとペキューシェ』に到《いた》る作品からは、ひたすら方法論を模索し続けた小説家の姿がはっきりと浮かび上がってくるはずである。バルガス＝リョサに話を戻せば、『都会と犬ども』以後彼は時に強引なまでの力業を用いてなんとか現実を小説という虚構の世界に移しかえようと試みてきた。従って、『パンタレオン大尉と女たち』の最初の原稿がきわめてシリアスな内容であったということは、おそらくそれまでの三作品とよく似た出来ばえの作品であったことを物語っている。では、なぜ彼はそれを三回も書き直したのだろう。彼もまたここで新しい方法論を模索しはじめたのである。それまで用いてきた手法では満足できず、新しい方法論を模索することで自分の小説の新しい可能性を探ろうとした。その結果、書き直すたびに内容がユーモラスなものに変わって行き、ついにこのような作品が生まれたのである。

事実、『パンタレオン大尉と女たち』、あるいは『フリアとシナリオライター』をそれまでの作品と読み較べてみると、何よりもまず文体が軽やかで、軽妙になり、テンポも速くなっていることに気づかされる。さらに、手法的に見ても、書簡、報告書、メロドラマが作品のストーリーの中に巧みに織り込まれるというこれまで見られなかった特徴が現われてくる。それと同時に、人物像も変化し、それまでの作品には見られなかったドン・キホーテ的な人物が主人公として登場してくるようになる。任務の遂行を至上のものと考えるパンタレオン、この世界の救済を説く狂信者フランシスコ、何本ものラジオ・ドラマを抱え狂ったように書き散らしながら、一方では文学への情熱を燃やし続けついに発狂するカマーチョ、フリア伯母さんと結婚するために数々の障害に体当たりでぶつかって行くぼく、彼らはいずれもドン・キホーテ的な性格を備えた人物になっている。彼らをたとえば、『都会と犬ども』、『緑の家』、『ラ・カテドラルでの対話』に登場する人物たちと比較してみれば、その相違は一目瞭然《りょうぜん》である。それまで、文学におけるユーモアに対して拒否反応を示していたバルガス＝リョサがこのような作品を書いたというのは驚くべきことだが、その伏線としてガルシア＝マルケス論とフローベール論があることを忘れてはならない。ともあれ、バルガス＝リョサはこの二作品でひとまわり大きく成長し、新しい世界の創造と方法論を模索しはじめたと言っても過言ではない。

『緑の家』を発表して以来とみに名声の高まった彼は、あちこちの講演に呼ばれたり、欧米の大学で講義をしたり、あるいは国際ペンクラブの会議に出席したりと、何かと多忙な日を送るようになる。そうした中で、一九七六年には国際ペンクラブの会長に選ばれ、八〇年春には日本を訪れている。しかし、一九七六年に行なったインタヴューを見ると、その創作にかける情熱はすさまじいものがある。

「私は毎日執筆しています。月曜日から土曜日までの間は、朝の八時から午後の二時まで書斎にこもって少なくとも何かを書こうと努めています。その辺は宗教家に似ているでしょうね。午後は、本を読んだり、手紙を書いたり……、翌日の執筆のためのノートを取ったり、スポーツを楽しんだりします……。夜はまた、本を読んだり、映画を見たり、友人と会ったりしますが、喫茶店やバーで遊び暮らすのは大嫌いなのです。じつを言うと、今まで酔うほどお酒を飲んだことがないんですよ」

彼はまたべつのところで、自分は霊感を信じない、小説を書くには地道な努力の積み重ねしかない、と語っているが、これもまたいかにもフローベリアンらしい言葉である。W・ウェイドレは『芸術の運命』の中で、現代文学の特徴として想像力と文学への信仰心の欠如を挙げ、これが現代文学の衰退の原因であるという意味のことを述べているが、冒頭に引いたバーゴンジーといい、ウェイドレといい、欧米の小説を取り上げた批評家の多くは小説の現在と未来に対して暗い展望しか抱いていないようである。

しかし、バルガス＝リョサをはじめ、カルペンティエル、コルタサル、ドノーソ、ガルシア＝マルケス、フエンテス、カブレラ＝インファンテといったラテンアメリカの現代作家たちは、豊饒な想像力と小説への信仰心をまだ失ってはいないし、一方で貪欲《どんよく》に方法論を模索しており、その成果がすぐれた作品となって結実していることは周知のとおりである。伝統小説の骨法を身につけ、さらに斬新な手法も自在に使いこなせるマリオ・バルガス＝リョサはその後も旺盛《おうせい》な創作活動をつづけ、一九八一年には十九世紀末にブラジルの奥地で起こった宗教的狂信者の反乱〈カヌードスの乱〉に題材をとった壮大なスケールの長編小説『世界終末戦争』を発表している。この作品の背後には、現代社会における政治的テロリズムに対する批判がこめられているが、ここに描かれている さまざまな過去をもつ無数の登場人物たちの織りあげる多彩なドラマとそれらが一つに集まって終局へと向かってゆく展開は、さながら新大陸の騎士道小説とでも呼びうるような迫力を備えており、読むものを圧倒せずにはおかない。

ついで、八四年には、ペルー経済の悪化にともなって生じる貧富の差の拡大と政治的混乱を背景に暴力革命を起こそうとする主人公の姿を通してテロリズムの愚かしさを鋭く描いた小説『マイタの物語』を、ついで八六年には、軍の基地で起こった殺人事件を通して軍部の腐敗と堕落を描いた推理小説仕立ての作品『誰がパロミノ・モレーロを殺したか』を発表。さらに、八七年には、文明の侵入によって大昔からつづけてきた生活を捨てざるを得なくなり、伝統文化崩壊の危機に直面しているアマゾン河の源流地帯に住む少数部族の姿を、ペルー社会に生きるユダヤ人の姿と二重写しにして描いた小説『密林の語り部』を、ついで九三年には、『緑の家』の登場人物のひとりリトゥーマを主人公に、アンデス地方で起こった行方不明事件の捜査を通して、アンデス山間部の人間と社会を鋭く描いた衝撃的な小説『アンデスのリトゥーマ』、『山羊の饗宴』(二〇〇〇年)、『楽園への道』(二〇〇三年)などを発表している。その間に、一九八九年にペルーの現大統領フジモリ氏と大統領選で争った時の体験や自らの伝記を語った回想録『水を得た魚』(一九九三年)や文芸評論『嘘から出たまこと』(一九九〇年)をはじめ、何編かの戯曲も発表しており、現在も旺盛な創作活動をつづけている。

フローベールにならって「外的な支えが何もなくて文体の内面的な力だけで一人立ちしている作品」を目ざしながら、一方で社会の全体像を絡め取ろうというバルザック的な野心も抱いているバルガス＝リョサは、小説家を神への反逆者と見なして次のように述べている。

「小説を書くということは現実に対する、神に対する、神が創造された現実に対する反逆行為に他ならない。それは真の現実を修正、変更、あるいは廃棄することであり、それに代えて小説家が創造した虚構の現実をそこに置こうとする試みに他ならない。小説家とは異議申立て者であり、あるがままの(もしくは、彼がそうだと信じる)生と現実を受け入れ難いと考えるが故《ゆえ》に、架空の生と言葉による世界を創造するのである。人がなぜ小説を書くかと言えば、それは自分の生に満足できないからである。小説とは一作、一作が秘めやかな神殺し、現実を象徴的な形で暗殺する行為に他ならない」(『ガルシア＝マルケス　ある神殺しの歴史』)

オクタビオ・パスは、小説家とは何かを証明したり物語るのではなく、ひとつの世界を再創造する者を指すと述べているが、その意味でもマリオ・バルガス＝リョサは現代では稀《まれ》な真の小説家であると言うことができるだろう。

＊　＊　＊

本訳書は以前新潮社から出版したものに加筆、修正を加えたものである。岩波文庫に入れるに当たって、編集部の入谷芳孝氏にはいろいろとお世話になった。ここで謝意を申し述べておきます。

なお、翻訳の底本には Mario Vargas Llosa: *La casa verde*, 17ª. edición, 1978 を用い、適宜英訳 *The Green House*, translated by Gregory Rabassa; Jonathan Cape Ltd. を参照した。

二〇一〇年五月

木村榮一

〔編集付記〕

本書は木村榮一訳『緑の家』(新潮社、一九八一年三月刊行)を文庫化したものである。今回の文庫化にあたっては、新潮文庫版『緑の家』(一九九五年)を底本とし、若干の修訂をほどこした。

(岩波文庫編集部)

緑《みどり》 の 家《いえ》（下）〔全2冊〕
バルガス＝リョサ作

2010年8月19日 第1刷発行
2025年5月15日 第12刷発行

訳 者 木村榮一《きむらえいいち》

発行者 坂本政謙

発行所 株式会社 岩波書店
〒101-8002 東京都千代田区一ツ橋 2-5-5

案内 03-5210-4000 営業部 03-5210-4111
文庫編集部 03-5210-4051
https://www.iwanami.co.jp/

印刷 製本・法令印刷 カバー・精興社

ISBN 978-4-00-327962-5 Printed in Japan

読書子に寄す

——岩波文庫発刊に際して——

岩波茂雄

真理は万人によって求められることを自ら欲し、芸術は万人によって愛されることを自ら望む。かつては民を愚昧ならしめるために学芸が最も狭き堂宇に閉鎖されたことがあった。今や知識と美とを特権階級の独占より奪い返すことはつねに進取的なる民衆の切実なる要求である。岩波文庫はこの要求に応じそれに励まされて生まれた。それは生命ある不朽の書を少数者の書斎と研究室とより解放して街頭にくまなく立たしめ民衆に伍せしめるであろう。近時大量生産予約出版の流行を見る。その広告宣伝の狂態はしばらくおくも、後代にのこすと誇称する全集がその編集に万全の用意をなしたるか。千古の典籍の翻訳企図に敬虔の態度を欠かざりしか。さらに分売を許さず読者を繋縛して数十冊を強うるがごとき、はたしてその揚言する学芸解放のゆえんなりや。吾人は天下の名士の声に和してこれを推挙するに躊躇するものである。このときにあたって、岩波書店は自己の責務のいよいよ重大なるを思い、従来の方針の徹底を期するため、すでに十数年以前より志して来た計画を慎重審議この際断然実行することにした。吾人は範をかのレクラム文庫にとり、古今東西にわたって文芸・哲学・社会科学・自然科学等種類のいかんを問わず、いやしくも万人の必読すべき真に古典的価値ある書をきわめて簡易なる形式において逐次刊行し、あらゆる人間に須要なる生活向上の資料、生活批判の原理を提供せんと欲する。この文庫は予約出版の方法を排したるがゆえに、読者は自己の欲する時に自己の欲する書物を各個に自由に選択することができる。携帯に便にして価格の低きを最主とするがゆえに、外観を顧みざるも内容に至っては厳選最も力を尽くし、従来の岩波出版物の特色をますます発揮せしめようとする。この計画たるや世間の一時の投機的なるものと異なり、永遠の事業として吾人は微力を傾倒し、あらゆる犠牲を忍んで今後永久に継続発展せしめ、もって文庫の使命を遺憾なく果たさしめることを期する。芸術を愛し知識を求むる士の自ら進んでこの挙に参加し、希望と忠言とを寄せられることは吾人の熱望するところである。その性質上経済的には最も困難多きこの事業にあえて当たらんとする吾人の志を諒として、その達成のため世の読書子とのうるわしき共同を期待する。

昭和二年七月